मुक्ति के मार्ग पर

मुक्ति के मार्ग पर

(भारत में गंदगी ढोने की प्रथा के उन्मूलन का समाजशास्त्रीय अध्ययन)

अंग्रेजी कृति "रोड टू फ्रीडम" का हिन्दी अनुवाद

लेखक:

बिन्देश्वर पाठक

अनुवादक:

विनय राज तिवारी

मोतीलाल बनारसीदास पब्लिशर्स
प्राइवेट लिमिटेड • दिल्ली

प्रथम संस्करण : १९९८
पुनर्मुद्रण, दिल्ली : २००१

मोतीलाल बनारसीदास
८ महालक्ष्मी चैम्बर, २२ भूलाभाई देसाई रोड, मुम्बई ४०० ०२६
४१ यू०ए० बंगलो रोड, जवाहर नगर, दिल्ली ११० ००७
२३६ नाइंथ मेन III ब्लाक, जयनगर, बंगलौर ५६० ०११
सनाज प्लाजा, १३०२ बाजीराव रोड, पुणे ४११ ००२
१२० रायपेट्टा हाई रोड, मैलापुर, चेन्नई ६०० ००४
८ केमेक स्ट्रीट, कोलकाता ७०० ०१७
अशोक राजपथ, पटना ८०० ००४
चौक, वाराणसी २२१ ००१

नरेन्द्रप्रकाश जैन, मोतीलाल बनारसीदास, बंगलो रोड, दिल्ली ११० ००७
द्वारा प्रकाशित तथा जैनेन्द्रप्रकाश जैन, श्री जैनेन्द्र प्रेस,
ए-४५ नारायणा, फेज-१, नई दिल्ली ११० ०२८ द्वारा मुद्रित

महात्मा गांधी को जिनके
शताब्दी समारोह के दौरान
मेरे जीवन में यह मोड़ आया।

प्राक्कथन

सामान्यतया किसी पुस्तक की भूमिका लिखना औपचारिकता का निर्वाह मात्र समझा जाता है। परन्तु कभी-कभी ऐसे अवसर भी आते हैं जब यही कार्य गौरवशाली बन जाता है। इस पुस्तक का प्राक्कथन भी मेरे लिए एक ऐसा ही सुअवसर है।

यह कृति 'बिहार में कम लागत की सफाई-प्रणाली के माध्यम से सफाईकर्मियों की मुक्ति' (लिबरेशन आफ स्कैवेन्जर्स थ्रू लो कास्ट सेनिटेशन इन बिहार) विषय पर डाक्टर बिन्देश्वर पाठक द्वारा 1985 में पटना विश्वविद्यालय में डाक्टरेट की उपाधि के लिए प्रस्तुत शोध-प्रबन्ध का अद्यतन और संशोधित संस्करण है। अध्यापक और निदेशक के रूप में, मैं लम्बे समय तक इस शोध-प्रबन्ध से जुड़ा रहा हूँ। इसलिए इसे एक पुस्तक के रूप में देखकर मुझे अत्यन्त प्रसन्नता हुई है।

यह पुस्तक जिस शोध-प्रबन्ध पर आधारित है, वह डाक्टरेट की उपाधि के लिए आमतौर पर लिखे जाने वाले शोध-प्रबन्धों से मूलत: भिन्न है। सामान्यतया पी-एच० डी० का छात्र शोध के दो तरीके अपनाता है: (i) वह कोई विषय चुन लेता है, लब्धप्रतिष्ठ विद्वानों की पुस्तकें और तद्विषयक पत्र-पत्रिकाओं में प्रकाशित लेख पढ़ता है। इस प्रकार एकत्र की गयी सूचना का संश्लेषण एवं विश्लेषण करता है, और अपना शोध-प्रबन्ध लिखता है। (ii) वह क्षेत्र में जाकर कार्य करता है, अनुसंधान के अलग-अलग साधनों तथा तकनीकों का उपयोग कर आधार सामग्री एकत्र करता है, आंकड़ों को सारणीबद्ध करता है तथा उनकी व्याख्या करता है, और तब अपना शोध-प्रबन्ध लिखता है। प्रस्तुत शोध-कार्य अनुसंधान की इन दोनों ही श्रेणियों से पूर्णत: भिन्न है। यह सामाजिक विज्ञान के क्षेत्र में क्रियानिष्ठ अनुसंधान का एक नया दृष्टिकोण प्रस्तुत करता है, इसलिए एक पथ-प्रदर्शक की भूमिका निभाता है।

डा० पाठक ने आंकड़े (तथ्य) एकत्र किये हैं, लेकिन ये केवल भारत के सामाजिक-सांस्कृतिक जीवन की ऐतिहासिक प्रक्रियाओं की वस्तु के रूप में नहीं किए हैं, बल्कि लेखक एक अवधारणा का विकास करता है, एक क्रियात्मक समाजशास्त्र के विद्वान के रूप में इसे पूरे ब्यौरे के साथ तैयार करता है, एक

सुविचारित परिवर्तन के लिए प्रयास करता है, और अपनी कार्य-योजना के परिणामों का मूल्यांकन भी करता है। संक्षेप में, यह पुस्तक सामाजिक समस्या पर ऐसे व्यक्ति की समीक्षात्मक मूल्यांकनपरक कृति है जिसने अपने ही ढंग से सामाजिक परिवर्तन लाने का प्रयास किया है।

एक क्रियात्मक समाजशास्त्रविद् की कार्यशैली के अनुरूप ही डाक्टर पाठक भारतीय समाज की एक बहुत पुरानी सामाजिक समस्या—सफाईकर्मियों द्वारा कमाऊ शौचालय साफ करने तथा सिर पर मैला ढोने की अवमानवीय प्रथा का गहन अध्ययन करते हैं। वे इस समस्या पर चिन्तन करते हैं और एक कार्य-नीति तैयार करते हैं। वे एक कार्य-योजना बनाते हैं और इसे जड़ से समाप्त करने के लिए पहल करते हैं। इस योजना के तहत सफाईकर्मियों द्वारा मैला साफ करने वाले परम्परागत कमाऊ शौचालयों के स्थान पर कम लागत वाले फ्लश शौचालयों की स्थापना करना अंतर्निहित है। डा० पाठक ने कम लागत वाले पानी फैंककर मैला बहाने वाले फ्लश शौचालयों की एक ऐसी तकनीक विकसित की है जो सरल और कम खर्चीली है। इसके अलावा, यह अलग-अलग भौगोलिक तथा प्राकृतिक वातावरण में रहने वालों की सामाजिक-आर्थिक स्थिति के बहुत अनुकूल है।

डा० पाठक ने 1974 में बिहार में सुलभ इण्टरनेशनल (जो मूलत: सुलभ शौचालय संस्थान के रूप में जाना जाता रहा है) के नाम से एक स्वयंसेवी और लाभ निरपेक्षी संस्था की आधारशिला रखी। इसमें अनेक समर्पित कार्यकर्त्ता थे। इस संस्था ने डा० पाठक के सुयोग्य नेतृत्व में कमाऊ शौचालयों को कम लागत वाले फ्लश शौचालयों अर्थात् 'सुलभ शौचालयों' में बदलने का एक क्रान्तिकारी अभियान शुरू किया। परम्परागत कमाऊ शौचालय पर्यावरण को प्रदूषित करते थे और दुर्गन्धि फैलाते थे। साथ ही, उन्हें साफ करने के लिए सफाईकर्मियों की आवश्यकता पड़ती थी। कम लागत वाले सुलभ शौचालय उपयोग की दृष्टि से व्यावहारिक हैं, स्वास्थ्यकर हैं और इन्हें साफ करने के लिए सफाईकर्मियों की आवश्यकता नहीं पड़ती है। इस प्रकार यह एक व्यवहार्य विकल्प है जो इसका उपयोग करने वालों के साथ ही सफाईकर्मियों के लिए भी वरदान सिद्ध हुआ है।

सुलभ इण्टरनेशनल ने जनसाधारण की सुविधा के लिए व्यस्त और वाणिज्यिक क्षेत्रों में बहुत से सुलभ सामुदायिक परिसर भी स्थापित किए हैं ये लोगों को राहत पहुँचाने के साथ-साथ शहरों को प्रदूषण से बचाने में भी काफी हद तक

सफल रहे हैं। पन्द्रह वर्षों की अल्प अवधि में ही सुलभ इण्टरनेशनल सामाजिक परिवर्तन के उत्प्रेरक और अभिकर्त्ता के रूप में उभरकर सामने आया है जिसने लाखों कमाऊ शौचालयों को सुलभ शौचालयों में परिवर्तित किया है। साथ ही देशभर में सैकड़ों सुलभ सामुदायिक परिसर बनाए गए हैं। परिणामस्वरूप हजारों सफाईकर्मी मुक्त कराये जा चुके हैं। सुलभ इण्टरनेशनल ने मुक्त हुए सफाईकर्मियों को अलग-अलग व्यवसाय सिखाने का उत्तरदायित्व भी लिया है ताकि उन्हें बेकारी का सामना न करना पड़े और वे अपने पैरों पर खड़े हो सकें।

डा० पाठक ने अपनी पुस्तक में एक साधारण कार्यकर्त्ता से क्रियात्मक समाजशास्त्री और सुलभ इण्टरनेशनल का संस्थापक तथा सलाहकार बनने तक की अपनी यात्रा का वृत्तान्त प्रस्तुत किया है। सुलभ इन्टरनेशनल ने राज्य और केन्द्र सरकारों, देश-विदेश की स्वयंसेवी संस्थाओं और नगरपालिकाओं तथा नगरनिगमों का ध्यान आकर्षित किया है। इस पुस्तक में उन्होंने वैज्ञानिक तकनीकों और साधनों के सहारे, विशेषत: बिहार में सुलभ इण्टरनेशनल तथा सुलभ शौचालयों के काम-काज का मूल्यांकन करने का प्रयास किया है। साथ ही, उन्होंने यह भी पता लगाने का प्रयास किया है कि सफाईकर्मियों को मुक्त कराने और उनके पुनर्वास का कार्य किस सीमा तक पूरा किया जा सका है, तथा अभी कितना और किया जाना शेष है।

इस पुस्तक का विषय मौलिक है, और यह वैज्ञानिक दृष्टि से रुचिकर है। यह जनसाधारण, विद्वानों, प्रशासकों, सामाजिक कार्यकर्त्ताओं और समाज विज्ञानियों के लिए अत्यन्त मूल्यवान है। सरल भाषा में लिखी यह पुस्तक पढ़ने के साथ ही संजोकर रखने योग्य भी है।

मैं डा० पाठक को उनकी इस अत्यन्त महत्वपूर्ण कृति के लिए बधाई देता हूँ। मुझे पूरा विश्वास है कि इससे अनेक लोगों को प्रेरणा मिलेगी। इस पुस्तक के माध्यम से समाज-सेवा में संलग्न सभी समाजशास्त्रियों को समुदाय की सेवा में अधिकाधिक प्रयास करने का संदेश भी मिलता है।

जेड० अहमद
आचार्य एवं विभागाध्यक्ष,
समाजशास्त्र विभाग,
पटना विश्वविद्यालय, पटना

आभार

यह पुस्तक डाक्टरेट की उपाधि के लिए लिखे गये मेरे शोध-प्रबन्ध पर आधारित है। यह शोध-प्रबन्ध मैंने पटना विश्वविद्यालय में 1985 में समाजशास्त्र में पी-एच० डी० के लिए प्रस्तुत किया था। इस शोध-प्रबन्ध की एक अनोखी बात यह है कि इसके विषय का आधार वह अवधारणा है जो लेखक द्वारा स्वयं विकसित की गयी थी। पटना विश्वविद्यालय में मूल्यांकन के लिए शोध-प्रबन्ध प्रस्तुत करने के बाद बहुत से महत्वपूर्ण परिवर्तन आये हैं। सफाई की कम लागत वाली प्रणाली द्वारा सफाईकर्मियों को मुक्त करवाने के कार्यक्रम ने देश की सीमाओं से परे भी एक अन्तर्राष्ट्रीय कार्यक्रम का रूप ग्रहण कर लिया है। परिणामस्वरूप इस पुस्तक को लिखते समय इसमें अद्यतन आंकड़ों का समावेश किया गया है। पुस्तक की उपयोगिता को ध्यान में रखकर मूल अध्यायों का क्रम विन्यास पुनः निर्धारित किया गया है। साथ ही अनुलग्नकों में सारणियों के रूप में सांख्यिकीय आंकड़े दिए गए हैं। सारणियों का विश्लषेण अध्याय VI और VIII में किया गया है।

मैं अपने शिक्षक और निर्देशक तथा पटना विश्वविद्यालय में समाजशास्त्र विभाग के अध्यक्ष, प्रोफेसर जियाउद्दीन अहमद का अत्यन्त ऋणी हूँ क्योंकि उनकी सहायता और प्रोत्साहन के बिना मेरे लिए यह शोध-प्रबन्ध पूरा करना सम्भव न था। मैं डा० एस० डी० एन० सिंह, रीडर, समाजशास्त्र, पटना विश्वविद्यालय, डा० ए० के० लाल, ए० एन० सिन्हा रिसर्च इन्स्टीट्यूट, श्री ए० के० घोष तथा श्री जगन्नाथ शर्मा जैसे अपने मित्रों और सहयोगियों का भी आभारी हूँ जिन्होंने मुझे अनुसंधान कार्य और शोध-प्रबन्ध लिखने में अपना सहयोग तथा परामर्श प्रदान किया। इस पुस्तक को पूरा करने में मैंने समय-समय पर डा० एस० मुंसीरजा, प्रोफेसर, समाजशास्त्र, पटना विश्वविद्यालय, और श्री आर० एल० दीवान, पूर्व निदेशक, सिंचाई अनुसंधान केन्द्र, का भी सहयोग प्राप्त किया। मैं उनकी सहायता और सलाह के लिए कृतज्ञता ज्ञापित करता हूँ।

सामान्यतया अतिव्यस्त कार्यपालकों की पत्नियाँ इस बात को लेकर प्रायः

अप्रसन्न रहती हैं कि उनके पति गृहस्थी के काम में रुचि नहीं लेते और रविवार के दिन भी कोई पुस्तक या शोध-प्रबन्ध लिखने बैठ जाते हैं। मैं अपनी धर्मपत्नी का आभारी हूँ जिन्होंने मुझे न केवल यह शोध-प्रबन्ध पूरा करने की बल्कि इस पुस्तक को लिखने की अनुमति भी दी।

मैं अपनी माता श्रीमती योगमाया देवी और पिता डा० रमाकांत पाठक जो अब परलोक सिधार चुके हैं, को श्रद्धापुष्प अर्पित करता हूँ। इन विभूतियों ने, पड़ौसियों, गाँववालों और सम्बन्धियों के विरोध के बावजूद मेरी समाज-सेवा में जुटने के पहले उच्च शिक्षा प्राप्त करने की आकांक्षा पूरी करने के लिए अपनी सम्पत्ति भी बेच दी। मैं आज जो कुछ भी हूँ, उन्हींके त्याग, आशीर्वाद और प्रोत्साहन का फल है। काश ! आज वे जीवित होते तो अपनी आँखों से अपना सपना साकार होता देखते।

बिन्देश्वर पाठक

विषय सूची

प्राक्कथन			vii
आभार			xi
अध्याय	1.	भूमिका	1
	2.	सफाईकर्मी—ऐतिहासिक परिप्रेक्ष्य में भारत में सफाई-व्यवस्था	43
	3.	सफाई-व्यवस्था और मल-व्ययन	51
	4.	कम लागत की सफाई-व्यवस्था और सुलभ शौचालय योजना: मूल्यांकन विश्लेषण	61
	5.	राष्ट्रीय और अंतर्राष्ट्रीय संगठनों के प्रयास	79
	6.	अमुक्त और मुक्त सफाईकर्मी	111
	7.	अनाग्राही और आग्राही	167
	8.	सारांश	189
अनुलग्नक			219
सहायक ग्रंथ सूची			279
अनुक्रमणिका			283

अध्याय 1

भूमिका

बिहार में सिर पर मैला ढोने जैसे घृणित कार्य से सफाईकर्मियों को मुक्ति दिलाने का कार्यक्रम (अभियान) शुरू किया गया था। इस कार्यक्रम ने 1974–1984 के दौरान समाज के सभी वर्गों के व्यक्तियों का ध्यान आकर्षित किया। रूढ़िग्रस्त परम्पराओं से बंधे भारतीय समाज में एक विशेष समुदाय के लोग ही सफाई का काम करते हैं। यह एक पुश्तैनी पेशा रहा है और इस समुदाय में जन्म लेने वाले प्रत्येक व्यक्ति को, चाहे वह पुरुष हो या स्त्री, यह अवमानवीय पेशा इस प्रकार अपनाना पड़ता है, जैसे कि यह उसके भाग्य में ही लिखा हो। इस समुदाय के लोग इस पेशे से न केवल परम्परा की जंजीरों और सामाजिक नियमों से बंधे थे, अपितु पौराणिक गाथाओं में उल्लिखित विधान से भी मैला उठाकर फैंकने के लिए विवश थे। परम्परा से चली आ रही व्यवस्था के अनुसार सफाई करने वाले व्यक्तियों को अपना काम हाथ से करना होता था। इतना ही नहीं, उन्हें गंदगी से भरी बाल्टियों को सिर पर रखकर गली-कूचों से ले जाना पड़ता था। परम्पराओं से बंधे भारतीय समाज के किसी भी विशेष वर्ग पर इससे अधिक निम्न कोटि के अत्याचार का दृष्टांत अन्यत्र कहीं नहीं मिलता।

इस घृणित कार्य से जुड़े रहने के फलस्वरूप इस वर्ग के व्यक्तियों को घृणा की दृष्टि से देखा जाता है और अछूत माना जाता है। स्पष्टतः यह सामाजिक न्याय के विरुद्ध है और अतिपरम्परावादिता का लक्षण है। इस तथ्य से मैला ढोने वालों की दयनीय दशा और भी उजागर होती है कि बहुत-से ऐसे व्यावसायिक वर्ग और जातियाँ हैं जिन्हें दलित, जातिच्युत या बहिर्जातियाँ कहा जाता है। भिन्न-भिन्न विद्वानों द्वारा एक ही समुदाय के लिए अलग-अलग शब्द प्रयुक्त किए गए हैं। परन्तु भारतीय समाज की संरचना इतनी जटिल है कि इससे यह स्पष्ट नहीं होता कि देश में बहिर्जाति कौन-सी जातियाँ या उपजातियाँ हैं। क्षेत्रीय भिन्नताओं के, स्थानीय परम्परागत

मान्यताओं-बाध्यताओं में भिन्नता के और व्यावसायिक वर्गों या जातियों की भिन्न-भिन्न सूचियों में भिन्न-भिन्न सामाजिक नियमों के आधार पर बहिर्जातियों की पहचान की जाती थी।

यह सर्वविदित है कि एक क्षेत्र से दूसरे क्षेत्र में भिन्नता और विविधता के बावजूद सम्पूर्ण देश में मैला ढोने वालों को अछूत बताया गया है और अस्पृश्यता का जहर घोला गया है। हट्टन (1981: 196) की निम्नलिखित टिप्पणी से स्थिति पूर्णत: स्पष्ट हो जाती है। "अत: यह निर्णय करने के लिए कि किन-किन जातियों को अछूत माना जाए, यह आवश्यक है कि प्रत्येक राज्य इस समस्या का समाधान स्वयं करे और उनकी सूची भी स्वयं तैयार करे। साधारणतया यह कहना सम्भव नहीं है कि अमुक-अमुक जातियाँ हिन्दू समाज में बहिर्जाति है और फिर इस मत को सम्पूर्ण भारत में लागू करना भी सम्भव नहीं है। कुछ जातियों, जैसे डोम और भंगियों के मामले में ऐसा करना सम्भव हो सकता है, परन्तु ऐसा नहीं है कि जो जाति भारत के किसी एक भाग में दलित समझी जाती है, उसे सभी क्षेत्रों में दलित समझा जाए।" हट्टन की इस टिप्पणी से ज्ञात होता है कि सफाईकर्मी वर्ग परम्परागत रूप में मैला ढोने के व्यवसाय से जुड़ा हुआ वह समुदाय है जिसे सम्पूर्ण भारत में अछूत समझा जाता है। सफाई करने वालों की जाति ने सदैव रूढ़िग्रस्त भारतीय समाज में बहुत-सी सामाजिक पाबन्दियाँ झेली हैं। ये सामाजिक पाबन्दियाँ अन्य क्षेत्रों में इनके अलावा अन्य अछूत जातियों पर भी पाई गई हैं। हट्टन (1981: 193) ने 1931 की जनगणना करने के लिए भारत सरकार के निर्देशों के अनुसार जो टिप्पणी प्रस्तुत की थी, उसमें कहा गया है: "मैंने भिन्न-भिन्न दलित जातियों को उन जातियों के रूप में दर्शाया है जिन्हें छू जाने मात्र से उच्च जाति के हिन्दुओं को अपना शुद्धीकरण करना आवश्यक हो जाता है। इसका अभिप्राय यह नहीं है कि इस शब्द का सम्बन्ध किसी विशेष व्यवसाय से है बल्कि इसका सम्बन्ध उन जातियों से है जो हिन्दू समाज में अपनी परम्परागत स्थिति के कारण मन्दिरों में प्रवेश से वंचित हैं या जिन्हें अलग कुओं से पानी लेना पड़ता है या स्कूल के अंदर बैठने की मनाही होती है और बाहर ही रहना पड़ता है या जिन्हें इसी प्रकार की सामाजिक पाबन्दियाँ झेलनी पड़ती हैं।"

"ये पाबन्दियाँ भारत के सभी भागों में एक समान नहीं है। भिन्न-भिन्न

भागों में काफी विविधता है। दक्षिण भारत में ये सबसे अधिक कठोर है। इसके अतिरिक्त, दलित वर्ग से सम्बन्ध रखने वाली जातियों को प्राय: सभी जानते हैं। भारत के अधिकांश भागों में इनकी क्षेत्रवार सूची बनायी जा सकती है। फिर भी, पूरे भारत के लिए बनायी जाने वाली सूचियाँ शायद एक-जैसी नहीं होंगी।'' इस टिप्पणी को ध्यान में रखकर माना जा सकता है कि अछूत जातियों को ऐसे बहुत-से विशेषाधिकारों से वंचित रखा गया था जो अन्य जातियों को प्राप्त थे। इन जातियों पर परम्पराओं से बंधे भारतीय समाज में बहुत-सी सामाजिक पाबन्दियाँ लगाई गई थीं। परन्तु केवल डोम और भंगी जैसी कुछ गिनी-चुनी जातियाँ ही ऐसी थीं, जिन्हें देश के प्रत्येक राज्य अथवा प्रान्त में सामाजिक पाबन्दियाँ झेलनी पड़ती थीं। वास्तव में, इन जातियों को समाज में जो कठिनाइयाँ झेलनी पड़ती थीं, वे कहीं अधिक गम्भीर और दु:खद थीं। परम्पराओं पर आधारित सामाजिक व्यवस्था के अन्तर्गत अछूत मानी जाने वाली जातियों या पुश्तैनीतौर पर किन्हीं पेशों से जुड़े समूहों में भंगियों को ''सबसे नीच'' समझा जाता था। समाज को अलग-अलग वर्ग में बाँटे जाने की प्रक्रिया का यह सबसे दु:खद पहलू रहा है। सफाई का काम करने वालों के इस पुश्तैनी समूह को भारतीय समाज में प्रारंभ से अंत तक निम्न वर्गों से भी निम्न समझा जाता रहा। अलग-अलग युग में सफाई के काम की शुरुआत और सफाई के लिए अपनाये जाने वाले तरीकों के बारे में अध्याय 2 में अलग से चर्चा की गई है।

आधुनिक युग में स्वास्थ्य तथा स्वच्छता पर भी बहुत अधिक ध्यान दिया जाने लगा है। बहुत-सी अन्तर्राष्ट्रीय संस्थाएँ विश्व में साफ-सफाई की व्यवस्था को और बेहतर बनाने के काम में जुटी हुई हैं। विश्व स्वास्थ्य संगठन, संयुक्त राष्ट्र बालकोष, और संयुक्त राष्ट्र विकास कार्यक्रम जैसी कई अन्तर्राष्ट्रीय संस्थाएँ स्वास्थ्य और स्वच्छता की दशाएँ सुधारने के लिए कार्य कर रही हैं। इनके अलावा, विश्व की अन्य संस्थाओं ने महसूस किया है कि मानव जाति के गुणात्मक विकास के लिए अच्छे स्वास्थ्य और स्वच्छता का महत्व है। विभिन्न एजेंसियों ने जल-आपूर्ति सुधारने के कार्यक्रम और मल-मूत्र निपटान की व्यवस्था शुरू की है। गोष्ठियों और सम्मेलनों में अलग-अलग कार्यविधियों और तकनीकों पर चर्चाएँ की जा रही हैं। जल-आपूर्ति और मल-व्ययन के लिए उन्नत कार्यक्रम शुरू करने के सम्बन्ध में

अन्तर्राष्ट्रीय एजेंसियाँ जो कुछ भी कर रही हैं, उसकी जानकारी जॉन एम० कैल्बरमैट्टन (1980: 3) की इन टिप्पणियों से मिलती है: ''जल-आपूर्ति और मल-व्ययन की व्यवस्था करना अत्यन्त आवश्यक है। गरीब और कम सुविधा-प्राप्त वर्गों के लिए तो यह और भी आवश्यक है। हाल के वर्षों में, विश्व की सभी सरकारों ने अपनी बैठकों में इसकी गम्भीरता को स्वीकारा है। जल-आपूर्ति और मल-व्ययन की आवश्यकता सबसे पहले 1976 में वैंकूवर में हुए आवास सम्मेलन में अनुभव की गई। उसके बाद 1977 में मार डेल प्लैटा में आयोजित संयुक्त राष्ट्र सम्मेलन में और फिर 1978 में एल्मा एटा में प्राथमिक स्वास्थ्य की देखभाल पर हुए संयुक्त राष्ट्र सम्मेलन में इसकी आवश्यकता अनुभव की गई। अब संयुक्त राष्ट्र महासभा के प्रस्ताव के द्वारा नवें दशक (1981 से 1990) को 'अंतर्राष्ट्रीय पेय जल तथा स्वच्छता दशक' घोषित किया गया है। ऐसा इसलिए किया गया है कि जहाँ तक सम्भव हो सके, सभी के लिए पर्याप्त जल-आपूर्ति और साफ-सफाई की व्यवस्था की जाए।'' उपर्युक्त विवरण से ऐसा लगता है कि बहुत-सी अन्तर्राष्ट्रीय एजेंसियाँ विकासशील अथवा अल्पविकसित समाज की साफ-सफाई और स्वास्थ्य-दशाओं के सुधार से जुड़े पहलुओं की जाँच कर रही हैं।

इसमें कोई सन्देह नहीं कि परम्परा से चले आ रहे शुष्क शौचालय विभिन्न तरीकों और कारणों से भारत के शहरों और गाँवों में गन्दगी और प्रदूषण के स्रोत रहे हैं। कैल्बरमैट्टन ने कई अल्पविकसित तथा विकासशील क्षेत्रों में जो सर्वेक्षण कराये हैं, उन्हें देखते हुए शोधार्थी इस निष्कर्ष पर पहुँचा है कि ''बाल्टी वाला शौचालय इसका उपयुक्त विकल्प नहीं समझा गया है। बदबू, कीड़े-मकोड़ों, गंदगी बिखरने और सामान्यत: अस्वास्थ्यकर स्थिति इत्यादि से और अंतरण स्थान से उत्पन्न समस्या बनी रहती है जो सभी सर्वेक्षित मामलों में मौजूद थी। शुष्क शौचालय प्रणाली न केवल उन स्थानों पर कीड़े-मकोड़ों और संक्रमण फैलाने वाले जीवाणुओं को जन्म देती है जहाँ मल-मूत्र फैंका जाता है, बल्कि उन मार्गों पर भी कीड़े-मकोड़े और जीवाणु फैलाती है जिनसे होकर मैला ढोनेवाले लोग बाल्टी या ठेले में मैला ले जाते हैं।

यह प्रणाली दुर्गन्ध तो फैलाती ही है, साथ ही आसपास के इलाकों में अस्वास्थ्यकर स्थिति भी पैदा करती है। यह प्रणाली जहाँ एक ओर स्वास्थ्य

अपमानजनक कार्य : एक सफाईकर्मी कमाऊ शौचालय को नंगे पाँव, अपने हाथ से साफ करते हुए।

चुपचाप अमानवीय कष्ट सहना : शुष्क शौचालयों को (हाथ से) साफ करने के बाद मैले को सिर पर ढोया, व हाथ से चलाई जाने वाली गाड़ियों (trollies) में ले जाया जा रहा है।

के लिए अत्यन्त हानिकारक है, वहीं अड़ौस-पड़ौस की स्वस्थ स्थिति में सुधार के लिए संचालित कार्यक्रम को भी निष्प्रभावी बना देती है। अतः शुष्क शौचालय प्रणाली की जगह कोई नया तरीका अपनाया जाना चाहिए। इस प्रकार शुष्क शौचालयों की पुरानी और परम्परा से चली आ रही व्यवस्था की जगह साफ-सफाई के लिए कम लागत वाली योजना का विचार तर्कसंगत और समीचीन है। इससे सिर पर मैला ढोने वाले सफाईकर्मियों को इस घृणित काम से मुक्ति मिलेगी।

इस अध्ययन में सफाईकर्मियों की मुक्ति के लिए चलाये जा रहे कार्यक्रम का विश्लेषण तो किया ही गया है, साथ ही परम्परागत सूखे शौचालयों की जगह अपनायी जाने वाली साफ-सफाई की कम लागत की प्रणाली के बारे में भी चर्चा की गयी है। वास्तव में, गंदगी ढोने वालों की मुक्ति और साफ-सफाई की कम लागत की योजना का प्रवर्तन आरम्भ से एक ही सिक्के के दो पहलू हैं। सुलभ शौचालय संस्थान जो अब सुलभ इण्टरनेशनल के नाम से जाना जाता है, इन कार्यक्रमों के क्रियान्वयन के लिए समर्पित है। संस्थान द्वारा मल-व्ययन के लिए सफाई की दो गड्ढों वाली प्रणाली शुरू की जा रही है जिससे गंदगी ढोने वालों को मुक्ति मिलेगी। इस योजना के अंतर्गत दोनों कार्यक्रम साथ-साथ चलाये जा रहे हैं।

फिर भी, इसका अभिप्राय यह नहीं है कि गंदगी ढोने वालों की मुक्ति केवल इसी योजना से हो सकती है। विकसित तथा विकासशील देशों में सफाई और मल-व्ययन के लिए ऐसे बहुत-से आधुनिक तरीके काम में लाये जा रहे हैं जिनसे सफाईकर्मियों को मुक्ति दिलाने में भी सहायता मिलती है। बाल्टी वाले शौचालयों की जगह मल-जल निकास प्रणाली और अन्य तरीके प्रभावी ढंग से अपनाए जा सकते हैं। दूसरे तरीकों की तुलना में सुलभ शौचालय योजना पर कम खर्च आता है। यह शौचालय की दो गड्ढों वाली ऐसी प्रणाली है जिसके तहत गड्ढे में हर समय पानी भरा रहता है और हाथ से पानी डालकर मैला बहाया जाता है। अध्याय 4 में मल-व्ययन के विभिन्न तरीकों और तकनीकों का मूल्यांकन किया गया है तथा विश्लेषण में सुझाया गया है कि सुलभ शौचालय योजना में सबसे कम पैसा खर्च होता है, इसलिए इसे साफ-सफाई के कम खर्चीले कार्यक्रम के रूप में प्रस्तुत किया जा सकता है। इस अध्ययन का उद्देश्य केवल कम खर्च वाली सुलभ शौचालय योजना

का आरम्भ करने और गंदगी ढोने वालों की इस कार्य से मुक्ति के लिए चलाये जा रहे कार्यक्रम की समीक्षा ही नहीं है, अपितु इसका सम्बन्ध उनको मुक्ति दिलाने के पीछे कार्य कर रही भावनाओं से भी है। समाजशास्त्र की दृष्टि से अध्ययन का यही पहलू अधिक महत्वपूर्ण है, क्योंकि इसमें गंदगी ढोने वालों की मुक्ति से जुड़ी सामाजिक समस्याओं का समाधान भी अन्तर्निहित है। इस अध्ययन में केवल बिहार को ही लिया गया है। यह योजना सबसे पहले इसी राज्य में शुरू की गयी थी और इस समय बहुत-से शहरों में लागू है।

विकसित तथा अल्पविकसित देशों में बढ़ते हुए शहरीकरण की प्रवृत्ति के साथ-साथ मल-व्ययन के लिए अलग-अलग तरीके काम में लाये गये हैं। इनके बारे में अध्याय 3 में संक्षेप में बताया गया है। ऐसा करने का उद्देश्य यह सिद्ध करना है कि बिहार की परम्परागत सांस्कृतिक और सामाजिक मान्यताओं तथा मानदण्डों को देखते हुए सुलभ शौचालय प्रणाली ही सर्वश्रेष्ठ है। इन विभिन्न तरीकों में से दो तरीके भारत के शहरी क्षेत्रों में भी अपनाए गये हैं। ये मल-जल निकास और सेप्टिक टैंक प्रणाली के नाम से जाने जाते हैं। इस देश के भिन्न-भिन्न कस्बों और शहरों में प्रचलित ये तरीके उन लोगों की आर्थिक स्थिति के अनुसार ठीक नहीं है, जिनके पास, जैसा कि सब जानते हैं, घर और जगह की कमी है। मल-जल प्रणाली के लिए प्रचुर मात्रा में बहता हुआ पानी आवश्यक है। इतना ही नहीं, इसके लिए पानी की लगातार पूर्ति होते रहना भी नितान्त आवश्यक है। इसके अलावा, मल-जल प्रणाली के विकास, निर्माण और रख-रखाव पर बहुत धन भी व्यय होता है। मल-जल प्रणाली के अधिक खर्चीली होने के बारे में कैल्बरमैट्टन (1980: 3) ने लिखा है: "साफ-सफाई से संबंधित सेवाओं के विस्तार के सन्दर्भ में एक बुनियादी समस्या यह भी है कि परम्परा से अपनाये जा रहे उपाय बहुत खर्चीले हैं और ऐसे लोगों की संख्या काफी अधिक है जिन्हें ऐसी सेवाओं का लाभ नहीं मिल पाता। इस समय विकासशील देशों के लगभग एक अरब और 25 करोड़ लोगों को मल-जल प्रणाली की सुविधा प्राप्त नहीं है। इसके अलावा, लगभग इतने ही लोगों को पीने का साफ पानी भी उपलब्ध नहीं होता है। यदि इस संख्या में 1990 तक की जनसंख्या में होने वाली अनुमानित वृद्धि को भी जोड़ दें तो नवें दशक के दौरान करीब दो अरब लोगों के लिए

जल-आपूर्ति और मल-जल प्रणाली (या फिर मल-व्ययन की दूसरी सुविधाओं) का प्रावधान करना होगा। इस समय आने वाली प्रति व्यक्ति लागत के आधार पर अगर एक मोटा अनुमान लगायें तो पता चलता है कि परम्परा पर आधारित (पश्चिमी शैली की) जल-आपूर्ति और मल-जल प्रणाली पर ही 500 खरब डालर की जरूरत होगी। केवल मल-जल प्रणाली पर ही प्रति व्यक्ति अनुमानत: डेढ़ सौ से ढाई सौ डालर तक का व्यय होगा। इतनी बड़ी रकम जुटाना विकासशील देशों के लोगों की क्षमता के बाहर है।''

इस प्रकार यह स्पष्ट है कि मल-जल प्रणाली अपनाना आम-आदमी के सामर्थ्य से बाहर है। यद्यपि इसे कुछ छोटे शहरों तथा कस्बों में भी लागू किया गया है, परन्तु यह सभी शहरी क्षेत्रों में नहीं है।

जहाँ तक सेप्टिक टंकियों का प्रश्न है, यह बता देना उचित होगा कि शहरी आबादी का केवल दसवां हिस्सा ही इनका प्रयोग करता है। इस प्रणाली की अपनी बहुत-सी स्पष्ट सीमाएँ और समस्याएँ हैं। सेप्टिक टंकी के लिए ज्यादा जगह की जरूरत पड़ती है और इसे बनवाना भी अधिक खर्चीला है। इस प्रणाली में पैन से टंकी तक मैला बहाने के लिए हर समय कम-से-कम दस लीटर पानी की जरूरत पड़ती है। अत: मल-व्ययन के इस तरीके के प्रभावकारी उपयोग के लिए बहुत अधिक पानी की आवश्यकता होगी जोकि हमारे देश में उपलब्ध नहीं है। इसलिए इसे आम-आदमी नहीं अपना सकता। सेप्टिक टंकी से जुड़े पाइप के जरिए सेप्टिक टंकी में पैदा होने वाली गैस बाहर निकलती है। इससे पर्यावरण दूषित होता है। सेप्टिक टंकी में जमा मैला वैसा-का-वैसा ही बना रहता है और उसे हर कोई साफ नहीं कर सकता। इसलिए टंकी को साफ करने के लिए उन लोगों की आवश्यकता पड़ती है जो परम्परागततौर पर सफाई करने वाले वर्ग या जाति के हों।

टंकियों की सफाई ''मलगर्त निस्सारक'' (सेस पिट एम्प्टीयर) से की जा सकती है परन्तु यह बिहार में उपलब्ध नहीं है। नगरनिगमों के लिए भी इसे खरीद पाना सम्भव नहीं है। इसकी सेप्टिक टंकी प्रणाली के अन्तर्गत भी गंदगी ढोने वालों की और मल-सफाई का काम भी जारी रखने की आवश्यकता होती है। इसका अर्थ यह है कि उनको इस अवमानवीय कार्य से मुक्ति दिलाने का सपना तब तक पूरा नहीं हो सकता, जब तक कि सेप्टिक टंकी प्रणाली विद्यमान है। गंदगी ढोने वालों को मुक्त कराने, सामाजिक न्याय की

माँग को पूरा करने और लोकतांत्रिक समाज-व्यवस्था के अन्तर्गत कल्याणकारी राज्य के ऊँचे आदर्शों को प्राप्त करने के लिए आवश्यक है कि सेप्टिक टंकी प्रणाली को अधिक समय तक न चलने दिया जाए।

इन सब बातों को देखते हुए देश में साफ-सफाई की एक ऐसी प्रणाली विकसित करने की आवश्यकता महसूस की गई जो कम खर्चीली हो। इतना ही नहीं, यह प्रणाली इस तरह से तैयार की जानी चाहिए कि इससे शहर के लोगों को आर्थिक राहत मिले; इसके अतिरिक्त, सामाजिक न्याय, लोकतंत्रात्मक और सामाजिक ढाँचे को तर्कसंगत बनाने का उद्देश्य भी पूरा हो सके। अत: आवश्यक है कि कोई ऐसी योजना सोची और लागू की जाये जो गंदगी ढोने वालों की मुक्ति में सहायक हो। यह योजना ऐसी हो जिसमें मल-जल की सफाई और निपटारे के लिए किसी भी अवस्था में गंदगी ढोने वालों की आवश्यकता न पड़े। सुलभ शौचालय योजना इन सभी कसौटियों पर खरी उतरती है। इतना ही नहीं, सुलभ शौचालय योजना किफायती भी है और इसमें मल-व्ययन के लिए बहुत कम जगह की जरूरत पड़ती है। इसके साथ-साथ सुलभ गड्ढे या टंकी में जमा मैला वैसा-का-वैसा ही नहीं रहता। यह मिट्टी में घुल-मिलकर खाद बन जाता है। अब चूँकि टंकी साफ करने के लिए सिर्फ अत्यंत उपजाऊ खाद को ही हटाना होता है, इसलिए कोई भी यह काम कर सकता है। इसमें जाति और समुदाय का कोई बन्धन नहीं है। इसलिए सुलभ टंकियों की सफाई के लिए गंदगी ढोने वालों की आवश्यकता नहीं पड़ती। इसके अलावा, सुलभ गड्ढों से निकली खाद खेतों की पैदावार बढ़ाने के काम में लाई जा सकती है। इस तरह मल-मूत्र भी मूल्यवान हो जाता है। सुलभ शौचालय के तकनीकी पहलू पर अध्याय 4 में चर्चा की गई है।

इन तथ्यों से स्पष्ट है कि विभिन्न शहरों में चलायी जा रही सुलभ शौचालय योजना अत्यधिक महत्वपूर्ण बन गई है। ऐसा इसलिए है कि एक तो इसे अपनाने वालों की सामाजिक और आर्थिक स्थिति के अनुकूल है और दूसरे, यह सामाजिक न्याय तथा दलितों के कल्याण की कसौटियों पर भी सही उतरती है। इसमें कोई संदेह नहीं कि इस योजना से मल-व्ययन की आवश्यकता नहीं रह जायेगी और तत्पश्चात् मुक्त कराये गये सफाईकर्मियों को भी काम मिल जायेगा। सुलभ शौचालय योजना से अड़ौस-पड़ौस के

स्वास्थ्य और सफाई के स्तर में भी सुधार होता है। सुलभ योजना से पीने का पानी गन्दा होने और साधारणतया वायु- तथा जल-प्रदूषण और सतह पर गंदगी के रिसाव का खतरा बिलकुल भी नहीं रहता। अब यदि यह योजना सामाजिक तथा आर्थिक दृष्टि से अत्यधिक महत्वपूर्ण बन गई है, तो इसमें आश्चर्य की कोई बात नहीं होनी चाहिए।

ऐसी स्थिति में यह अत्यन्त वांछनीय है कि विभिन्न शहरों में इस योजना की कार्यप्रणाली का अध्ययन किया जाय। इस योजना की कार्यप्रणाली के साथ साफ-सफाई की कम खर्चीली प्रणाली के द्वारा गंदगी ढोने वाले व्यक्तियों की मुक्ति का भी गहराई से समाजशास्त्रीय अध्ययन किया जाना आवश्यक हो गया है। यह जानना भी आवश्यक हो गया है कि लोग साफ-सफाई की कम लागत वाली इस प्रणाली के बारे में किस सीमा तक सही राय रखते हैं। इसके अतिरिक्त, इस योजना को अपनाने में होने वाली कठिनाइयों और इस बारे में लोगों के अनुभवों की भी जानकारी प्राप्त की जानी चाहिए। यह जानना भी आवश्यक है कि जिन लोगों ने इस योजना को अपनाया है या जिन्होंने इसे नहीं अपनाया है, उनमें और अन्य शहरी लोगों में सुलभ शौचालय की कार्यप्रणाली की जानकारी देने वाले संचार-माध्यमों तथा उन स्रोतों के विचारों तथा दृष्टिकोणों में क्या अंतर है। इसके अतिरिक्त, इस अध्ययन के अन्तर्गत केवल इस योजना के बारे में सफाईकर्मियों के विचारों की पूरी जानकारी ही जरूरी नहीं है बल्कि मुक्त हुए लोगों की प्रतिक्रियाओं, अन्य रोजगार मिलने और पुनर्वास में उन्हें होने वाली कठिनाइयों तथा उनके पुनर्वास के लिए किए जा रहे (या पहले किए जा चुके) प्रयासों का मूल्यांकन भी आवश्यक है।

इसके साथ ही मुक्त होने के बाद सफाईकर्मियों की सामाजिक प्रतिष्ठा में जो परिवर्तन आया है, उसका अध्ययन भी किया जाना चाहिए। देश के बदलते सामाजिक जीवन में आज इन सभी समस्याओं का विश्लेषण समाजशास्त्र की दृष्टि से अत्यन्त आवश्यक है। यह अध्ययन इस दिशा में एक सराहनीय प्रयास है। इसका एक उद्देश्य समस्या से जुड़े बुनियादी मुद्दों का विश्लेषण करना है। इसके अलावा, आगे समाजशास्त्रीय शोध, आर्थिक अध्ययन और अन्तर्विभागीय परियोजनाओं द्वारा समस्या की जानकारी करने की संभावनाओं का पता लगाना इस अध्ययन के अन्य उद्देश्य हैं।

यह अध्ययन व्यवस्थित और योजनाबद्ध है क्योंकि यह मौके पर जाकर किये गये सर्वेक्षण पर आधारित है। इस प्रकार एकत्र किये गये आंकड़े भी अनुभव की कसौटी पर खरे उतरे हैं। ये आंकड़े समस्या की गहरी जाँच के लिए बुनियादी सामग्री के तौर पर काम में लाये जा सकते हैं। निष्कर्षों को समस्या के अलग-अलग पहलुओं से जोड़कर उनके बारे में व्यवस्थित ढंग से चर्चा की गई है। यह अध्ययन सैद्धान्तिक दृष्टि से भी महत्वपूर्ण है। इसका कारण यह है कि यह परम्परा की बुनियाद पर खड़े सामाजिक ढाँचे और परम्पराओं से बंधे भारतीय समाज में गंदगी ढोने वालों की स्थिति के साथ-साथ उनके सामाजिक-आर्थिक स्तर में आ रहे परिवर्तनों और उनकी मुक्ति से जुड़ी समस्या का भी विश्लेषण करता है। इतना ही नहीं, यह अध्ययन साफ-सफाई और मैले के निपटारे की अलग-अलग तकनीकों और देश की वर्तमान सामाजिक-आर्थिक परिस्थितियों के सन्दर्भ में साफ-सफाई की सबसे उपयुक्त और कम लागत वाली तकनीक के वैज्ञानिक एवं व्यावहारिक ज्ञान के रूप में सुलभ शौचालय के महत्व का विश्लेषण भी करता है।

इस सैद्धान्तिक विश्लेषण के बाद, अध्ययन के उद्देश्य, पद्धतियों और आधारभूत आंकड़ों का विवेचन किया गया है। इस प्रकार समस्या के समाजशास्त्रीय विश्लेषण के साथ ही साफ-सफाई की कम खर्चीली प्रणाली और सफाईकर्मियों की मुक्ति से जुड़ी सामाजिक-आर्थिक समस्याओं का पता लगाने की दिशा में एक समन्वित प्रयास भी किया गया है।

अध्ययन का उद्देश्य

कम लागत की सफाई-व्यवस्था द्वारा गंदगी ढोने वालों के मुक्ति की समस्या का अध्ययन समाजशास्त्रीय दृष्टि से करने के लिए इसके सामाजिक, आर्थिक और स्वास्थ्य-रक्षा से जुड़े पहलुओं का विश्लेषण भी आवश्यक है। इसे एक बहुआयामी चिंतन कहा जा सकता है। एक ओर तो इस दृष्टिकोण द्वारा अवमानवीय कार्य से उनकी मुक्ति का विश्लेषण आवश्यक है, दूसरी ओर, साफ-सफाई और मल-व्ययन के विभिन्न तरीकों का मूल्यांकन करना होगा। विभिन्न तरीकों के मूल्यांकन और लागत का अनुमान तैयार करते समय कम लागत की दृष्टि से उनके आर्थिक पहलू पर तो ध्यान देना ही पड़ता है; मल-व्ययन के सुरक्षित तरीकों के बारे में भी विचार करना आवश्यक है। इसी

तरह सफाईकर्मियों की मुक्ति से सम्बन्धित अध्ययन में तथ्यों के साथ-साथ मान्यताओं का विश्लेषण भी आवश्यक है। वास्तव में, सफाईकर्मियों की मुक्ति का सम्बन्ध इस दिशा में किये जा रहे प्रयासों से है।

इस समस्या के विश्लेषण के लिए भारतीय समाज में सदियों से प्रचलित मानकों और मान्यताओं का गहराई से अध्ययन करना आवश्यक है। इन मानकों और मान्यताओं के आधार पर मैला साफ करना एक पुश्तैनी समूह के लिए अनिवार्य धंधा बना दिया गया। गंदगी ढोने वालों की मुक्ति का विचार उन मान्यताओं के विपरीत है, जिन्होंने परम्परा की बेड़ियों में जकड़ी भारतीय सामाजिक व्यवस्था में अपनी जड़ें गहरी जमा ली हैं और जिनका सम्बन्ध श्रम के अनिवार्य और पुश्तैनी विभाजन से है। समस्या के इस प्रकार के सम्पूर्ण विश्लेषण के कारण यह अध्ययन स्वभावतः बहुआयामी है।

इस अध्ययन का पहला उद्देश्य यह है कि भारत में गंदगी ढोने वालों की मुक्ति के लिए वास्तव में जो प्रयत्न किये जा रहे हैं, उनका विश्लेषण किया जाए। इस बारे में आगे चर्चा करने से पहले यह बता देना आवश्यक है कि हाथ से मैला हटाने का काम न केवल इस देश में या फिर भारतीय उपमहाद्वीप में ही होता है अपितु विश्व के अनेक अल्पविकसित और विकासशील देशों में अभी भी होता है। इन देशों में हाथ से मैला हटाने की प्रथा अवमानवीय है और इससे मनुष्य की गरिमा को चोट पहुँचती है। मैला एक गंदी चीज है और उसे कोई छूना भी नहीं चाहता। इसके बावजूद समाज के एक अंग से उम्मीद की जाती है कि वह इसे न सिर्फ साफ करे बल्कि सिर पर उठाकर फैंके भी। यह अपमानजनक प्रथा बहुत से देशों में लम्बे समय से चली आ रही है।

भारत की स्थिति अन्य देशों की तुलना में अधिक दयनीय, दु:खद और निराशाजनक है। यहाँ समाज का एक समुदाय पुश्तैनीतौर पर मैला साफ करने को मजबूर है। इस जाति को कठोर और सत्तावादी पारम्परिक व्यवस्था के अन्तर्गत भंगी, चाण्डाल, मेहतर अथवा हलालखोर के नाम से पुकारा जाता था। इस वर्ग को अलग-अलग क्षेत्रों में विभिन्न नाम दिए गए थे। इस व्यवस्था को कट्टरपंथी धार्मिक दण्डविधान और आस्था में लिपटी मान्यताओं का समर्थन मिला हुआ था। नतीजा यह हुआ कि भारतीय समाज में यह तबका इस तरह का काम करता रहा, चाहे उसे यह पसन्द था या नहीं। वर्तमान समय में सामाजिक ढाँचे को तर्कसंगत बनाने, सामाजिक न्याय

दिलाने, समाज के कमजोर तबकों की रक्षा करने और दलित लोगों को ऊपर उठाने के आदर्शों का पर्याप्त प्रचार-प्रसार हुआ है। इसके अतिरिक्त, गंदगी ढोने वालों को मुक्ति दिलाने और उन्हें इस पेशे से अलग करने के विचार ने भी बल पकड़ा है। विकसित देशों में मल-व्ययन के वैकल्पिक तरीके और प्रणालियाँ अपनायी जा चुकी हैं। लेकिन भारत जैसे देश में यह समस्या अभी भी विद्यमान है। परिणामत: गंदगी ढोने वाले बहुत-से व्यक्ति परम्परा से चले आ रहे इस अवमानवीय पेशे में अभी भी लगे हुए हैं।

समाज-सुधारक, नेता, प्रशासक और सामाजिक न्याय के समर्थक चाहते हैं कि हाथ से मैला हटाने और उसे बाल्टियों में भरकर सिर या ठेलों पर ढोकर ले जाने की बुरी प्रथा समाप्त कर दी जाये। यह अपमानजनक तो है ही, सफाईकर्मियों के स्वास्थ्य पर भी इसका बुरा असर पड़ता है। इस प्रकार जनता के स्वास्थ्य और साफ-सफाई की समस्या हल करने के साथ ही गंदगी ढोने वाले सफाईकर्मियों को मुक्त कराने और मल-व्ययन के वैकल्पिक उपाय भी खोजे जा रहे हैं। इस पुस्तक के लेखक का ऐसा कोई दावा नहीं है कि सफाईकर्मियों की मुक्ति की योजना सबसे पहले उसी ने सुझाई है। इससे पहले भी इस दिशा में प्रयत्न किये गये हैं। लेकिन लेखक (जो सुलभ इण्टरनेशनल, जिसे पहले सुलभ शौचालय संस्थान के नाम से जाना जाता था, का संस्थापक है) यह दावा अवश्य करना चाहता है कि वह इस देश की सामाजिक और आर्थिक स्थिति की दृष्टि से ऐसी उपयुक्त और व्यावहारिक योजना देने वाला पहला व्यक्ति है। उसे एक अनोखी व्यावहारिक योजना सोचने और प्रारम्भ करने का श्रेय प्राप्त है। इस योजना से सफाईकर्मियों को मुक्त कराने और उनके पुनर्वास के अलावा पर्यावरण की स्वच्छता में भी उल्लेखनीय सफलता मिली है। लेखक ने सुलभ शौचालय के नाम से साफ-सफाई की कम लागत वाली जो योजना तैयार की है, उसे सीमित साधनों वाली साधारण जनता ने भी अपनाया है। शुरू में उच्च वर्ग के परिवारों और तकनीकी लोगों ने इस योजना पर ध्यान नहीं दिया। लेकिन बाद में इंजीनियरों, अधिकारी वर्ग, प्रशासकों और उच्च वर्ग के परिवारों ने ही नहीं बल्कि अन्तर्राष्ट्रीय एजेंसियों ने भी सुलभ इण्टरनेशनल द्वारा प्रस्तुत कम लागत वाली सफाई योजना के महत्व को स्वीकार किया।

अत: इस अध्ययन का प्रथम उद्देश्य यह है कि गंदगी ढोने वाले कर्मियों

की मुक्ति का विश्लेषण एक तथ्य के रूप में किया जाए। इसे गहराई से जानने के लिए आवश्यक है कि इस दिशा में जो प्रयास किए जा रहे हैं, उनका अध्ययन किया जाए। मानव-मल की सफाई और निपटान का कौन-सा तरीका या पद्धति इस देश के लिए सबसे अधिक उपयुक्त और कारगर रहेगी, इसका पता लगाने के लिए इस बारे में अलग-अलग पद्धतियों और तरीकों का तुलनात्मक मूल्यांकन भी किया जाना चाहिए। परन्तु यहाँ पर यह स्पष्ट करना जरूरी है कि मैला साफ करने के अलग-अलग तरीकों का कोई निश्चित मूल्यांकन नहीं किया जा सकता, क्योंकि सभी देशों में सामाजिक व आर्थिक स्थितियाँ और अन्य परिस्थितियाँ समान नहीं हैं। कहने का तात्पर्य यह है कि सफाईकर्मियों की मुक्ति का विश्लेषण एक समस्या के रूप में करने के लिए जरूरी है कि इस सिलसिले में किए जा रहे प्रयासों का सापेक्ष मूल्यांकन और तुलनात्मक विश्लेषण किया जाए। यह इस अध्ययन का महत्वपूर्ण उद्देश्य है।

इस अध्ययन का अन्य उद्देश्य यह भी है कि सफाईकर्मियों की मुक्ति का एक मूल्य (value) के रूप में विश्लेषण किया जाये, जोकि समाजशास्त्रीय दृष्टि से प्रासंगिक हो, क्योंकि इसके पीछे सदियों से चली आ रही परम्परागत मान्यताएँ हैं, जिन्होंने गंदगी साफ करना समाज के एक समुदाय के लिए पुश्तैनी आधार पर अनिवार्य बना दिया। सफाईकर्मियों से सफाई का काम कराने के पीछे जो परम्परागत मान्यताएँ हैं, उनकी जड़ें समाज में बहुत गहरी हो चुकी हैं और गंदगी साफ करने वालों को इस पेशे से सामाजिक रूप से बाँधे रखने की जो बुनियाद है, उसके साथ तथाकथित आस्था तथा पवित्रता से लिपटी मान्यताएँ भी जोड़ दी गई हैं। इस समुदाय में व्यक्तित्व का जो विकास होता था, वह इन मान्यताओं से उत्पन्न पवित्रता तथा अपवित्रता सम्बंधी धारणाओं के साये में होता था। इस अवमानवीय कार्य में लगे सफाईकर्मियों की धारणा थी कि ऐसा करना ही उनके भाग्य में लिखा था। फलस्वरूप ये लोग इस अन्यायपूर्ण मान्यता का प्रतिरोध किये बिना मैला साफ करने का काम करते रहे। एक मान्यता के रूप में सफाईकर्मियों की मुक्ति का विश्लेषण इसलिए भी समाजशास्त्र की दृष्टि से महत्वपूर्ण और प्रासंगिक है कि इस समय में किसी बात को मानने से पहले उसे तर्क की कसौटी पर परखने की जो प्रवृत्ति आयी है और मानव-गरिमा को जो प्रतिष्ठा

मिली है, उससे ऐसी मान्यताएँ विकसित हुई हैं जो परम्परागत मूल्यों के बिलकुल विपरीत हैं। इस तरह मैला साफ करने के इस अवमानवीय कार्य से सफाईकर्मियों को मुक्ति दिलाने का जो विचार उत्पन्न हुआ है, उससे मान्यताओं के बीच टकराव की स्थिति उत्पन्न हुई। इस प्रकार परम्परा से चली आ रही मान्यताओं के विश्लेषण, तर्क की कसौटी पर किसी आधुनिक मान्यताओं और उनके फलस्वरूप मान्यताओं के बीच टकराव, मैला साफ करने की प्रथा में निहित मान्यता के प्रति आलोचनात्मक दृष्टि प्रदान करने में सहायक सिद्ध हुए हैं। इसके साथ ही इस अध्ययन का उद्देश्य सफाईकर्मियों की स्वयं की निर्णय क्षमता को परखना भी है। इसके अन्तर्गत यह पता किया जाना है कि वे किस हद तक आधुनिक मान्यताओं के हामी हैं और किस सीमा तक इस प्रथा को जारी रखना चाहते हैं जिसकी बुनियादी परम्पराओं से जुड़ी मान्यताएँ हैं। सफाईकर्मियों की निर्णय लेने की क्षमता के बारे में पता लगाने के लिए इन प्रश्नों पर गम्भीरता से विचार करना आवश्यक है।

इस अध्ययन का एक अन्य उद्देश्य यह ज्ञात करना है कि वर्तमान सामाजिक व्यवस्था को देखते हुए सफाईकर्मियों में स्वयं ही कोई निर्णय लेने की कितनी क्षमता है और वे किस सीमा तक परम्परागत आदर्शों से जुड़े रहना चाहते हैं। इसके अलावा, यह भी पता लगाया जाना है कि वे मुक्ति व लाभ उठाने के लिए परम्परा की जंजीरें तोड़ने को कितने उत्सुक हैं। ऐसे में एक महत्वपूर्ण प्रश्न यह उठता है कि इस काम से छुटकारा पाने और कोई दूसरा रोजगार प्रारम्भ करने के लिए सफाईकर्मी स्वयं कितने उत्सुक हैं। भारतीय समाज के परम्परागत ढाँचे के अन्तर्गत विभिन्न जातियों और उपजातियों के लिए परम्परागत अनिवार्यताएँ हैं। वे न केवल सामाजिक संबंधों से जुड़े हुए हैं, बल्कि आर्थिक सम्बन्ध भी परम्परा से जुड़ी सामाजिक विवशताओं के अनुसार ही तय होते रहे हैं। फलस्वरूप सफाई का काम करने वालों पर भी, जोकि परम्परा से समाज का एक वर्ग रहा है, कई तरह की विवशताओं का प्रभाव पड़ता रहा है। ये विवशताएँ सामाजिक, आर्थिक, धार्मिक और सांस्कृतिक भी हो सकती हैं। सफाईकर्मियों की मुक्ति का अर्थ है—परम्परा की जंजीरों का टूटना और बदले हुए सामाजिक वातावरण में नये सामाजिक संबंध का विकसित होना—जहाँ तक सफाईकर्मियों की मुक्ति का प्रश्न है, यह जानना आवश्यक है कि वे किस सीमा तक परम्परा से जुड़ी मान्यताओं में विश्वास

रखते हैं और किस हद तक इनसे अलग होना चाहते हैं। इसलिए इससे पहले कि वे मुक्त जीवन की शुरुआत करें, उनके सामाजिक रुझान और सोच में परिवर्तन लाना जरूरी है। इस दृष्टिकोण से भी सफाईकर्मियों की मुक्ति की प्रक्रिया के गहन अध्ययन के लिए 'मूल्य-पक्ष' का विश्लेषण अनिवार्य है।

इस अध्ययन का एक महत्वपूर्ण उद्देश्य सफाईकर्मियों की मुक्ति के लिए साफ-सफाई की कम खर्चीली योजना को अपनाने और न अपनाने वालों का दृष्टिकोण और अभिरुचि ज्ञात करना आवश्यक है। ऐसा इसलिए कि सफाईकर्मियों की मुक्ति के सन्दर्भ में मैला साफ करने के वैकल्पिक तरीके अपनाने और न अपनाने वालों के विचार और दृष्टिकोण भी बहुत महत्त्व रखते हैं। हो सकता है कि कुछ लोग ऐसे भी हों जो शुष्क शौचालय प्रणाली को समाप्त करने का समर्थन न करते हों। ऐसे लोग मैला हटाने के तरीके में परिवर्तन का विरोध कर सकते हैं जिससे सफाईकर्मियों की मुक्ति में बाधा पड़ सकती है। यहाँ यह बता देना आवश्यक है कि मल-व्ययन के वैकल्पिक तरीके न अपनाने के केवल आर्थिक कारण ही नहीं है बल्कि आज भी बहुत-से धनी घरों में पुराना तरीका ही पसन्द किया जाता है। स्पष्ट है कि इसका कारण परम्परा से जुड़ी मान्यताओं के हावी रहने के साथ-साथ रूढ़िवादी विचारों का अन्धानुकरण भी है। फलस्वरूप सफाईकर्मियों की मुक्ति का 'एक मूल्य' के रूप में अध्ययन करने के लिए आवश्यक है कि वैकल्पिक तरीके अपनाने और न अपनाने वालों के द्वारा मान्य मूल्यों का विश्लेषण किया जाए। मान्य मूल्यों के इस विश्लेषण से पारम्परिक और बुद्धिसंगत मूल्यों के आपसी टकराव को समझने को भी इस अध्ययन का उद्देश्य बनाने के लिए मार्ग प्रशस्त हुआ है।

एक तथ्य और एक मूल्य के रूप में मुक्ति के विश्लेषण के साथ-साथ समस्या के बहुआयामी स्वरूप को देखते हुए यह भी जरूरी हो जाता है कि मुक्ति के एक विचारधारा के रूप में और एक कार्ययोजना के रूप में जो सामाजिक और आर्थिक निहितार्थ होंगे उन्हें जान लिया जाए। मुक्ति के सामाजिक प्रभावों के अन्तर्गत हाथ से मैला साफ करने के पुराने तरीके और इसके वैकल्पिक तरीकों के बीच टकराव अनिवार्य हो सकता है। विशेषाधिकार-प्राप्त वर्ग को समाज में ऊँचा स्थान मिलता रहा है। दूसरी ओर, इस गन्दे और अवमानवीय कार्य में लगे सफाईकर्मियों को ये नीचा समझते रहे हैं। यदि

सफाईकर्मियों को मुक्त कर दिया जाता है और अगर वे मैला साफ करने और ढोने का काम नहीं करते हैं तो उन्हें दूसरे व्यवसाय की तलाश करनी होगी। व्यवसाय की इस गतिशीलता से उनकी सामाजिक और आर्थिक स्थिति में परिवर्तन आएगा। इससे सामाजिक संबंधों में परिवर्तन के अंकुर फूटेंगे। इस तरह के परिवर्तन से परम्परा की जंजीर कमजोर होगी और सामाजिक ढाँचा तथा सामाजिक व्यवस्था बदलेगी। परम्परा की जगह तर्क पर अधिक ध्यान दिया जायेगा, जिससे समाज का रूप भी बदलेगा। संभव है कि परम्परा से बंधे समाज का विशेषाधिकार-प्राप्त वर्ग ऐसे परिवर्तन को पसन्द न करे और अपना आधिपत्य बनाये रखने के अभिप्राय से परम्परा से जुड़े सामाजिक बंधनों को कायम रखने के लिए संघर्ष करे। इस प्रकार सफाईकर्मियों की मुक्ति का सम्बन्ध परम्परा और तर्क पर आधारित मान्यताओं के बीच संघर्ष और सामाजिक परिवर्तन की प्रक्रिया से जुड़ी सामाजिक उलझनों से है। इसके फलस्वरूप, इस अध्ययन का एक उद्देश्य समस्या के गहन अध्ययन के लिए इन सामाजिक निहितार्थों का विश्लेषण करना भी है।

इस अध्ययन में सफाईकर्मियों की मुक्ति से संबंधित आर्थिक पहलुओं का विश्लेषण किया गया है। सफाई का काम अवमानवीय होने के बावजूद सफाईकर्मियों की जीविका का आधार रहा है। उनकी आय विशेष हद तक सफाई कार्य पर ही निर्भर रहती है। उन्हें पारिश्रमिक नकद या सामान या दोनों रूप में मिलता है। परम्परा पर आधारित सामाजिक व्यवस्था में सफाईकर्मियों को बच्चे के जन्म, यज्ञोपवीत-संस्कार, विवाह और त्यौहार इत्यादि विशेष अवसरों पर, उन परिवारों से जिनका वे काम करते हैं, नकद अथवा सामान या फिर दोनों ही के रूप में बख्शीश मिलती है। यह सब उन्हें उनके मेहनताने के अतिरिक्त दिया जाता है। मुक्ति की स्थिति में सफाई का काम बन्द हो जाएगा और सफाईकर्मी बेकार हो जाएँगे। अब ऐसे में यदि उन्हें कोई दूसरा रोजगार नहीं मिला तो उनके सामने दो ही विकल्प रहेंगे। वे या तो सफाई के काम का परित्याग करने से इन्कार कर देंगे या फिर भूख-प्यास का जीवन व्यतीत करेंगे। इसलिए मुक्ति के कार्यक्रम को ज्यादा प्रभावकारी बनाने के लिए यह अत्यन्त आवश्यक है कि मुक्ति के साथ-साथ उनके पुनर्वास के लिए भी योजनाएँ शुरू की जाएँ। यहाँ इस बात पर ध्यान देना आवश्यक है कि वैकल्पिक रोजगार से उनकी आय कम-से-कम उतनी अवश्य हो जितनी

सफाई के काम से होती है। इस पर ध्यान दिये बिना मुक्ति की योजना कारगर नहीं हो सकती। इस प्रकार इस अध्ययन में मुक्ति के आर्थिक पहलू की जानकारी करना भी अत्यन्त आवश्यक है।

सफाईकर्मियों की मुक्ति में केवल मूल्यों का आपसी टकराव, पुनर्वास और धंधे में परिवर्तन की समस्या ही समाविष्ट नहीं है। सामाजिक परिस्थिति और सामाजिक संबंधों की संरचना में परिवर्तन भी इसके साथ जुड़ा हुआ है। सफाईकर्मियों की मुक्ति के लिए उनके धंधे में परिवर्तन करना आवश्यक है, क्योंकि वंशानुगत आधार पर किसी का व्यवसाय तय करने का पुराना तरीका मुक्ति के साथ मेल नहीं खाता। जाति-प्रथा की बुराई से ग्रस्त भारतीय समाज में प्रत्येक जाति या उपजाति किसी खास व्यवसाय से जुड़ी हुई थी। इसका कारण यह था कि धार्मिक अनुशस्ति और दैवी विधान में विभिन्न जातियों की गहरी आस्था बन चुकी थी। प्रत्येक व्यक्ति के लिए ऐसे किसी खास व्यवसाय को अपनाना जैसे उसके भाग्य में अंकित कर दिया गया था या जो उसकी जाति वालों के लिए तय कर दिया था, वही उसके लिये स्वत: तय हो जाता था। प्रत्येक व्यक्ति अथवा जाति या उपजाति के सदस्यों के लिए उनका कार्य वंशानुगत आधार पर तय कर दिया जाता था। इस प्रकार हम देखते हैं कि परम्परा पर आधारित सामाजिक व्यवस्था के अन्तर्गत व्यवसाय परिवर्तन कदापि सम्भव नहीं था। व्यक्ति के साथ-साथ जाति या उपजाति की भी स्थिति तय कर दी जाती थी। स्पष्ट है कि सफाईकर्मियों को वंशानुगत धंधे से यदि मुक्ति प्राप्त होती है तो ऐसे परिवर्तन से उनकी सामाजिक स्थिति में परिवर्तन आयेगा। गंदगी ढोने से जुड़ी हुई प्रदूषण की धारणा सफाईकर्मियों की मुक्ति के बाद समाप्त हो जाएगी। मुक्त हुए सफाईकर्मी भी उच्च सामाजिक स्थिति के इच्छुक होंगे। अत: एक ओर तो सफाईकर्मियों में तथा दूसरी ओर हरिजनों और ऊँची जाति के बीच सामाजिक सम्बन्धों में भी परिवर्तन लाना नितान्त आवश्यक होगा। साथ ही सफाई के काम से छुटकारा पाने की समझदारी सफाईकर्मियों में ऊँची सामाजिक प्रतिष्ठा की चाह पैदा कर सकती है। ऐसी परिस्थितियों में वे उन सफाईकर्मियों को नीचा समझेंगे जो अभी मुक्त नहीं हुए हैं। अत: सफाईकर्मियों में भी सामाजिक भेद भाव उत्पन्न हो सकता है। इस प्रकार के सांस्कृतिक संघर्ष और सामाजिक अलगाव के परिणामस्वरूप सफाईकर्मियों के सामाजिक संबंधों में परिवर्तन आना सम्भव

है। सफाईकर्मियों का विभाजन दो समूहों में परिलक्षित हो रहा है—जो मुक्त हो चुके हैं और जो अभी मुक्त नहीं हो सके हैं। यह पहलू भी इस अध्ययन का एक जरूरी भाग है।

इस अध्ययन में मुक्त हुए सफाईकर्मियों के परिवारों की मुक्ति के बाद की दशा का भी मूल्यांकन किया गया है। सफाईकर्मियों की मुक्ति के फलस्वरूप अनेक समस्यायें उभरी हैं। मुक्त हुए सफाईकर्मियों की संतान दूसरी तरह की समस्याएँ उत्पन्न करती है। सफाईकर्मियों की संतान पहले बेरोजगारी की समस्या से बिलकुल भी ग्रस्त नहीं थी। अपने माँ-बाप की तरह ही वे भी निगम या नगरपालिका के अधीन या फिर निजीतौर पर परिवारों में शौचालय साफ करने का काम करते थे। लेकिन सफाईकर्मियों की मुक्ति के साथ ही स्थिति बदल जाती है। मुक्ति के बाद जो काम माँ-बाप को मिला, वही काम उन्हें मिलना आवश्यक नहीं रहा। ऐसी स्थिति में अगर उन्हें कोई दूसरा काम नहीं मिला तो उनमें से बहुत से पुनः सफाई का काम अपना सकते हैं। यदि ऐसा होता है तो सफाईकर्मियों की मुक्ति का वास्तविक उद्देश्य पूरा नहीं होगा। सफाई का काम करने की बुराई आगे भी बनी रहेगी। इसलिए सफाईकर्मियों की मुक्ति के साथ ही उनकी संतान को अलग रोजगार दिलाना भी जरूरी है। ऐसा करके ही उन्हें पुनः सफाई के काम को अपनाने से रोका जा सकता है। इस अध्ययन से यह ज्ञात करना आवश्यक है कि सफाईकर्मियों का सामाजिक और आर्थिक जीवन कैसा है और उन्होंने नई आर्थिक स्थितियों से ताल-मेल कैसे बैठाया है। इस बात की भी जानकारी करनी होगी कि उनकी जो आशायें थीं और उन्हें जो प्राप्त हुआ है, उसमें क्या अन्तर है। यह स्पष्ट है कि मुक्त सफाईकर्मी अपने भविष्य के बारे में कुछ उम्मीदें तथा कुछ अभिलाषाएँ रखते हैं। वे आशा कर सकते हैं कि अब समाज उनसे बेहतर ढंग से व्यवहार करेगा, उन्हें प्रतिष्ठा मिलेगी और उनका जीवन-स्तर ऊँचा उठेगा। आशाओं और उपलब्धियों के बीच अन्तर ज्यादा होने से वे कुंठाग्रस्त हो सकते हैं और तब सामाजिक, आर्थिक और मानसिक संकट पैदा हो सकता है। ऐसा होने से सफाईकर्मियों को प्रतीत होगा कि मुक्ति-आन्दोलन उनके लिए नहीं है। इसलिए मुक्ति की प्रक्रिया के इस पहलू पर भी सही ढंग से विचार करना आवश्यक है। इस तरह इस अध्ययन से इस महत्त्वपूर्ण उद्देश्य की जानकारी भी मिलती है।

सफाईकर्मियों की मुक्ति के अनेक पहलू हैं। एक विशिष्ट एजेन्सी द्वारा योजना-निर्माण, उसका क्रियान्वयन और अनुसरण आदि केवल प्रदर्शन करके यश अर्जित करने का माध्यम नहीं है। मुक्ति की प्रक्रिया के कई पहलू और कई आयाम हैं। यह सफाईकर्मियों और स्वयंसेवी तथा सरकारी एजेन्सियों के बीच पारस्परिक सद्‌भाव पर आधारित व्यवहार की आशा द्वारा ही उपलब्ध नहीं की जा सकती। यह उस समाज से प्रभावित होता है। इसमें दो राय नहीं हो सकतीं कि यदि पुरानी प्रणाली को समाप्त करना है तो शुष्क शौचालय का प्रयोग करने वालों को साफ-सफाई की कम लागत वाली प्रणाली अपनानी ही होगी। साफ-सफाई की कम लागत वाली प्रणाली को अपनाए बिना मुक्ति का उद्देश्य पूरा हो ही नहीं सकता। अतः यह जान लेना अत्यन्त आवश्यक है कि सफाईकर्मियों की मुक्ति के उद्देश्य से लागू की जाने वाली साफ-सफाई की कम लागत वाली योजना के बारे में विभिन्न वर्गों के लोग क्या सोचते हैं। यह बता देना जरूरी है कि कम लागत वाली साफ-सफाई योजना देश के बहुत-से क्षेत्रों में पहले ही लागू की जा चुकी है। यह आवश्यक नहीं है कि सभी इलाकों के लोग इसके बारे में एक समान विचार रखते हों। इस योजना को लोग किस सीमा तक स्वीकार करते हैं, इसका निर्णय किसी एक कारक से नहीं हो सकता। इसके लिए लोगों की शैक्षिक पृष्ठभूमि, आर्थिक दशा, लिंग, व्यवसाय, निवास-स्थान और संचार-माध्यमों से उनके कारकों का जुड़ाव का विश्लेषण करना जरूरी है। इन कारकों के संदर्भ में विभिन्न क्षेत्रों में लोगों की अलग-अलग राय हो सकती है। ये कारक कम लागत वाली साफ-सफाई योजना के बारे में सही राय बनाने और बढ़ाने के मामले में अच्छा या बुरा प्रभाव डाल सकते हैं। इस प्रकार इस अध्ययन से देश में इस योजना के अपनाये जाने या न अपनाये जाने के बारे में विभिन्न कारकों के महत्व की जाँच भी आवश्यक है।

आधुनिक युग में संचार-माध्यमों का महत्व बढ़ गया है। बढ़ते हुए शहरीकरण और औद्योगिकीकरण से तथा उन्नत प्रौद्योगिकी के कारण विदेशी प्रभाव में पर्याप्त वृद्धि हुई है। संचार-माध्यमों का उपयोग करने वालों के प्रतिशत में उत्तरोत्तर वृद्धि एक ऐसी विश्वव्यापी घटना है जो विकासशील और विकसित, दोनों ही तरह के देशों में एक-सी देखने को मिलती है। ज्यादा-से-ज्यादा लोगों के साक्षर होने और अधिक लोगों को शिक्षा सुलभ

होने से भारत में अब पहले से कहीं अधिक लोग समाचारपत्रों, पत्र-पत्रिकाओं और पुस्तकों जैसे मुद्रित संचार-माध्यमों से जुड़ गये हैं। इसके साथ ही देश में पहले की अपेक्षा सस्ते रेडियो और ट्रांजिस्टर सेट सुलभ हैं; इससे शहरों और ग्रामीण क्षेत्रों की अधिकांश जनता इन माध्यमों से भी जुड़ गयी है। इधर कुछ समय से देश में टेलीविजन और विडियो के आने और इनके व्यापक प्रचार-प्रसार से लोगों को संचार का एक बहुत ही प्रभावी माध्यम मिल गया है। अधिक-से-अधिक लोग इस दृश्य-श्रव्य माध्यम से भी जुड़ रहे हैं। भिन्न-भिन्न क्षेत्रों और अलग-अलग समाज में किये गये समाजशास्त्रीय अध्ययनों से यह तथ्य सामने आया है कि लोगों के विचार और सोचने के तरीके के साथ-साथ उनके व्यवहार और दृष्टिकोण में परिवर्तन लाने में जनसंचार माध्यमों की अत्यन्त महत्वपूर्ण भूमिका रही है।

राष्ट्रीय सरकार, सरकारी एजेन्सियाँ और निजी उपक्रम तथा स्वयंसेवी संस्थाएँ अपने कार्यक्रमों को लोकप्रिय बनाने और अपने विचारों तथा सिद्धान्तों के प्रचार के लिए संचार के अलग-अलग माध्यमों का उपयोग करती रही हैं। कम लागत वाली साफ-सफाई की प्रणाली पर जोर देने वाले भी इस योजना को ज्यादा-से-ज्यादा लोगों तक पहुँचाने के लिए इन माध्यमों का प्रयोग कर रहे हैं। अत: इस अध्ययन से यह पता लगाना नितान्त आवश्यक है कि लोगों को साफ-सफाई की कम लागत वाली सुलभ शौचालय योजना की जानकारी देने में जनसंचार के विभिन्न माध्यमों से कितनी सहायता मिल सकती है। परन्तु इस बात का भी मूल्यांकन करना आवश्यक है कि लोगों पर इन माध्यमों का कितना प्रभाव होता है। इसलिए इस अध्ययन में कम लागत वाली साफ-सफाई योजना को जन-जन तक पहुँचाने में जनसंचार माध्यमों की भूमिका का विश्लेषण करना आवश्यक है। इसके साथ ही, यह पता लगाना जरूरी है कि सफाईकर्मियों की मुक्ति में सहायक इस योजना को स्वीकृत करने और अपनाने में ये माध्यम लोगों पर किस सीमा तक अपना प्रभाव डाल सकते हैं।

इस अध्ययन का एक और महत्वपूर्ण पहलू है जो इस योजना को लोकप्रिय बनाने और लोगों को इसे वास्तव में अपनाने के लिए प्रेरित करने में संचार माध्यमों की भूमिका से संबंध रखता है। जनसंचार माध्यमों के साथ-साथ सामुदायिक नेतृत्व, जनमत को प्रभावित करने वाले लोग और राजनैतिक नेता

भी समाज में प्रचार के सशक्त माध्यम हैं। नेतृत्व लोगों को एक सूत्र में पिरोता है और नेता का काम सिर्फ संगठित करना, योजनाएँ बनाना, नीतियाँ तैयार करना या फिर राजकाज चलाना ही नहीं है; उसका काम दूसरों के लिए एक आदर्श और उदाहरण प्रस्तुत करना भी है। इसलिए लोगों को सुलभ शौचालय योजना अपनाने के लिए प्रेरित करने में नेता अत्यन्त उपयोगी सिद्ध हो सकते हैं। अत: इस अध्ययन के उद्देश्य में इस योजना को लोकप्रिय बनाने में भिन्न-भिन्न स्तरों और श्रेणियों के नेताओं की भूमिका भी शामिल की गई है।

इस अध्ययन का संबंध सुलभ शौचालय योजना अपनाने में औपचारिक संगठन क्या नया योगदान करेंगे, इसके मूल्यांकन से भी है। यहाँ यह संकेत कर देना आवश्यक है कि एक नया परिवर्तन लाने वाली सुलभ शौचालय योजना की बुनियाद वे ही विचार हैं जिनको योजना आयोग, अनुसूचित जातियों के कल्याण से संबंधित केन्द्रीय तथा राज्य सरकारों के संगठन और आमतौर पर समाज-कल्याण संगठन बढ़ावा देते रहे हैं और प्रचार-प्रसार करते रहे हैं। सुलभ शौचालय योजना का उद्देश्य सफाईकर्मियों की मुक्ति और उनका पुनर्वास करना है। इस योजना से अड़ौस-पड़ौस की सफाई की दशा और सफाईकर्मियों की हालत में उल्लेखनीय सुधार होता है। औपचारिक संगठनों से सुलभ शौचालय के कामकाज को नैतिक, आर्थिक और अन्य सहायता की अपेक्षा की जाती है। इसलिए सफाईकर्मियों की मुक्ति के उद्देश्य से इस लेखक द्वारा तैयार की गयी इस योजना में औपचारिक संगठन किस सीमा तक रुचि दिखाते हैं, यह पता लगाना भी जरूरी है। इस तरह इस अध्ययन के अन्तर्गत समस्या के इस पहलू के विश्लेषण और आकलन के साथ ही सुलभ शौचालय योजना के सफल कार्यान्वयन में भिन्न-भिन्न औपचारिक एजेन्सियों के योगदान का आंकलन और मूल्यांकन करना आवश्यक है।

जैसा कि पहले बताया गया है, सुलभ शौचालय योजना का क्रियान्वयन हो रहा है। इससे काफी बड़ी संख्या में सफाईकर्मियों को पहले ही मुक्त किया जा चुका है। सफाईकर्मियों की मुक्ति के साथ-साथ इस योजना के क्रियान्वयन से लोगों ने साफ-सफाई की कम लागत वाली प्रणाली भी अपनायी है। इस प्रकार इस अध्ययन का एक उद्देश्य यह पता लगाना भी है कि इस योजना को अपनाने और इससे लाभान्वित होने वालों ने इसका

उपयोग करने के लिए कौन-कौन से तरीके अपनाये हैं। कहने का तात्पर्य यह है कि इस अध्ययन का उद्देश्य यह पता करना है कि इस योजना को अपनाने वालों द्वारा इसका लाभ उठाने के लिए कौन-से तरीके काम में लाये गये। इसके लिए उन लोगों के अनुभवों और कामकाज के तरीकों का विश्लेषण करना भी आवश्यक है जिन्होंने सुलभ शौचालय योजना अपनायी है।

सुलभ शौचालय योजना को लोकप्रिय बनाने के लिए संचार-माध्यम और जनमत को प्रभावित करने वाले ही महत्वपूर्ण नहीं हैं, मित्रगण, संबंधी और पड़ौसी भी काफी महत्वपूर्ण हैं। इसलिए इस अध्ययन में न केवल इस योजना को लोकप्रिय बनाने बल्कि लोगों को यह योजना अपनाने और शुष्क शौचालय प्रणाली की जगह लेखक द्वारा तैयार और प्रारम्भ की गयी दो गड्ढों वाली प्रणाली को प्राथमिकता देने के लिए प्रेरित करने में पड़ौसियों, सम्बन्धियों, मित्रों तथा अन्य लोगों की जो भूमिका रही, उसका मूल्यांकन भी शामिल किया गया है। इस अध्ययन के लिए समाजशास्त्रीय जाँच का यह पहलू भी अत्यन्त महत्वपूर्ण है क्योंकि यह सामाजिक व्यवस्था की कार्यप्रणाली के अलावा विभिन्न सामाजिक संगठनों और उपव्यवस्थाओं के उन पहलुओं का विश्लेषण करने में सहायक होता है जो उनकी कार्यप्रणाली अथवा इससे भिन्न अन्य मुद्दों से सम्बन्ध रखते हैं।

साफ-सफाई की कम लागत वाली प्रणाली से सफाईकर्मियों की मुक्ति की योजना देश के भिन्न-भिन्न क्षेत्रों में प्रारम्भ की गयी है। बिहार में यह सबसे अधिक कार्यान्वित की गयी है। पटना, राँची जैसे बड़े शहरों के साथ-साथ यह आरा, बिहारशरीफ, पूर्णिया और मधुबनी जैसे शहरों में भी चलायी गयी है। यह योजना बेगूसराय, धनबाद और जमशेदपुर जैसे औद्योगिक शहरों में भी लागू की गयी है। ये इलाके पर्यावरण की स्थितियों और आबादी की दृष्टि से ही नहीं अपितु सामाजिक दशा, आर्थिक गतिविधियों और सांस्कृतिक पृष्ठभूमि की दृष्टि से भी एक-दूसरे से भिन्न हैं। गतिशीलता के स्तर में भी भिन्नता है। इन इलाकों में संचार-माध्यमों का प्रभाव भी एक-सा नहीं है। इसके अलावा, अलग-अलग कस्बों और शहरों में शैक्षिक पृष्ठभूमि, व्यावसायिक प्रतिमान, धार्मिक रुझान और आधुनिकता की सीमा तथा तर्कनिष्ठता के स्तर भी भिन्न-भिन्न हैं।

यह बता देना भी आवश्यक है कि किसी एक कस्बे या शहर में आबादी

भी एक-जैसी नहीं है। इससे उनकी सामाजिक, आर्थिक, शैक्षिक, पारिस्थितिक और भौतिक दशाओं में अन्तर का पता चलता है। इसके फलस्वरूप, एक ही शहर के अलग-अलग मुहल्लों में भी सुलभ शौचालय योजना के द्वारा कम लागत पर साफ-सफाई की सुविधा उपलब्ध कराने के कार्यक्रम को एक जैसी सफलता नहीं मिली है। एक ही शहर के भीतर भी एक इलाके से दूसरे इलाके में और एक समूह से दूसरे समूह में इस योजना के अपनाए जाने की सीमा भी अलग-अलग है। इन भिन्नताओं का बहुत महत्व है। योजना के अपनाए जाने और इसकी सफलता में विविधता विचारणीय है।

एक उद्देश्य यह पता लगाना भी है कि लोगों ने इस योजना को किस हद तक अपनाया है और किस हद तक इसे सफलतापूर्वक लागू किया जा सका है। इस प्रकार के विश्लेषण से इस कार्यक्रम को लागू करने के रास्ते में आने वाली बाधाओं का पता लगाने में भी आसानी होगी। इन बाधाओं का पता लगने से सुलभ शौचालय कार्यक्रम के क्रियान्वयन में काफी सहायता मिलेगी। इसलिए इस अध्ययन के उद्देश्यों में समस्या के इस पहलू को शामिल किया जाना समाजशास्त्र की दृष्टि से अत्यन्त महत्वपूर्ण है।

उपर्युक्त चर्चा से यह स्पष्ट हो जाता है कि इस अध्ययन का उद्देश्य समस्या का एक आयामी विश्लेषण करना नहीं है, बल्कि इसमें विभिन्न समस्याओं को लिया गया है। सही अर्थों में इसे बहुआयामी अध्ययन कहा जा सकता है। उपर्युक्त विश्लेषण से यह भी स्पष्ट होता है कि कम लागत वाली साफ-सफाई प्रणाली द्वारा सफाईकर्मियों की मुक्ति सामाजिक दृष्टि से ही महत्वपूर्ण नहीं है, बल्कि देश की आर्थिक योजना और विकास के लिए भी महत्वपूर्ण है। समस्या के स्वरूप ने न केवल समाजशास्त्रियों का ध्यान आकर्षित किया है बल्कि आर्थिक योजनाकारों, नेताओं, व्यक्तियों तथा कल्याण-कार्यों में लगी एजेन्सियों का भी ध्यान आकर्षित किया है। परिणामतः इस अध्ययन में न केवल अभिरुचियों, मूल्यों, सामाजिक संबंधों, सामाजिक अंतःक्रिया के प्रतिमानों और इन पहलुओ में परिवर्तनों का विश्लेषण किया गया है अपितु सस्ती सफाई-व्यवस्था के द्वारा सफाईकर्मियों की मुक्ति से जुड़े आर्थिक प्रश्नों के सामाजिक प्रभावों को भी शामिल किया गया है। इस प्रकार इस अध्ययन के उद्देश्यों में स्पष्ट किया गया है कि यह सर्वेक्षण या सामाजिक अध्ययन व्यापक बहुआयामी और बहुप्रयोजनीय स्वरूप का है।

उल्लिखित चर्चा को ध्यान में रखते हुए इस अध्ययन के उद्देश्यों को संक्षेप में इस तरह बताया जा सकता है—

1. यह जानना कि सुलभ शौचालय की विभिन्न योजनाओं को किस हद तक अपनाया गया है।
2. इस योजना के ग्राहियों और लाभार्थियों का ब्यौरा तैयार करना।
3. इस योजना के ग्राहियों का वर्गीकरण करने का प्रयास करना।
4. इस योजना के ग्राहियों और लाभार्थियों की सामाजिक-आर्थिक तथा अन्य भिन्नताओं और योजना ग्रहण करने की मात्रा के बीच सम्बन्ध स्थापित करना।
5. योजना के प्रचार-प्रसार में मित्रों, रिश्तेदारों और पड़ौसियों की भूमिका का अध्ययन करना।
6. इस योजना से लाभ उठाने के लिए इसे ग्राहियों और लाभार्थियों द्वारा अपनाये गये भिन्न-भिन्न प्रतिमानों का अध्ययन करना।
7. इस योजना को अपनाने में औपचारिक एजेन्सियों की भूमिका का अध्ययन करना।
8. सुलभ शौचालय योजना के प्रसार में संचार-साधनों, जनमत को प्रभावित करने वालों, जनसंचार माध्यमों आदि की भूमिका का अध्ययन करना।
9. योजना के द्वारा लाये गये भौतिक और पर्यावरण सम्बन्धी परिवर्तनों का विवरण देना।
10. योजना को लोकप्रिय बनाने में लिंग, शिक्षा, जाति, धर्म, निवास-स्थान, व्यवसाय, संचार-माध्यमों का प्रभाव और संगठन विशेष से जुड़ाव इत्यादि भिन्न कारकों की भूमिका का अध्ययन करना।
11. योजना के प्रभावी अनुरक्षण के तरीके निकालने के बारे में लाभार्थियों के विचार जानना।
12. योजना के द्वारा परम्परा की बेड़ियों से मुक्त कराए गए सफाईकर्मियों के बारे में गहराई से अध्ययन करना।
13. अध्ययन के दौरान प्राप्त अनुभवों के आधार पर शहरों में साफ-सफाई की व्यवस्था से सम्बन्धित समाजशास्त्रीय अध्ययन में विद्यमान कमियों को बताना। इस क्षेत्र में विश्लेषण और सामान्यीकरण के

प्रतिमानों में सुधार के लिए अन्तर्दृष्टि प्राप्त करना।

14. इस बात का पता लगाना कि उन लोगों द्वारा साफ-सफाई की कम लागत वाली प्रणाली को किस सीमा तक स्वीकार किया जा सकता है जो अभी भी शुष्क शौचालयों का प्रयोग करते हैं। साथ ही, ऐसे लोगों द्वारा साफ-सफाई की कम लागत वाली प्रणाली अपनाने के रास्ते में आने वाली बाधाओं का विश्लेषण करना।
15. योजना को अपनाने वालों की कठिनाइयों और समस्याओं का पता लगाना और इन बाधाओं को दूर करने के तरीके निकालना।
16. भारतीय समाज की सामाजिक, आर्थिक, भौतिक और स्वास्थ्य-रक्षा सम्बन्धी दशाओं को ध्यान में रखकर मल-व्ययन की सबसे उत्तम और सर्वाधिक उपयुक्त प्रणाली का पता करना।

अध्ययन की रूपरेखा

बहुआयामी दृष्टिकोण के रूप में उल्लिखित उद्देश्यों से स्पष्ट है कि इस समाजशास्त्रीय अध्ययन का संबंध सफाई की कम लागत वाली प्रणाली द्वारा सफाईकर्मियों की मुक्ति के विश्लेषण से है। समाजशास्त्रीय दृष्टि से समस्या का अध्ययन आवश्यक है ताकि मुक्ति की प्रक्रिया से जुड़े अलग-अलग प्रश्नों और समस्याओं का विश्लेषण किया जा सके। यह भी स्पष्ट है कि अध्ययन के अन्तर्गत, जहाँ एक ओर परिवार का आकार, परिवार की आय, शिक्षा, मुक्त हुए सफाईकर्मियों की आयु तथा मल व्ययन के स्थान जैसे वस्तुगत पहलुओं को लिया गया है, वहीं दूसरी ओर, इसमें दृष्टिकोणों, मान्यताओं, रिश्तों का पैटर्न, स्वीकृति और अंगीकरण के स्तर तथा मुक्त हुए सफाईकर्मियों की महत्वाकांक्षा के स्तर जैसे व्यक्तिगत पहलुओं को भी शामिल किया गया है।

यह अध्ययन केवल मुक्त हुए सफाईकर्मियों के बारे में सूचना संकलन तक सीमित नहीं रखा गया है, बल्कि अभी तक मुक्त न हो सके सफाईकर्मियों और सफाई की कम लागत वाली प्रणाली अपनाने वालों और न अपनाने वालों से भी जानकारी इकट्ठी की जानी है। इस सर्वेक्षण का उद्देश्य उन तथ्यों का पता लगाना है जिनसे सफाई की कम लागत वाली योजना के क्रियान्वयन में सहायता मिलती है। इसके अलावा, इस योजना को अपनाने के रास्ते में

आने वाली बाधाओं का भी पता लगाया जाना है। अतः इसके लिए न तो विवरणात्मक और न ही लक्षणात्मक या प्रयोगात्मक अध्ययन की रूपरेखा हो सकती थी। इसलिए बहुआयामी उद्देश्यों को देखते हुए अध्ययन कार्य के लिए अनुसंधान मूलक रूपरेखा तैयार की जानी थी। अनुसंधान मूलक रूपरेखा तैयार करने के पीछे इस अध्ययन का उद्देश्य यह था कि मौके पर जाकर उन क्षेत्रों का चुनाव किया जाए, जहाँ मुक्त हुए सफाईकर्मियों के साथ-साथ ऐसे सफाईकर्मियों से भी कारगर ढंग से सूचना इकट्ठी की जा सके जो अभी मुक्त नहीं हो सके हैं। उन क्षेत्रों के बारे में भी अध्ययन किया जाये, जहाँ सफाईकर्मियों को अभी मुक्त किया जाना है। स्पष्ट है, इन दोनों तरह के क्षेत्रों के चयन का अभिप्राय उन क्षेत्रों को चुनना था, जहाँ या तो कम लागत वाली सफाई प्रणाली अपनाने वाले रहते हैं या फिर वे लोग रहते हैं जिन्होंने इसे नहीं अपनाया है। मुक्ति कार्यक्रम के प्रभाव के बारे में पता लगाने के साथ-साथ इस अध्ययन का उद्देश्य उन कारकों और शक्तियों का विश्लेषण करना भी है, जो इस कार्यक्रम को न केवल बिहार में बल्कि देश के अन्य क्षेत्रों में भी ठीक ढंग से चलाने में बाधा डाल रहे हैं।

इस प्रकार इस अध्ययन के लिए कार्यनिष्ठ अनुसंधान कार्यक्रम और अनुसंधान पर कार्य योजना, दोनों ही आवश्यक थे और सर्वेक्षण के लिए एक ऐसी रूपरेखा चाहिए थी जो इन दोनों आवश्यकताओं की पूर्ति कर सके। इससे यह पता चलता है कि जिस समस्या का अध्ययन किया जा रहा है, वह अत्यधिक पेचीदी है। यह समस्या वास्तव में, अनुभवजन्य समाजशास्त्र और अनुप्रयुक्त समाजशास्त्र, दोनों के ही अध्ययन का विषय है। अनुभवजन्य समाजशास्त्र और अनुप्रयुक्त समाजशास्त्र के सम्मिश्रण के अंतर्गत कल्याण और विकास के लिए कार्यरत समाजशास्त्री भी आते हैं। इस प्रकार क्रियात्मक समाजशास्त्र का जन्म होता है। यह एक ऐसी शब्दावली है, जिसका इस लेखक ने न केवल प्रतिपादन और विकास किया है, अपितु देश के विभिन्न क्षेत्रों में क्रियात्मक समाजशास्त्र पर हुई संगोष्ठियों और कार्यशालाओं में इसका प्रचार-प्रसार भी किया है। समाजशास्त्रीय अनुसंधान तथा अध्ययन के कार्य में लगे भारत के प्रमुख समाजशास्त्रियों ने इस लेखक द्वारा प्रतिपादित क्रियात्मक समाजशास्त्र की अवधारणा स्वीकार की है। इन विद्वानों ने क्रियात्मक समाजशास्त्र पर आयोजित कार्यशालाओं और संगोष्ठिओं में तो भाग लिया

ही है, साथ ही क्रियात्मक समाजशास्त्रियों का भारतीय संघ भी गठित किया है ताकि इस अवधारणा को अध्ययन के एक विषय रूप में ग्रहण करने के अलावा इसकी एक कार्य योजना भी प्रस्तुत की जा सके।

इस अध्ययन में बिहार राज्य को लिया गया है। उपर्युक्त तथ्यों को ध्यान में रखकर यह भी स्पष्ट होता है कि सूचना एकत्र करने के लिये घर को इकाई मानना होगा क्योंकि सफाई की कम लागत वाली प्रणाली का संबंध आग्राहियों या अनाग्राहियों में से किसी व्यक्ति विशेष से नहीं है बल्कि परिवार या घर से है। इस प्रकार मुक्ति की योजना सिर्फ सम्बन्धित व्यक्ति के लिए ही महत्वपूर्ण नहीं है, बल्कि सफाईकर्मी के परिवार के लिए भी इसका महत्व है। यदि एक व्यक्ति मुक्त हो जाता है और सफाईकर्मी के परिवार के दूसरे सदस्य सिर पर मैला ढोते रहते हैं, तो मुक्ति की प्रक्रिया निरर्थक हो जाती है।

इस प्रकार इस अध्ययन के अन्तर्गत व्यक्ति को नहीं बल्कि घर को इकाई माना गया है। परन्तु इस तथ्य को भी ध्यान में रखा गया है कि परिवार या घर का सबसे महत्वपूर्ण व्यक्ति उसका मुखिया होता है। इसके अलावा, सूचना एकत्र करने के लिए एक ही व्यक्ति से मिलना पर्याप्त होता है, घर के सभी सदस्यों से मिलना जरूरी नहीं है। प्रत्येक परिवार का एक व्यक्ति परिवार का मुखिया होता है। अतः यह तय किया गया कि उसीसे सूचना इकट्ठी की जाए। यदि किसी परिवार का मुखिया उपलब्ध नहीं है तो घर के किसी अन्य जिम्मेदार व्यक्ति से सूचना मिल सकती है। अतः घर के किसी ऐसे व्यक्ति से ही मिलने का निर्णय किया गया। बिहार में इस अध्ययन के बहुआयामी स्वरूप से यह भी पता चलता है कि सूचना का आदान-प्रदान सुगम नहीं है। इसकी इकाइयों, जैसे मुक्त और मुक्त नहीं हुए सफाईकर्मियों के तथा इस प्रणाली को अपनाने और न अपनाने वालों के घरों के दृष्टिकोण में असमानता है। इतना ही नहीं, उपर्युक्त चार श्रेणियों में बँटे घरों की संख्या भी बहुत अधिक है। यह संभव नहीं है कि इस अध्ययन में राज्य के अलग-अलग कस्बों और शहरों की इन सभी इकाइयों को शामिल किया जाए। इसका अर्थ यह है कि इस सर्वेक्षण के आंकड़े एकत्र करने के लिए जनगणना का तरीका व्यावहारिक नहीं हो सकता है। अतः यह तय किया गया कि मौके पर जाकर सर्वेक्षण करने के लिए एक व्यापक नमूना तैयार किया जाए।

इसके लिए बहुत-सी धारणाओं को ध्यान में रखना आवश्यक है क्योंकि

विश्व का प्रत्येक भाग नमूने के तौर पर नहीं लिया जा सकता। समष्टि का केवल वही भाग नमूने के तौर पर स्वीकार किया जा सकता है जो इसका सही प्रतिनिधित्व करता हो और जिसमें समष्टि के सभी गुण और विशेषताएँ आवश्यक अनुपात में विद्यमान हों। गुड तथा हैट (1952: 209) ने ठीक ही कहा है, "जैसा कि इसके नाम से पता चलता है, नमूना, समष्टि का छोटा खंड है।" इसका अर्थ यह है कि नमूना समष्टि का वह छोटा खंड है जिसमें उसके सभी गुण और विशेषताएँ पाई जाती हैं क्योंकि नमूने के अध्ययन से प्राप्त निष्कर्षों को समष्टि के लिए लागू माना जाता है।

लुण्डबर्ग (1949: 137) के अनुसार, "प्रतिनिधि नमूने के लिए आवश्यक है कि समष्टि के किसी भाग में वे सभी महत्वपूर्ण विशेषताएँ अपेक्षित अनुपात में विद्यमान होनी चाहिए जो समष्टि में मौजूद हैं।" इसके अतिरिक्त, नमूने का मात्र प्रतिनिधि होना ही जरूरी नहीं है, उसे यथेष्ट भी होना चाहिए। गुड तथा हैट (1952: 225) के अनुसार, "कोई नमूना यथेष्ट तभी होता है जब वह आकार में इतना बड़ा हो, जिससे यह विश्वास हो जाए कि उसमें नमूने के मूल गुण विद्यमान हैं।" इस प्रकार नमूना पूरी तरह से प्रातिनिधिक हो, साथ ही यथेष्ट भी हो। इस लक्ष्य को तभी प्राप्त किया जा सकता है, यदि ऐसा लगे कि नमूने में विद्यमान विशेषताएँ स्थायी हैं। विशेषताओं का स्थायी होना तब तक संभव नहीं है, जब तक कि नमूना यथेष्ट आकार का न हो।

इस अध्ययन के मामले में नमूना ढूँढना अधिक जटिल था, क्योंकि अध्ययन की इकाइयाँ तथा इसमें सम्मिलित समष्टि भी एक-दूसरे से बिलकुल भिन्न थे। समष्टि की चारों श्रेणियों में कोई अंतर नहीं था लेकिन जिस तरह की सूचना इकट्ठी की जानी थी, उसे देखते हुए सभी श्रेणियों में समष्टि एक समान नहीं थी। एक श्रेणी की समष्टि में बिहार के मुक्त हुए सफाईकर्मी शामिल हैं जबकि दूसरी श्रेणी में राज्य क़े ऐसे सफाईकर्मियों को रखा गया है, जो अभी मुक्त नहीं हुए हैं। इसी तरह योजना को अपनाने वाले और न अपनाने वाले समष्टि की दो अन्य भिन्न-भिन्न इकाइयाँ हैं। इस प्रकार समष्टि को वास्तव में चार उपसमष्टियों में विभाजित किया जाना चाहिए था और प्रत्येक उपसमष्टि में अध्ययन के लिए नमूना ढूँढ़ना चाहिए था। यहाँ यह भी बता देना आवश्यक है कि सभी चारों श्रेणियों के अन्तर्गत आने वाली इकाइयाँ पूरे बिहार राज्य के कस्बों और शहरों में बिखरी पड़ी हैं।

प्रत्येक उपसमष्टि की इकाइयाँ शैक्षिक पृष्ठभूमि, आर्थिक स्थिति, जाति, व्यवसाय, और परम्परागत तथा आधुनिक मान्यताओं के मामले में एक-दूसरे से बिलकुल भिन्न हैं। इससे पता चलता है कि नमूना तलाशने का काम कितना जटिल है। इस तरह गठन और संरचना की दृष्टि से प्रत्येक उपसमष्टि असमान और जटिल थी। प्रत्येक उपसमष्टि से अधिक प्रातिनिधिक और यथेष्ट नमूना लेने के लिए यह निर्णय किया गया कि अलग-अलग शहरी क्षेत्रों से इकाइयाँ चुनी जाऐं। साथ ही, यह भी ध्यान रखा जाये कि इनसे प्रत्येक उपसमष्टि की अलग-अलग सामाजिक, आर्थिक तथा सांस्कृतिक विशेषताओं को समुचित प्रतिनिधत्व मिले।

प्रत्येक उपसमष्टि के गठन और संरचना की जटिलता को ध्यान में रखकर यह तय किया गया कि अलग-अलग कस्बों और शहरों से इकाइयाँ चुनी जाएँ ताकि यथेष्ट आकार का प्रातिनिधिक नमूना निकाला जा सके। यदि किसी शहर में बड़ी संख्या में ऐसे सफाईकर्मी थे जो मुक्त नहीं हो सके थे और आवश्यकता को देखते हुए मुक्ति का कार्य बहुत सीमित था, तो इस बात की भी संभावना थी कि वहाँ इस योजना को सहज ही अपनाने वालों की संख्या ज्यादा हो। यह स्पष्ट है कि यदि बड़ी संख्या में अभी सफाईकर्मी मुक्त नहीं हो सके हैं तो इसका अर्थ यह है कि वे अभी मैला साफ करने और ढोने के पुश्तैनी पेशे में लगे हुए हैं।

फलस्वरूप, इन शहरों में ऐसे घरों की संख्या भी बहुत ज्यादा होगी, जहाँ कमाऊ शौचालय होंगे और बड़ी संख्या में इस योजना को न अपनाने वाले इनका इस्तेमाल करते होंगे। इसलिए यह अधिक उपयुक्त था कि मुक्त नहीं हुए सफाईकर्मियों और इस योजना को न अपनाने वालों के घर अथवा इकाइयाँ एक जैसे इलाकों से ही चुनी जायें। इसके लिए तीन शहरों पटना, मुजफ्फरपुर और आरा का चयन किया गया। इन शहरों का ही चयन इसलिए किया गया क्योंकि इनमें से प्रत्येक में सुलभ शौचालय योजना लम्बे अरसे से लागू थी। साथ ही, इन शहरों में काफी बड़ी संख्या में कमाऊ शौचालयों की जगह सुलभ शौचालय बनाये जा चुके हैं। फलस्वरूप, इन शहरों में बहुत बड़ी संख्या में सफाईकर्मियों को मुक्त करवाया जा चुका है। इन सफाईकर्मियों को मुक्त करवाने के साथ-साथ उन्हें वैकल्पिक रोजगार भी दिलवाये जा चुके हैं। इस प्रकार मुक्त हुए इन सफाईकर्मियों का पुनर्वास भी करवाया जा

चुका है। स्पष्ट है कि जब लोगों ने यह योजना अपनाई तभी कमाऊ शौचालयों की जगह सुलभ शौचालयों का निर्माण हो पाया। इसका अर्थ यह है कि इन तीनों शहरों में मुक्त सफाईकर्मियों के साथ-साथ बड़ी संख्या में इस योजना को अपनाने वाले घर भी मौजूद हैं। आशा की जानी चाहिए कि इन शहरों में जो लोग अभी भी पुराने तरीके के कमाऊ शौचालय काम में ला रहे हैं, वे भी नया परिवर्तन लाने वाली सुलभ शौचालय योजना के बारे में जान जायेंगे। उनमें से कुछ संभवत: इस योजना को अपनाने वालों के सम्पर्क में आ भी चुके हैं। इस प्रकार उम्मीद की जाती है कि इन शहरों में इस योजना को न अपनाने वाले परिवार सुलभ शौचालय के अनुभवों से अंशत: या पूर्णत: अवगत हो जायेंगे। आशा है कि इसी तरह से जो सफाईकर्मी अभी भी मैला साफ करने और ढोने में लगे हैं, वे भी उन लोगों के बारे में जान जायेंगे जो मुक्त हो चुके हैं और जिनका पुनर्वास हो चुका है। उनके बारे में यह भी आशा की जा सकती है कि वे मुक्त हो चुके सफाईकर्मियों के सम्पर्क में आयेंगे और इस तरह उनके सामाजिक तथा आर्थिक जीवन में आये परिवर्तन के बारे में जान जाएँगे।

इस प्रकार इन तीनों शहरों में न केवल वे सफाईकर्मी रहते हैं जो अभी भी मुक्त नहीं हो सके हैं और वे लोग भी रहते हैं जिन्होंने इस योजना को नहीं अपनाया है बल्कि वे सफाईकर्मी भी रहते हैं, जो मुक्त हो चुके हैं और वे लोग भी रहते हैं जिन्होंने इस योजना को अपना लिया है। इसके फलस्वरूप, इन तीनों शहरों से मुक्त नहीं हुए सफाईकर्मियों और इस योजना को न अपनाने वाले लोगों के नमूने लेना अधिक आसान था। इन तीन शहरों में मुक्त नहीं हुए सफाईकर्मियों और इस योजना को न अपनाने वालों की अवस्था भी भिन्न-भिन्न थी और यही इन दोनों श्रेणियों की वास्तविक और क्रियात्मक उपसमष्टि थी। मुक्त हुए सफाईकर्मियों के मामले में तीन शहरों रांची, पटना और पूर्णिया का चयन करने का निर्णय किया गया। मुक्त हुए सफाईकर्मियों का नमूना लेने के लिए भी इन शहरों का चयन किया गया। इन क्षेत्रों में मुक्ति करवाने का कार्य जोरदार ढंग से किया गया है। इस तरह इस मामले में इन तीन शहरों, अर्थात् रांची, पटना और पूर्णिया में मुक्त हुए सफाईकर्मियों की कुल संख्या ही वास्तविक और क्रियात्मक उपसमष्टि है। इस योजना को अपनाने वालों का नमूना लेने के लिए इस अध्ययन में जिन तीन शहरों को

लिया गया, वे हैं, पटना, मधुबनी और चाईबासा। इन शहरों में खासी बड़ी संख्या में कमाऊ शौचालयों को सुलभ शौचालयों में बदला जा चुका है। इसलिए इस मामले में, वास्तव में, पटना, मधुबनी और चाईबासा नगरों में इस योजना को अपनाने वाली कुल आबादी ही उपसमष्टि थी।

समष्टि के गठन के लिए इन शहरों का चयन करने के बाद अनुसंधानकर्त्ता के सामने दूसरा काम यह था कि वह प्रत्येक मामले में नमूने का आकार तय करे। अध्ययन की एकरूपता बनाये रखने के उद्देश्य से यह तय किया गया कि चारों नमूनों में से प्रत्येक के लिए बराबर संख्या में इकाइयों का चयन किया जाए। इस प्रकार सभी मामलों में एक ही आकार के नमूने प्राप्त हो सकें। इस बात का भी ध्यान रखा गया कि प्रत्येक नमूना यथेष्ट आकार का हो ताकि वह समष्टि का समुचित प्रतिनिधित्व कर सके। साथ ही, उसे देखकर इस बात का विश्वास हो जाए कि उसका प्रातिनिधिक गुण स्थायी हो। साथ ही, इस बात का भी ध्यान रखा गया कि नमूने का आकार बहुत बड़ा न हो क्योंकि इस तरह के सर्वेक्षण में इकाइयाँ बहुत बड़ी संख्या में होने पर उनकी, पड़ताल नहीं की जा सकती है। फलस्वरूप, बड़े आकार का नमूना यथेष्ट नहीं हो सकता है। इसके अलावा, इससे पहले कभी भी इस तरह का अध्ययन नहीं किया गया है। इसलिए इस अध्ययन को सही अर्थों में इस क्षेत्र में अग्रणी माना जा सकता है किन्तु यह भी सच है कि अनुसंधानकर्त्ता के पास इसका कोई निश्चित आधार उपलब्ध नहीं था। ऐसे में यदि काफी बड़े आकार का नमूना लिया जाता तो चारों की जटिलता के कारण अध्ययन का काम और कठिन हो जाता। अलग-अलग नमूनों और समष्टियों से एकत्र की गई सूचना के आधार पर ठीक-ठीक निष्कर्ष निकालना भी मुश्किल होता। इन सभी बातों को ध्यान में रखकर यह निर्णय लिया गया कि नमूने का आकार उपयुक्त हो। यह न तो बहुत बड़ा हो और न ही बहुत छोटा। इस आधार पर अनुसंधानकर्त्ता ने तय किया कि वह प्रत्येक उपसमष्टि से 150-150 इकाइयों के नमूने लेगा और फिर इस तरह योजना अपनाने वाले तथा न अपनाने वाले परिवारों और मुक्त हुए तथा मुक्त नहीं हुए सफाईकर्मियों की चार उपसमष्टियों से कुल 600 इकाइयों का विश्लेषण करेगा।

उसके बाद अनुसंधानकर्त्ता के सामने यह निर्णय करने की समस्या पैदा हुई कि वह एक उपसमष्टि के लिए तीन शहरों में प्रत्येक से कितनी इकाइयाँ

चुने। फिर, यहाँ भी एकरूपता रखी गयी। प्रत्येक उपसमष्टि के मामले में इन तीनों शहरों को एक समान महत्व दिया गया। यह तय किया गया कि प्रत्येक शहर से 50-50 इकाइयाँ ली जाएँ जो एक समष्टि बनाएगा। इस तरह प्रत्येक उपसमष्टि के लिए 150-150 इकाइयाँ चुनी जायें। इस मामले में अनुसंधानकर्त्ता द्वारा "वेटेड स्ट्रैटीफाइड सेम्पिल" अथवा "भारित स्तरीकृत नमूना" का सिद्धान्त अपनाया गया।

नमूने के आकार और चुनी जाने वाली इकाइयों के बारे में निर्णय लेने के बाद इन तीन शहरों में से प्रत्येक उपसमष्टि के लिए इकाइयाँ चुनने की प्रक्रिया निर्धारित की जानी थी। समाज विज्ञान में नमूना लेने और इकाइयाँ चुनने के लिए अलग-अलग तरीके और तकनीकें अपनायी जाती हैं। प्रत्येक स्थिति में ये तरीके और तकनीकें समान रूप से अच्छी और वैध नहीं होती हैं। किसी विशेष तकनीक या तरीके की उपयुक्तता उस दशा से सम्बन्ध रखती है जिसका अध्ययन किया जाना है। इससे पहले कि नमूना लेने की प्रक्रिया के बारे में निर्णय किया जाए, उन प्रक्रियाओं की जानकारी कर लेना आवश्यक है जो प्रचलन में हैं। नमूना लेने के लिए आमतौर पर "यादृच्छिक नमूना लेने" की तकनीक काम में लायी जाती है। इसका तात्पर्य है कि समष्टि से इकाइयाँ यादृच्छिक ढंग से चुनी जाती हैं।

जैसा कि गुड तथा हट्ट (1952: 214) ने कहा है, "यादृच्छिक नमूना का अभिप्राय उस नमूने से है जो इस तरह निकाला गया हो कि अनुसंधानकर्त्ता का किसी भी हालत में यह विश्वास करने का कोई कारण न हो कि इससे कोई एकतरफा परिणाम निकलेगा। दूसरे शब्दों में, समष्टि की इकाइयाँ इस प्रकार क्रमबद्ध हों कि प्रत्येक इकाई के चुने जाने की एक-सी संभावना हो।" चयन की एक-सी संभावना के लिए जरूरी है कि किसी एक इकाई की तुलना में दूसरी इकाइयों को प्राथमिकता न दी जाए या फिर, अनुसंधानकर्त्ता अलग-अलग इकाइयों की विशेषताओं से परिचित न हो। गुड तथा हट्ट (1952: 214) के ही शब्दों में, "वास्तव में, इसका अभिप्राय यह है कि ठीक अनुसंधानकर्त्ता को अपनी समष्टि के बारे में पर्याप्त ज्ञान नहीं होता है और वह अपने नमूने सही ढंग से नहीं ले सकता है। वास्तव में, वह इस क्षेत्र में अपनी अनभिज्ञता के कारण यादृच्छिक ढंग से काम करने का प्रयास करता है।" अनभिज्ञता को इस तरह यादृच्छिक बना देने से प्रत्येक इकाई के चुनाव

की एक-सी संभावना सुनिश्चित हो जाती है। इस प्रकार निकाले जाने वाले नमूने में प्रत्येक इकाई के शामिल होने या फिर छाँट दिये जाने की कुछ-न-कुछ और एकसमान संभावना होती है। इस तरह किसी भी इकाई के बिलकुल भी नहीं चुने जाने की संभावना नहीं होती है।

जैसा कि चतुर्वेदी (1947: 2) का मत है, ''किसी इकाई का चयन जानबूझकर करने का प्रश्न ही नहीं उठता। ..... यादृच्छिक का अभिप्राय है कि किसी भी मद को प्राथमिकता नहीं दी जाती है। किसी भी एक मद के चुने जाने की वही संभावना होती है जो किसी दूसरी मद के चुने जाने की होती है।'' लेकिन इसके साथ ही यह भी स्पष्ट है कि चयन की एक-सी संभावना तभी सुनिश्चित की जा सकती है, जब समष्टि की सभी इकाइयां चयन के लिए उपलब्ध हों। इतना ही नहीं, अनुसंधानकर्त्ता के पास इन इकाइयों की पूरी और अद्यतन सूची भी होनी चाहिए। इस अध्ययन में चारों उपसमष्टियों में से किसी की भी इकाइयों की अद्यतन सूची उपलब्ध होना संभव नहीं था। इसका कारण यह था कि इस योजना को अपनाने तथा न अपनाने वालों और मुक्त हो चुके तथा मुक्त नहीं हुए सफाईकर्मियों में बार-बार जगह बदलने की प्रवृत्ति थी या फिर यह कि कम लागत वाली प्रणाली को अपनाये जाने की अवस्था में एक के बाद दूसरा परिवर्तन आ रहा था।

अद्यतन सूची तैयार करने का काम इसलिए भी कठिन था कि समष्टि का निर्माण करने वाले तत्व यत्र-तत्र बिखरे हुए थे। इसके अलावा, सुलभ इण्टरनेशनल द्वारा शुरू की गयी कम लागत वाली सफाई प्रणाली के जरिये सफाईकर्मियों की मुक्ति के लिए किये जा रहे प्रयासों से उनका एक श्रेणी से दूसरी श्रेणी में चले जाने की संभावना थी। इस तरह केवल ''यादृच्छिक नमूने'' का सिद्धान्त प्रयुक्त नहीं किया जा सकता था। प्रयुक्त सप्रयोजन नमूना विधि का संबंध इकाइयों के सप्रयोजन चयन से है। इसका अर्थ यह है कि इस मामले में इकाइयों को शामिल करना या निकालना पूर्व निर्धारित होता है। ऐसा तभी हो सकता है, जब अनुसंधानकर्त्ता को समष्टि का निर्माण करने वाली इन इकाइयों की विशेषताओं के बारे में पूरी-पूरी जानकारी हो। जाहिर है कि इस लेखक के पास चार उपसमष्टि बनाने वाले शहरों में रह रहे सभी मुक्त तथा मुक्त न हुए सफाईकर्मियों और योजना को अपनाने तथा न अपनाने वालों के बारे में पूरी जानकारी विद्यमान नहीं थी। अतः सप्रयोजन

नमूना लेने की तकनीक भी उपयुक्त नहीं हो सकती थी। समाजशास्त्रियों द्वारा नमूना लेने के लिए जो दूसरा प्रमुख तरीका और तकनीक अपनायी जाती है, वह "स्तरीकृत विधि" है। इस तरीके में समष्टि को कई स्तरों में विभाजित किया जाता है और फिर अलग-अलग स्तरों में से इकाइयों का चुनाव किया जाता है। गुड और हट्ट (1952: 221) के अनुसार, "नमूना लेने की स्तरीकृत विधि की बुनियादी बात यह है कि इसमें एकसमान समष्टि के लिए असमान समष्टि की तुलना में छोटे आकार के नमूने की आवश्यकता होती है। ..... यदि कई एकसमान समष्टियों से इस प्रकार नमूने लिये जाएं कि उन्हें आपस में मिलाने पर एक बड़े असमान समष्टि का निर्माण हो सके तो इससे समय और धन की बचत तो होगी ही, निष्कर्ष भी अधिक शुद्ध प्राप्त होंगे। " इस प्रकार स्तरीकरण की विधि अपनाने और प्रत्येक स्तर से इकाइयों के चयन के लिए अधिक शुद्धता की आवश्यकता होती है। लेकिन, प्रत्येक स्तर से इकाइयों के चयन के लिए यादृच्छिक चुनाव का सिद्धान्त अपनाना जरूरी है।

समष्टि के जटिल स्वरूप को ध्यान में रखते हुए नमूना लेने की प्रक्रिया भी जटिल थी। चार उपसमष्टियों में समष्टि का श्रेणीकरण और स्तरीकरण स्तरीकृत सिद्धान्त के अनुरूप है, क्योंकि इस श्रेणीकरण का उद्देश्य एक महत्वपूर्ण मत के आधार पर चार एकसमान उपसमष्टियों का निर्माण करना था । प्रत्येक समष्टि में तीन शहरों के चयन का एक खास प्रयोजन था। ऐसा करना अध्ययन की जाने वाली समस्या के स्वरूप को देखते हुए जरूरी था। किन्तु सभी इकाइयों के चयन में यादृच्छिक नमूना सिद्धान्त लागू नहीं किया जा सका। इसलिए सभी चार समष्टियों में से घरों के वास्तविक चयन के लिए यादृच्छिक चयन की तकनीक अपनायी गयी। प्रत्येक नगर से प्रत्येक श्रेणी में पचास-पचास इकाइयों या घरों का चुनाव किया जाना था।

यादृच्छिक चयन का सिद्धान्त अपनाये जाने का दृष्टान्त हेराल्ड ए० गोल्ड के अध्ययन "रिक्शापुलर्स आफ लखनऊ" में देखने को मिलता है। उनकी स्वयं की व्याख्या के अनुसार, "उस समय की परिस्थितियों को देखते हुए, नमूना लेने की यादृच्छिक तकनीक की तुलना में यदृच्छा चयन तकनीक ही एकमात्र उपाय था। इस व्यवसाय के सामाजिक गठन से संबंधित आंकड़े बिलकुल भी उपलब्ध नहीं थे जिनके आधार पर योजनाबद्ध ढंग से कोई नमूना तैयार किया जा सकता" (गोल्ड, 1974: 289)। यादृच्छिक चयन का

सिद्धान्त इसलिए काम में लाना पड़ा क्योंकि लखनऊ के रिक्शाचालकों के बारे में अद्यतन आंकड़े प्राप्त नहीं थे। इस प्रक्रिया में इकाइयों का चयन किसी पूर्व निर्धारित योजना अथवा प्रक्रिया के बिना ही किया गया। विद्यमान इकाइयों को ही नमूने में शामिल किया गया। इस अध्ययन के लिए यही सिद्धान्त और यही प्रक्रिया उपयुक्त समझी गयी। प्रत्येक नगर से प्रत्येक श्रेणी में 50-50 घरों का चुनाव यादृच्छिक चयन के आधार पर किया गया।

लेकिन यह ध्यान रखा गया कि इस प्रकार जो घर चुने जाएँ, वे सम्बन्धित उपसमष्टि की विशेषताओं को प्रतिबिम्बित करें। साथ ही, नमूने में समाज के भिन्न-भिन्न वर्गों का प्रतिनिधित्व भी हो। इस प्रकार घरों के चुनाव और नमूने को अधिक प्रतिनिधित्वपूर्ण बनाने के लिए शिक्षा, आय, व्यवसाय, जाति, उपजाति और मुहल्ले से सम्बन्धित अंतर और अन्य सुसंगत तथ्यों को भी ध्यान में रखा गया है। इस तरह प्रत्येक श्रेणी में डेढ़ सौ इकाइयों या घरों का चुनाव किया गया। अंत में, 600 घरों का एक जटिल नमूना तैयार किया गया। इस प्रकार इकाइयों के चुनाव का काम कई चरणों में पूरा हुआ। इसमें समष्टि का श्रेणियों में विभाजन, शहरों का चयन, अलग-अलग वर्गों के लोगों का चयन और इकाइयों के रूप में घरों का चयन अन्तर्निहित है। नमूना लेने में बहुचरणीय सिद्धान्त का भी उपयोग किया गया। अत: ऐसा प्रतीत होता है कि अध्ययनकर्त्ता ने चयन के लिए स्तरीकृत, सोद्देश्य यादृच्छिक और बहुचरणीय सिद्धान्त का प्रयोग किया है। इस प्रकार इस अध्ययन में नमूना लेने के लिए जो तकनीक अपनायी गयी, उसे निश्चय ही नमूना लेने की मिश्रित तकनीक कहा जा सकता है।

अगला चरण आंकड़े इकट्ठे करने की सही तकनीक के चयन से संबंधित था। समाज वैज्ञानिकों द्वारा क्षेत्र सर्वेक्षण और इस अध्ययन में समष्टि से जानकारियाँ इकट्ठी करने के लिए अलग-अलग तकनीकें अपनायी जाती हैं। इसलिए अलग-अलग तकनीकों का तुलनात्मक मूल्यांकन करके ही सही तकनीक ज्ञात की जा सकती है। आमतौर पर आंकड़े इकट्ठे करने के लिए प्रेक्षण प्रश्नावली और साक्षात्कार की तकनीकें प्रयुक्त की जाती हैं। इसलिए इन तकनीकों का मूल्यांकन करना आवश्यक था। प्रेक्षण तकनीक के अन्तर्गत घटनाओं का अवलोकन और लोगों की गतिविधिओं तथा उनके व्यवहार का निरीक्षण करके आंकड़े इकट्ठे किये जाते हैं। किसी से प्रश्न पूछने और सूचना

एकत्र करने की आवश्यकता ही नहीं होती है। मोजर (1980: 244) के अनुसार, "वास्तव में प्रेक्षण में कान और आवाज के बदले आँखों से काम लिया जाता है।" अनुसंधानकर्त्ता अपनी सहज अनुभूति के आधार पर आवश्यक आंकड़े इकट्ठे करता है। इस प्रकार प्रेक्षण का अर्थ अपनेआप होने वाली घटनाओं के बारे में आँखों के माध्यम से उस समय व्यवस्थित तरीके से और ध्यानपूर्वक अध्ययन किया जाता है जब वे घटती हैं। यंग (1965: 154) के शब्दों में "प्रेक्षण का उद्देश्य जटिल सामाजिक घटना, संस्कृति और मानव व्यवहार के नमूनों के भीतर ही एक-दूसरे से जुड़े महत्वपूर्ण तत्वों की व्यापकता और उनकी प्रकृति के बारे में अनुमान लगाना है।"

इससे यह निष्कर्ष निकलता है कि प्रेक्षण तकनीक उन प्रत्यक्ष स्थितियों और तथ्यों के प्रेक्षण में प्रयुक्त की जा सकती है जिन्हें नंगी आँखों से देखा जा सकता है। इतना ही नहीं, यह तकनीक केवल वर्तमान में हो रही घटनाओं के अध्ययन में ही प्रयुक्त की जा सकती है, उन घटनाओं के लिए नहीं, जो पहले हो चुकी हैं। इस प्रकार इस तकनीक की अपनी कुछ सीमाएँ हैं। यंग (1965: 154) के अनुसार, "निश्चय ही सभी घटनाओं का अवलोकन नहीं किया जा सकता। जब प्रेक्षक पास में ही हो तब भी देखी जाने योग्य सभी घटनाओं का प्रेक्षण नहीं किया जा सकता। अत: सभी घटनाओं के बारे में प्रेक्षण तकनीक से पता नहीं किया जा सकता।"

इसका अर्थ यह है कि प्रेक्षण तकनीक हर तरह की स्थितियों में इस्तेमाल नहीं की जा सकती है और इससे प्रत्येक किस्म की समस्याओं और घटनाओं का विश्लेषण नहीं किया जा सकता है। स्पष्ट है कि इस अध्ययन में अभिरुचियों मान्यताओं, आकांक्षाओं के स्तर और सफाई की कम लागत वाली योजना अपनाने या न अपनाने के पीछे मौजूदा कारणों का विश्लेषण शामिल है। इस समस्या के इन विषयपरक पहलुओं का अध्ययन प्रेक्षण तकनीक से नहीं किया जा सकता है। इसलिए यह तकनीक इस मामले में उपयुक्त ढंग से प्रयुक्त नहीं हो सकती है।

आंकड़े एकत्र करने की दूसरी तकनीक प्रश्नावली है। प्रश्नावली का तात्पर्य समस्या के अलग-अलग पहलुओं से संबंधित प्रश्नों के संग्रह से है। इस तकनीक में लोगों को प्रश्नों की सूची दी जाती है और उनसे प्रश्नों के हस्तलिखित उत्तर माँगे जाते हैं। गुड और हट्ट (1952: 133) के अनुसार,

"आमतौर पर प्रश्नावली का अर्थ ऐसे तरीके से है जिसमें फार्मों के जरिये प्रश्नों के उत्तर प्राप्त किये जाते हैं। इन फार्मों को उत्तर देने वाले स्वयं भरते हैं।"

इस प्रकार प्रश्नावली शब्द का प्रयोग एक युक्ति और एक तकनीक, दोनों ही रूपों में किया जाता है। इसके अलावा, इस तकनीक का प्रयोग करते समय जाँचकर्त्ता खुद प्रश्न नहीं पूछता है बल्कि उत्तरदाताओं को प्रश्नावली दी जाती है और वे उन्हें भरकर देते हैं।

इस प्रकार अनुसूची और साक्षात्कार से प्रश्नावली इस तथ्य के आधार पर भिन्न है कि यह अपनी व्यवस्था स्वयं ही कर लेती है। वास्तव में, यह ऐसी तकनीक है जिसमें अपनी व्यवस्था स्वयं करके स्वयं ही अपनी गणना भी की जाती है। यंग (1965: 177) के शब्दों में, "प्रश्नावली को इस रूप में परिभाषित किया जा सकता है कि एक फार्म जिसे स्वत: गणना के लिए आम-तौर पर उत्तरदाताओं को भेजा जाता है।" प्रश्नों को समझने अथवा उनके सही उत्तर देने के मामले में जाँचकर्त्ता द्वारा उत्तर देने वाले की सहायता करने का प्रश्न ही नहीं उठता। वास्तव में, "प्रश्नावली को प्रश्नों के उस समूह के रूप में परिभाषित किया जा सकता है जिसका उत्तर जाँचकर्त्ता की सहायता के बिना देना होता है," पोप (63)। निश्चय ही यह तकनीक कुछ मामलों में लाभप्रद है। यह इधर-उधर बिखरे लोगों से व्यक्तिगत के साथ-साथ वस्तुगत आंकड़े एकत्र करने में काम आ सकती है। यह मौजूदा परिस्थितियों के साथ पिछली घटनाओं के बारे में भी सूचना एकत्र करने में सहायक सिद्ध हो सकती है। किन्तु साथ ही, इस तकनीक के प्रयोग में एक बहुत बड़ी कमी है।

लुण्डबर्ग (1949: 183) के अनुसार, "बुनियादीतौर पर प्रश्नावली ऐसे प्रेरक तत्वों का समूह है जिन्हें साक्षर लोगों को भेजा जाता है और उनसे मौखिक के बदले लिखित उत्तर की अपेक्षा की जाती है ताकि उनके विचारों का अध्ययन किया जा सके। इसका अर्थ यह है कि प्रश्नावली तकनीक सिर्फ साक्षर अथवा पढ़े-लिखे लोगों के विचार जानने के लिए प्रयुक्त की जा सकती है। यह उस समाज के बारे में पता करने में प्रभावी नहीं हो सकती है, जहाँ निरक्षर लोग भी रहते हैं। इस अध्ययन में माना जाता है कि सफाईकर्मियों के अलावा इस योजना को अपनाने वाले तथा न अपनाने वाले भी कुछ लोग

निरक्षर हैं। वे न तो प्रश्नों को पढ़ सकते हैं और न ही उनके उत्तर दे सकते हैं। इस प्रकार प्रश्नावली तकनीक से चार समष्टियों में से किसी के भी बारे में अध्ययन करना संभव नहीं था।

जहाँ तक सामाजिक सर्वेक्षण और सामाजिक अनुसंधान की साक्षात्कार तकनीक का प्रश्न है, सामाजिक अन्वेषकों द्वारा क्षेत्र से आंकड़े इकट्ठे करने के लिए इसका प्रयोग व्यापक रूप में किया जाता है। इस तकनीक में जाँचकर्त्ता और उत्तर देने वाला आमने-सामने बात करते हैं। उत्तर देने वालों से भेंट करने के लिए जाँचकर्त्ता क्षेत्र में जाता है, उनसे प्रश्न पूछता है और उत्तर देने वाले जो जबाब देते हैं, उन्हें दर्ज कर लेता है। इस तरह साक्षात्कार तकनीक से आंकड़े इकट्ठे करने में साक्षात्कार लेने वाले और साक्षात्कार देने वाले के बीच आमने-सामने बातचीत होती है। इस प्रकार की बातचीत से अनुसंधानकर्त्ता को साक्षात्कार में शामिल होने वालों की जिन्दगी में झाँकने में सहायता मिलती है। यंग (1965: 205) के शब्दों में, "साक्षात्कार के बारे में कहा जा सकता है कि यह एक ऐसा प्रणालीबद्ध तरीका है जिससे एक व्यक्ति को प्राय: अपेक्षाकृत अनजान व्यक्ति के मन की चाह जानने का अवसर मिलता है।" किन्तु समस्या में गहरे पैंठने के लिए सिर्फ बातचीत के जरिये ही आंकड़े इकट्ठे करना काफी नहीं है। पार्टेन और मिल्ड्रेज (1950: 331) के अनुसार, "यह सुनिश्चित करने के लिए कि प्राप्त आंकड़े वास्तव में ऐसे हैं कि उनका विश्लेषण किया जा सकता है इसके लिए आवश्यक है कि सूचना प्राप्त करने की प्रक्रिया को नियंत्रित किया जाये। यदि सूचना प्राप्त करने के लिए व्यक्तिगत साक्षात्कार का तरीका काम में लाया जा रहा हो तो साक्षात्कार की दशा से जुड़ी सभी महत्वपूर्ण बातों को इस प्रकार नियंत्रित किया जाना चाहिए कि इससे जो निष्कर्ष निकले, वह उस स्थिति का सही विवरण हो जिसके बारे में पता करना इस सर्वेक्षण का उद्देश्य रहा है। इसमें साक्षात्कार लेने वाला, साक्षात्कार की जगह और उसके आसपास की स्थिति तथा सूचना लेने एवं प्रश्न पूछने और उत्तर दर्ज करने की प्रक्रिया शामिल है।

इस प्रकार समस्या का अधिक गहराई से अध्ययन करने की दृष्टि से साक्षात्कार लेने के लिए स्थिति पर नियंत्रण करना काफी महत्वपूर्ण और आवश्यक है। उपर्युक्त तथ्यों से यह पता चलता है कि साक्षात्कार तकनीक किसी भी समूह का अध्ययन करने और किसी भी व्यक्ति से सूचना एकत्र

करने में प्रयुक्त की जा सकती है, चाहे वह व्यक्ति साक्षर हो अथवा निरक्षर। उत्तर देने वालों या अध्ययन के तहत लिये जाने वाले समूह या समुदाय के लोगों को प्रश्न पढ़ने और उत्तर दर्ज करने की जरूरत नहीं होती। अन्वेषक स्वयं प्रश्न पूछता है और स्वयं ही उत्तर दर्ज करता है। इस प्रकार प्रश्नावली तकनीक की तुलना में साक्षात्कार तकनीक अधिक उपयुक्त है। इसके अलावा, साक्षात्कार तकनीक का सम्बन्ध प्रश्न पूछने और उत्तर दर्ज करने से है। इस तकनीक से व्यक्तिगत पहलुओं के साथ-साथ वस्तुगत पहलुओं के बारे में भी सूचना एकत्र की जा सकती है। इतना ही नहीं, किसी उद्देश्य को लेकर की गई आमने-सामने की बातचीत से मिलने वाली सूचना का सम्बन्ध या तो विद्यमान परिस्थितियों से जोड़ा जा सकता है या फिर विगत समस्याओं और घटनाओं से। अत: ऐसा लगता है कि साक्षात्कार तकनीक का प्रयोग किसी भी तरह की समस्याओं के अध्ययन के लिए किया जा सकता है। इन समस्याओं का सम्बन्ध चाहे इस समय के लोगों के किसी समूह से हो या फिर बीते समय के लोगों के किसी समूह से। यह अध्ययन न केवल मौजूदा परिस्थितियों के विश्लेषण से ही सम्बन्ध रखता है बल्कि इसका सम्बन्ध विगत समस्याओं और परिस्थितियों से भी है। चार उपसमष्टियों जिनमें शिक्षित और अशिक्षित दोनों शामिल हैं, समस्याओं के व्यक्तिगत और साथ ही वस्तुगत विश्लेषण से भी सम्बन्धित हैं। इन सभी बातों को देखते हुए इस अध्ययन में आवश्यक आंकड़े एकत्र करने के लिए साक्षात्कार तकनीक का प्रयोग ही उपयुक्त समझा गया है।

आंकड़े एकत्र करने की तकनीक के बारे में तय कर लेने के बाद यह निर्णय करना भी आवश्यक था कि इस अध्ययन के लिए साक्षात्कार की कौन-सी तकनीक काम में लाई जाएगी। इसे निर्धारित करते समय साक्षात्कार के लिए आमतौर पर उपयोग किए जाने वाले दो तरीके पाये गए अर्थात् औपचारिक अथवा संरचित साक्षात्कार और अनौपचारिक अथवा असंरचित साक्षात्कार। औपचारिक तकनीक के अन्तर्गत जिससे साक्षात्कार लिया जाना है, उससे पूछे जाने वाले प्रश्न पूर्व निर्धारित होते हैं और उत्तरों की वैकल्पिक श्रेणियाँ भी पूर्व निर्धारित होती है। औपचारिक तकनीक में पहले से तैयार की गयी सूची को साक्षात्कार अनुसूची कहा जाता है। अत: जैसा कि यंग (1965: 177) ने कहा है, "अनुसूची वह फार्म है जो व्यक्तिगत साक्षात्कार

के दौरान भरा जाता है।'' इस तकनीक में आंकड़े अथवा उत्तर एक व्यवस्थित तरीके से इकट्ठे किये जाते हैं। आंकड़ों का संसाधन अपेक्षाकृत अधिक आसान और प्रणालीबद्ध होता है। यही कारण है कि जैसा कि मोजर (1980: 270) ने कहा है, ''औपचारिक साक्षात्कार, जिसमें पूर्व निर्धारित प्रश्न पूछे जाते हैं और उत्तर एक मानकीकृत रूप से दर्ज किये जाते हैं, बड़े पैमाने पर किये जाने वाले सर्वेक्षण के लिए मानव प्रक्रिया है।''

दूसरी ओर अनौपचारिक अथवा असंरचित साक्षात्कार का आधार एक साक्षात्कार-मानक है। इसमें कोई विशिष्ट या पहले से तैयार प्रश्न नहीं रहते हैं। इसमें केवल बुनियादी बातें रहती हैं और यह केवल अध्ययन की रूपरेखा प्रस्तुत करता है जिसके आधार पर अनुसंधानकर्त्ता लोगों से प्रश्न पूछता है। इस तरह उत्तर पूर्व निर्धारित श्रेणियों के अनुरूप नहीं होते हैं। अनुसंधानकर्त्ता को अलग-अलग व्यक्तियों से अलग-अलग प्रश्न पूछने की स्वतंत्रता रहती है। किन्तु इस तरह जो आंकड़े प्राप्त होते हैं, उनका कोई सुव्यवस्थित क्रम नहीं होता है। प्रकीर्ण और अव्यवस्थित आंकड़ों का विश्लेषण करना कठिन होता है। अतः आंकड़ों के योजनाबद्ध और आसान विश्लेषण की दृष्टि से क्षेत्र सर्वेक्षण के लिए औपचारिक साक्षात्कार की तकनीक बेहतर थी। अतः क्षेत्र से आंकड़े एकत्र करने के लिए औपचारिक साक्षात्कार की तकनीक प्रयुक्त की गयी है।

औपचारिक अथवा असंरचित साक्षात्कार तकनीक का प्रयोग करने का निर्णय लेने के बाद साक्षात्कार अनुसूची बनाना भी आवश्यक था। चूँकि इस अध्ययन में चार भिन्न-भिन्न प्रकार के उपसमष्टिओं को लिया गया है, इसलिए साक्षात्कार लेने के लिए चार अलग-अलग तरह की साक्षात्कार अनुसूचियाँ तैयार की गईं। साक्षात्कार अनुसूचियाँ को अंतिम रूप देने से पहले इनका पूर्व-परीक्षण किया गया तथा प्रारंभिक अध्ययन किया गया। इसके लिए चारों अनुसूचियाँ सम्बन्धित उपसमष्टि की कुछ इकाइयों में एक के बाद एक क्रमवार इस्तेमाल की गयीं, ताकि अनुसूचियाँ तैयार करने में यदि कुछ कमियाँ रह गयी हों तो उनका पता चल सके। प्राप्त उत्तरों और साक्षात्कार लेने में हुई कठिनाइयों को ध्यान में रखकर चारों अनुसूचियों में संशोधन और सुधार किये गये और फिर सम्बन्धित चार उपसमष्टियों से लिये गये चार उपनमूनों में क्षेत्र सर्वेक्षण संचालन करने के कार्य को अन्तिम रूप दिया गया।

अनुसूची तैयार होने के बाद वास्तविक क्षेत्रकार्य शुरू हुआ। यह लेखक न सिर्फ सुलभ शौचालय की योजनाओं से जुड़ा हुआ है बल्कि इसीने इसका अन्वेषण और शुरुआत भी किया है। इसलिए लेखक को मुक्त अथवा मुक्त नहीं हुए सफाईकर्मियों की दशा, भिन्न-भिन्न शहरी क्षेत्रों में इस योजना को अपनाये अथवा न अपनाये जाने के स्तर और सीमा तथा इस कम लागत वाली प्रणाली को अपनाने में अंतर्निहित समस्याओं और एक नया परिवर्तनकारी सफाई की कम लागत वाली योजना के संबंध में लोगों की प्रतिक्रियाओं की व्यावहारिक जानकारी है। इसलिए इन सभी तथ्यों से विज्ञ लेखक के लिए सर्वेक्षण की कोई योजना बनाना अपेक्षाकृत अधिक सरल था। लेखक ने इस अध्ययन के अंतर्गत आने वाले विभिन्न शहरों का दौरा किया और अलग-अलग वर्गों के लोगों से मुलाकात के लिए समय देने का अनुरोध किया। एक अनुसंधानकर्त्ता के रूप में लेखक को मुक्त नहीं हुए सफाईकर्मियों और विशेषकर योजना को न अपनाने वालों से मुलाकात के लिए समय लेने में कुछ कठिनाइयों का सामना करना पड़ा। केवल कुछ ही मामलों में मुक्त हुए सफाईकर्मियों और योजना को अपनाने वालों ने मुलाकात के लिए समय देने में कुछ आनाकानी की। लेकिन भरोसा देकर और घनिष्ठता कायम करके लेखक अलग-अलग वर्गों के लोगों में विश्वास जगाने में सफल रहा। लेखक ने प्रत्येक वर्ग के 150 घरों के 150 व्यक्तियों का साक्षात्कार लिया।

क्षेत्र सर्वेक्षण कार्य के लिए मुख्य रूप से औपचारिक साक्षात्कार तकनीक का प्रयोग करने के साथ-साथ लेखक ने समस्या के कुछ और पहलुओं का अध्ययन करने के लिए प्रेक्षण तकनीक भी प्रयुक्त की। क्षेत्र में रहने से लेखक को मुक्त हुए सफाईकर्मियों के व्यवहार, उनके पुनर्वास के पैटर्न, मुक्त न हुए सफाईकर्मियों की समस्याओं, योजना को अपनाने और नया परिवर्तन लाने वाली सफाई की कम लागत योजना के बारे में लोगों की प्रतिक्रियाएँ अच्छी तरह से देखने-समझने में काफी सहायता मिली। लेखक ने सामाजिक संबंधों में परिवर्तन और मुक्त हुए सफाईकर्मियों तथा उनके परिवार के सदस्यों के व्यवहार और रहन-सहन को भी समीप से देखा और समझा। इस तरह समस्या के अध्ययन में प्रेक्षण तकनीक का भी उपयोग किया गया।

साक्षात्कार और प्रेक्षण तकनीकों द्वारा प्राथमिक स्रोतों से सूचना और

सम्बन्ध आंकड़े एकत्र करना तो आवश्यक है ही। इस सर्वेक्षण में अध्ययन की निर्धारित रूपरेखा के अंतर्गत सुलभ शौचालय तथा ऐसे ही अन्य योजनाओं के कामकाज से सम्बन्धित प्रलेखों और रिकार्डों में दर्ज द्वितीयक स्रोतों से आंकड़े एकत्र करना और अलग-अलग औपचारिक एजेंसियों की रुचि, सरकार की नीति और अन्य आवश्यक तथ्यों की जानकारियाँ प्राप्त करना भी शामिल है।

इस पुस्तक को लिखते समय लेखक ने कुछ शब्दों का प्रयोग बार-बार किया है। इन्हें समझाने की आवश्यकता नहीं है। ''मुक्त हुए सफाईकर्मी '' उन्हें कहा गया है जो नगरपालिकाओं और नगरनिगमों में सफाई का काम करने के लिए नौकरी पर रखे गये थे लेकिन जिन्हें अब झाड़ू लगाने और कूड़ा-कचरा हटाने जैसे दूसरे काम सौंपे गये हैं। ''मुक्त नहीं हुए सफाईकर्मी'' उन्हें कहा गया है जो नगरपालिका तथा नगरनिगमों में नौकरी तो करते हैं लेकिन जो अभी भी मैला साफ करने और ढोने का काम ही करते हैं। ''कमाऊ शौचालय'' शब्द का तात्पर्य भारत की परम्परागत शौचालय प्रणाली से है, जिसे गंदगी ढोने वाले समुदाय के लोग ही साफ किया करते हैं। इन लोगों द्वारा मैला साफ करने का काम हाथ और मशीन दोनों से ही किया जाता है। इसी प्रकार दो गड्ढों वाली प्रणाली शब्द 'सुलभ शौचालय' के लिए प्रयुक्त किया गया है जिसका अर्थ हाथ से मैला साफ करने की व्यवस्था को समाप्त कर सफाईकर्मियों को मुक्ति दिलाना है। समस्या के विश्लेषण और मल-व्ययन के तरीकों के मूल्यांकन के बारे में चर्चा के लिए लेखक द्वारा कुछ तकनीकी शब्दों का इस्तेमाल किया गया है। जैसा कि आप जानते हैं, लेखक ने न केवल सुलभ शौचालय योजना तैयार की है, बल्कि शुरू से ही वह इस पूरी परियोजना और कार्यक्रम का मार्गदर्शन भी करता रहा है। लेखक को अलग-अलग प्रणालियों के तकनीकी पहलुओं की भी जानकारी है। पुस्तक के अन्त में एक पूरी सहायक ग्रन्थ सूची दी गई है।

अध्याय 2

सफाईकर्मी—ऐतिहासिक परिप्रेक्ष्य में भारत में सफाई-व्यवस्था

भारत में अधिकतर लोग गाँवों में रहते हैं। देश की सत्तर प्रतिशत से अधिक आबादी आज भी गाँव में रहती है। प्राचीनकाल में ग्रामीण क्षेत्रों में रहने वालों का प्रतिशत इससे बहुत अधिक था। घर के भीतर ही शौच के लिए किसी उपयुक्त स्थान के अभाव में लोग आमतौर पर खुले मैदान में शौच किया करते थे। महिलाएँ इसके लिए ऐसा एकान्त स्थान चुनती थीं जो या तो पेड़ों से घिरा होता था या थोड़ी-बहुत फसलों से ढंका हुआ होता था, या फिर घास उगे टीलों में छिपी रहती थीं। आज भी वैसा ही होता है। नगरों में रहने वालों के लिए मलत्याग के लिए विशेष स्थानों की व्यवस्था करना आवश्यक था और मैला निपटाना भी जरूरी था। इस प्रकार हम देखते हैं कि भारत के लोग प्राचीन काल में भी सफाई की व्यवस्था से भलीभांति परिचित थे। सफाई का काम समाज के एक खास वर्ग के लोग किया करते थे। कालान्तर में ये एक विशेष जाति या उपजाति बन गई।

मैला साफ करने की किसी प्रणाली के अस्तित्व में रहने के सम्बन्ध में प्राचीन ग्रंथों से कुछ जानकारी मिलती है। इनमें तथा कुछ अन्य साहित्य में उल्लिखित विवरणों से पता चलता है कि सफाईकार्य और खासकर भारतीय समाज में किसी विशेष जाति या जातियों के लोगों द्वारा मैला साफ करने की प्रथा सभ्यता के प्रारम्भ से ही विद्यमान थी। नारदीय संहिता में दासों के जो पन्द्रह कर्त्तव्य गिनाये गये हैं, उनमें मानवमल का निपटान भी शामिल है (नागर, 1980: 9)। वाजसनेयी संहिता में चाण्डालों और पौलकस की चर्चा मैला साफ करने वाले दासों के रूप में की गयी है (नागर, 1980: 8)। बौद्धकाल में भी इन दो नामों की चर्चा की गयी है। मौर्ययुग में पाटलीपुत्र उन पाँच प्राचीन नगरों में शामिल था जहाँ नागरिक के रूप में नगरप्रमुख उस

संगठन का प्रमुख होता था जिसके जिम्मे नगर की साफ सफाई और ऐसी ही अन्य व्यवस्थाएँ थीं। (पाटलीपुत्र को आजकल पटना के नाम से जाना जाता है और यह भारत के बिहार राज्य में है।) सफाईकर्मी नगर की सफाई करते थे और मैला निपटाते थे।

मौर्ययुग के दौरान नगर की साफ-सफाई की व्यवस्था अत्यन्त उन्नत थी। चाणक्य (जो सम्राट का मंत्री अथवा प्रमुख सलाहकार था) ने लिखा है कि प्रत्येक घर में एक रसोईघर और एक स्नानागार होना चाहिए। उसने सुझाया था कि खुले में शौच करने वालों पर जुर्माना लगाया जाना चाहिए। फिर भी, जो लोग बीमारी अथवा विकलांगता के कारण ऐसा करते हों, उन्हें क्षमा कर दिया जाना चाहिए। (वाचस्पति, 1977: 305, 350)

मलकानी (1960) और अन्य प्रमुख विद्वानों ने यह सिद्ध करने का प्रयास किया है कि आज के सफाईकर्मी पहले के वे योद्धा हैं जिन्हें शत्रुओं ने हराकर बन्दी बना लिया था।

मुसलमान अपने साथ महिलाएँ लेकर आये थे जो अपना चेहरा ढंकने के लिए बुर्का (पर्दा) इस्तेमाल करती थीं। ये महिलाएँ खुले में शौच करना पसन्द नहीं करती थीं। अतः उन्हें पर्दे में ही शौच की सुविधा मुहैया कराने के लिए बाल्टी वाले शौचालय की परिकल्पना और निर्माण किया गया। बन्दी बनाये गये लोगों को इन शौचालयों की सफाई करने और मैला दूर ले जाकर फैंकने के लिए बाध्य किया गया। बाद में, जब ये बन्दी रिहा किये गये तो उनकी जाति वालों ने उन्हें अपनाने से इंकार कर दिया और इस तरह, इन लोगों ने अपनी एक अलग भंगी जाति बना ली जिसे बाद में सम्राट अकबर द्वारा "मेहतर" नाम दिया गया।

चतुर्वेदी (1980: 22, 23) के अनुसार क्षत्रिय और भंगी मूलतः एक ही वंश के रहे हैं। इसके समर्थन में जैसा कि उनका मत है कि इन दोनों में स्पष्ट समानता मिलती है। उन्होंने इनमें निम्नलिखित समानताएँ बतायी हैं—

भंगीः वास, वसावर, वीर, गूजर, भदवरिया, बिसेन।

मेहतरः बुन्देलिया, चाण्डाल चौहान, नाडो, यदुवंशी, कछवाहा, किनवार, ठाकुर।

राजपूतः बुन्देला (48), बड़गूजर पन्ना (222), पन्ना (295), दजोहा या यदुवंशी गूजर पन्ना (248), रावत।

चाण्डाल जाति के लोगों ने 1911 में जनगणना अधिकारी से निवेदन किया था कि उन्हें ब्राह्मण माना जाये क्योंकि वे ब्राह्मण मूल के थे। इस प्रकार उनके रीति-रिवाज, कर्मकाण्ड और संस्कार-सम्बन्धी दूसरे कार्य प्राय: वही हैं जो ब्राह्मणों के हैं। इसमें कोई सन्देह नहीं कि चाण्डालों का काम कूड़ा-करकट और मैला हटाना था। इन चाण्डालों ने स्वयं को ब्राह्मणों के रूप में दर्ज कराने की पहल तभी की, जब उनके पास ढेर-सारा पैसा हो गया। जाहिर है कि मल-व्ययन में लगी जातियाँ एक ही जाति से निकली हुई जातियाँ बिलकुल नहीं थीं। (ओ' मैली, 1913)

इस प्रकार आज के सफाईकर्मी केवल क्षत्रिय ही नहीं है बल्कि वे भी हैं जो प्राचीनकाल से ही मैला साफ करने के काम में लगे हैं, जैसे चाण्डाल, पोलकस अथवा जिन्हें भारत में या जेरूसलम में या फिर संसार के दूसरे हिस्सों में युद्ध के दौरान बन्दी बना लिया गया था। 1931 की जनगणना के अनुसार भारत में सफाईकर्मियों की कुल संख्या 19,57,460 थी। इनमें 10,38,678 पुरुष और 9,18,782 स्त्रियाँ थीं। (हट्टन, 1933)

पूर्ववर्ती विवरण से पता चलता है कि ऐतिहासिक घटनाओं के फलस्वरूप भारत में सफाईकर्मियों का एक विशेषवर्ग उभरकर सामने आया जिसे भंगी अथवा मेहतर के नाम से जाना जाता है। यह वर्ग एक पुश्तैनी पेशेवर समूह बन गया जिसकी भारतीय समाज में एक निश्चित भूमिका थी। अपनी अपरिवर्तनीय भूमिका तथा हैसियत और पुश्तैनी व्यवस्था में यह वर्ग गतिहीन हो गया। यह वर्ग एक ऐसी जाति या उपजाति बन गया जिसका समाज में सबसे नीचा स्थान था। पुश्तैनीतौर पर सफाई का पेशा निश्चित हो जाने तथा अपनी गतिहीन अवस्था के कारण भंगियों की जाति अथवा उपजाति भारतीय सामाजिक ढांचे का एक अभिन्न अंग बन गयी और यह सामाजिक विधान बन गया क्योंकि इसके बिना ऐसा होना संभव नहीं था।

सफाईकर्मियों को जातियों की श्रृंखला में सबसे निचले स्तर पर रखा गया था। परम्परा से वे जिस काम से जुड़े थे अथवा जो उन पर थोपा गया था, उसकी प्रकृति के कारण वे बहिर्जातियों के सामाजिक क्रम में सबसे नीचे चले गये। मैला साफ करना सर्वाधिक घृणित कार्य था क्योंकि इसमें उन्हें मैला छूना पड़ता था। फलस्वरूप, उन्हें न तो सामाजिक न्याय मिल पाता था और न ही मानवीय व्यवहार। आर्थिक रूप से गरीब और सामाजिक रूप से

पिछड़े होने के कारण वे न तो अन्यायपूर्ण बंधनों के विरुद्ध आवाज उठा सकते थे और न ही सफाई के काम से अपने को अलग कर सकते थे।

महात्मा गांधी पहले व्यक्ति थे जिन्होंने उनके लिए काम किया। उन्होंने सफाईकर्मियों को मैला साफ करने के काम से छुटकारा दिलाने के लिए संघर्ष किया। इस प्रकार उन्होंने सफाईकर्मियों की मुक्ति की प्रक्रिया का सूत्रपात किया और समाज में उनकी स्थिति तथा हैसियत ऊँची की। महात्मा गांधी से पहले सफाईकर्मियों के उत्थान के लिए किसी ने काम नहीं किया। महात्मा गांधी जब 1901 में कलकत्ता में राष्ट्रीय कांग्रेस के अधिवेशन में शामिल हुए तो उन्होंने स्वयंसेवकों से कहा कि वे सफाईकर्मियों से काम न करायें। बड़े आश्चर्य की बात थी कि स्वयंसेवकों ने अपने को इस बारे में कुछ भी करने में असमर्थ बताया। महात्मा गांधी ने झाड़ू की मदद से अपना मैला साफ करके पहल की। (वैसे भी उनके लिए अकेले सभी स्वयंसेवकों का मैला साफ करना संभव नहीं था।)

लेकिन स्वयंसेवकों पर इसका गहरा प्रभाव पड़ा। उसके बाद जब कभी भी अखिल भारतीय कांग्रेस अधिवेशन होता था, स्वयंसेवक ही मैला साफ करने का काम करते थे।

महात्मा गांधी ने 1918 में जब साबरमती में अपना आश्रम शुरू किया तो उन्होंने आश्रमवासियों को स्वयं ही मैला साफ करने की सलाह दी। उन्होंने कहा कि इसके लिए पेशेवर सफाईकर्मियों को नहीं लगाया जाना चाहिए। आश्रमवासियों ने दो बाल्टियों का प्रबन्ध किया था। उनमें से एक बाल्टी को वे मल-त्याग के लिए इस्तेमाल करते थे और दूसरी मूत्र-त्याग और प्रक्षालन के लिए प्रयुक्त करते थे। वे इन्हें एक गड्ढे में डालकर मिट्टी से ढंक दिया करते थे जो बाद में एक उत्तम खाद के रूप में काम आती थी। महात्मा गांधी के मन में मैले से खाद बनाने का विचार 1908 में आया था, जब वे दक्षिण अफ्रीका में टाल्सटाय फार्म पर रहते थे। श्रीमती इन्दिरा गांधी ने 1984 में लोकसभा में प्रश्नकाल के दौरान यह रहस्य खोला कि जब वे साबरमती आश्रम में रहा करती थीं तो उन्हें अपना मैला स्वयं साफ करना पड़ता था।

इससे पता चलता है कि महात्मा गांधी सफाईकर्मियों की दुर्दशा के प्रति कितने चिन्तित थे। महात्मा जी ने एक बार कहा था—

> ''संभव है कि मैं पुनः जन्म न लूँ। फिर भी, अगर ऐसा होता है तो मैं चाहूँगा कि सफाईकर्मियों के परिवार में जन्म लूँ। ऐसा करके मैं उन्हें सिर पर मैला ढोने की अवमानवीय, अस्वास्थ्कर और घृणित प्रथा से मुक्ति दिला सकूँगा।''

राष्ट्रपिता ने स्वयंसेवकों से कहा कि वे भारत की स्वतंत्रता के लिए लड़ने के साथ-साथ सामाजिक और रचनात्मक कार्य भी करें। आश्चर्य की बात है कि जहाँ अन्य क्षेत्रों में काम करने के लिए बड़ी संख्या में लोग आगे आये और उन्होंने स्वयं को सामाजिक कार्यक्रमों तथा रचनात्मक कार्यों में लगाया, वहीं सफाईकर्मियों को मुक्ति दिलाने के कार्यक्रम में महात्मा गांधी के बहुत कम अनुयायी आगे आए।

इस तरह के लोगों में प्रमुख थे, अप्पा साहेब पटवर्धन, अन्ना साहेब दास्ताने, अत्रे गुरुजी, डाक्टर बी० आर० अम्बेडकर, जीवनलाल, जयरामदास, केशव दास साह, युगल राम वैद्यावे, मामा साहेब फड़के, ठक्कर बापा, विट्ठल फरने, सन्त विनोबा भावे, बल्लभ स्वामी, एस० एन० मूर्ती, आर० आर० दिवाकर, रामेश्वरी नेहरू, भाऊ नार्वेकर, वियोगी हरि, जगलाल चौधरी, सरयू प्रसाद और राजेन्द्र लाल दास। इनमें भी अप्पा साहेब पटवर्धन इस पवित्र कार्य में अंतिम समय तक जुटे रहे। उन्होंने खाद तैयार करने वाले एक शौचालय की खोज में सफलता भी प्राप्त की जिसे, ''गोपुरी'' के नाम से जाना जाता है। इस शौचालय के बारे में अध्याय 3 में अलग से चर्चा की गयी है।

गांधी शताब्दी की शुरुआत के साथ ही भारत के दो प्रमुख सामाजिक कार्यकर्त्ताओं गुजरात के ईश्वर भाई पटेल और इस पुस्तक के लेखक, बिहार के डाक्टर बिन्देश्वर पाठक ने सफाईकर्मियों की मुक्ति संबंधी कार्यक्रम के महत्व के बारे में योजनाकारों, प्रशासकों, इंजीनियरों, सामाजिक कार्यकर्त्ताओं आदि को बताया और उनपर इसका बहुत प्रभाव पड़ा। इसी क्रम में एक तीसरा नाम भी जुड़ा है और वह है, गोविन्द नारायण का। श्री नारायण राजस्थान स्थानीय स्वशासन संस्थान के अध्यक्ष रह चुके हैं।

भारत में सफाईकर्मियों की मुक्ति के कार्यक्रम से जुड़े प्रमुख सामाजिक संगठन इस प्रकार हैं—

(क) हरिजन सेवक संघ

(ख) गांधी स्मारक निधि
(ग) सफाई विद्यालय
(घ) राजस्थान स्थानीय स्वशासन संस्थान
(च) सामाजिक अध्ययन न्यास संस्थान
(छ) सुलभ इण्टरनेशनल (पूर्व सुलभ शौचालय संस्थान)

गांधीजी चाहते थे कि सफाईकर्मी सिर पर मैला न ढोयें। उन्होंने मल-व्ययन का अधिक सुरक्षित तरीका अपनाने पर बल दिया ताकि हाथ से मैला हटाने की प्रथा समाप्त हो सके। इस दिशा में एक प्रयास सेवाग्राम (वर्धा) में खाई शौचालय बनाकर किया गया था। इस शौचालय के गुण-दोषों के बारे में अलग से चर्चा की गयी है।

मुस्लिम देशों में सफाई-व्यवस्था

अलग-अलग स्थानों पर सफाई के तरीके और सफाई के काम से जुड़े सामाजिक बंधन अलग-अलग हो सकते हैं। इसके बावजूद मल-त्याग की जगहों से मैला साफ करना और उसे निपटारे के स्थान तक ढोकर ले जाने की प्रथा सर्वत्र विद्यमान है। इस्लामी विधान के अनुसार मल-व्ययन की प्रणाली इस्लाम के शुरुआती दौर यथा ईसवी सन् की सातवीं शताब्दी अथवा इससे भी पहले मौजूद थी। इस्लाम में बैत-अल-खोला (शौचालय) से सम्बन्धित धार्मिक विधान में स्पष्ट रूप से बताया गया है कि शौचालय प्रणाली उस समय भी मौजूद थी और इस प्रकार मल-व्ययन का काम अरब में भी होता था। इसके अलावा, इस्लाम में 'पर्दा' से सम्बन्धित विधान में महिलाओं के स्वतंत्र रूप से घूमने-फिरने पर पाबन्दी थी। ऐसी स्थिति में जबकि शरीर और चेहरा ढंकना किसी भी मुस्लिम महिला का धार्मिक कर्त्तव्य था, तो यह जरूरी था कि घर के भीतर ही शौच के लिए आवश्यक प्रबन्ध किये जायें। साथ ही मल-व्ययन के लिए भी कोई जगह निश्चित की जाये। महिलाओं द्वारा घर के बाहर शौच करने से पर्दा-कानून का उल्लंघन हो सकता था। इसके अलावा, ऐसा करना किसी भी वयस्क मुस्लिम महिला के लिए जरूरी "हिजाब" की धारणा के भी विरुद्ध था। इन विधानों से यह भी निष्कर्ष निकलता है कि उस समय निश्चित रूप से मल-व्ययन की कोई प्रणाली मौजूद थी। इसके अलावा, मैले के निपटारे के लिए जरूरी था कि शौचालय

को साफ किया जाए, साथ ही मैले को हटाकर बस्ती से बाहर किसी जगह पर अथवा इससे भी दूर कहीं ले जाया जाये। इस प्रकार सफाई की प्रणाली प्रचलन में थी।

यूरोपीय देशों में सफाई-व्यवस्था

यूरोपीय देशों तथा अमेरिका में भी पुराने जमाने में मल-व्ययन का काम भंगी व्यवस्था के जरिये किया जाता था। इस बारे में "स्कैवेन्जर" के निम्नलिखित उद्धरण से पर्याप्त जानकारी मिल जाती है—

> "शौचघर प्रचलन में आने से पहले यूरोपीय शहरों में मल जल का निपटारा "स्कैवेन्जर्स" द्वारा किया जाता था। ये लोग रातभर शहरों का दौरा करते और शौचालयों से मैला एकत्र करके ठेलों से आसपास के खेतों में फेंक आते। प्रायः ऐसा होता था कि जो किसान अपनी उपज लेकर शहर में आते वे ढेर सारी खाद लेकर वापस लौटते। अमेरिका में भी यही रिवाज था। वहाँ बड़े पैमाने पर शौचघर और मल-जल प्रणाली की शुरुआत शताब्दी के उत्तरार्द्ध में हुई। किन्तु, उन्नीसवीं शताब्दी के मध्य तक अनेक स्थानों पर सफाई के लिए भंगी-व्यवस्था लागू हो चुकी थी। शहरों के बढ़ने के साथ ही मल जल की मात्रा में भी वृद्धि हुई। माँग और पूर्ति का नियम लागू हुआ और माँग से कहीं अधिक मैला जमा होने लगा। शहरों के आसपास रहने वाले किसान संतृप्त हो चुके थे जबकि जो दूर थे, उनके लिए ढुलाई-भाड़ा बहुत अधिक था।" (हैमलिन, 1982)

इस उद्धरण से पता चलता है कि अमेरिका तथा यूरोपीय देशों में मल-जल प्रणाली लागू होने से पहले भंगी-व्यवस्था प्रचलित थी। उच्च प्रौद्योगिकी के विकास और सभी जगहों पर पर्याप्त मात्रा में पानी की आपूर्त्ति संभव न होने से भंगी-व्यवस्था समाप्त हो गयी। मल-व्ययन के लिए मल-जल प्रणाली का प्रचलन विकासशील देशों में आम है।

यह भी स्पष्ट है कि "नाइट-सॉयल" शब्द मानव-मल के लिए गढ़ा गया था। क्योंकि अमेरिका और यूरोपीय देशों में सफाईकर्मियों द्वारा रात में ही शौचालयों से मैला इकट्ठा किया जाता था, जिसे खाद के तौर पर इस्तेमाल करने के लिए खेतों में ले जाया जाता था। रात में मैला साफ करने के रिवाज से इसका नाम "नाइट-सॉयल" पड़ गया।

अध्याय 3

सफाई-व्यवस्था और मल-व्ययन

मानव-सभ्यता के विकास के साथ ही मल-व्ययन की समस्या उत्पन्न हुई। सभ्यता की शुरुआत के पहले अथवा सभ्यता के प्रारम्भ में मनुष्य को इस तरह की समस्या का सामना नहीं करना पड़ा। उस समय मल-त्याग के लिए शौचालय अथवा घर के भीतर या बाहर किसी विशेष स्थान की व्यवस्था नहीं थी। लोग मल-त्याग के लिए खुली जगहों, नदियों के किनारों और बस्ती के बाहर, आसपास के इलाकों का इस्तेमाल करते थे। इस प्रकार पृथ्वी की सतह पर जमा मैला मिट्टी में घुलमिल जाता था और मल-व्ययन की आवश्यकता बिलकुल नहीं पड़ती थी लेकिन सभ्य समाज में शौचालयों के विकास और लोगों द्वारा मल-त्याग के लिए आसपास ही किसी स्थान की तलाश के साथ ही मल-व्ययन की समस्या भी उत्पन्न हुई। लोगों ने प्रौद्योगिकी की जानकारी और अपनी बस्तियों की परिस्थिति के अनुसार मल-व्ययन की अलग-अलग प्रणालियाँ विकसित कीं और अपनायीं।

इस प्रकार विश्व के अलग-अलग भागों में मल-व्ययन की अलग-अलग प्रणालियों का विकास हुआ। प्रौद्योगिकी और विज्ञान की प्रगति से तथा साफ-सफाई, स्वास्थ्य तथा स्वास्थ्य-रक्षा के प्रति जागरूकता बढ़ने से मल-व्ययन की प्रणाली में सुधार और परिवर्तन हुए। किसी समाज अथवा देश के लिए किसी खास किस्म की शौचालय प्रणाली का विकास करते और अपनाते समय उस देश की जलवायु की दशा, मिट्टी की किस्म, जल के स्रोतों, आर्थिक दशाओं और सामाजिक तथा सांस्कृतिक विरासत को भी ध्यान में रखना पड़ता है। आधुनिक प्रौद्योगिकी और ज्ञान के विकास के साथ ही शौचालय प्रणाली में परिवर्तन तथा सुधार किये गये हैं। इस समय में विश्व के भिन्न-भिन्न क्षेत्रों में अलग-अलग किस्म की शौचालय प्रणालियाँ प्रयुक्त की जाती हैं। स्वयं भारत में भी ब्रिटिशकाल के दौरान और स्वतंत्रता प्राप्ति के बाद भी शौचालय प्रणाली के बहुत से डिजाइन तैयार किये गये। भारत और विश्व के दूसरे भागों में

सामान्यतया सबसे ज्यादा प्रचलित और प्रयुक्त प्रणालियाँ हैं—मल-जल निकास अथवा सीवर प्रणाली, सेप्टिक टंकी प्रणाली तथा दो गड्ढों वाली सुलभ शौचालय प्रणाली। यद्यपि अभी परम्परा से चली आ रहीं शौचालय प्रणाली भी प्रचलन में है। इसके अतिरिक्त कुछ अन्य प्रकार की शौचालय प्रणालियाँ भी विकसित की गयी हैं, जिनका विवरण इस प्रकार है:

1. खाई शौचालय (ट्रेंच लेट्रिन)

दक्षिण अफ्रीका से लौटने के बाद महात्मा गांधी भंगी नाम की एक अलग जाति द्वारा सफाई का काम करने की अवमानवीय प्रथा और खुले में मल-त्याग करने को लेकर काफी चिन्तित थे। जब कभी भी अखिल भारतीय कांग्रेस समिति की बैठक होती थी, महात्मा गांधी का यह स्पष्ट निर्देश रहता था कि मैला साफ करने का काम कांग्रेस स्वयंसेवक ही करेंगे, सफाईकर्मी नहीं। इसी प्रयास में महात्मा गांधी के वर्धा आश्रम सेवाग्राम में पहले-पहल एक खाई शौचालय बनाया गया।

खाई शौचालय में दो से तीन फुट गहरा और तीन से चार फुट चौड़ा गड्ढा होता है। यह गड्ढा गोलाकार, आयताकार अथवा वर्गाकार भी हो सकता है। इसके अलावा, इसमें लकड़ी का एक तख्ता होता है जिसके बीच में एक छेद होता है। इसमें छत नहीं होती और यह तीन तरफ या तो टिन से या फिर फूंस से घिरा रहता है। खाई शौचालय का इस्तेमाल करने के बाद इसमें थोड़ी मिट्टी या फिर घास-फूंस छोड़ दी जाती है। हर छह महीने बाद जब यह गड्ढा भर जाता है, खाई शौचालय का स्थान बदल दिया जाता है।

खाई शौचालय हालांकि खुले में मल-त्याग करने की अपेक्षा बेहतर है, फिर भी इससे बात नहीं बनती। हर छह महीने बाद इसकी जगह बदलना बहुत कठिन था। इसके अलावा, इससे मक्खियाँ पैदा होने और बदबू-जैसी बुराइयाँ दूर नहीं हो सकती थी। कभी-कभी मैले से उत्पन्न कीटाणु शौचालय की सतह पर आ जाते थे। इसलिए लोगों ने इस प्रणाली को नहीं अपनाया।

2. बेध छिद्र गड्ढा शौचालय (बोर-होल लेट्रिन)

बेध छिद्र शौचालय का विकास स्वतंत्रता प्राप्ति से पहले अखिल भारतीय स्वच्छता और लोकस्वास्थ्य संस्थान, कलकत्ता तथा राकफेलर फाउण्डेशन द्वारा संयुक्त रूप से किया गया था। पहले-पहल इसे पश्चिम बंगाल में सिंगूर में

स्थापित किया गया था। इसमें एक गोलाकार छेद होता है जो प्रायः चालीस सेण्टीमीटर व्यास का होता है। इसमें बरमा से जमीन में सीधे छह से आठ मीटर गहराई तक सुराख किया जाता है। इसमें शौचालय का फर्श और ऊपर का ढांचा भी होता है। इसका इस्तेमाल अफ्रीकी देशों, पश्चिम एशिया, दक्षिण पूर्व एशिया, पश्चिम प्रशान्त और दक्षिण अमेरिका मं किया जाता है। बेध छिद्र गड्ढा शौचालय की सबसे बड़ी कठिनाई यह है कि इसमें गड्ढे की दीवारें या तो नष्ट हो सकती है या धंस सकती हैं। खासकर कछारी मिट्टी में इस बात की काफी संभावना रहती है। इसे बनाने के लिए विशेष उपकरणों की आवश्यकता पड़ती है और इस प्रणाली में जल–प्रदूषण की भी बहुत अधिक संभावना रहती है। इस तरह के शौचालयों में मक्खियों का पैदा होना एक दूसरी गंभीर समस्या है। इन सब कारणों से बेध छिद्र गड्ढा शौचालय लोगों में अधिक प्रचलित नहीं हो सका। (भास्करन, 1966: 4)

3. खाई–कूप शौचालय (डग–वेल लेट्रिन)

खाई–कूप शौचालय सबसे पहले 1949–50 में पश्चिम बंगाल के सिंगूर जिले में स्थापित किया गया था। इसके तहत कठोर मिट्टी वाली जमीन में दस से बीस फुट गहरा और तीस इंच व्यास का एक कुआँ खोदा जाता है। मिट्टी को धंसने से रोकने के लिए कुएँ में ईंटों का अस्तर लगाया जाता है और इसके मुँह पर चारों ओर कंक्रीट भर दिया जाता है। गड्ढे के ऊपर बैठने के लिए लकड़ी का तख्ता लगा दिया जाता है। साथ ही, इसका इस्तेमाल करने वालों के एकान्त के लिए ऊपरी ढांचा भी रहता है। (भास्करन, 1966: 5)

खाई–कूप शौचालय काफी खर्चीला है। इसे ऐसे स्थानो पर बनाना कठिन है जहाँ भौमजल स्तर ऊँचा हो। खाई–कूप शौचालय की कार्यप्रणाली भी वही है जो बेध–छिद्र गड्ढा शौचालय की है। यदि यह सतह पर मिलने वाले पानी में बैठ जाता है तो पानी के दूषित होने का खतरा रहता है। इन कमियों के कारण खाई–कूप शौचालय बिहार तथा देश के अधिकांश अन्य भागों में भी इस्तेमाल में नहीं लाया जा सकता है।

4. उल्टा–मटका शौचालय

इसमें मिट्टी का एक बड़ा बर्तन (मटका) उलटकर जमीन में गाड़ दिया जाता है। इसे सतह से कम–से–कम पौन मीटर नीचे गाड़ते हैं। मटका लगभग डेढ़

मीटर ऊँचा होता है। इसमें एक छेद कर दिया जाता है। इस छेद में एक पाइप जमा दी जाती है जो मल की निकासी के लिए शौचालय से जुड़ी रहती है। शुरू-शुरू में मटके की तली में घोड़े की लीद पोत दी जाती है ताकि सड़ने-गलने की प्रक्रिया तेज हो सके। हफ्ते में एक बार नमक का पानी भी छोड़ा जाता है ताकि मैला आसानी से गल जाये। गलकर बहने का काम सबसे नीचे के खुले सिरे से होता है और थोड़ा-बहुत मटके के छेद वाले हिस्से से भी होता है। गड्ढे में पैदा हुई गैस मिट्टी द्वारा सोख ली जाती है। जब मटका भर जाता है तो इसे दो साल तक बन्द करके रखते हैं। बाद में उसे खाद के रूप में प्रयुक्त किया जा सकता है। इस दौरान दूसरा मटका लगाना होता है।

(कोर्ट, 1981: 18-19)

यद्यपि मटका शौचालय गुजरात के खेड़ा जिले के ग्रामीण क्षेत्रों में आजमाया गया है परन्तु इसका बिलकुल अस्थायीस्वरूप होने के कारण यह बहुत अधिक लोकप्रिय नहीं हो सका।

5. गोपुरी

गोपुरी खाद तैयार करने वाली श्रेणी का ऐसा शौचालय है जिसमें दो टंकियाँ होती हैं। ये टंकियाँ जमीन में खोदी जाने के बजाय जमीन की सतह पर बनायी जाती है। इस्तेमाल की जाने वाली टंकी के ऊपर एक सचल पैन लगी सीट बैठा दी जाती है। टंकी भर जाने पर उसे सूखी मिट्टी, राख, पत्तियों और घर के कूड़ा-करकट से ढंक दिया जाता है। गोपुरी शौचालय में एक पारगम्य तला होता है। खाद तैयार करने वाले अन्य शौचालयों की तरह इसमें जमा होने वाला मैला भी कुछ समय बाद अच्छी खाद बन जाता है। इसमें एक निकास पाइप लगी होती है जो इसे काफी हद तक बदबू रहित रखता है।

(भास्करन, 1966: 5)

यद्यपि गोपुरी शौचालय में मल या मूत्र को हाथ लगाने की जरूरत नहीं पड़ती है, परन्तु इसमें मक्खियाँ पैदा होने की समस्या हो सकती है। फिर भी, इसका सबसे बड़ा दोष यह है कि इसमें टंकियाँ जमीन के ऊपर बनायी जाती हैं। इस प्रकार इसे देश के लिए उपयुक्त नहीं समझा गया है।

6. सोपा सण्डास शौचालय

यह खाद तैयार करने वाला शौचालय है जो सबसे पहले महाराष्ट्र में स्थापित

किया गया था। इसमें पाँच चीजें होती हैं—

1. कंक्रीट अथवा पत्थर की एक पटिया, जिसमें सीमेण्ट या मौजेक का शौचालय पैन लगा होता है;
2. सीधा खड़ा एक पाइप जिस पर ऊपर की ओर मुँह पर एक टिन की पट्टी लगी रहती है;
3. चार फुट लम्बा, तीन फुट चौड़ा और तीन फुट गहरा आयताकार गड्ढा, जो दो भागों में बँटा रहता है। इस गड्ढे में आंशिक रूप से मधुमक्खी के छत्तेनुमा ईंट का अस्तर लगा रहता है;
4. दोनों गड्ढों को आपस में जोड़ने वाला अंग्रेजी अक्षर "वाई" के आकार का पाइप; और
5. गड्ढे से बदबू बाहर निकालने के लिए निकास-पाइप में ऐसा देखा गया है कि टिन की पट्टी की वजह से न तो शौचालय में बदबू फैलती है और न ही मक्खियाँ प्रवेश कर पाती हैं। फिर भी, यह पट्टी धीरे-धीरे पुरानी पड़ जाती है और इसे समय-समय पर बदलना पड़ता है। गड्ढा जब भर जाता है तो उसे टिन की एक चादर से ढंक दिया जाता है। बाद में, मानव-मल उत्तम किस्म की खाद में बदल जाता है। समय बीतने के साथ ही गड्ढे से यह खाद बाहर निकाल ली जाती है और मिट्टी की उपज बढ़ाने के लिए इसे खेतों में डाला जाता है। (कोर्ट, 1981: 10)

7. हगेबू शौचालय

यह भी गड्ढा शौचालय का ही संशोधित रूप है। इसमें पहले तीन फुट गहरा और लगभग पौने दो फुट व्यास का गोल गड्ढा खोदा जाता है। बाद में, धीरे-धीरे गहराई के साथ-साथ इसका व्यास चार फुट तक बढ़ा दिया जाता है। गड्ढे की गहराई सोलह से सत्रह फुट तक हो जाती है। इसमें शौचालय की एक सीट बैठा दी जाती है और ऊपर आवश्यक ढांचा भी खड़ा किया जाता है।

इस प्रकार का शौचालय मैसूर राज्य के स्वास्थ्य विभाग द्वारा शुरू किया गया था। राज्य के कुछ क्षेत्रों में यह आज भी प्रचलन में है। इस शौचालय के मामले में भी स्थान की कमी एक बड़ी समस्या है क्योंकि एक गड्ढे के भर जाने के बाद पास में ही दूसरा गड्ढा खोदना पड़ता है। इसलिए इसे लोगों द्वारा व्यापक रूप में अपनाने का प्रश्न ही नहीं उठता है।

8. बारापल्ली किस्म का शौचालय

गाँवों का पर्यावरण सुधारने के उद्देश्य से डाक्टर एडविन ऐबट ने उड़ीसा के बारापल्ली गाँव में एक गड्ढा शौचालय विकसित किया। इस तरह का शौचालय तीन से पाँच फुट गहरा होता है और इसका व्यास तीस इंच होता है। इस शौचालय को बनाने के लिए करीब दो सौ वर्गफुट जमीन की आवश्यकता पड़ती है। मैला बहाने और मल-त्याग के बाद धुलाई-सफाई के उद्देश्य से पानी के भण्डारण के लिए टिन का एक डिब्बा या मिट्टी का बर्तन रखा जाता है। पैन को साफ करने के लिए झाड़ू की भी व्यवस्था रहती है।

(भास्करन, 1966: 6)

9. पी० आर० ए० आई० किस्म का शौचालय

कई परीक्षणों और लम्बे समय के गहन शोध के बाद लखनऊ के योजना तथा शोधकार्य संस्थान [प्लानिंग एण्ड रिसर्च एक्शन इन्स्टीट्यूट (पी० आर० ए० आई०)] ने हाथ से बहाये जाने वाले ऐसे शौचालय का डिजाइन तैयार किया जिसमें गड्ढे में हर समय पानी भरा रहता है। इसमें एक पैन और अंग्रेजी शब्द "यू" के आकार का एक पाइप होता है। इस शौचालय की दो किस्में विकसित की गयीं। एक, जिसमें शौचालय गड्ढे के ऊपर बनाया जाता है और दूसरा, जिसमें शौचालय गड्ढे से थोड़ा दूर होता है और एक पाइप के सहारे गड्ढे से जुड़ा रहता है। मैले को गड्ढे में बहाने के लिए एक या दो जग पानी काफी होता है। जब एक गड्ढा भर जाता है तो बगल में एक दूसरा गड्ढा बनाया जाता है जो शौचालय से जुड़ा रहता है। पहले गड्ढे में जमा पदार्थ यदि कुछ समय तक वैसे ही छोड़ दिया जाये तो वह एक अच्छी खाद के रूप में प्रयुक्त किया जा सकता है। एक गड्ढे वाली प्रणाली बहुत सफल नहीं हुई है क्योंकि पहले गड्ढे के भर जाने के बाद दूसरा गड्ढा तुरन्त नहीं बनाया जा सकता। इसके अलावा, समय गुजरने के साथ ही दूसरे गड्ढे की लागत भी बढ़ जायेगी।

10. हवादार उन्नत गड्ढा शौचालय (वेण्टीलेटेड इम्प्रूव्ड पिट, वी० आई० पी० लेट्रिन)

यह रोडेशिया में विकसित गड्ढा शौचालय के उन्नत डिजाइन के आधार पर है। संशोधित गड्ढे में वायु-वाहित क्रिया उत्पन्न होती है। यह क्रिया उस

चक्र के कारण होती है जो शौचालय की सीट से होकर वायु अंदर आने और निकास-पाइप में ऊपर चले जाने से उत्पन्न होती है। इसमें निकास-पाइप, सूर्य की गर्मी से गर्म होने पर वायु को ऊपर खींच लेता है। यह दावा किया जाता है कि गड्ढे से निकलने वाली दुर्गन्ध निकास-पाइप के रास्ते बाहर चली जाती है। चूँकि फ्लू पाइप से मक्खियाँ गड्ढे में नहीं घुस सकती हैं इसलिए मक्खियों के प्रजनन की संभावना भी कम होती है। इसके बावजूद, इसमें बहुत-सी अन्य कमियाँ बनी रहती हैं। यह शौचालय ऐसी जगह नहीं बनाया जा सकता है, जहाँ भौमजल स्तर ऊँचा हो। जब गड्ढा भर जाता है तो दूसरा शौचालय बनाना पड़ता है। फिर भी, हवादार उन्नत गड्ढा शौचालय परम्परागत गड्ढा शौचालय की तुलना में काफी अच्छा है।

(कोर्ट, 1981: 31)

11. हवादार उन्नत द्वि-गड्ढायुक्त शौचालय (वेण्टीलेटेड इम्प्रूव्ड डबल पिट, वी० आई० डी० पी० लेट्रिन)

हवादार उन्नत द्वि-गड्ढा युक्त शौचालय केवल एक मामले में एक गड्ढे वाले शौचालय से भिन्न है कि इसमें दो एकान्तर गड्ढे होते हैं। यदि एक गड्ढा भर जाये तो उसे कम-से-कम एक वर्ष तक वैसे ही छोड़ देना चाहिए और उसके बाद ही उसे खाली करना चाहिए, ताकि यह सुनिश्चित हो जाए कि रोग उत्पन्न करने वाले जीवाणु और कीटाणु नष्ट हो गए हैं। इस शौचालय के इस्तेमाल और रखरखाव का भी तरीका वही है जो एक गड्ढे वाले शौचालय का होता है। इस शौचालय में बनने वाले दो गड्ढे हवादार उन्नत गड्ढा शौचालय के गड्ढे में ही एक दीवार देकर बनाये जाते हैं अथवा इन्हें अलग-अलग भी बनाया जाता है। इस प्रकार एक गड्ढा भर जाने पर दूसरा गड्ढा बनाने की जरूरत नहीं रहती है। चूँकि हवादार उन्नत गड्ढा और हवादार उन्नत द्वि-गड्ढा शौचालय के डिजाइन पानी के बिना ही इस्तेमाल किये जाने की दृष्टि से बनाये गये हैं, इसलिए इनका रखरखाव ठीक ढंग से करना आवश्यक है। इसमें मुख्य रूप से बैठने वाली पटियाँ और ऊपर के ढांचे को साफ-सुथरा रखना शामिल है। इसके अलावा, मक्खियों और दूसरी परेशानियों से बचने के लिए हवादार प्रणाली का भी डिजाइन ठीक ढंग से बनाना आवश्यक है।

12. रीड का दुर्गंधरहित मिट्टी का शौचगृह (रीड्स ओडोरलेस अर्थ क्लोजेट, आर० ओ० ई० सी०)

हवादार उन्नत गड्ढा शौचालय का एक विकल्प रीड का दुर्गन्धरहित मिट्टी का शौचगृह है। इस शौचालय में गड्ढा पूरी तरह से बन्द रहता है और उसमें मैला एक ढलुआ नाली से पहुँचाया जाता है। हवादार उन्नत गड्ढा शौचालय की तरह इसमें भी निकास-पाइप लगी रहती है। परन्तु इस शौचालय का एक बड़ा नुकसान यह है कि ढलुआ नाली मैले से आसानी से बंद हो सकती है और इससे मक्खियाँ पैदा हो सकती हैं। इसलिए ढलुआ नाली को नियमित रूप से कूँची से साफ करना जरूरी होता है।

13. आर० सी० ए० शौचालय

आर० सी० ए० परियोजना के अधीन ग्रामीण क्षेत्रों के लिए एक शौचालय का उपयुक्त डिजाइन तैयार किया गया है। इस दिशा में खासकर मद्रास के पास स्थित पूनमाली केन्द्र द्वारा काफी काम किया गया है। एक सम्मिश्र डिजाइन तैयार किया गया था जिसमें पहले के डिजाइनों की अच्छी बातें शामिल की गयीं। इस डिजाइन के आवश्यक भाग इस प्रकार हैं: (1) बैठने की पटिया, जो तीन फुट लम्बी, तीन फुट चौड़ी और दो इंच मोटी होती है। पैन की ओर इसकी मोटाई डेढ इंच तक रहती है ताकि ढालूदार बनावट के कारण पानी आसानी से नीचे की ओर बह सके; (2) एक पैन, जो सत्रह इंच लम्बा होता है और पीछे की तरफ आठ इंच तथा आगे की तरफ पाँच इंच चौड़ा होता है। इस पैन की गहराई सामने की ओर तीन इंच रहती है जबकि पीछे की ओर यह अधिक गहरी होती जाती है। इस पैन के साथ तीन इंच व्यास का अंग्रेजी अक्षर "यू" के आकार का पाइप जोड़ दिया जाता है। इस पाइप का दूसरा सिरा टंकी से जुड़ा रहता है। इसमें भरे हुए पानी के लिए पौन इंच की गहराई सुझायी गई है; (3) एक गड्ढा, जो या तो तीस इंच व्यास का गोलाकार होता है अथवा तीस इंच लम्बा और इतना ही चौड़ा होता है; और (4) पैन और सीट के ऊपर का ढांचा—जब पहला गड्ढा भर जाता है तो पास में ही दूसरा गड्ढा बनाकर उसे शौचालय से जोड़ दिया जाता है। जब दूसरा गड्ढा भर जाता है तो पहले वाले गड्ढे को खाली करके पुन: इस्तेमाल में लाया जाता है।

14. रासायनिक शौचालय

रासायनिक शौचालय में एक टंकी होती है जिसमें कास्टिक सोडा भरा रहता है। टंकी पर एक सीट बैठा दी जाती है जिस पर छाजन लगा रहता है। इसमें छत से निकले फ्लू पाइप से होकर हवा आने-जाने की व्यवस्था रहती है। टंकी में जमा मैला उसमें विद्यमान रसायन से गल जाता है और कीटाणुमुक्त हो जाता है। इस रसायन से रोग फैलाने वाले जीवाणु भी नष्ट हो जाते हैं। कई महीने तक इस्तेमाल करने के बाद यह रसायन और गला हुआ पदार्थ बहा दिया जाता है या फिर साफ कर दिया जाता है। यह प्रणाली काफी संतोष-जनक, सुरक्षित और स्वास्थ्यप्रद है। लेकिन रासायनिक शौचालय बनवाने और रखरखाव पर खर्चा बहुत अधिक होता है। यही कारण है कि यह प्रणाली ज्यादा लोकप्रिय नहीं हो सकी। अतः बड़े पैमाने पर इसके इस्तेमाल की सलाह नहीं दी जा सकती है।

15. जल शौचालय (एक्वा प्रिवी)

जल शौचालय में एक टंकी होती है जिसमें पानी भरा रहता है। इसमें शौचालय के फर्श से लटका एक ड्राप-पाइप घुसा रहता है। मल-मूत्र ड्राप-पाइप के जरिये ही टंकी में गिरता है। टंकी में यह सेप्टिक टंकी की तरह ही वायुरहित विश्लेषण की प्रक्रिया से गुजरता है। गला हुआ मैला जो कुल जमा मैले का एक-चौथाई ही रह जाता है, टंकी में जमा होता जाता है। इसे समय-समय पर साफ करना पड़ता है। (कोर्ट, 1981 : 21)

जल शौचालय में मल-मूत्र बहाने के लिए सोख्ता गड्ढा नहीं होता । अतः यह स्वास्थ्य की दृष्टि से ठीक नहीं है। इसके अलावा, पानी की सतह जब कभी भी ड्राप-पाइप से नीचे चली जाती है तो टंकी से बाहर दुर्गन्ध फैल जाती है और आसपास का क्षेत्र दुर्गन्ध से भर जाता है। इसलिए यह प्रणाली भी बड़े पैमाने पर नहीं अपनायी जा सकती है।

16. वियतनाम शौचालय (दोहरे तलघर वाले शौचालय)

दोहरे तलघर वाले शौचालय में दो टंकियाँ होती हैं जिनमें से प्रत्येक का आयतन तीन सौ लीटर होता है। ये टंकियाँ बैठने वाली पटिया से ढंकी रहती हैं। इस पटिया में दो छेद होते हैं, दो पायेदान होते हैं और मूत्र के बहने के लिए एक नाली होती है। मैला इन दो में से किसी एक टंकी में जमा होता है।

यह टंकी पाँच से दस व्यक्तियों वाले परिवार द्वारा तीन से छह महीने तक इस्तेमाल की जा सकती है। मूत्र को बहाकर शौचालय के पीछे एक बड़े मर्तबान में इकट्ठा कर लिया जाता है। इस तरह पहली टंकी में सिर्फ मैला, राख और टायलेट पेपर जमा रहता है। ये चीजें काफी हद तक सूखी रहती हैं और इनके अपघटन की प्रक्रिया मूलतः वायु पर आधारित नहीं हैं। जब पहली टंकी दो-तिहाई भर जाती है तो इसे सूखी और भुरभुरी मिट्टी से भर दिया जाता है। इसकी जगह दूसरी टंकी काम में लायी जाती है। जब दूसरी टंकी भरने के करीब होती है तो पहली टंकी को खोलकर साफ कर लिया जाता है। अपघटित मैले में बदबू भी नहीं होती है और खाद बन जाती है। यह शौचालय वियतनाम शौचालय के नाम से जाना जाता है। इसका कारण यह है कि यह वियतनाम में बड़े पैमाने पर इस्तेमाल किया जाता रहा है। वियतनाम के स्वास्थ्य विभाग के अधिकारियों का दावा है कि एक बन्द टंकी में पैंतालीस दिन बाद सभी जीवाणु और रोगाणु नष्ट हो जाते हैं।

(विनब्लाड, 1980: 29-34)

स्वास्थ्य की दृष्टि से यह प्रणाली अपनाये जाने योग्य है लेकिन इसे भारत में इस्तेमाल करने की सलाह नहीं दी जा सकती क्योंकि यहाँ धुलाई-सफाई के बाद भी पानी का इस्तेमाल किया जाता है। इसके अलावा, यह पूरी तरह से जमीन के ऊपर बना रहता है और इसमें दोनों टंकियाँ कंक्रीट के ठोस फर्श पर रखी जाती हैं। यह शौचालय घर के भीतर नहीं बनाया जा सकता है और इसे घर से दूर बनाना होगा। इस प्रकार यह प्रणाली भारत और खासकर बिहार में बड़े पैमाने पर इस्तेमाल के लिए उपयुक्त नहीं है।

अध्याय 4

कम लागत की सफाई-व्यवस्था और सुलभ शौचालय योजना: मूल्यांकन विश्लेषण

भारत जैसे गरीब देश में मल-व्ययन की योजना ऐसी होनी चाहिए कि सभी उसका खर्च उठा सकें। साथ ही, यह योजना इस तरह बनायी जानी चाहिए कि यह सफाईकर्मियों की मुक्ति में सहायक सिद्ध हो। इस प्रकार भारतीय समाज को साफ-सफाई की एक ऐसी योजना की आवश्यकता है जो कम लागत वाली तो हो ही, साथ ही मैला ढोने की बुराई को भी जड़ से समाप्त कर सके। भारत में मल-व्ययन के लिए आमतौर पर मल-जल निस्सारण अथवा सीवर प्रणाली, सेप्टिक टंकी और सुलभ शौचालय प्रणालियाँ प्रचलित हैं (जिनमें हाथ से पानी फेंककर मैला बहाया जाता है और जिसमें गड्ढे में हर समय पानी भरा रहता है)। इसके अलावा परम्परा से चली आ रही शुष्क शौचालय प्रणाली भी प्रचलित है। यह प्रणाली स्वास्थ्य के लिए हानिकारक है क्योंकि इसके अंतर्गत हाथ से मैला साफ करने का अवमानवीय कार्य करना पड़ता है। इस प्रणाली में काफी कमियाँ हैं, इसलिए इसे अपनाने की सलाह नहीं दी जा सकती है। इस प्रकार ऊपर बतायी गई तीनों प्रणालियों के गुण-दोषों का विश्लेषण करना आवश्यक है ताकि यह पता लगाया जा सके कि आर्थिक और सामाजिक दोनों ही दृष्टि से इनमें कौन-सी प्रणाली सबसे अच्छी है।

एक दूसरी प्रणाली सेप्टिक टंकी प्रणाली है। भारत के शहरों में यह आम-तौर पर इस्तेमाल की जाती है। इसके आर्थिक पहलू पर विचार करने से पहले इसके डिजाइन और मल-व्ययन के लिए अपनायी जाने वाली प्रक्रिया के बारे में जान लेना जरूरी है। सेप्टिक शौचालय में आयताकार कोठरियाँ होती हैं।

ये कोठरियाँ आमतौर पर उस जमीन के ठीक नीचे बनी होती हैं, जहाँ मल-मूत्र और शौचालयों से मैला बहाने के लिए फैंका गया पानी प्रवेश करता है। मैलायुक्त पानी आमतौर पर एक से तीन दिन तक रुका रहता है। इस दौरान मैला तल में बैठ जाता है, वहाँ वायु पर आधारित क्रिया के बिना ही गल जाता है और मैल की एक गाढ़ी परत सतह पर आ जाती है। हालांकि जहाँ तक तल में बैठे मैले के सड़ने-गलने और उसके आयतन में कमी होने का प्रश्न है, यह तरीका काफी कारगर है। इसके बावजूद कुछ कीचड़ जमा होता जाता है। इसलिए टंकी को समय-समय पर नियमित रूप से साफ करना जरूरी रहता है। सेप्टिक टंकी से बहकर निकलने वाला गंदा पानी स्वास्थ्य की दृष्टि से उतना ही खतरनाक है जितना कि अपरिष्कृत मल-मूत्र। यदि इसे जमीन की सतह पर बनी नालियों अथवा जलस्रोतों में छोड़ दिया जाये तो इससे बदबू तो फैलेगी ही, मक्खियों के पैदा होने की संभावना भी बढ़ जायेगी, जिससे स्वास्थ्य के लिए खतरा पैदा हो जायेगा। इसलिए इसे आमतौर पर सोख्ता नालियों या खेतों में छोड़ा जाता है। (कैलबरमट्टन, 1980: 71)

सेप्टिक टंकी प्रणाली अपनाने में दूसरी बड़ी बाधा यह है कि ऐसे क्षेत्र बहुत कम हैं, जहाँ मल-जल बहाया जा सके। साथ ही, इस प्रणाली में पानी की भी बहुत अधिक आवश्यकता होती है। एक बड़ा दोष यह भी है कि इसका प्रयोग करने वालों को बहुत सतर्क रहना पड़ता है और उन्हें समय-समय पर सेप्टिक टंकियों की जाँच करते रहनी पड़ती है ताकि इससे बहकर निकलने वाले पानी में गंदगी या मैले के कण अथवा टुकड़े न चले जायें। सेप्टिक टंकियों और घर के गंदे पानी के निष्कासन का प्रबंध बहुत खर्चीला होता है।

सेप्टिक टंकी प्रणाली का मुख्य लाभ यह है कि इसमें स्वयं को परिस्थिति के अनुसार और परिवारों के जल-व्ययन की आवश्यकताओं के अनुसार ढाल लेने की क्षमता है। यह उन घरों के लिए बहुत अधिक उपयुक्त हो सकती है, जहाँ जलापूर्ति की घरेलू व्यवस्था हो। साथ ही मल-जल बहाने के लिए पर्याप्त जमीन हो। लेकिन सेप्टिक टंकी को बनवाने और समय-समय पर इसे साफ कराने पर काफी पैसा खर्च होता है। इसलिए यह विकासशील देशों के लिए उपयुक्त नहीं है। मल-मूत्र बहाने के लिए काफी बड़े क्षेत्र की आवश्यकता होती है इसलिए शहरी क्षेत्रों में इसके इस्तेमाल की गुंजाइश

काफी कम होती है।

(पाठक, 1982: 8)

उपर्युक्त विवरण से स्पष्ट है कि यदि सेप्टिक टंकियों के रखरखाव और सफाई तथा इसकी सम्पूर्ण प्रक्रिया देखी जाए तो सेप्टिक शौचालय प्रणाली खर्चीली तो है ही, साथ ही सेप्टिक टंकी की सफाई का अभिप्राय उसमें जमा मैला साफ करना भी है। इसमें मैले को टंकी से हटाकर अन्यत्र ले जाना पड़ता है। इसके फलस्वरूप मैले की सफाई और निपटारे के लिए सफाईकर्मियों की आवश्यकता पड़ती है। इसका तात्पर्य यह है कि यह काम खर्चीला है और इससे मैला साफ करने की प्रथा समाप्त नहीं की जा सकती है। इस प्रकार सफाईकर्मियों की मुक्ति के उद्देश्य और इसके निर्माण तथा रखरखाव की ऊँची लागत को देखते हुए बड़े पैमाने पर सेप्टिक टंकी प्रणाली अपनाना उपयुक्त नहीं है।

जहाँ तक मल-जल निस्सारण प्रणाली अथवा सीवर प्रणाली का प्रश्न है, इसमें सफाईकर्मियों को मुक्ति दिलाने का गुण है क्योंकि इसमें मैले को साफ करने की जरूरत नहीं पड़ती है। यह प्रणाली देश में अधिक प्रचलन में नहीं है और केवल कुछ स्थानों पर ही अपनायी गयी है। सीवर प्रणाली की भारी लागत को देखते हुए सरकार के लिए इसे सभी जगह लागू कर पाना संभव नहीं है। अत: यह प्रणाली देश में सफल नहीं हुई है।

(डंकन, 1982: 19)

दूसरे राज्यों की तरह बिहार में भी सीवर प्रणाली कुल मिलाकर सफल नहीं रही है। आज भी राज्य में दो लाख से अधिक शौचालय मौजूद हैं।

बिहार में सीवर प्रणाली की वर्तमान स्थिति का व्यापक चित्र प्रस्तुत करने के उद्देश्य से लेखक ने 1984 में अलग-अलग शहरों का अध्ययन किया। इसके लिए एक प्रश्नावली तैयार की गयी और उसे पाँच अलग-अलग शहरों, पटना, जमशेदपुर, रांची, बोकारो स्टीलसिटी और बरौनी के सम्बन्धित अधिकारियों से भरवाया गया।

कुल मिलाकर आठ मल-जल-संयंत्रों का पता चला। इनमें से जमशेदपुर, रांची और बरौनी दो-दो और पटना तथा बोकारो में एक-एक संयंत्र थे।

सीवर प्रणाली सबसे पहले 1936 से 1939 के दौरान पटना के मध्य और पूर्वी भाग में शुरू की गयी। लोक स्वास्थ्य इंजीनियरिंग विभाग द्वारा बिछायी

गयी सीवर लाइनें सैदपुर को जाती थीं, जहाँ 1927 में चार लाख गैलन प्रतिदिन की क्षमता वाले चार मल-जल शोधन संयंत्र लगाये गये थे। उसके बाद सीवर प्रणाली का आसपास के क्षेत्रों में विस्तार किया गया और सैदपुर में समय-समय पर शोधन संयंत्र की क्षमता भी बढ़ायी गयी। यह काम दो चरणों में पूरा हुआ। पहला चरण 1946 में पूरा हुआ, जबकि दूसरा चरण 1972 में पूरा हुआ। पुराने और नये, दोनों ही शोधन संयंत्रों में सक्रियित आपंक प्रक्रम (एक्टीवेटेड स्लज प्रोसेस) का प्रयोग किया गया। इस एकीकृत संयंत्र की वर्तमान क्षमता 62 लाख गैलन प्रतिदिन है और इससे करीब एक लाख लोगों को लाभ पहुँच रहा है। इस संयंत्र की कीमत लगभग एक करोड़ बीस लाख रुपये थी, जबकि 1983-84 के मूल्य सूचकांक के आधार पर इसकी कीमत नौ करोड़ अस्सी लाख रुपये आंकी गयी।

1951 में बेउर में एक छोटा मल-जल शोधन संयंत्र लगाया गया। इस संयंत्र में जैविक निस्पंदन प्रक्रम (बायो-फिल्टरेट प्रोसेस) का प्रयोग किया जाता था। यह संयंत्र पूरे पश्चिमी पटना और मुख्य रूप से गर्दनीबाग क्षेत्र की सेप्टिक टंकियों से बहकर निकलने वाले गन्दे पानी को साफ करने के लिए लगाया गया था। फिर भी, खराब रखरखाव के कारण यह काफी पहले ही बेकार हो गया। इसके अलावा, आबादी बढ़ने और इसके फलस्वरूप मल-जल की मात्रा में वृद्धि से संयंत्र क्षमता से अधिक काम का बोझ नहीं उठा सका। नतीजा यह हुआ कि इसके आसपास के इलाके में कच्चा मल-जल जमा हो गया। लोगों के स्वास्थ्य पर आये खतरे को दूर करने और पर्यावरण की स्वच्छता फिर से कायम करने के उद्देश्य से बेउर में 1968 से 1970 के बीच पुनः एक नया शोधन संयंत्र लगाया गया। उस समय माना गया था कि साफ किया हुआ मल-जल सरपेण्टाइन नाले में छोड़ा जायेगा और अन्ततः गंगा नदी में जाएगा। दुर्भाग्य से यह प्रणाली अभी तक चालू नहीं की जा सकी है।

कुल मिलाकर पटना की वर्तमान सीवर प्रणाली की दशा पूर्णतः असन्तोषजनक है। शहर की आबादी का मुश्किल से साढ़े ग्यारह प्रतिशत हिस्सा, अर्थात् 8,70,940 लोगों में से सिर्फ 1,00,000 लोग ही सीवर नेटवर्क का लाभ उठा पाते हैं। मल-जल या तो सीधे पम्प करके या फिर खुली नालियों, नालों और सड़क के किनारे बनी नालियों के जरिये नदी में

बहा दिया जाता है। यह लोगों के स्वास्थ्य के लिए काफी हानिकारक है। इसलिए संयंत्र ठीक ढंग से काम नहीं करता है। मल-जल का शोधन भी ठीक ढंग से नहीं होता है और साफ किये गये मल-जल में रासायनिक तत्वों और जीवाणुओं की मौजूदगी प्रायः निर्धारित सीमा से अधिक रहती है।

सीवर लाइनों की देखरेख भी सन्तोषजनक ढंग से नहीं की जाती है। कुछ स्थानों पर पम्पिग स्टेशन नहीं है, इसलिए कुछ नालियाँ ठीक से काम नहीं करती हैं। पूरी-की-पूरी व्यवस्था ही लड़खड़ा रही है और पटना नगरनिगम की आर्थिक कठिनाइयों के कारण निकट भविष्य में भी स्थिति सुधरने की कोई संभावना नहीं है। पटना नगरनिगम मल-जल को एक जगह से दूसरी जगह पहुँचाने, एकत्र करने और साफ करने पर प्रतिवर्ष सिर्फ एक लाख रुपये खर्च करता है। इसका अभिप्राय यह है कि नगरनिगम इस काम पर प्रति व्यक्ति मात्र एक रुपया खर्च करता है।

राज्य के पठारी क्षेत्र में, जमशेदपुर में दो घरेलू अथवा औद्योगिक सीवर प्रणालियाँ हैं। नगर के एक हिस्से को परवर्ती शोधन की सुविधा भी प्राप्त है। नगर की 7,16,450 जनसंख्या में से मात्र 1,29,000 (18 प्रतिशत) को ही यह सुविधा उपलब्ध है।

जमशेदपुर का पहला शोधन संयंत्र 1944 में टिस्को बस्ती में लगाया गया था। करीब 94,000 की आबादी को इसका लाभ मिलना था। इस पर 1983-84 के मूल्य सूचकांक के अनुसार पाँच करोड़ रुपये खर्च हुए थे। यह प्रणाली प्रतिदिन 40 लाख गैलन मल-जल साफ करने के लिए तैयार की गयी थी। आश्चर्य की बात है कि टिस्को के मल-जल शोधन संयंत्र की क्षमता आज भी वही है, जो चालीस वर्ष पहले थी। टिस्को बस्ती की आबादी 4,10,000 तक हो चुकी है और लोगों को प्रतिदिन करीब 2.5 करोड़ गैलन पानी की आपूर्ति की जाती है। इस हिसाब से वहाँ हर रोज दो करोड़ गैलन मल-जल उत्पन्न होता है। इसका पाँचवां हिस्सा साफ किया जाता है और बाकी वैसे-का-वैसा ही नदी में बहा दिया जाता है। इस प्रकार इस बस्ती में साफ-सफाई की समुचित व्यवस्था के लिए प्रतिदिन एक करोड़ साठ लाख गैलन मल-जल के शोधन और 4,10,000 की आबादी की सुविधा के लिए अतिरिक्त व्यवस्था करना जरूरी है।

टिस्को की सीवर प्रणाली का रखरखाव ठीक से किया जा रहा है। सम्पूर्ण

सीवर प्रणाली के कामकाज और रखरखाव के लिए प्रतिवर्ष 36 लाख 30 हजार रुपये खर्च किये जा रहे हैं, अर्थात् प्रतिव्यक्ति 8 रुपये 60 पैसे।

जमशेदपुर में दूसरा शोधन संयंत्र 1965 में टेल्को द्वारा बनवाया गया। यह संयंत्र टेल्को बस्ती की 35,000 की आबादी के लिए बहुत छोटा है। इस संयंत्र में प्रतिदिन सीवर लाइनों से इकट्ठा होने वाला 27 लाख गैलन गंदा पानी साफ किया जा सकता है। इस सक्रियित आपंक संयंत्र का मूल्य 1983-84 के मूल्य स्तर के अनुसार दो करोड़ रुपये हैं। जैसा कि प्रश्नावली से पता चला, बस्ती में प्रतिदिन औसतन 40 लाख गैलन पानी की आपूर्ति की जाती है। इसका अभिप्राय यह है कि सप्लाई किये जाने वाले पानी का 67.5 प्रतिशत भाग गन्दे पानी के रूप में बहा दिया जाता है।

टेल्को मल-जल संयंत्र का रखरखाव काफी सन्तोषजनक है। हालांकि इस संयंत्र के रखरखाव की लागत भी बहुत ज्यादा है। सीवर प्रणाली के कामकाज और रखरखाव पर टेल्को द्वारा प्रतिवर्ष 12 लाख रुपये खर्च किये जा रहे हैं, अर्थात् इस काम पर प्रतिव्यक्ति 34 रुपये 28 पैसे का खर्च आ रहा है। फिर भी, टिस्को द्वारा खर्च की जा रही राशि से थोड़ा कम है। (यह अनुमान 1984 के आंकड़ों पर आधारित है।)

रांची में दो मल-जल शोधन संयंत्र काम कर रहे हैं। इनमें से एक भारी इंजीनियरिंग निगम (एच० ई० सी०) की बस्ती के लिए है और दूसरा मेटलर्जिकल एण्ड इंजीनियरिंग कन्सल्टेन्ट्स लिमिटेड (इंडिया) की रिहायशी कालोनी के लिए। ये दोनों ही संयंत्र 1981 में लगाये गये थे। इसमें से पहला संयंत्र परम्परागत किस्म का है और इसमें सक्रियित आपंक शोधन प्रणाली काम करती है जबकि दूसरा संयंत्र जो स्वयं मेकान द्वारा बनाया गया है, बातित लैगून प्रणाली (एपरेटेड लैगून्स सिस्टम) यंत्रीकृत ऑक्सीकरण के आधार पर काम करती है।

एच० ई० सी० के मल-जल संयंत्र की क्षमता 45 लाख गैलन प्रतिदिन है और इससे कोई सवा लाख की आबादी लाभान्वित होती है। लेकिन इस संयंत्र में वास्तव में प्रतिदिन 10 लाख गैलन ही मल-जल साफ किया जा रहा है, क्योंकि अधिकांश गन्दा पानी स्थानीय किसानों द्वारा अपने खेतों की सिंचाई के लिए बीच में ही रोक लिया जाता है। 1983 के मूल्य सूचकांक के आधार पर इस संयंत्र की कीमत पाँच करोड़ 29 लाख 20 हजार रुपये है।

इसका अर्थ यह है कि इस संयंत्र का मूल्य बस्ती की मौजूदा आबादी के हिसाब से प्रतिव्यक्ति 423 रुपये 40 पैसे है। इसमें मकान में कनेक्शन देने का खर्च शामिल नहीं है।

हालांकि इसके संचालन और रखरखाव पर प्रतिवर्ष 18 लाख रुपये, अर्थात् प्रतिव्यक्ति 14 रुपये 40 पैसे खर्च किये जाते हैं। इसके बावजूद लोग इस प्रणाली से बहुत प्रसन्न नहीं है। मैनहोलों के ढक्कन बार-बार चोरी चले जाते हैं। साथ ही, जाम पाइपों को साफ करने के लिए सफाईकर्मी आसानी से नहीं मिलते हैं। आम मजदूर इस काम में आनाकानी करते हैं क्योंकि इन पाइपों में मल भरा रहता है। आवश्यक कलपुर्जों के अभाव में यह संयंत्र प्राय: ठीक से काम नहीं करता है क्योंकि संयंत्र के कुछ कलपुर्जे राज्य के बाहर से मँगाने पड़ते हैं।

मेकान बस्ती के लिए बनाए गए दूसरे संयंत्र की क्षमता बहुत कम, मात्र 4 लाख 40 हजार गैलन प्रतिदिन है। केवल 5,500 लोग इससे लाभान्वित होते हैं। इस संयंत्र में वातित लैगून्स यंत्रीकृत ऑक्सीकरण प्रक्रिया द्वारा मल-जल का शोधन होता है। 1983-84 के मूल्य सूचकांक के आधार पर इसका मूल्य 50 लाख 22 हजार रुपये आंका जाता है। यह राशि प्रतिव्यक्ति 913 रुपये 9 पैसे है जो ऑक्सीकरण संयंत्रों में सबसे अधिक है। इस संयंत्र के रखरखाव पर प्रतिवर्ष 2 लाख 15 हजार रुपये, अर्थात् प्रतिव्यक्ति 39 रुपये 10 पैसे खर्च किये जाते हैं। यह लागत इस अध्ययन में सम्मिलित सभी संयंत्रों में सर्वाधिक है। इसका कामकाज अच्छा है और इसका उपयोग करने वाले इसके कामकाज से काफी संतुष्ट हैं।

रांची की आबादी के मात्र एक छोटे से हिस्से, अर्थात् 5,38,000 लोगों में से 1,30,500 (24.3 प्रतिशत) लोगों को ही सीवर प्रणाली और मल-जल शोधन की सुविधा उपलब्ध है।

बोकारो स्टील सिटी केवल ऐसा स्थान है, जहाँ 2,80,000 की पूरी आबादी के लिए सीवर प्रणाली और मल-जल शोधन संयंत्र उपलब्ध हैं। यह संयंत्र 1968 में लगा था। 1983-1984 के मूल्य सूचकांक के अनुसार इस पर 10 करोड़ रुपये की लागत आयी थी, अर्थात् प्रतिव्यक्ति 357 रुपये 14 पैसे। यह भी एक ऑक्सीकरण संयंत्र है और इसकी क्षमता दो करोड़ गैलन प्रतिदिन है। रिहायशी कॉलोनी को प्रतिदिन कुल 2 करोड़ 40 लाख गैलन

पानी की सप्लाई की जाती है जिसमें से 83 प्रतिशत, अर्थात् 2 करोड़ गैलन मल-जल निकलता है जिसे संयंत्र में साफ किया जाता है।

जैसा कि जाँच-पड़ताल के दौरान पता चला इस संयंत्र का संचालन और रख-रखाव सन्तोषजनक नहीं है। मुख्य समस्या यह है कि मेनहोल के ढक्कनों की बार-बार चोरी हो जाती है और अवरुद्ध पाइपों को साफ करने के लिए पर्याप्त संख्या में सफाईकर्मी उपलब्ध नहीं हैं। बोकरो इस्पात प्रबंधन द्वारा इसके लिए हर वर्ष पाँच लाख रुपये खर्च किये जाते हैं जो प्रतिव्यक्ति लागत के हिसाब से बहुत कम है।

जमशेदपुर और रांची की तरह बरौनी में भी दो मल-जल संयंत्र हैं। पहला संयंत्र 1974 में लगाया था और इससे भारतीय तेल निगम (आई० ओ० सी०) की बस्ती के लोगों को लाभ पहुँचता था। दूसरा संयंत्र 1978 में लगाया गया और यह हिन्दुस्तान उर्वरक निगम (एच० एफ० सी०) के लोगों के लिए था। दोनों ही संयंत्रों में शोधन की प्रक्रिया अलग-अलग है। तेल निगम के संयंत्र में सक्रियित आपंक प्रक्रिया काम में लायी जाती है जबकि उर्वरक निगम के संयंत्र में ऑक्सीकरण प्रक्रिया इस्तेमाल की जाती है।

भारतीय तेल निगम के संयंत्र के निर्माण पर 2 करोड़ 56 लाख रुपये खर्च हुए थे। इस संयंत्र से 20,000 की आबादी लाभान्वित होती है। इसकी प्रति-व्यक्ति लागत 1280 रुपये है जो राज्य के अन्य सभी संयंत्रों से अधिक है। यह संयंत्र हालांकि प्रतिदिन एक लाख 30 हजार गैलन गंदा पानी साफ करने के लिए बनाया गया था किन्तु इससे प्रतिदिन औसतन 95 हजार गैलन पानी ही साफ होता है जबकि हर रोज एक लाख 30 हजार गैलन पानी की आपूर्ति की जाती है। इस संयंत्र के संचालन और रखरखाव की लागत भी सबसे अधिक है। इस पर हर वर्ष साढ़े सात लाख रुपये खर्च होते हैं, अर्थात् प्रतिव्यक्ति 37 रुपये 50 पैसे। यह संयंत्र भी बहुत-सी कमियों का शिकार है। इनमें मेनहोल के ढक्कनों की चोरी, समय-समय पर कलपुर्जों की कमी और विशेषरूप से शोधन संयंत्र के संचालन के लिए प्रशिक्षित कर्मचारियों की कमी शामिल है।

हिन्दुस्तान उर्वरक निगम का संयंत्र देश का सबसे छोटा संयंत्र है। इसमें प्रतिदिन 44 हजार गैलन गन्दा पानी साफ किया जा सकता है। जबकि प्रतिदिन 66 हजार गैलन पानी की आपूर्ति की जाती है। इस संयंत्र में प्रतिदिन

केवल 29 हजार गैलन गन्दा पानी साफ किया जाता है। इस संयंत्र के निर्माण पर 1983-84 के मूल्य सूचकांक के अनुसार 23 लाख 60 हजार रुपये खर्च हुए थे। बस्ती की 6,000 की आबादी के हिसाब से यह खर्च प्रतिव्यक्ति की दर से 393 रुपये 30 पैसे आता है। यहाँ भी मात्र 6,000 की आबादी के लिए संयंत्र के संचालन और रखरखाव पर हर वर्ष दो लाख रुपये खर्च किये जाते हैं, जो बहुत अधिक हैं। यह खर्च प्रतिव्यक्ति के हिसाब से 33 रुपये 40 पैसे आता है जो राज्य के ऑक्सीकरण संयंत्रों द्वारा इस मद में खर्च होने वाली दूसरी सबसे बड़ी राशि है। इस संयंत्र का इस्तेमाल करने वाले इसके कामकाज से पूरी तरह संतुष्ट लगे। मौके पर जाकर की गयी जाँच-पड़ताल के दौरान कोई बड़ी शिकायत नहीं मिली।

इन दोनों संयंत्रों से कुल मिलाकर केवल 26,000 लोगों को लाभ पहुँच रहा है जो बरौनी की कुल आबादी 60,312 का 43 प्रतिशत है।

प्रमुख विशेषताएँ

जहाँ तक मल-जल को एकत्र करने, उसे शोधन करने और निपटारे का प्रश्न है, बिहार की मौजूदा स्थिति बिलकुल संतोषजनक नहीं है। बिहार के पाँच शहरों में सीवर प्रणाली की स्थिति के बारे में सारणी 1 में संक्षिप्त जानकारी दी गयी है। (सारणी 1 को पृष्ठ 221 पर देखिए।) यहाँ यह उल्लेखनीय है कि बिहार में प्रथम श्रेणी के चौदह और द्वितीय श्रेणी के पच्चीस नगरों में से केवल बोकारो स्टील सिटी में ही मल-जल शोधन की पूरी सुविधा उपलब्ध है। इन नगरों की कुल आबादी वर्ष 1984 में 55,60,000 है, जबकि बोकारो की आबादी 2,80,000 है जो इन नगरों की कुल आबादी का पाँच प्रतिशत है। जनसंख्या का यह अनुमान 1981 की जनगणना पर आधारित है। राज्य के द्वितीय श्रेणी के प्रायः सभी नगरों में सीवर और मल-जल शोधन सुविधाओं का नितान्त अभाव है।

सर्वेक्षण के निष्कर्षों से पता चलता है कि बिहार के शहरी क्षेत्रों में रहने वाले कुल 93,30,000 लोगों में से 86,95,000, अर्थात् 92.8 प्रतिशत लोगों को ही सीवर की सुविधा प्राप्त है। यह भी देखा गया है कि ज्यादातर शहरों में मल-जल एकत्र करने की सुविधाओं का भी अभाव है, मल-जल एकत्र कर उसके शोधन के बारे में तो कहना ही क्या? ऐसा लगता है कि बिहार के अनेक नगरों में साफ-सफाई की सोचनीय स्थिति का यही मुख्य कारण है।

सीवर प्रणाली की प्रतिव्यक्ति लागत अधिकांशतः जनसंख्या के घनत्व, गन्दे पानी की मात्रा, भौगोलिक दशा, उस मिट्टी की दशा जिसमें से होकर सीवर बिछाया जाता है और सीवर क्षेत्रों की सबसे अनुकूल योजना निर्माण पर निर्भर करती है। इसी तरह मल-जल के शोधन की लागत शोधन संयंत्र की किस्म और क्षमता पर निर्भर करती है। इसलिए इस पर आने वाली कुल लागत राज्यभर में एक-सी नहीं रहती, जैसाकि सारणी 1 में दर्शाया गया है। सारणी में प्रश्नावली सर्वेक्षण द्वारा विभिन्न संयंत्रों की लागत मालूम की गई है।

लागत की इस संक्षिप्त सारणी से पता चलता है कि सीवर और मल-जल शोधन सुविधाओं पर कुल 35 करोड़ 38 लाख रुपये खर्च किये गये। यह अनुमान 1984 के मूल्य सूचकांक पर आधारित है। इन सुविधाओं का उद्देश्य 1981 की जनगणना के हिसाब से 6,65,500 लोगों को लाभान्वित करना था। इस प्रकार इन पर प्रतिव्यक्ति 531 रुपये 60 पैसे की लागत आयी। इन सभी आठ संयंत्रों के संचालन और रखरखाव पर प्रतिवर्ष 83 लाख 95 हजार रुपये खर्च किये जाते हैं जो प्रतिव्यक्ति की दर से 12 रुपये 60 पैसे होते हैं। लेकिन सभी संयंत्र ठीक ढंग से काम नहीं कर रहे हैं।

जैसाकि पहले बताया जा चुका है बिहार के पाँच शहरों में कार्यरत आठ मल-जल संयंत्रों में से पाँच में परम्परागत सक्रियित आपंक प्रणाली काम में लायी जाती है जबकि बाकी तीन में ऑक्सीकरण प्रणाली इस्तेमाल की जाती है। पहले के पाँच संयंत्रों पर 26 करोड़ 65 लाख रुपयों की लागत आयी है और इनसे करीब पौने चार लाख की आबादी को लाभ पहुँचता है। बाद के तीन संयंत्र लगाने पर 10 करोड़ 73 लाख रुपये खर्च हुए हैं और इनसे 2,91,00,000 की आबादी लाभान्वित होती है। इन दोनों ही प्रकार के संयंत्रों पर प्रतिव्यक्ति क्रमशः 660 रुपये और 368 रुपये की लागत आयी है। इस तरह परम्परागत प्रणाली के संयंत्र की लागत ऑक्सीकरण संयंत्रों के मुकाबले पचास प्रतिशत अधिक है।

उपर्युक्त चर्चा से स्पष्ट है कि सीवर प्रणाली के अधिक लागत होने के कारण इसे बड़े पैमाने पर अपनाया जाना कठिन है। इसमें कोई संदेह नहीं कि यह सफाईकर्मियों को मुक्ति दिलाती है लेकिन यह कम लागत वाली साफ-सफाई प्रणाली नहीं है। अतः भारत जैसे गरीब देश के लिए सीवर प्रणाली

सही नहीं है।

सुलभ शौचालय

जहाँ तक सुलभ शौचालय योजना का प्रश्न है, इसमें भिन्न प्रकार का डिजाइन प्रयुक्त किया जाता है। इस प्रणाली के विभिन्न अंगों के बारे में नीचे संक्षेप में बताया गया है। (पाठक, 1981: 29-38 और राय, 1984)

पैन

पैन की मानक लम्बाई भीतर की ओर 445 मि०मी० है। फिर भी, यह 400 मि०मी० से 600 मि०मी० तक हो सकती है। पैन के सामने और पीछे के हिस्से गोलाकार होते हैं। इनका व्यास क्रमश: 50 मि०मी० और 125 मि०मी० होता है। पैन ज्यादा से ज्यादा 225 मि०मी० तक गहरा हो सकता है। सामने की ओर इसकी गहराई केवल 25 मि०मी० तक होती है। धीरे-धीरे यह तली में खुलने वाले गोलाकार सिरे तक, जिसका व्यास 75 मि०मी० तक होता है, 30^0 से 35^0 तक का कोण बनाते हुए गहरा होते जाता है।

पैन चीनी मिट्टी, फाइबर ग्लास, पी० वी० सी० या फिर सीमेण्ट या किसी सामग्री का हो सकता है। चीनी मिट्टी और फाइबर ग्लास के पैन चिकने और ज्यादा सुन्दर होते हैं। इनमें मैला बहाने में कम पानी लगता है। इन दोनों में फाइबर ग्लास का पैन अधिक सस्ता तथा हल्का होता है और आसानी से लाया ले-जाया जा सकता है। कंक्रीट से बने पैन भारी होते हैं और उन्हें लाना ले-जाना कठिन होता है। साथ ही, इन पर यूरिक एसिड अथवा मूत्र अम्ल का भी असर पड़ता है। लेकिन शुरू-शुरू में इस पर कम खर्च आता है। मोजैक पैन सस्ते और काफी मजबूत होते हैं। उनकी मरम्मत करना भी आसान है और उन्हें हर जगह बड़े पैमाने पर ढाला जा सकता है। मोजैक पैन के इस्तेमाल के नतीजे संतोषप्रद रहे हैं। सुलभ शौचालयों में आमतौर पर इन्हीं का इस्तेमाल किया जाता है। यह सफेद सीमेण्ट, संगमरमर के छोटे-छोटे टुकड़ों और संगमरमर की धूल से बनाया जाता है। ये तीनों चीजें 1:1: 1/4 के अनुपात में मिलायी जाती है। इनके अलावा, इसमें साधारण सिलेटी-सीमेण्ट और बालू भी 1:2 के अनुपात में मिलायी जाती है। इसके लिए समतल जमीन अथवा इस काम के लिए बनाये गये ईंट के चबूतरे पर मिट्टी और भूसी से आवश्यक लम्बाई-चौड़ाई, आकार और स्वरूप का सांचा तैयार

किया जाता है। बाद में, इसे एक-दो दिन सूखने के लिए छोड़ दिया जाता है। इसके लिए लकड़ी के सांचे भी इस्तेमाल किये जा सकते हैं, लेकिन उनमें जला हुआ मोबिल आयल लगाना पड़ता है। ढलाई का काम करने से पहले सांचे में गोबर लीपकर छोड़ दिया जाता है। सांचे में पहले सफेद सीमेण्ट संगमरमर के टुकड़ों और संगमरमर की धूल के मिश्रण की 12 मि०मी० (1/2 इंच) मोटी परत बिछायी जाती है ताकि इसमें मोजैक की चमक-दमक आ सके। उसके बाद उसमें 1:2 के अनुपात वाले सीमेण्ट और बालू के पलस्तर की 12 मि०मी० (1/2 इंच) मोटी दूसरी परत बिछायी जाती है। इसके अच्छे परिष्करण के लिए इस पर अच्छी तरह गारा चढ़ाया जाता है। पैन को ज्यादा मजबूत बनाने के लिए इस पर सीमेण्ट और बालू की दूसरी परत चढ़ाई जाती है। सांचे में इसे दिनभर के लिये छोड़ दिया जाता है। बाद में, इसे बाहर निकालकर पानी में भिगो दिया जाता है ताकि खराब न हो। दो दिन बाद इसे पानी से बाहर निकाल लिया जाता है और मोजैक की सतह को अलग-अलग किस्म के कार्बोरडम पत्थरों से घिसा जाता है ताकि यह एक-समान और चिकना हो जाये। बाद में, चमकदार फिनिश देने के लिए इस पर पालिश कर दी जाती है। जरूरत पड़ने पर थोड़ी-बहुत मरम्मत करके एक सांचे को कई बार काम में लाया जा सकता है।

सुलभ जल सील (वाटर सील)

सुलभ जल सील डिजाइन इस प्रकार तैयार किया गया है कि मैला बहाने के लिए कम-से-कम लगभग एक लीटर पानी की जरूरत पड़ती है। यह गड्ढे से बदबू और गैसों को भी बाहर रिसने से रोकता है। इसे पैन के ठीक नीचे लगाने के लिए डिजाइन किया गया है। इस पैन का मुख व्यास 75 मि०मी० होता है और यह 1:2:4 के अनुपात में मिलाये गये सीमेण्ट कंक्रीट के ब्लाक में रहता है। इसमें चीनी मिट्टी या फाइबर ग्लास का पैन जमाने के लिए इसके ऊपरी सिरे पर एक गोल खांचा बनाया जाता है। इसके तल में दोनों ओर समलम्ब आकार का नुकीला उभार होता है जिससे अंग्रेजी के अक्षर "वी" का आकार बनता है। जल सील की जिब नीचे की ओर झुकी रहती है और इसका निचला सिरा, जिसकी लम्बाई 15 मि०मी० से 20 मि०मी० तक होती है, सदा पानी में डूबा रहता है। यह हल्का-सा गोल रहता है ताकि मल-मूत्र

बहाने में आसानी हो। इस जल सील की पूरी-की-पूरी भीतरी सतह पर साफ सीमेण्ट का अस्तर लगा रहता है और यह टंकी को जाने वाली ढंकी हुई नाली से जुड़ा रहता है। 1974 से 1984 के बीच भारत में 20 करोड़ से अधिक लोग पानी उँड़ेलकर बहाये जाने वाले जल सील युक्त शौचालयों का इस्तेमाल कर चुके हैं।

चबूतरा और पायेदान

सुलभ शौचालय का चबूतरा 1150 मि०मी० का वर्गाकार और जमीन की सतह से 300 मि०मी० ऊँचा बनाया जाता है। पैन इसके बीचोबीच लगायी जाती है। निचले इलाकों में जरूरत पड़ने पर चबूतरे की ऊँचाई सुविधानुसार बढ़ायी ज़ा सकती है। पायेदान चबूतरे की सतह से 50 मि०मी० से अधिक ऊँचे नहीं होने चाहिए। चबूतरे पर 1:3 के अनुपात में सीमेण्ट का पलस्तर किया हुआ रहता है और उस पर साफ सीमेण्ट का गारा चढ़ा रहता है। ताकि यह चिकना और पैन की ओर ढालूदार हो, जिससे पानी का कोई भी छपका पैन से होकर नीचे बह जाये। पायेदान ईंटों के बने होते हैं और उनकी छंटाई करके उन्हें ढालूदार बना दिया जाता है। इन पायेदानों पर पलस्तर किया होता है और ये आंशिक रूप से चबूतरे में मिले होते हैं। चबूतरे का पिछला भाग थोड़ा उठा रहता है। पैन को चबूतरे पर इच्छा अनुसार किसी भी दिशा में बैठाया जा सकता है।

अगर जगह की कमी हो तो चबूतरा टंकी के ऊपर ही बनाया जा सकता है। ऐसी दशा में केन्द्रीय दीवार 375 मि०मी० मोटी बनायी जाती है। इस दीवार पर जल सील युक्त पैन बैठाया जाता है। साथ ही निकास नाली भी लगायी जाती है ताकि मल-मूत्र बहकर टंकी में जा सके। निकास नाली दो भागों में बँटी होती है जिसके ऊपर मुहाने तक अलग से छाजन लगा दिया जाता है। इस छाजन को उठाने की व्यवस्था भी रहती है।

मैला विक्षालन गड्ढों का आकार इस पर निर्भर करता है कि शौचालय का उपयोग कितने लोग करते हैं अथवा मिट्टी की प्रकृति तथा विशेषताएँ कैसी हैं और इसकी पारगम्यता का स्तर क्या है, अथवा मैला बहाने तथा शौचालय की सफाई में कितना पानी लगता है। इससे पहले वैग्नर और लैनोइक्स ने सुझाव दिया था कि गड्ढे में प्रतिव्यक्ति प्रतिवर्ष 0.06 घन मीटर मल-मूत्र भण्डारण

की क्षमता होनी चाहिए। बाद में, कीचड़ जमा होने की दर के बारे में भारत के विभिन्न अनुसंधान संस्थानों, संयुक्त राष्ट्र विकास कार्यक्रम (यू० एन० डी० पी०) टी० ए० जी०, इण्डिया ग्लोबल प्रोजेक्ट द्वारा पर्याप्त अनुसंधान किया गया। यू० एन० डी० पी० ने सुझाया कि शुष्क शौचालयों के लिए प्रतिव्यक्ति प्रतिवर्ष 0.045 घन मीटर (1,588 घन फुट) से लेकर 0.05 घन मीटर (1.76 घन फुट) तक की भण्डारण क्षमता होनी चाहिए। पानी वाले शौचालयों के मामले में इसे प्रतिव्यक्ति प्रतिवर्ष 0.067 घन मीटर (2.36 घन फुट) तक बढ़ा दिया जाना चाहिए।

गड्ढों की सफाई की सुविधा के लिए इनकी भण्डारण क्षमता साढ़े चार से पाँच वर्ष के हिसाब से बनाने का सिद्धान्त अपनाया जाता है। हालांकि रोग फैलाने वाले कीटाणुओं के नष्ट होने में प्रायः दो वर्ष लगते हैं।

अगर केवल एक मीटर की लम्बाई-चौड़ाई लेनी है तो वर्गाकार गड्ढा ही ठीक है। अधिक बड़े गड्ढों की आवश्यकता पड़ने पर गोलाकार गड्ढों को तरजीह दी जानी चाहिए। फिर भी, जहाँ जगह की कमी हो, वहाँ आयताकार टंकियाँ भी बनवायी जा सकती हैं।

एक गड्ढे से दूसरे गड्ढ में मल-मूत्र का रिसाव रोकने के लिए दोनों के बीच एक मीटर का फासला रखा जाता है। अगर जगह की कमी से ऐसा करना संभव नहीं हो तो बीच में एक दीवार दी जा सकती है। यह दीवार दूसरी दीवार के मुकाबले नींव में 300 मि०मी० अधिक गहरी होनी चाहिए, ताकि एक गड्ढे का मल-मूत्र रिसकर दूसरे गड्ढे में न जा सके। टंकी का तला हमेशा कच्चा रखा जाता है ताकि पानी जमीन में रिसकर भीतर चला जाये और मल-मूत्र ठीक से सड़-गल सके। साथ ही, मिट्टी के भीतर असीमित मात्रा में मौजूद जीवाणुओं द्वारा जैव खाद में बदल जाये। वैज्ञानिक प्रयोगों से पता चला है कि मल-मूत्र जैसे ही मिट्टी के सम्पर्क में आता है, अपघटन होने लगता है। बाद में करोड़ों की संख्या में मौजूद अवायवीय जीवाणुओं के विकसित होने से इसके आयतन में कमी आ जाती है। इसके फलस्वरूप मल-मूत्र का ठोस भाग जैव खाद में बदल जाता है।

गड्ढे का स्लैब

दोनों गड्ढों के लिए कंक्रीट की अलग-अलग स्लैब बनाये जाते हैं। ये

75 मि०मी० (3 इंच) मोटे होते हैं। ये गड्ढों पर स्थायी ढक्कन के रूप में लगाए जाते हैं और इन्हें उठाने की भी व्यवस्था रहती है। जिन दीवारों पर ये स्लैब रखे जाते हैं, वे जमीन की सतह से ऊँची होती हैं ताकि जल जमाव अथवा वर्षा का पानी इन ढक्कनों के जोड़ों में से होकर टंकी में न जा सके। 75 मि०मी० (3 इंच) मोटाई के कंक्रीट के स्लैब इन गड्ढों को ढंकने के काम में आते हैं। स्लैबों को मजबूत बनाने के लिए 8 या 6 मि०मी० की छड़ें इस्तेमाल की जानी चाहिए। स्लैब की लम्बाई-चौड़ाई के हिसाब से आवश्यक आकार की धातु अथवा नरम इस्पात की छड़ें काटी जाती हैं। इन्हें आग में तपाये हुए तार से बाँधकर पहले से तैयार रखा जाता है। स्लैब ढालने के लिए ईंट के एक चबूतरे पर खांचा या नमूना बना लिया जाता है। यह या तो ईंट का या फिर मिट्टी के पलस्तर का या फिर लकड़ी की खपच्चियों का बना होता है। इसे स्लैब की लम्बाई-चौड़ाई के अनुसार ठीक से जमा दिया जाता है।

आर० सी० सी० स्लैब के लिए सीमेण्ट कंक्रीट का मिश्रण 1:2:4 के अनुपात में तैयार किया जाता है। इसमें एक भाग सीमेण्ट, दो भाग बालू और चार भाग बजरी या छर्री, स्फटिक अथवा टुकड़े-टुकड़े की गयी क्वार्टज मिलायी जाती है। एक बोरी सीमेण्ट के लिए पाँच से छह गैलन पानी की जरूरत पड़ती है।

ईंट के चबूतरे पर बजरी, उल्लिखित अनुपात में बालू और सीमेण्ट अलग-अलग मापतौल कर लिया जाता है। सीमेण्ट और बालू को पहले ठीक से मिला लिया जाता है। बाद में इसे चबूतरे पर पहले से फैलायी गयी बजरी या छर्री में मिला दिया जाता है। इसे सूखा ही मिलाते हैं और चबूतरे पर एक-बराबर फैला देते हैं। उसके बाद इसमें आवश्यकतानुसार पानी मिला दिया जाता है। इस मिश्रण को दो-तीन बार चला दिया जाता है ताकि यह काफी अच्छी तरह मिल जाये। इस तरह तैयार किए गए कंक्रीट को खांचे में 12 मि०मी० से 20 मि०मी० की मोटाई में फैला दिया जाता है। इसे मजबूत बनाने के लिए इसके ऊपर पहले से तैयार अथवा आपस में बंधी छड़ों का ढांचा रख दिया जाता है। इसे उठाने के लिए छड़ों में नरम इस्पात के बने हैण्डिल अथवा लोहे के छल्ले लगाए जाते हैं। शेष कंक्रीट इस पर 55 मि०मी० की मोटाई में फैला दी जाती है। इसके ऊपरी सिरे की गारे से खूब अच्छी तरह फिनिशिंग की जाती है अथवा उस पर 1:4 के अनुपात में सीमेंट से पलस्तर

कर दिया जाता है। चौबीस घण्टे बाद खांचा हटा लिया जाता है और फिर इस पर एक पखवाड़े तक पानी का छिड़काव किया जाता है या इसे पानी में डुबोया जाता है या फिर गीले बोरों से ढँककर सिझाया जाता है। यदि आवश्यक हो तो सिझाने की प्रक्रिया सात दिन में भी पूरी की जा सकती है बशर्ते इस मिश्रण में ऐसा मसाला प्रयुक्त किया गया हो जो जल्दी जम जाता है।

अच्छी तरह से सीझ जाने के बाद स्लैबों को गड्ढे के ऊपर बैठा दिया जाता है। इसके चारों ओर मिट्टी का गारा लगा दिया जाता है। टंकी को 1: 8 के अनुपात में तैयार किये गये सीमेंण्ट और बालू के गारे से वायु और जलरोधी बना लिया जाता है। ताकि भूरक्षण और रिसाव रोका जा सके तथा गड्ढे से मैला साफ करते समय इन्हें आसानी से हटाया जा सके। बैठने, खाना पकाने, कपड़े धोने या खाना खाने जैसे घरेलू काम के लिए भी गड्ढे के ढक्कन इस्तेमाल किये जा सकते हैं।

मिट्टी की अलग-अलग दशाओं में सुलभ शौचालय योजना का अंगीकरण

जैसा कि पहले बताया जा चुका है, सुलभ शौचालय योजना आन्ध्र प्रदेश, असम, बिहार, पश्चिम बंगाल, उड़ीसा, उत्तर प्रदेश, मध्य प्रदेश और जम्मू तथा कश्मीर सहित भारत के विभिन्न राज्यों में बड़े पैमाने पर अपनायी गयी हैं। इस प्रणाली को अलग-अलग किस्म की वर्गीय और आकारिकीय, रासायनिक तथा जैविक विशेषतायें युक्त मिट्टी के लिए अत्यन्त उपयुक्त पाया गया है।

मिट्टी और जल-प्रदूषण

भारत में बड़े पैमाने पर हाथ से पानी उँड़ेलकर बहाये जाने वाले जल सील (वाटर सील) युक्त शौचालय अपनाने में विक्षालन गड्ढों से मिट्टी और जल के प्रदूषण होने के बारे में शोध किया जाता रहा है। इस सिलसिले में डाक्टर टी० आर० भास्करन और सम्पत कुमार (1966: 28) ने अपने विचार इन शब्दों में व्यक्त किये है, "यदि गड्ढे का तला ऐसी मिट्टी या बालू का बना है जिसकी मोटाई 0.2 मि०मी० या इससे कम है और साथ ही, यदि विद्यमान भौमजल का वेग तीन फुट प्रतिदिन है तो शौचालय कुएँ के बीस फुट पास तक बनाया जा सकता है। यदि मिट्टी 0.2 मि०मी० से अधिक लेकिन 0.3

मि०मी० से कम मोटी हो और भौमजल का वेग तीन फुट प्रतिदिन से अधिक है तो शौचालय और कुएँ के बीच की दूरी तय करते समय इन दशाओं का सावधानीपूर्वक अध्ययन किया जाना जरूरी है। इस प्रकार की चरम स्थिति में गड्ढे के चारों ओर, और तल में 0.2 मि०मी० मोटाई की अच्छी किस्म की बालू की एक फुट से दो फुट मोटी तह लगा देनी चाहिए। इससे शौचालय से होने वाले बहाव के फलस्वरूप सतह पर भौमजल के प्रदूषण की रोकथाम हो सकेगी।"

हाल ही में उपर्युक्त विषय पर विश्व बैंक ने प्रणालीबद्ध अध्ययन किया है। विश्व बैंक ने यह काम संयुक्त राष्ट्र विकास कार्यक्रम (यू० एन० डी० पी०) के माध्यम से सम्बन्धित राज्यों की राज्य प्रदूषण नियंत्रण परिषदों, राष्ट्रीय पर्यावरण इंजीनियरिंग अनुसंधान सस्थान, नागपुर की क्षेत्रीय प्रयोगशालाओं और राज्य लोक स्वास्थ्य अनुसंधान प्रयोगशालाओं के सहयोग से किया है। पटना (बिहार) में दो स्थानों पर प्रयोग किये गये। इन स्थानों पर मिट्टी में काफी अधिक मात्रा में सिल्ट मौजूद थी और उसकी पारगम्यता का स्तर 0.032 से 290.5×10^{-5} से०मी० प्रति सेकण्ड तक था। अध्ययन से पता चलता है कि हाथ से पानी उँड़ेलकर बहाये जाने वाले शौचालय के गड्ढे के आठ मीटर की दूरी तक के कुओं में प्रदूषण का कोई प्रमाण नहीं है।

(यू० एन० डी० पी०, 1982:2)

इस विश्लेषण से स्पष्ट है कि सुलभ शौचालय साफ-सफाई की कम लागत वाली एकमात्र योजना है। इसके अलावा, जैसाकि पहले चर्चा की जा चुकी है, सुलभ शौचालय की सबसे उल्लेखनीय विशेषता यह है कि इससे न तो वातावरण प्रदूषित होता है और न जमीन की सतह पर अथवा भीतर विद्यमान जल-प्रदूषण का ही प्रश्न उठता है।

सुलभ शौचालय इस समय प्रचलित परम्परागत प्रणालियों में सबसे सस्ती है। इन सब गुणों के कारण सुलभ शौचालय भारत और अन्य विकासशील देशों की भी परिस्थितियों की दृष्टि से सर्वाधिक अनुकूल है। सुलभ प्रणाली सफाईकर्मियों को मैला साफ करने और सिर पर ढोने के घृणित काम से भी पूरी तरह मुक्ति दिलाती है। अत: सुलभ शौचालय न केवल साफ-सफाई की प्रौद्योगिकी के क्षेत्र में एक नई शुरुआत है बल्कि यह सफाईकर्मियों की मुक्ति का एक क्रान्तिकारी आन्दोलन भी है। सफाईकर्मियों की मुक्ति का एक लक्ष्य प्राप्त करना किसी भी सभ्य समाज के लिए नितान्त आवश्यक है।

अध्याय 5

राष्ट्रीय और अंतर्राष्ट्रीय संगठनों के प्रयास

अध्याय 2 में जिन तथ्यों का विश्लेषण किया है, उसने भारतीय समाज में सफाईकर्मियों की सामाजिक स्थिति और दयनीय दशा के बारे में संक्षिप्त जानकारी मिलती है। भारतीय समाज में मैला साफ करना न केवल एक व्यवसाय रहा है, बल्कि एक ऐसी सामाजिक प्रथा रही है, जिससे सामाजिक परम्परा, धार्मिक बहिष्कार और सामाजिक घृणा भी जुड़ी रही है। सामाजिक पाबन्दियों के कारण सफाईकर्मी सबसे निचले स्तर पर चले गये। उनके साथ अवमानवीय व्यवहार किया जाने लगा। आमतौर पर छुआछूत से और खासतौर पर सफाईकर्मियों से जुड़ी प्रथाएँ सामाजिक न्याय के विरुद्ध थीं। आज जबकि मानव अधिकारों के बारे में लोगों में जागरूकता बढ़ रही है, सफाईकर्मियों पर सामाजिक पाबन्दियों को उचित नहीं ठहराया जा सकता। इसके अलावा, लोकतांत्रिक समाज और कल्याणकारी राज्य से जुड़ी मान्यताओं का तकाजा है कि इस तरह के अवमानवीय और अन्यायपूर्ण भेदभाव समाप्त हों।

इसलिए स्वतंत्रता प्राप्ति के बाद समाज सुधारकों, कल्याणकारी एजेन्सियों और राज्य तथा केन्द्र सरकारों ने इस समस्या पर विशेष ध्यान दिया। छुआछूत को जड़ से समाप्त करने और सफाईकर्मियों को सिर पर मैला ढोने के काम से मुक्ति दिलाने के गंभीर प्रयास किये गये। ऐसा महसूस किया गया कि मैला ढोने का प्रचलन खत्म होने और इस वर्ग के लोगों को दूसरे व्यवसाय में लगाने से उनकी सामाजिक और आर्थिक दशा सुधारने में सहायता मिलेगी। सफाई के क्षेत्र में अलग-अलग एजेन्सियाँ चाहे वे राष्ट्रीय हों या अन्तर्राष्ट्रीय, काम करती रही हैं। हालांकि उनका उद्देश्य सफाईकर्मियों को मुक्ति दिलाना नहीं, बल्कि सफाई की बेहतर व्यवस्था करना रहा है, इसके बावजूद शुष्क शौचालयों की जगह गन्दगी और संक्रमण से मुक्त शौचालयों की व्यवस्था

करने से ही सफाईकर्मियों की मुक्ति में सहायता मिलती है। भिन्न-भिन्न संगठनों और एजेन्सियों द्वारा किये गये प्रयासों के बारे में नीचे संक्षिप्त विवरण दिया गया है।

राष्ट्रीय संगठन

सम्भवत: भारत और उसके समीपवर्ती देशों में शौचालय निर्माण का कार्यक्रम शुरू करने की दिशा में पहला संगठित प्रयास 1930 में किया गया। इसके तहत राकफेलर फाउण्डेशन द्वारा पहले श्रीलंका में और फिर भारत में स्वास्थ्य इकाइयों की स्थापना की गयी। बंगाल, उत्तर प्रदेश, पंजाब, बम्बई (जो उस समय एक प्रान्त था) और मद्रास (जो उस समय एक प्रेसीडेन्सी थी) में स्थापित इन स्वास्थ्य केन्द्रों में बेध छिद्र गड्ढा (बोर होल) शौचालय को आजमाया गया। इन शौचालयों में बैठने के लिए पहले ढाले गये स्लैबों का प्रयोग किया जाता था। इन प्रयासों को यद्यपि कुछ सफलता मिली लेकिन इनमें कुछ व्यावहारिक कठिनाइयाँ थीं। इन्हें घरों के भीतर बैठाना और बेध छिद्र गड्ढों के भर जाने के बाद शौचालयों को दूसरी जगह ले जाना मुश्किल था। इस तरह के शौचालयों में वाटर सील की व्यवस्था न होने के कारण दुर्गन्ध और मक्खियों के प्रजनन की भी समस्या थी।

प्रारम्भिक अनुभवों के बाद बंगाल के सिंगूर स्वास्थ्य केन्द्र पर गड्ढे के ठीक ऊपर वाटर सील पैन लगाने का विचार विकसित हुआ। यह निश्चित रूप से एक सुधार था लेकिन इसके डिजाइन के बारे में मुख्य शिकायत यह थी कि इसमें इस्तेमाल करने वाले व्यक्ति पर पानी के छींटे पड़ते हैं। साथ ही, मैला बहाने के लिए बहुत अधिक पानी की आवश्यकता पड़ती है। कुछ वर्षों तक वाटर सील युक्त शौचालयों का उपयोग करने के बाद उड़ीसा में 'फ्रेण्ड्स रूरल सर्विस प्रोजेक्ट' के लोगों ने इस डिजाइन में सुधार करने का निर्णय किया। डिजाइन में कुछ संशोधन किया गया और वाटर सील को छोटा कर दिया गया। साथ ही, इसकी निर्माण लागत भी कम की गयी। यह उन्नत डिजाइन ज्यादा सफल हुआ।

सामुदायिक परियोजना प्रशासन ने जब पहली पंचवर्षीय योजना शुरू की तो ग्रामीण क्षेत्रों के लिए सरकारीतौर पर बेध छिद्र गड्ढा शौचालयों और खाई गड्ढा (डग पिट) शौचालयों की सिफ़ारिश की गयी, लेकिल राष्ट्रीय

विस्तार और सामुदायिक विकास खण्डों में इन शौचालयों को बैठाने के लिए किए गए सभी प्रयासों के बावजूद साफ-सफाई का कार्यक्रम बड़े पैमाने पर नहीं अपनाया जा सका।

कलकत्ता के अखिल भारतीय स्वास्थ्य विज्ञान और लोक स्वास्थ्य संस्थान, नागपुर के पर्यावरण इंजीनियरिंग अनुसंधान संस्थान, सिंगूर, नजफगढ़ तथा दिल्ली की अनुसंधान एवं कार्य परियोजना और तमिलनाडु के पूनामाली संस्थान द्वारा अपने-अपने ढंग से मल-व्ययन के उचित, सुरक्षित और स्वास्थ्य-रक्षा की दृष्टि से अनुकूल उपाय खोजने के प्रयास किये गये। इसके बावजूद इसका श्रेय लखनऊ के योजना तथा अनुसंधान कार्य संस्थान (पी० आर० ए० आई०) को जाता है। इस संस्थान ने अपना अनुसंधान कार्य 1956 में शुरू किया और अंत में उसे इसमें कुछ सफलता मिली। संस्थान ने नौ डिजाइन तैयार किये और इसके बाद भी अपना अनुसंधान जारी रखा। अन्ततः संस्थान ने अपना स्वयं का डिजाइन तैयार किया। इसमें वाटर सील, बैठने का स्लैब और दो गड्ढों की व्यवस्था थी। यह डिजाइन आर्थिक और स्वास्थ्य सम्बन्धी स्थिति की दृष्टि से उपयुक्त था। लेकिन इसमें केवल एक कमी थी कि यह केवल ग्रामीण क्षेत्रों के लिए सुझायी गयी थी। शुरू में खर्चा बचाने के लिए दो गड्ढों के बजाय एक ही गड्ढा बनवाने की सलाह दी गयी थी। पहला गड्ढा भर जाने के बाद ही दूसरा गड्ढा बनवाया जाना चाहिए। इसलिए पी० आर० ए० आई० शौचालय ज्यादातर ग्रामीण क्षेत्रों तक ही सीमित रहे। इसके अलावा, इसमें एक ही गड्ढा बनवाने की सलाह दी गयी थी, इसलिए इसे बड़े पैमाने पर नहीं अपनाया जा सका। एक गड्ढा भर जाने के बाद ज्यादातर गृहस्वामियों ने दूसरा गड्ढा बनवाने का विचार छोड़ दिया। गुजरात में पी० आर० ए० आई० शौचालय बड़े पैमाने पर बनाए गए परन्तु यह ज्यादातर ग्रामीण क्षेत्रों में ही थे।

स्वयंसेवी एजेंसियों की भूमिका

सफाईकर्मियों की मुक्ति में योगदान करने वाले सबसे अधिक प्रभावी और गतिशील स्वयंसेवी संगठन के रूप में सुलभ इण्टरनेशनल के उद्भव से पहले देश में बहुत कम स्वयंसेवी एजेंसियाँ थीं जिन्होंने इस दिशा में पथप्रदर्शक का कार्य किया था। इनमें हरिजन सेवक संघ, महाराष्ट्र गांधी स्मारक निधि, पुणे

और अहमदाबाद का सफाई विद्यालय प्रमुख हैं। सफाईकर्मियों की मुक्ति के आन्दोलन को समझने के लिए इन एजेंसियों के बारे में संक्षेप में जान लेना जरूरी है।

हरिजन सेवक संघ

हरिजन सेवक संघ नामक राष्ट्रीय संगठन की स्थापना महात्मा गांधी द्वारा 1932 में तथाकथित अछूतों के लिए अलग निर्वाचक मण्डल मंजूर करके उन्हें हिन्दुओं से अलग हैसियत प्रदान करने के ब्रिटिश सरकार के निर्णय के विरुद्ध यरवड़ा जेल में ऐतिहासिक उपवास के बाद हुआ। ब्रिटिश सरकार द्वारा सामुदायिक अधिनिर्णय में संशोधन किये जाने के बाद गांधीजी ने 26 सितम्बर, 1932 को अपना उपवास तोड़ा तो इस अधिनिर्णय से वह धारा हटा दी गयी, जिसके तहत अछूतों के लिए अलग निर्वाचक मण्डल की व्यवस्था की गयी थी। संकट हल हो गया परन्तु इसने गांधी जी को यह महसूस करने को विवश कर दिया कि छुआछूत की बुराई को खत्म करने के लिए कुछ ठोस कदम उठाये जाने चाहिए ताकि हिन्दू समाज को बिखरने से बचाया जा सके।

उसी साल 30 सितम्बर को पण्डित मदनमोहन मालवीय की अध्यक्षता में संकल्प किया गया कि हिन्दू समाज से हर प्रकार का छुआछूत जड़ से समाप्त कर दिया जाना चाहिए। इस संकल्प को लागू करने के लिए अक्टूबर, 1932 में छुआछूत विरोधी लीग नाम से एक नया संगठन बनाया गया। बाद में इसका नाम हरिजन सेवक संघ हो गया। सारा देश इस कदम को नैतिक और राजनैतिक रूप से समर्थन देने को उठ खड़ा हुआ। देशबन्धु ठक्कर बापा ने इसे एक राष्ट्रीय आन्दोलन का रूप देने का प्रयास किया। इसकी स्थापना के कुछ दिनों में ही उन्होंने अत्यन्त उत्साह और निष्ठा के साथ इसे पूरे देशभर में फैला दिया।

कुछ दिनों बाद महात्मा गांधी ने ठक्कर बापा के अनुरोध पर देशव्यापी दौरा किया। नवम्बर 1933 से जुलाई 1934 के बीच उन्होंने 12,500 मील यात्रा की। इसका आमजनता पर गहरा प्रभाव पड़ा। लाखों लोगों ने गांधी जी के भाषण सुने। उनमें से हजारों ने उनके विचारों से प्रेरित होकर हरिजनों को अछूत मानना बन्द कर दिया और उनसे भाईचारा कायम करने लगे। संघ द्वारा

देशभर में हरिजन लड़कों तथा लड़कियों के लिए विद्यालय और छात्रावास बनवाये गये। उनमें से हजारों को छात्रवृत्तियाँ दी गयीं। हरिजनों को बहुत-से प्रसिद्ध मन्दिरों खासकर दक्षिण भारत के मन्दिरों में प्रवेश की अनुमति मिली। इन मन्दिरों में पहले सख्ती से छुआछूत बरता जाता था। हरिजन सेवक संघ द्वारा ये प्रयास केवल सफाईकर्मियों के लिए ही नहीं थे बल्कि पूरे हरिजन समुदाय के लिए भी थे।

हरिजन सेवक संघ ने समाज में हरिजनों के मानवीय अधिकार के लिए भी संघर्ष किया। ऐसा महसूस किया गया कि हरिजनों के उत्थान के लिए उनमें साक्षरता का स्तर बढ़ाना जरूरी है। हरिजन युवकों को शिक्षित करने और तकनीकी प्रशिक्षण देने के लिए भी योजना बनायी गयी।

बाद में सफाईकर्मियों की भयंकर गरीबी, सामाजिक असमानता तथा उनके कामकाज और रहन-सहन की अवमानवीय दशा से दुःखी होकर हरिजन सेवक संघ ने "भंगी कष्ट मुक्ति" का काम हाथ में लिया। इसका अभिप्राय सफाईकर्मी मुक्ति के चरमलक्ष्य को ध्यान में रखते हुए उनकी आर्थिक स्थिति और उनके रहन-सहन की दशा में सुधार लाना है। सफाईकर्मी मुक्ति का तात्पर्य शुष्क शौचालयों को हाथ से साफ करने तथा सिर पर मैला ढोने की प्रथा को समाप्त करना है। यह एक क्रान्तिकारी कार्यक्रम है जो एक ऐसे समाज की कल्पना करता है, जहाँ परिस्थितियों के कारण किसी जातिविशेष के लोग सफाईकर्मी के रूप में काम करने के लिए विवश नहीं होंगे। इस संस्था के 59 सेवक इस कार्यक्रम में लगे हैं। इसके अनुसार नगरपालिकाओं की ओर से सफाईकर्मियों को अच्छे उपकरण जैसे खुरचनी, बाल्टी, हाथगाड़ी, दस्ताने, रबड़ के जूते आदि उपलब्ध कराना और शौचालयों को उन्नत बनाया जाना शामिल हैं।

इसके अलावा, हरिजन आश्रम अहमदाबाद में संघ एक सफाई विद्यालय भी चलाता है। इस विद्यालय में 'भंगी कष्ट मुक्ति' के सेवकों को सफाई के आधुनिक और वैज्ञानिक तरीकों, उन्नत डिजाइन के शौचालयों के निर्माण और सफाई तथा स्वास्थ्य रक्षा से संबंधित अन्य विषयों का प्रशिक्षण दिया जाता है। इस स्वयंसेवी संगठन के ये अनवरत प्रयास वस्तुतः सफाईकर्मियों की मुक्ति की दिशा में उठाये गये कदम थे। हालांकि ऐसा दावा नहीं किया जा सकता कि यह बुराई पूरी तरह समाप्त हो चुकी है, परन्तु इसकी जड़

जरूर हिल गयी है। यही कारण है कि समाज के इस कमजोर वर्ग के विरुद्ध किये जाने वाले अत्याचारों की उग्रता में कमी आयी है। इसके अलावा, हरिजन सेवक संघ के सुधार आन्दोलन ने आमतौर पर स्वयं हरिजनों में और खासकर सफाईकर्मियों में भी सामाजिक चेतना पैदा की है और इससे मुक्ति की प्रक्रिया शुरू करने में सहायता मिली है।

महाराष्ट्र गांधी स्मारक निधि, पूणे

केन्द्रीय गांधी स्मारक निधि की स्थापना 1956 में दिल्ली में स्वर्गीय अप्पा साहेब पटवर्धन की अध्यक्षता में हुई थी। वे निधि की 'भंगी मुक्ति समिति' के संस्थापक अध्यक्ष भी थे। यह समिति भारत में सफाईकर्मियों की मुक्ति के उद्देश्य से उसी साल गठित की गयी थी। बाद में, 1962 में एक अलग इकाई के रूप में महाराष्ट्र गांधी स्मारक निधि की स्थापना की गयी। लेकिन शुरू-शुरू में राज्य शाखा ने केन्द्रीय गांधी स्मारक निधि से जुड़कर अपनी गतिविधियाँ चलायीं। स्वर्गीय भामा साहेब देवगिंकर इस इकाई के संस्थापक अध्यक्ष थे। 1969 में गांधी शताब्दी आयोजनों के बाद यह इकाई एक स्वतंत्र इकाई के रूप में काम करने लगी। यह इकाई ग्राम उत्थान, गांधीवादी दर्शन के प्रचार, गांधीवादी साहित्य के प्रकाशन और भंगी मुक्ति योजना (सफाईकर्मियों की मुक्ति) का काम करती थी। यह संस्था सुलभ शौचालय की तरह पानी उँड़ेलकर मैला बहाने वाले शुष्क शौचालयों को स्वास्थ्यकर शौचालयों में बदलकर और ऐसे नये शौचालय बनाकर जिनमें सफाईकर्मियों की आवश्यकता नहीं पड़ती है, सफाईकर्मियों की मुक्ति के लिए काम करती रही है। स्वर्गीय अप्पा साहेब पटवर्धन ने महाराष्ट्र के रत्नागिरि जिले के गोपुरी आश्रम में इस दिशा में अग्रणी प्रयोग किये। उनके द्वारा किये गये कार्य को आधार मानकर निधि ने दो तरह के शौचालयों को बढ़ावा देने का निर्णय लिया। इनमें से पहला है, सोपा किस्म का शौचालय जिसमें वाटर सील तो नहीं होती है, लेकिन इसमें धातु का कब्जेदार टुकड़ा लगा रहता है। दूसरा, नैगांव शौचालय है जोकि जलीय शौचालय (एक्वाप्रिवी) का सुधरा रूप है। इसमें मल-मूत्र को खाद के रूप में इस्तेमाल करने, डिब्बों में एकत्र करने की व्यवस्था रहती है।

सेनीटरी शौचालयों के प्रचार और निर्माण के लिए निधि की ओर से एक अलग सेल बनाया गया है जिसे 'भंगी मुक्ति योजना' कहा जाता है। इस सेल द्वारा इन शौचालयों का विस्तार करने, लोगों का इनमें विश्वास उत्पन्न करने और इनके निर्माण का काम व्यवस्थित और संगठित रूप से करने का प्रयास किया जा रहा है। ग्रामीण क्षेत्रों में लोगों को शौचालय निर्माण कार्यक्रम अपनाने के लिए सेल द्वारा अनेक योजनाएँ चलायी जाती हैं। इस सिलसिले में दृश्य और श्रव्य माध्यम, फिल्म तथा स्लाइड प्रदर्शन, सामूहिक बैठकें, प्रदर्शनियाँ, भजन-कीर्तन, पोस्टर तथा पर्चे बाँटने जैसे अलग-अलग तरीके प्रयुक्त किए जाते हैं ताकि भंगी मुक्ति का लक्ष्य प्राप्त किया जा सके।

निधि के अधीन दो पैन निर्माण कार्यशालाएँ हैं, जहाँ सीमेण्ट, गारे और संगमरमर के टुकड़ों से पैन बनाये जाते हैं और वाटर सील ट्रैप ढाले जाते हैं। महाराष्ट्र गांधी स्मारक निधि द्वारा अपनी चालू परियोजनाओं पर सामाजिक कार्यकर्त्ताओं और नगरपालिका कर्मचारियों के लिए प्रशिक्षण कार्यक्रम आयोजित किये जाते हैं। इसके अलावा, निधि की ओर से स्थानीय तकनीशियनों को पन्द्रह दिन का शौचालय निर्माण प्रशिक्षण और दस दिन का बायोगैस संयंत्र निर्माण प्रशिक्षण दिया जाता है। प्रशिक्षण की अवधि में प्रशिक्षणार्थियों को वृत्तिका भी दी जाती है।

निधि ने अपने कार्यक्रम के अंतर्गत बायोगैस संयंत्रों के निर्माण का काम भी शामिल कर लिया है। इस काम में अवैतनिक सलाहकार के रूप में डाक्टर मापुसकर ने अमूल्य योगदान किया है। शुरू-शुरू में निधि द्वारा किसानों को पचास प्रतिशत अनुदान दिया जाता था। संस्था ने पूरी तरह से मानव-मल पर आधारित बायोगैस संयंत्रों के प्रचार और निर्माण का काम भी शुरू किया है। दुर्भाग्यवश, बायोगैस संयंत्रों के मामले में उतनी तेजी से प्रगति नहीं हो सकी है, जितनी कि आशा थी। इसका मुख्य कारण है, बायोगैस की प्रारम्भिक लागत बहुत अधिक है और पूरी तौर पर कोई आर्थिक लाभ नहीं होता है। ऋण लौटाने में भी दिक्कत होती है। अतः संस्था कम लागत के बायोगैस संयंत्रों का निर्माण शुरू करने की योजना बना रही है।

महाराष्ट्र गांधी स्मारक निधि द्वारा 1987 तक महाराष्ट्र के सत्ताईस जिलों में लगभग 70,000 शौचालय बनवाये गये। लगभग 500 बायोगैस संयंत्र भी

बनवाये गये। इसके अलावा, बड़ी संख्या में जिला परिषदों के क्षेत्र में काम करने वाले कर्मचारियों को प्रशिक्षित किया गया। बड़ी संख्या में राज मिस्त्रियों और तकनीशियनों को भी प्रशिक्षित किया गया। महाराष्ट्र सरकार, नगरपालिकाओं और जिला परिषदों से निधि को भरपूर सहयोग मिला है। ये संस्थाएँ अपने प्रशासनिक और क्षेत्रीय कर्मचारियों को शौचालय के निर्माण का काम बड़े पैमाने पर करने का निर्देश देती रही हैं। इनमें से कुछ निधि द्वारा तैयार किए गये डिजाइन अपनाने वाले ग्रामीणों को शौचालय की लागत पर अनुदान भी दे रही हैं। महाराष्ट्र सरकार ने इन शौचालयों को अपनाने वालों को जिला परिषदों के माध्यम से निःशुल्क मौजेक पैन देने शुरू किये हैं।

सफाई विद्यालय साबरमती आश्रम, अहमदाबाद

साफ-सफाई से सम्बद्ध संस्थान 'सफाई विद्यालय', अहमदाबाद की स्थापना हरिजन सेवक संघ द्वारा साबरमती आश्रम में 1963 में की गयी थी। इसका प्रभार श्री ईश्वर भाई पटेल को सौंपा गया था। इस विद्यालय के भवन का नाम गुजरात के हरिजन आन्दोलन के अग्रणी नेता स्वर्गीय परीक्षित मजूमदार की स्मृति में 'परीक्षित सदन' रखा गया है। हरिजन सेवक संघ के आदर्शों के अनुरूप ही सफाई विद्यालय ने सफाईकर्मियों के जीवन से जुड़े सभी पहलुओं— सामाजिक, आर्थिक, शैक्षिक से संबंधित कार्यक्रम शुरू किये हैं। इसके कार्यों में सफाई के काम से जुड़े सभी लोगों को शौचालयों की सफाई के तरीके, दृष्टिकोण और नये उपकरणों के प्रयोग के बारे में प्रशिक्षण देने का कार्यक्रम चलाना भी शामिल है। ऐसे लोगों में कनिष्ठ और वरिष्ठ इंजीनियर, राजमिस्त्री, फर्राश और सफाईकर्मी तो शामिल हैं ही, ग्रामीण क्षेत्रों में स्थित प्राथमिक स्वास्थ्य केन्द्रों के स्वास्थ्य निरीक्षक और 'भंगी कष्ट मुक्ति कार्यक्रम' में लगे सामाजिक कार्यकर्त्ता भी शामिल हैं।

नीति-निर्धारकों और प्रशासकों को सफाई के महत्व के बारे में विश्वास दिलाने के लिए अलग-अलग स्तर पर अल्पकालिक पाठ्यक्रम भी आयोजित किये जाते हैं। प्रशिक्षण कार्यक्रम में सफाई के संबंध में व्यावहारिक प्रदर्शन, शुष्क शौचालयों को जल शौचालयों में बदलने की तकनीक, हाथ से पानी फैंककर बहाये जाने वाले ऐसे शौचालयों का निर्माण जिसमें सफाईकर्मियों की जरूरत नहीं पड़ती है, स्थानीय निकायों के नियमों का संशोधन और

साफ-सफाई के लिए उन्नत उपकरणों का प्रयोग जैसी बातें शामिल हैं। ऐसे कार्यक्रमों से कम लागत की सफाई स्कीमों को बढ़ावा मिला है।

प्रशिक्षण कार्यक्रमों में फर्राशों और सफाईकर्मियों के कामकाज और रहन-सहन की स्थिति में सुधार के तरीकों, उनके आर्थिक, सामाजिक और सांस्कृतिक विकास, शौचालयों की अलग-अलग किस्म की डिजाइनों और सफाई के उपकरणों के उपयोग आदि के बारे में जानकारी दी जाती है। विद्यालय का अपना एक प्रदर्शन क्षेत्र भी है, जहाँ अलग-अलग किस्म के स्वच्छ शौचालय और बायोगैस संयंत्र मौजूद है।

विद्यार्थी अपने शैक्षिक भ्रमण के भाग के रूप में सफाई विद्यालय देखने जाते हैं। उन्हें विद्यालय में रखे गये नमूने और प्रदर्शित वस्तुएँ दिखायी जाती हैं। सफाई और बायोगैस संयंत्रों के बारे में उन्हें फिल्में भी दिखायी जाती हैं। राष्ट्रीय सेवा योजना जैसे विभिन्न संगठनों के युवक-युवतियों को पानी उँड़ेलकर बहाये जाने वाले शौचालयों (फ्लश शौचालयों), सोख्ता गड्ढों और धुँआरहित चूल्हों के निर्माण का प्रशिक्षण दिया जाता है। 1987 के आंकड़ों से पता चलता है कि राज्य के विभिन्न जिलों के ग्रामीण क्षेत्रों में करीब 250 प्रशिक्षण शिविर लगाये गये। इन शिविरों में राष्ट्रीय समाजसेवा योजना के अधीन कालेजों में पढ़ने वाले लगभग 3,000 छात्र-छात्राओं और युवाओं ने भाग लिया।

यह संस्थान शुष्क शौचालयों को पानी उँड़ेलकर बहाये जाने वाले शौचालयों (फ्लश शौचालयों) में बदलने के लिए स्थानीय निकायों तथा पंचायतों से अनुदान मंजूर कराने और उपनियमों को बदलवाने में सहायक सिद्ध हुआ है। इसके पीछे संस्थान का उद्देश्य सफाईकर्मियों को सिर पर मैला ढोने की प्रथा से मुक्ति दिलाना है। 1964 में जब यह कार्यक्रम शुरू किया गया था तो उस समय राज्य में करीब 1,70,000 शुष्क शौचालय थे। शहरी क्षेत्रों के प्रायः सभी शुष्क शौचालयों को फ्लश शौचालयों में बदल दिया गया। इसके लिए राज्य सरकार, नगरपालिकाओं, जिला पंचायतों और स्वयं गृहस्वामियों द्वारा वित्तीय संसाधन जुटाये गये। शौचालय परिवर्तन के दौरान बहुत-सी जगहों पर जहाँ नाली-नालों की सुविधा उपलब्ध थी, वहाँ दो गड्ढों की व्यवस्था नहीं की गयी। ऐसे मामलों में फ्लश शौचालयों को सीधे भूमिगत नालों से जोड़ दिया गया ताकि मैला बहाने में आसानी हो। इस प्रकार राज्य में शुष्क

शौचालयों को लगभग पूरी तरह समाप्त कर दिया गया। प्राय: सभी सफाईकर्मियों (लगभग पाँच हजार) को नगरपालिकाओं द्वारा दूसरे कामों में खपा लिया गया।

सफाई विद्यालय की उपयोगिता को राज्य सरकार, नगरपालिकाओं, जिला और तालुका पंचायतों तथा शैक्षिक संस्थानों, जिनमें मुख्य रूप से विश्वविद्यालय शामिल हैं, और जनसाधारण ने भी स्वीकार किया है। इन संस्थाओं के लोग शिविरों, सेमिनारों और सम्मेलनों के आयोजन के लिए प्राय: विद्यालय से सम्पर्क करते रहे हैं।

विभिन्न राष्ट्रीय और अंतर्राष्ट्रीय एजेन्सियों तथा संगठनों ने ग्रामीण क्षेत्रों की सफाई-व्यवस्था और कम लागत के फ्लश शौचालयों के क्षेत्र में इस संस्थान के बहुमूल्य योगदान पर ध्यान दिया है। उदाहरण के लिए, विश्व स्वास्थ्य संगठन, यूनीसेफ, विश्व बैंक और भारत सरकार, विद्यालय के कामकाज का अध्ययन करने के लिए अपने प्रतिनिधि भेजते रहे हैं। इनमें भी विद्यालय की प्रशिक्षण सुविधाओं और सफाई कार्यक्रमों को लागू करने के लिए अपनाये गये तरीकों का विशेष रूप से अध्ययन किया जाता रहा है। बंगलादेश, श्रीलंका, भूटान, नेपाल और तंजानिया जैसे विभिन्न देशों के प्रतिनिधि मण्डलों ने सफाई विद्यालय का दौरा किया और कम लागत की साफ-सफाई व्यवस्था और इससे जुड़े अन्य मसलों पर चर्चा की।

इस विद्यालय का प्रभाव बड़ा सकारात्मक रहा है। साफ-सफाई के काम से जुड़े सभी लोगों को विद्यालय द्वारा जो तकनीकी ज्ञान उपलब्ध कराया गया, उसे सभी ने सहर्ष स्वीकार किया। इनमें सामाजिक कार्यकर्त्ता, सरकारी कर्मचारी और नगरपालिकाओं, पंचायतों तथा सरकारी विभागों में काम करने वाले इंजीनियर भी शामिल थे। लगभग 1,200 पंचायती कर्मचारियों और दर्जनों जिला तथा तालुका पंचायतों के अध्यक्ष सफाई विद्यालय द्वारा आयोजित कार्यक्रम से पहले ही लाभान्वित हो चुके हैं। यूनिसेफ ने विद्यालय के स्वास्थ्य और सफाई कार्यक्रम के प्रति अनुकूल राय व्यक्त की है। इस संगठन ने विद्यालय को एक सचल प्रदर्शिनी वाहन भी भेंट किया है जिसमें राज्य के ग्रामीण क्षेत्रों में जनसाधारण को शिक्षित करने के उद्देश्य से माडल, चार्ट और फिल्में दिखाने की व्यवस्था की गयी है।

विद्यालय की ओर से सफाई और 'भंगी कष्ट मुक्ति' पर दस पोस्टर, भिन्न-भिन्न प्रकार के शौचालयों के बारे में तेरह फोल्डर और सफाई मार्ग

दर्शिका प्रकाशित की गई है। इसका उद्देश्य प्रशिक्षणार्थियों को सफाई के तकनीकी पहलुओं की जानकारी देना है। राज्य सरकार की वित्तीय सहायता से विद्यालय द्वारा साफ-सफाई के बारे में गुजराती में एक पुस्तिका और रंगीन पोस्टर तथा फोल्डर भी छपवाये गये हैं। समाज-कल्याण विभाग की सहायता से तीन महत्वपूर्ण समितियों, मलकानी समिति, बर्वे समिति और व्यास समिति की रिपोर्टों का गुजराती अनुवाद भी प्रकाशित किया गया है। इन रिपोर्टों में सफाईकर्मियों की दशा सुधारने के तरीके सुझाये गये हैं। विद्यालय द्वारा गांधी शताब्दी समिति को 'अभिशाप' नामक एक वृत्तचित्र बनाने में भी सहायता दी गई। इस वृत्तचित्र में सफाईकर्मियों की दुर्दशा को दर्शाया गया था जिसका लोगों पर बहुत गहरा प्रभाव पड़ा।

सफाईकर्मियों की मुक्ति में सरकारी प्रयास

यह सत्य है कि गांधी जी के जीवनकाल में सफाईकर्मियों को मुक्त कराने के बहुत-से प्रयास किये गये परन्तु उनका कोई ठोस परिणाम नहीं निकला। इसके दो कारण थे। पहला, यह कि भारत पर उस समय विदेशी शासन था और सरकार ने सफाईकर्मियों की मुक्ति के लिए गंभीरता से प्रयास नहीं किया, और दूसरा, यह कि उस समय सीवर तथा सेप्टिक टंकी प्रणालियों की जगह कोई दूसरी प्रौद्योगिकी उपलब्ध नहीं थी।

स्वतंत्रता प्राप्ति के बाद केन्द्र और अनेक राज्य सरकारों ने सफाईकर्मियों की मुक्ति के लिए काम करना शुरू किया। इसके अधीन सफाईकर्मियों के कामकाज और रहन-सहन की दशाओं की जाँच करने और उनमें सुधार के उपाय सुझाने के लिए समितियाँ बनायी गयीं। इनमें से कुछ उल्लेखनीय नाम इस प्रकार हैं—

1. सफाईकर्मियों के रहन-सहन की दशा की जाँच करने वाली समिति जिसका गठन बम्बई सरकार द्वारा 1949 में किया गया। इसके अध्यक्ष बी० एन० बर्वे थे।
2. सफाई के काम की स्थिति की जाँच करने वाली समिति जिसका गठन भारत सरकार के गृहमंत्रालय द्वारा 1957 में किया गया। इसके अध्यक्ष प्रोफेसर एन० आर० मलकानी थे।

3. सफाईकर्मियों के परम्परागत अधिकारों से सम्बन्धित समिति जिसका गठन 1969 में किया गया । इसके अध्यक्ष प्रोफेसर एन० आर० मलकानी थे।
4. मेहतरों और सफाईकर्मियों की दशा पर राष्ट्रीय श्रम आयोग द्वारा नियुक्त समिति। इसके अध्यक्ष श्री भानु प्रसाद पण्ड्या थे।
5. नगरपालिका कर्मचारियों के लिए वेतन बोर्ड जिसका गठन केरल सरकार द्वारा 1971 में किया गया । इसके अध्यक्ष श्री ए० एन० मेनन थे।
6. हरियाणा में स्थानीय निकायों द्वारा नियुक्त सफाई मजदूरों और निजी सफाईकर्मियों के रहन-सहन की दशाओं की जाँच करने के लिए आयोग। इसका गठन हरियाणा सरकार द्वारा 1969 में किया गया।
7. मेहतरों और सफाईकर्मियों के रहन-सहन और कामकाज की दशाओं में सुधार से संबंधित समिति। इसका गठन 1976 में कर्नाटक सरकार द्वारा किया गया । इसके अध्यक्ष श्री आई० पी० डी० सालप्पा थे।

यद्यपि इन समितियों की रिपोर्टें अपने-आप में महत्वपूर्ण थी परन्तु मलकानी समिति की रिपोर्ट सरकार को विशेष पसन्द आयी। मलकानी समिति की सिफारिशों में निम्नलिखित दो सिफारिशें अधिक महत्वपूर्ण थीं—

1. भंगी कष्ट मुक्ति
2. भंगी मुक्ति

मलकानी समिति ने सुझाव दिया कि बाल्टी वाले सभी शौचालयों को सेनीटरी शौचालयों में बदलने में समय लगेगा, इसलिए 'भंगी कष्ट मुक्ति' के कार्यक्रम शुरू किये जायें। सफाईकर्मियों को दस्ताने, गमबूट और खुरचनी दी जाए ताकि उन्हें मैला हाथ से न छूना पड़े। समिति ने यह भी सुझाव दिया कि गृहस्वामियों को चाहिए कि वे अच्छे मल-पात्र लें ताकि मैला जमीन पर छितराये नहीं और आसानी से बाल्टियों या डिब्बों में उँड़ेला जा सके। यह भी सलाह दी गयी कि सफाईकर्मियों को हाथगाड़ियों के साथ सही ढंग की बाल्टियाँ दी जानी चाहिए ताकि उन्हें मैला सिर पर न ढोना पड़े।

बिहार सरकार सहित विभिन्न राज्य सरकारों ने मलकानी समिति के 'भंगी मुक्ति कार्यक्रम' सुझाव को क्रियान्वित किया। स्थानीय निकायों से गमबूट और हाथगाड़ियाँ खरीदने का अनुरोध किया गया। स्थानीय निकायों द्वारा बड़े पैमाने पर इनकी खरीद की गयी लेकिन ये जल्दी ही गायब हो गये। इसकी वजह यह थी कि अधिकांश सफाईकर्मियों ने अपने गमबूट बेच डाले और रबड़ चढ़े पहियों वाली हाथगाड़ियाँ बेकार हो गयीं। इसके अलावा इनकी जगह नई हाथगाड़ियाँ लेने या फिर खराब हाथगाड़ियों की मरम्मत की कोई व्यवस्था नहीं थी। सड़कों की खस्ता हालत होने के कारण पहियों के रबड़ नष्ट हो गए, जिससे उन्हें ठेलना कठिन हो गया। परिणाम यह हुआ कि अधिकांश सफाईकर्मियों ने अपनी हाथगाड़ियाँ छोड़ दीं और पुनः सिर पर मैला ढोने लगे। पटना में आजकल बहुत कम हाथगाड़ियाँ दिखाई देती हैं।

मलकानी समिति का दूसरा सुझाव बिहार, गुजरात तथा केरल सरकारों को पसन्द आया है। इसमें मौजूदा शुष्क शौचालयों को सेनीटरी शौचालयों में बदलने के लिए और नये शुष्क शौचालयों के निर्माण पर रोक लगाने के लिए कहा गया है। तथापि इस समय देश के सभी राज्यों और केन्द्रशासित क्षेत्रों में सफाईकर्मियों को मैला ढोने की अवमानवीय प्रथा से मुक्ति दिलाने और उन्हें तथा उनके परिवार के सदस्यों को प्रशिक्षण देकर दूसरे कामों में लगाने के प्रयास शुरू किये गये हैं।

निर्माण और आवास मंत्रालय

भारत सरकार के निर्माण और आवास मंत्रालय ने, जो पहले स्वास्थ्य और परिवार कल्याण मंत्रालय का भाग था, 1964 में एक परिपत्र जारी किया। इसमें सभी राज्य सरकारों को निर्देश दिया गया था कि बाल्टी वाले शौचालयों को फ्लश शौचालयों में बदल दिया जाये और उन्हें जहाँ सीवर लाइनें उपलब्ध हों, उनसे जोड़ दिया जाये। परिपत्र में कहा गया कि यदि ऐसा संभव न हो तो मल-मूत्र निपटाने की शीघ्रातिशीघ्र ऐसी प्रणाली निकाली जाए ताकि गांधी शताब्दी के दौरान ही सफाईकर्मियों को मुक्त कराया जा सके। इसमें कहा गया था कि यह राष्ट्रपिता महात्मा गांधी के प्रति सबसे उत्तम श्रद्धांजलि होगी।

तीन राज्यों बिहार, गुजरात तथा केरल ने इस कार्यक्रम को पूरी निष्ठा से शुरू किया। चूँकि केरल में शुष्क शौचालयों की संख्या बहुत कम थी,

इसलिए प्राय: ऐसे सभी शौचालयों को बदल दिया गया। बहुत थोड़े शौचालय ही बचे रह गये।

गुजरात में सफाईकर्मियों की मुक्ति का कार्यक्रम बड़े पैमाने पर शुरू किया गया और इसका काफी प्रभाव पड़ा। बिहार इस कार्यक्रम को लागू करने में पूरे देश में पहला राज्य था। केन्द्रीय निर्माण और आवास मंत्रालय द्वारा विश्व स्वास्थ्य संगठन, संयुक्त राष्ट्र विकास कार्यक्रम और बिहार, राजस्थान तथा तमिलनाडु सरकारों के सहयोग से निम्नलिखित सेमिनार आयोजित किए गए—

1. बाल्टी वाले शौचालयों को सेनीटरी फ्लश शौचालयों में बदलने पर राष्ट्रीय सेमिनार। इसका आयोजन भारत सरकार द्वारा यूनिसेफ के सहयोग से मई 1978 में पटना में किया गया ।
2. शहरी क्षेत्रों में मल-व्ययन की कम लागत की तकनीकों पर अन्तर्राष्ट्रीय सेमिनार। इसका आयोजन संयुक्त राष्ट्र विकास कार्यक्रम (यू० एन० डी० पी०), सरकारी परियोजना और भारत सरकार द्वारा फरवरी 1980 में कलकत्ता में किया गया ।
3. कम लागत के फ्लश शौचालयों पर क्षेत्रीय सेमिनार। इसका आयोजन भारत सरकार और राजस्थान सरकार द्वारा संयुक्त राष्ट्र विकास कार्यक्रम के सहयोग से अगस्त 1982 में उदयपुर में किया गया।
4. कम लागत की सफाई-व्यवस्था पर क्षेत्रीय सेमिनार। इसका आयोजन भारत सरकार के निर्माण और आवास मंत्रालय तथा संयुक्त राष्ट्र विकास कार्यक्रम द्वारा अक्टूबर 1982 में किया गया।
5. छोटे और मंझले शहरों के समेकित विकास पर नई दिल्ली में 1982 में आयोजित राष्ट्रीय सेमिनार।

इन सेमिनारों ने लोगों पर काफी गहरा प्रभाव तो डाला ही, साथ ही राज्य सरकारों को सफाईकर्मियों की मुक्ति का कार्यक्रम शुरू करने के लिए प्रेरित भी किया। भारत सरकार के निर्माण और आवास मंत्रालय ने अब छोटे और मंझले शहरों के एकीकृत विकास कार्यक्रम (आई० डी० एस० एम० टी०

परियोजना) के अधीन शौचालयों को फ्लश शौचालयों में बदलने के लिए छोटे और मंझले शहरों को ऋण देना भी शुरू किया ।

राष्ट्रीय भवन निर्माण संगठन कम लागत की सफाई के डिजाइनों पर प्रयोग कर रहा है। यह संगठन केन्द्रीय निर्माण तथा आवास मंत्रालय के अधीन काम करता है। इस संगठन द्वारा प्रचार माध्यमों के जरिये ज्यादा-से-ज्यादा लोगों को इनकी जानकारी देने का भरसक प्रयत्न किया जा रहा है, ताकि लोग इनका लाभ उठा सकें और कम लागत की सफाई के कार्यक्रम अपना सकें।

गृह मंत्रालय

बिहार में सफाईकर्मियों की मुक्ति के कार्यक्रम की सफलता को देखते हुए भारत सरकार के गृह मंत्रालय ने भी नागरिक अधिकार संरक्षण अधिनियम 1955 के अधीन 1980-1981 में यह कार्यक्रम शुरू किया। मंत्रालय का मानना था कि आजादी के 37 वर्ष बाद भी एक जाति विशेष के लोगों द्वारा जिन्हें सफाईकर्मी (भंगी) कहा जाता है, सिर पर मैला ढोया जाना हरिजनों पर किये जाने वाले अत्याचारों में सबसे अधिक जघन्य है। यह मानव सभ्यता पर एक कलंक था। इसलिए मंत्रालय ने 'सम्पूर्ण नगर पद्धति' के आधार पर यह कार्यक्रम चलाया। इसका तात्पर्य यह था कि एक शहर को पूरी तरह से मैला साफ करने और सिर पर ढोने की प्रथा से मुक्ति दिलाने के बाद ही किसी दूसरे शहर को लिया जाये। इस कार्यक्रम के अधीन मंत्रालय द्वारा राज्य सरकारों को इस आधार पर सहायता देना भी शुरू किया गया कि आधा खर्च वे स्वयं उठायेंगी, कहने का तात्पर्य यह है कि सफाईकर्मियों को मुक्त कराने की कुल परियोजना की लागत का आधा खर्च गृह मंत्रालय दे रहा है जबकि आधा खर्च राज्य सरकारें स्वयं उठायेंगी।

गृह मंत्रालय (अब कल्याण मंत्रालय) द्वारा इस प्रतिमान के अनुसार 19 राज्यों को सहायता दी गयी है, जिसमें बिहार भी शामिल है। कल्याण मंत्रालय द्वारा शहरों से मैला साफ करने और ढोने की प्रथा समाप्त करने के लिए राज्य सरकारों को वित्तीय सहयता दी जा रही है। मार्च, 1989 तक इस मद में 43 करोड़ रुपये जारी किये जा चुके हैं। इस कार्यक्रम के अधीन मार्च, 1989 तक चुने गये 166 शहरों में से 32 शहरों से मैला साफ करने और ढोने की प्रथा समाप्त की जा चुकी है। 1989-90 में 300 शहरों से यह प्रथा खत्म

करने का लक्ष्य है, जिनमें से 166 को पहले ही मंजूरी मिल चुकी है। मुक्त हुए सफाईकर्मियों और उनके परिवार के सदस्यों के पुनर्वास के लिए बिहार और अन्य राज्यों में बड़े पैमाने पर कार्यक्रम शुरू किए गए हैं।

हुडको (आवास और शहरी विकास निगम) की भूमिका

आवास तथा शहरी विकास के क्षेत्र में तकनीकी जानकारी और वित्तीय सहायता उपलब्ध कराने वाली अग्रणी संस्था है। भारत सरकार ने 1970 में इसकी स्थापना की थी। मुख्य रूप से सिर पर मैला ढोने की अवमानवीय प्रथा से विचलित होकर उसने 1983 में बुनियादी सफाई की योजनाओं को आर्थिक सहायता देना आरम्भ किया। इससे हाथ से मैला साफ करने की बुराई को जड़ से समाप्त करने और सफाईकर्मियों की मुक्ति के काम में मदद मिली। उसी समय से यह संगठन सफाई की कम लागत की प्रणाली उपलब्ध कराने की दृष्टि से मैला बहाने वाली दो गड्ढा प्रणाली अथवा सुलभ शौचालय अपनाये जाने को प्रोत्साहन दे रहा है। इस दशक को 'अन्तर्राष्ट्रीय पेयजल आपूर्ति और स्वच्छता का दशक' घोषित किया गया है, इससे भारत सरकार द्वारा निर्धारित लक्ष्यों को पूरा करने में सहायता मिलेगी।

हुडको द्वारा अब तक वित्तीय सहायता देने के लिए जो तरीका अपनाया गया है, उसके अनुसार संस्था एक शौचालय की लागत के 50 प्रतिशत तक की वित्तीय सहायता देता है। इस पर छह प्रतिशत ब्याज लगता है और इसे बारह वर्षों में लौटाना होता है। लागत का शेष 50 प्रतिशत ऋण लेने वाली एजेन्सी अपने साधनों से जुटाती है। उधर, कल्याण मंत्रालय द्वारा राज्य सरकारों को इस कार्य के लिए अलग से अनुदान दिया जाता रहा है ताकि शुष्क शौचालयों को बदला जा सके।

हाथ से मैला साफ करने की प्रथा समाप्त करने और सफाई की स्थिति सुधारने की दिशा में विशेष प्रयास के रूप में अब यह निर्णय किया गया है कि कल्याण मंत्रालय और हुडको द्वारा चलायी जा रही योजनाओं का विलय किया जाए। इससे उनमें बेहतर तालमेल हो सकेगा और अच्छे परिणाम प्राप्त होंगे। यह निर्णय किया गया है कि चालू वित्त वर्ष के दौरान पाँच लाख से कम आबादी वाले छोटे और मंझले आकार के 300 शहरों को इस योजना में शामिल किया जाये। इन शहरों से सम्पूर्ण नगर पद्धति के आधार पर मैला

साफ करने की प्रथा का उन्मूलन किया जाए। इसके लिए शुष्क शौचालयों को कम लागत के फ्लश शौचालयों में बदलना होगा। साथ ही, मुक्त हुए सफाईकर्मियों या उनके परिवार के सदस्यों को अन्य रोजगार और प्रशिक्षण दिलाकर उनका पुनर्वास कराना होगा।

कल्याण मंत्रालय से राज्य सरकारों को अब सफाईकर्मियों की मुक्ति के लिए अनुदान देने की मौजूदा व्यवस्था का हुडको द्वारा ऋण दिये जाने के साथ तालमेल बैठाया जा रहा है ताकि स्थानीय निकाय इस स्थिति में आ जायें कि वे कम लागत की सफाई इकाइयों के परिवर्तन अथवा निर्माण के लिए खम्भे या दीवार की कुर्सी (प्लिंथ) तक ऋण और अनुदान दे सकें। ऋण और अनुदान की राशि लाभान्वित होने वालों की आय के आधार पर होगी। इसका विवरण इस प्रकार है—

आर्थिक दृष्टि से कमजोर वर्ग	45 प्रतिशत सहायता (अनुदान) और 55 प्रतिशत ऋण
निम्न आय वर्ग	25 प्रतिशत सहायता (अनुदान), 60 प्रतिशत ऋण और 15 प्रतिशत लाभार्थी का अंशदान
मध्य आय वर्ग तथा उच्च आय वर्ग	सहायता (अनुदान) कुछ भी नहीं, 75 प्रतिशत ऋण और 25 प्रतिशत लाभार्थी का अंशदान

इन सभी वर्गों में लाभार्थियों को शौचालय का ऊपरी ढांचा बनाने के लिए हुडको द्वारा लागत का 50 प्रतिशत तक अतिरिक्त ऋण दिया जा सकता है। किन्तु यह राशि 1,000 रुपये से ज्यादा नहीं होगी। बाकी खर्चा या तो लाभार्थी को या फिर सम्बन्धित राज्य सरकार को उठाना होगा।

अब एक नजर हुडको की कार्य प्रणाली पर। यह संस्था बुनियादी साफ-सफाई की योजनाएँ शुरू करने के लिए सरकार द्वारा प्राधिकृत एजेन्सियों से आवेदन-पत्र प्राप्त कर उन पर विचार करती है। इन एजेन्सियों में आवास बोर्ड, गंदी बस्ती, सफाई बोर्ड, विकास प्राधिकरण, सुधार न्यास और स्थानीय निकाय आदि शामिल हैं। वित्तीय सहायता शुष्क शौचालयों को फ्लश शौचालयों

(सुलभ शौचालयों) में बदलने अथवा जिन घरों में शौचालय नहीं हैं, वहाँ नये शौचालय बनाने के लिए मिलती है। इसके अलावा, इस योजना के अधीन जिन क्षेत्रों में सफाई की बुनियादी सुविधाएँ नहीं हैं, उनमें सामुदायिक शौचालयों, सार्वजनिक स्नानागारों और पेशावघरों के निर्माण के लिए भी सहायता मिलती है। ऋण लेने की इच्छुक संस्थाओं को इसके लिए विस्तृत परियोजना रिपोर्ट तैयार करनी होती है। रिपोर्ट में शौचालय निर्माण का स्थान आवश्यक नक्शा सहित मल-व्ययन की प्रस्तावित प्रणाली, विशिष्टताएँ, लागत अनुमान कार्यान्वयन की अवधि और बाद में रखरखाव, जैसे विवरण होने चाहिए। मल-व्ययन के प्रबंन्धों से युक्त व्यक्तिगत अथवा सामुदायिक शौचालयों का प्रस्ताव भारत सरकार द्वारा निर्धारित मार्ग निर्देशों के अनुसार होना चाहिए।

31 अक्टूबर, 1989 तक सफाई की कम लागत की परियोजनाओं के लिए 41 करोड़ 95 लाख रुपयों के ऋण दिये जा चुके हैं। इन परियोजनाओं में नये शौचालयों का निर्माण, शुष्क शौचालयों को कम लागत के फ्लश शौचालयों में बदलना और सामुदायिक शौचालयों का निर्माण तथा बदलना शामिल है। इन योजनाओं में दस राज्यों—आन्ध्र प्रदेश, गुजरात, कर्नाटक, केरल, मध्य प्रदेश, उड़ीसा, पंजाब, उत्तर प्रदेश और पश्चिम बंगाल के 212 शहरों को शामिल किया गया है। इन योजनाओं को सफलतापूर्वक पूरा करने के बाद आशा की जाती है कि 146 शहरों से मैला ढोने का घृणित कार्य समाप्त हो जाएगा।

अन्तर्राष्ट्रीय एजेंसियाँ

सफाई कार्यक्रमों में विश्व स्वास्थ्य संगठन, यूनिसेफ और संयुक्त राष्ट्र विकास कार्यक्रम जैसी अन्तर्राष्ट्रीय एजेंसियों की महत्वपूर्ण भूमिका रही है। यद्यपि इन एजेंसियों ने कम लागत की सफाई-व्यवस्था के लिए काम किया है साथ ही, इससे सफाईकर्मियों को मुक्ति दिलाने का राष्ट्रीय लक्ष्य भी पूरा हुआ है।

विश्व स्वास्थ्य संगठन (डब्लू० एच० ओ०)

बिहार में जब लोक स्वास्थ्य अभियंत्रण विभाग द्वारा जल स्रोतों के प्रदूषण को लेकर विवाद खड़ा किया गया तो विश्व स्वास्थ्य संगठन ने इस कार्यक्रम का बचाव किया। यदि ऐसा नहीं हुआ होता तो यह पूरा-का-पूरा कार्यक्रम

सुलभ समुदाय भवन, बुद्धाघाट (पटना)।

जयपुर के सुलभ कम्प्लेक्स में राजस्थान की गृह–निर्माण प्रणाली में सम्मिलित कलाकारी और भवन–निर्माण की परम्परा।

ही विफल हो गया होता। विश्व स्वास्थ्य संगठन ने भारत सरकार के निर्माण तथा आवास मंत्रालय और यूनीसेफ के सहयोग से 1978 में पटना में बाल्टी वाले शौचालयों को फ्लश शौचालयों में बदलने पर एक राष्ट्रीय सेमिनार आयोजित किया। इस सेमिनार में लगभग सभी राज्य सरकारों के शहरी विकास विभागों के सचिवों और मुख्य अभियन्ताओं के अलावा कलकत्ता स्थित अखिल भारतीय स्वास्थ्य विज्ञान तथा लोक स्वास्थ्य संस्थान (ए० आई० आई० एच० पी० एच०), नागपुर स्थित पर्यावरण इंजीनियरिंग अनुसंधान संस्थान (ई० ई० आर० आई०), योजना आयोग, स्वास्थ्य सेवा महानिदेशक, विश्व बैंक, विश्व स्वास्थ्य संगठन तथा यूनीसेफ के प्रतिनिधियों ने भी भाग लिया।

सेमिनार में सुझाव दिया गया कि हाथ से पानी फैंककर मैला बहाये जाने वाले वाटर सील युक्त (फ्लश) शौचालयों में दो गड्ढों वाली प्रणाली ही अपनायी जानी चाहिए। यह एक ऐतिहासिक सेमिनार था। इसके बाद ही शुष्क शौचालयों को फ्लश शौचालय में बदलने के विचार ने जोर पकड़ा। विश्व स्वास्थ्य संगठन ने सेमिनार में प्राप्त सुझावों को छपवाकर सम्बन्धित अधिकारियों में वितरण किया। इससे इंजीनियरों को इस प्रौद्योगिकी की व्यावहार्यता पर पूरी तरह से विश्वास हो गया। संगठन ने अपने एक अधिकारी, जितेन्द्र तुली का एक लेख भी वितरित किया। योजनाकारों, प्रशासकों, इंजीनियरों आदि पर इसका काफी गहरा प्रभाव पड़ा। विश्व स्वास्थ्य संगठन द्वारा 1983 में प्राथमिक स्वास्थ्य रक्षा पर एक अंतर्राष्ट्रीय सेमिनार आयोजित किया गया जिसमें कम लागत की सफाई-व्यवस्था पर विस्तार से चर्चा की गयी। सेमिनार में सुझाव दिया गया कि स्वास्थ्य की देखरेख से सफाई का बहुत गहरा सम्बन्ध है।

यूनीसेफ

भारत के सफाई कार्यक्रम में इस विश्व एजेंसी ने भी महत्वपूर्ण भूमिका निभाई। समेकित बाल विकास योजना (आई० सी० डी० एस०) के अधीन फ्लश शौचालयों के निर्माण के लिए वित्तीय सहायता देने के साथ-साथ इसने स्कूलों को अपने यहाँ फ्लश शौचालय बनवाने में भी मदद की। यूनीसेफ ने आन्ध्र प्रदेश, उड़ीसा, उत्तर प्रदेश, मध्य प्रदेश, जम्मू तथा कश्मीर और बिहार

में संचालित सफाई कार्यक्रमों में सक्रिय भाग लिया। पटना में सेमिनार के आयोजन में इस अन्तर्राष्ट्रीय एजेन्सी ने विश्व स्वास्थ्य संगठन और केन्द्रीय निर्माण तथा आवास मंत्रालय के साथ मिलकर काम किया। साथ ही कलकत्ता में आयोजित अन्तर्राष्ट्रीय सेमिनार का सारा खर्च वहन किया। यूनीसेफ ने श्रीलंका में राष्ट्रीय सेमिनार आयोजित किया जिसमें विशेषज्ञ के रूप में इस लेखक ने भी भाग लिया था। यूनीसेफ की ओर से सफाई कार्यक्रम के अवलोकन के लिए अब तक श्रीलंका, बंगलादेश, नेपाल, अफगानिस्तान, वियतनाम, इथियोपिया, संयुक्त राज्य अमेरिका, इण्डोनेशिया आदि विभिन्न देशों के विशेषज्ञों ने पटना का दौरा किया। इतना ही नहीं, यूनीसेफ की ओर से कम लागत की सफाई–व्यवस्था के बारे में साहित्य वितरित किया गया है। साथ ही, जनसंचार के विभिन्न माध्यमों द्वारा कम लागत की सफाई–व्यवस्था की अवधारणा का प्रचार–प्रसार भी किया गया है। यूनीसेफ ने राज–मिस्त्रियों तथा इंजीनियरों को कम लागत की साफ–सफाई–व्यवस्था का प्रशिक्षण देने के लिए कार्यक्रम भी प्रत्यायोजित किया है।

संयुक्त राष्ट्र विकास कार्यक्रम (यू० एन० डी० पी०)

संयुक्त राष्ट्र विकास कार्यक्रम ने भारत में कम लागत की सफाई के क्षेत्र में 1978 में काम करना शुरू किया। विश्व बैंक इस कार्यक्रम की निष्पादनकारी एजेन्सी है। यू० एन० डी० पी० द्वारा सबसे पहले बिहार और गुजरात में चलाये जा रहे सफाई कार्यक्रमों का मूल्यांकन करवाया गया। उसके बाद बिहार, गुजरात तथा तमिलनाडु में जल–स्रोतों के प्रदूषण की सम्भावनाओं का अध्ययन किया। इस काम में सम्बन्धित राज्यों के जल–प्रदूषण नियंत्रण बोर्डों की भी सहायता ली गयी। यू० एन० डी० पी० ने उत्तर प्रदेश में रुड़की स्थित केन्द्रीय भवन निर्माण अनुसंधान संस्थान को कम लागत के सेनीटरी शौचालय का डिजाइन तैयार करने का काम भी सौंपा। उसने इस काम में कलकत्ता के अखिल भारतीय स्वास्थ्य विज्ञान और लोक स्वास्थ्य संस्थान, नागपुर के पर्यावरण इंजीनियरिंग अनुसंधान संस्थान, रुड़की के केन्द्रीय भवन निर्माण अनुसंधान संस्थान, नई दिल्ली स्थित भारतीय चिकित्सा अनुसंधान परिषद्, पूनमाली के लोक स्वास्थ्य संस्थान और पी० आर० ए० आई०, लखनऊ का सहयोग लिया। अन्ततः इसने कम लागत के सेनीटरी शौचालयों

को अपनाये जाने के बारे में एक मैनुअल तैयार करवाया ताकि इन्हें दक्षिण-पूर्व एशिया, लैटिन अमेरिका और अफ्रीका में अपनाया जा सके।

भारत सरकार ने 1979 में यू० एन० डी० पी० से असम, बिहार, गुजरात, महाराष्ट्र, राजस्थान, तमिलनाडु और उत्तर प्रदेश के लिए कम लागत के फ्लश शौचालयों का इंजीनियरी डिजाइन और व्यवहार्यता सम्बन्धी प्रारंभिक रिपोर्ट और मास्टर प्लान तैयार करने में सहायता करने का अनुरोध किया। भारत सरकार द्वारा इसके लिए पहले चरण में उत्तर प्रदेश से बीस और अन्य राज्यों से पचास-पचास शहरों को चुना गया। इन राज्यों के सन्दर्भ में रिपोर्ट तैयार करने का काम 1981 में पूरा किया गया। इसके अन्तर्गत 110 शहरों को लिया गया था। इस रिपोर्ट में केन्द्र तथा राज्य सरकारों ने काफी रुचि दिखायी। यह अध्ययन मौजूदा शुष्क शौचालयों को फ्लश शौचालयों में बदलने, घरों में व्यक्तिगत फ्लश शौचालयों की व्यवस्था करने और उन घरों के लिए, जहाँ व्यक्तिगत शौचालय नहीं बनवाये जा सकते, सामुदायिक शौचालयों के निर्माण से संबंधित था। परियोजना के पहले चरण में इस अध्ययन से उत्साहित होकर भारत सरकार ने यू० एन० डी० पी० से अनुरोध किया कि आन्ध्र प्रदेश, हरियाणा, हिमाचल प्रदेश, जम्मू तथा कश्मीर, कर्नाटक, केरल, मध्य प्रदेश, उड़ीसा, पंजाब, त्रिपुरा, पश्चिम बंगाल, गोवा, मिजोरम तथा पांडुचेरी के लिए भी व्यवहार्यता रिपोर्ट तैयार की जाए। यू० एन० डी० पी० द्वारा किए गए अध्ययन से सरकार को देश के 14 राज्यों में केन्द्रीय सहायता से चलाए जा रहे भंगीकर्म उन्मूलन कार्यक्रम को आरम्भ करने में सहायता मिली। ये राज्य थे—आन्ध्र प्रदेश, असम, बिहार, हरियाणा, हिमाचल प्रदेश, केरल, मध्य प्रदेश, महाराष्ट्र, उड़ीसा, राजस्थान, तमिलनाडु, त्रिपुरा, उत्तर प्रदेश और पश्चिम बंगाल। कुछ राज्यों में यूनिसेफ ने कुछ प्रदर्शन इकाइयों को वित्तीय सहायता दी। राज्य सरकारों ने भी, जहाँ परियोजना चलायी जा रही थी अथवा जहाँ नहीं चलायी जा रही थी, दोनों तरह के शहरों में, कम लागत के फ्लश शौचालय बनवाने शुरू किये।

व्यवहार्यता रिपोर्ट तैयार करने के दौरान यू० एन० डी० पी० द्वारा बहुत-से विशेष अध्ययन करवाए गए। साथ ही, उसने उनके संचालन, पर्यवेक्षण में पूर्णतः या अंशतः वित्तीय सहायता भी उपलब्ध करायी। इन अध्ययनों में बिहार, गुजरात तथा तमिलनाडु में शौचालय परिवर्तन के लिए चलाए जा रहे

कार्यक्रमों और बिहार में भुगतान पर इस्तेमाल करने के आधार पर चलाये जा रहे सामुदायिक शौचालयों का मूल्यांकन किया गया। साथ ही, फ्लश शौचालयों के डिजाइन सम्बन्धी मानदण्डों, फ्लश शौचालय टैक्नोलॉजी को ज्यादा-से-ज्यादा उपयोगी बनाने और शौचालय परिवर्तन से सफाईकर्मियों पर पड़ने वाले प्रभावों का समाजशास्त्र की दृष्टि से अध्ययन भी किया गया। अध्ययन में 20 स्थानीय निकायों के संस्थागत, वित्तीय और कानूनी पहलुओं का अध्ययन किया गया। इसके अलावा, बिहार, गुजरात तथा तमिलनाडु में मौके पर ही मल-व्ययन के कारण मिट्टी और जल-स्रोतों के प्रदूषण के बारे में भी अध्ययन किया गया।

संयुक्त राष्ट्र विकास कार्यक्रम ने भारत के बाहर कम लागत के फ्लश शौचालयों की अवधारणा के प्रचार में भी महत्वपूर्ण भूमिका निभायी है। कार्यक्रम में यू० एन० डी० पी० की भागीदारी के फलस्वरूप, जो इंजीनियर इस टैक्नोलॉजी को स्वीकार करने में हिचकिचा रहे थे, अब शहरी क्षेत्रों में इसके इस्तेमाल को सही ठहराते हैं। इसके अलावा, यू० एन० डी० पी० ने कलकत्ता में एक अन्तर्राष्ट्रीय सेमिनार, दिल्ली में एक राष्ट्रीय सेमिनार और राजस्थान तथा तमिलनाडु में एक-एक क्षेत्रीय सेमिनार आयोजित किए। इन चारों सेमिनारों में शहरी क्षेत्रों के लिए कम लागत के सेनीटरी शौचालयों को सर्वसम्मत समर्थन मिला।

लेखक की भूमिका

संयोगवश, 1969 में गांधी शताब्दी के दौरान सफाईकर्मियों को सिर पर मैला ढोने की बुराई से मुक्ति दिलाने के आन्दोलन में यह लेखक स्वयं भी शामिल हो गया।

बिहार सरकार ने बाल्टी वाले सभी मौजूदा शौचालयों को पानी वाले फ्लश शौचालयों में बदलने का निर्णय लिया। इन शौचालयों को या तो सीवर लाइनों या फिर मैला विक्षालन गड्ढों (जो अब सुलभ शौचालयों के नाम से ज्यादा जाने जाते हैं) से जोड़ा जाना था ताकि गांधी शताब्दी में राष्ट्रपिता को श्रद्धांजलि के स्वरूप भंगी अथवा मेहतर नामक नीची जाति से सम्बन्ध रखने वाले समाज के एक खास वर्ग द्वारा सिर पर मैला ढोने की अवमानवीय प्रथा समाप्त की जा सके। कार्यक्रम की सफलता के लिए सरकार ने उन जरूरतमन्द लोगों को कुल निर्माण लागत का 50 प्रतिशत अनुदान के रूप में देने का

निर्णय लिया जो अपने बाल्टी वाले शौचालयों को सुलभ शौचालयों में बदलवाना चाहते थे। यह सहायता ज्यादा-से-ज्यादा दो सुलभ शौचालयों के लिए दी जा सकती थी। इनमें एक शौचालय पुरुषों के लिए होता था जबकि दूसरा महिलाओं के लिए। अनुमान लगाया गया कि जिन लोगों के यहाँ बाल्टी वाले शौचालय हैं, वे पानी वाले फ्लश शौचालयों का खर्च नहीं उठा सकेंगे। वास्तव में, वित्तीय कठिनाइयों के कारण वे अपने यहाँ फ्लश शौचालय नहीं बनवा सके। 1968-69 में बिहार सरकार ने पटना नगरनिगम सहित विभिन्न स्थानीय निकायों को 2 लाख रुपये आवंटित किये ताकि शुष्क शौचालयों को सुलभ शौचालयों में बदला जा सके।

बिहार सरकार सुलभ शौचालयों के प्रचार और प्रदर्शन के लिए बिहार राज्य गांधी शताब्दी समारोह समिति को अनुदान दिया करती थी। इसका उद्देश्य यह था कि लोग दो गड्ढों वाले फ्लश शौचालय को अपनाने की ओर आकर्षित हो सकें। गांधी शताब्दी समारोह समिति का काम केवल इनके प्रचार और प्रदर्शन तक ही सीमित रहा। इसलिए शौचालयों के परिवर्तन के काम में कोई विशेष प्रगति नहीं दिखायी दी। इस प्रकार के शौचालयों की तकनीक से प्रभावित होकर कुछ गृहस्वामियों ने स्थानीय निकायों से ऋण और अनुदान की सुविधा का लाभ उठाने का प्रयास किया। लेकिन उन्हें इन संस्थाओं से वित्तीय सहायता प्राप्त करना कठिन लगा। कुछ गृहस्वामियों ने सहायता राशि दूसरे कामों में खर्च कर दी। ऋण और अनुदान पाने की प्रक्रिया में होने वाली देरी से उन लोगों का उत्साह ठंडा पड़ गया जो इसे अपनाने के लिए तैयार थे। स्थानीय निकायों ने भी इस कार्यक्रम के प्रति बहुत उत्साह नहीं दिखाया। शायद इसलिए कि इस टैक्नोलॉजी के बारे में लोगों को बहुत-अधिक जानकारी नहीं थी। इस लेखक ने गांधी शताब्दी समारोह समिति के तत्कालीन सचिव को इस कार्यक्रम में सामाजिक कार्यकर्त्ताओं को सीधे शामिल होने की छूट देने को राजी करने का प्रयास किया। लेखक ने उन्हें इसके लिए भी सहमत करने का प्रयास किया कि समिति शुष्क शौचालयों को फ्लश शौचालयों में बदलने के कार्य में स्वयं भी शामिल हो ताकि इसके अपेक्षित परिणाम मिलें और लाभार्थी इस नई तकनीक को अपनाने के लिए प्रेरित हों। लेकिन वे लेखक के प्रस्ताव से सहमत नहीं हुए। उनका कहना था कि स्वयंसेवी संगठनों को प्रचार और प्रदर्शन तक ही सीमित रहना चाहिए

और कार्यक्रम के क्रियान्वयन की कोशिश नहीं करनी चाहिए। उन्होंने यह भी कहा कि स्वयंसेवी संगठनों को अपने कामकाज के लिए धन नहीं अर्जित करना चाहिए, उन्हें सिर्फ जनता द्वारा दिये गये चन्दे और सरकारी अनुदान पर ही निर्भर रहना चाहिए।

लेखक की भिन्न राय थी। उसका इस बात पर बल था कि स्वयंसेवी संगठनों को केवल प्रदर्शन तक ही सीमित नहीं रहना चाहिए, बल्कि उन्हें कार्यक्रम के वास्तविक कार्यान्वयन में शामिल होना चाहिए। साथ ही, केवल ऋण और अनुदान से काम नहीं चलाना चाहिए बल्कि उन्हें अर्जन भी करना चाहिए। इस प्रकार, ये संगठन सरकार की जी-हुजूरी किये बिना लोगों के एक बड़े वर्ग की सेवा कर सकते हैं। भारत में जो संस्थाएँ अनुदान पर निर्भर रहती हैं, वे स्वयं के संसाधनों की कमी के चलते अपनी जिम्मेदारियाँ ठीक से पूरी नहीं कर पातीं।

इसके बाद लेखक बिहार राज्य गांधी शताब्दी समारोह समिति से अलग हो गया। उसने 1970 में सुलभ शौचालय संस्थान नाम से एक संगठन बनाया, जो अब सुलभ इण्टरनेशनल के रूप में जाना जाता है। इसमें उसे उन लोगों ने सहायता की जो उसके साथ काम करते थे। यह संस्था पटना में सोसाइटीज रजिस्ट्रेशन एक्ट, 1980 का 21 (सं० 73/70-70) के अधीन पटना में रजिस्टर्ड है। 1970 में बिहार सरकार ने एक अध्यादेश जारी करके स्थानीय निकायों के कार्यपालक अधिकारियों को इस आशय के प्रशासकीय अधिकार प्रदान किये कि जो भी गृहस्वामी एक निश्चित अवधि के भीतर अपने शुष्क शौचालयों को नहीं बदलवाता है, उसे दंडित किया जा सकेगा।

इस प्रकार संगठन के निर्माण के बाद लेखक ने बिहार सरकार से इस कार्यक्रम के कार्यान्वयन के लिए मान्यता देने का अनुरोध किया। अक्टूबर, 1970 में बिहार गांधी शताब्दी समारोह समिति भंग हो गयी। उसके बाद, सुलभ बिहार में एकमात्र ऐसा संगठन रह गया जिसे मैला विक्षालन गड्ढों से युक्त शौचालयों के निर्माण की तकनीक मालूम थी। 1968-69 के दौरान और फिर 1974 में बिहार सरकार ने विभिन्न स्थानीय निकायों को 30 लाख रुपये आवंटित किये। लेकिन इसका कोई ठोस परिणाम नहीं निकला। स्थानीय निकायों ने ज्यादातर पैसा दूसरे कामों में लगा दिया। फलस्वरूप यह कार्यक्रम गति नहीं पकड़ सका। शुष्क शौचालयों को सुलभ शौचालयों में बदलकर

सिर पर मैला ढोने की अवमानवीय प्रथा के उन्मूलन के लिए कार्यक्रम बनाया गया, परन्तु सरकार से इसे मान्यता मिलने में चार वर्ष लगे। राज्य सरकार ने स्थानीय निकायों के पहले से चल रहे कार्यक्रमों की समीक्षा की। उसके बाद सुलभ इण्टरनेशनल को मान्यता दी। इसे लाभार्थियों, स्थानीय निकायों तथा सरकार के बीच उत्प्रेरक एजेन्सी के रूप में कार्य करना था। सरकार भी पूरी तरह से इस बात को मान चुकी थी कि स्वयंसेवी संगठनों की मदद के बिना इस कार्यक्रम को न तो निर्धारित समय के भीतर पूरी तरह से लागू किया जा सकता है और न ही इसके अपेक्षित परिणाम मिल सकते हैं। ऐसा महसूस किया गया कि सरकार अथवा अर्द्ध-सरकारी संगठन सिर्फ धन वसूल कर सकते हैं और स्वयंसेवी संगठनों के काम की मानीटरिंग कर सकते हैं। लेकिन कार्यक्रम का वास्तविक कार्यान्वयन केवल स्वयंसेवी संगठन ही कर सकते हैं। इसके लिए कार्यकर्त्ताओं को घर-घर जाकर लाभार्थियों से मिलने के लिए या तो सवेरे या फिर शाम को निकलना पड़ता है।

राज्य सरकार ने तय किया कि सुलभ इण्टरनेशनल के कार्यकर्त्ता घर-घर जाकर लोगों को बाल्टी वाले शौचालयों की जगह सुलभ शौचालय अपनाने के लिए प्रेरित तथा उसे बनवाने के लिए राजी करेंगे क्योंकि पहले किस्म के शौचालय स्वास्थ्य के लिए हानिकर हैं। साथ ही, ये डायरिया, पेचिश, हुकवर्म, जैसे रोगों के स्रोत हैं और मानव सभ्यता पर कलंक भी हैं। यह भी निर्णय लिया गया कि जो लोग अपने यहाँ बाल्टी वाले शौचालयों की जगह सुलभ शौचालय बनवाना चाहते हैं, उन्हें ऋण तथा आवेदन प्राप्त करने के लिए सिर्फ आवेदन- और सहमति-पत्र भरकर नव-सामाजिक कार्यकर्त्ताओं (सुलभ इण्टरनेशनल के सामाजिक कार्यकर्त्ताओं) को सौंप देना होगा। ये कार्यकर्त्ता उन्हें स्थानीय निकायों के कार्यालयों में जमा कर देंगे। आवश्यक जाँच-पड़ताल के बाद बाल्टी वाले शौचालयों को सुलभ शौचालयों में बदलने के लिए सहायता उपलब्ध करवाई जाएगी। लेकिन यह पैसा लाभार्थियों को सीधे नहीं मिलेगा, बल्कि, उनकी ओर से यह सुलभ इण्टरनेशनल को दिया जायेगा। स्थानीय निकायों से लाभार्थियों के लिए ऋण तथा अनुदान प्राप्त करने के बाद सुलभ इण्टरनेशनल द्वारा शौचालय परिवर्तन के काम में इस्तेमाल होने वाला सारा सामान जुटाया जायेगा। शौचालय परिवर्तन के वास्तविक काम में संगठन के नव-सामाजिक कार्यकर्त्ता भी भाग लेंगे और

फिर इस तरह 1974 में बिहार में कम लागत की सफाई की व्यवस्था से संबंधित कार्यक्रम शुरू हुआ।

कार्यक्रम के कार्यान्वयन का तरीका

बाल्टी के शौचालयों को सुलभ शौचालयों में बदलने के लिए बिहार सरकार द्वारा निर्धारित प्रक्रिया काफी सफल रही। इस प्रक्रिया में लाभार्थियों को खर्चा उठाने की जरूरत बिलकुल नहीं पड़ती थी। न तो उन्हें स्थानीय निकायों से ऋण तथा अनुदान लेने की भागदौड़ करनी पड़ती है और न ही बाल्टी शौचालयों को बदलने के लिए सामग्री इकट्ठा करने की तकलीफ उठानी पड़ती है। नियंत्रित मूल्य पर सीमेण्ट प्राप्त करना भी काफी कठिन है। लाभार्थियों के बाल्टी शौचालय बदल जाते हैं और उन्हें इसके लिए चिन्ता नहीं करनी पड़ती है। इसलिए वे स्वयं को काफी मुक्त अनुभव करते हैं। सुलभ इण्टरनेशनल के अनुभवी कार्यकर्त्ता शौचालय के परिवर्तन और निर्माण का कार्य इस तरह करते हैं कि गृहस्वामी पूरी तरह संतुष्ट हो जाता है। फिर भी, यदि गृहस्वामी चाहें तो काम की स्वयं भी देखरेख कर सकते हैं।

वास्तविकता यह है कि गृहस्वामियों से सुलभ इण्टरनेशनल द्वारा अनुरोध किया जाता है कि वे काम की देखरेख करें ताकि उन्हें पूरा सन्तोष मिल सके। शहरों और कलकारखानों के बढ़ने के कारण अधिकांश लाभार्थी अपने ही काम में व्यस्त रहते हैं। इसलिए वे काम ठेके पर करवाना ज्यादा पसन्द करते हैं। भले ही, उन्हें निगरानी शुल्क के रूप में कुछ ज्यादा ही क्यों न देना पड़े। अगर यह काम गृहस्वामी स्वयं करें तो वे कुछ पैसा तो जरूर बचा सकते हैं लेकिन उन्हें बहुत-सी अन्य परेशानियाँ उठानी पड़ सकती हैं। उन्हें स्थानीय निकायों से ऋण तथा अनुदान प्राप्त करने के लिए भागदौड़ करनी पड़ सकती है। इसके अलावा, निर्माण सामग्री इकट्ठा करने और बाल्टी शौचालयों को बदलने के लिए अनुभवी राज-मिस्त्रियों की व्यवस्था करने की भी परेशानी उठानी पड़ सकती है। शुष्क शौचालयों के परिवर्तन का तरीका काफी सुव्यवस्थित है। इसमें परिवर्तन के काम में लगे निचले स्तर के कर्मचारी न तो निर्माण सामग्री की चोरी कर सकते हैं और न ही घटिया स्तर का माल इस्तेमाल कर सकते हैं। कार्य को सन्तोषजनक ढंग से पूरा करने के बाद गृहस्वामी से सन्तुष्टि का प्रमाणपत्र लेना जरूरी होता है।

काम शुरू होने से पहले प्रत्येक गृहस्वामी को एक निर्देशिका दी जाती है और उससे निर्देशिका के अनुसार काम की निगरानी करने का अनुरोध किया जाता है। यदि निर्देशिका के अनुसार काम नहीं हो रहा हो तो गृहस्वामी काम रोककर सुलभ इण्टरनेशनल या स्थानीय निकाय के कार्यालय को इसकी सूचना दे सकता है। काम निर्धारित समय के भीतर और सन्तोषजनक ढंग से पूरा कर लिया गया है, यह सुनिश्चित करने के लिए गृहस्वामी से एक उपयोगिता कार्ड भरवाया जाता है। काम पूरा हो जाने के बाद सुलभ इण्टरनेशनल के मानीटरिंग सैल के सामाजिक कार्यकर्त्ता घर-घर जाकर निर्माण कार्य की जाँच करते हैं।

सामाजिक कार्यकर्त्ताओं द्वारा अपनी रिपोर्ट जमा करने के बाद प्रत्येक गृहस्वामी को एक जवाबी पोस्टकार्ड के साथ पत्र भेजकर यह सुनिश्चित किया जाता है कि सुलभ इण्टरनेशनल के सामाजिक कार्यकर्त्ता द्वारा दर्ज किया गया बयान सही है या नहीं।

बाद में प्रत्येक लाभार्थी को गारण्टी कार्ड के साथ पाँच पोस्टकार्ड भेजे जाते हैं। यदि पाँच वर्ष के भीतर निर्माण में किसी दोष का पता चलता है तो इसकी निःशुल्क मरम्मत की जाती है। यदि निर्माण कार्य में किसी कमी के बारे में कोई लाभार्थी शिकायत दर्ज कराता है तो उसे एक कार्ड दिया जाता है जिसमें शिकायत संख्या तथा शिकायत दर्ज करने की तिथि दर्ज रहती है। सात दिन के अन्दर खराबी ठीक कर दी जाती है। यह प्रक्रिया काफी सफल रही है। इसके फलस्वरूप सुलभ इण्टरनेशनल इस कार्यक्रम के वास्तविक कार्यान्वयन के बारे में सरकार, स्थानीय निकायों और गृहस्वामियों में विश्वास उत्पन्न करने में सफल रहा है।

कार्य से प्राप्त अनुभव

इस तरह का संगठन चलाने के लिए इसके अध्यक्ष अथवा सचिव, जो कोई भी इसका प्रशासनिक प्रमुख हो, को गतिशील और समाज की सभी स्थितियों के अनुरूप ढल जाने वाला होना चाहिए। उसमें राजनीतिज्ञ, नौकरशाह, मनोवैज्ञानिक, नव-सामाजिक कार्यकर्त्ता और प्रौद्योगिकीविद् के सभी गुण और साथ ही प्रशासक के भी गुण होने चाहिए। सिर्फ राजनीतिज्ञ या नव-सामाजिक कार्यकर्त्ता या इंजीनियर या फिर प्रशासक होने से ही काम नहीं

चलेगा। राजनीतिज्ञ होने का तात्पर्य यह नहीं है कि वह किसी खास राजनैतिक दल से सम्बन्धित हो। हाँ, राजनीतिज्ञों तक उसकी पहुँच अवश्य हो। चूँकि काफी हद तक राजनीतिज्ञ ही देश का भविष्य तय करते हैं, इसलिए सभी राजनैतिक दलों के प्रमुख नेताओं से अच्छे सम्बन्ध बनाये रखना जरूरी है। इस योजना को प्राथमिकता वाले क्षेत्र में शामिल करवाने अथवा शुष्क शौचालयों के परिवर्तन के लिए वार्षिक बजट स्वीकृत करवाने के लिए राजनीतिज्ञों को राजी करना पड़ता है। उदाहरण के लिए, हम बिहार सरकार को ले सकते हैं, जिसका वर्ष 1968-1969 में इस काम के लिए कुल बजट 2 लाख रुपये का था। वही बजट 1985-1986 में बढ़कर 2 करोड़ रुपये तक हो गया। सिर्फ लेखक की वजह से ऐसा हुआ, यह बात नहीं है। बिहार सरकार की नीति भी यही थी। लेकिन इसमें दो राय नहीं कि राजनीतिज्ञों और प्रशासकों को राजी करने तथा बजट को 2 लाख रुपये से बढ़ाकर 2 करोड़ रुपये करने में लेखक ने महत्वपूर्ण भूमिका निभायी।

नव-सामाजिक कार्यकर्त्ता का अर्थ यह है कि उसे किसी ऐसी सोसाइटी का अध्यक्ष अथवा सचिव होना चाहिए जो सोसाइटीज रजिस्ट्रेशन एक्ट के तहत पंजीकृत हो। उसे इतना अधिक सामाजिक ज्ञान होना चाहिए कि वह हर तरह के लोगों के बीच उठ-बैठ सके, चाहे, वे पढ़े-लिखे हों या अनपढ़ हों, धनी हों या गरीब हों, या फिर ऊँची जाति के हों अथवा नीची जाति के। उसे ऐसा होना चाहिए कि वह अपने साथ काम करने वालों में यह विश्वास पैदा कर सके कि सभी बराबर हैं और जिम्मेदारी निभाने के लिए दिये गये पदनाम को छोड़कर कोई भी बड़ा या छोटा नहीं है।

नव-सामाजिक कार्यकर्त्ता में नौकरशाही का अच्छा ज्ञान होना चाहिए ताकि सामाजिक आन्दोलन में जनसाधारण का विश्वास पैदा हो सके। ऐसा इसलिए भी जरूरी है कि नौकरशाह आमतौर पर यह मानकर चलते हैं कि सामाजिक कार्यकर्त्ता "खाऊ-पकाऊ" यानी ठग होते हैं।

नव-सामाजिक कार्यकर्त्ता में एक अच्छे मनोवैज्ञानिक के भी गुण होने चाहिए। उसे उन लोगों की मनोदशा पढ़नी और समझनी होती है जिनसे वह मिलता है। ऐसे लोगों में या तो आमआदमी हो सकते हैं या फिर राजनीतिज्ञ, नौकरशाह, टैक्नोक्रैट, समाजशास्त्री, मनोवैज्ञानिक, लाभार्थी अथवा संगठन

के उसके सहकर्मी हो सकते हैं। उसे उन लोगों से वैसा ही व्यवहार करना होगा क्योंकि तभी वह अधिक-से-अधिक लोगों को प्रसन्न रख सकेगा।

टैक्नोक्रैट को संगठन द्वारा काम में लायी जा रही तकनीकों का पूरा ज्ञान होता है, साथ ही संसार में प्रचलित ज्यादातर तकनीकों की जानकारी भी होनी चाहिए। अगर संगठन के प्रमुख को टैक्नोलॉजी की जानकारी है तो वह इंजीनियरों, प्रशासकों और दूसरे लोगों को अलग-अलग टैक्नोलॉजी के गुण और दोषों के बारे में अच्छी तरह समझा सकता है। किसी संगठन के कार्यकारी प्रमुख में संगठन को ठीक से चलाने की योग्यता होनी चाहिए। संगठन के प्रमुख के रूप में वह उसका सर्वोच्च अधिकारी होता है। अपने संगठन के भीतर उसे विधायिका, कार्यपालिका और न्यायपालिका तीनों की भूमिका निभानी पड़ती है। हमारे संगठन (सुलभ इण्टरनेशनल) जैसे किसी बड़े संगठन को चलाने के लिए संगठन के प्रमुख का अधिक न्यायप्रिय और ईमानदार होना जरूरी है। किसी ने सच ही कहा है—

"अल्प बुद्धिवाला साम्राज्य का शासन नहीं चला सकता।"

दूसरे, दो गड्ढे वाले वाटर सील युक्त फ्लश शौचालय की अवधारणा अब नई नहीं रही है। लेकिन लोग आमतौर पर इस शौचालय की तकनीक के बारे में उतना नहीं जानते हैं जितना सेप्टिक टंकी के बारे में जानते हैं। इसलिए लोग नई टैक्नोलॉजी अपनाने से डरते हैं। सामान्यत: उपभोक्ता आजमाइश के लिए पैसा खर्च नहीं करना चाहते। वे अपनी जरूरतें पूरी करने के लिए तैयार और पूरी तरह से सुरक्षित साधन चाहते हैं।

अन्तर्राष्ट्रीय श्रम संगठन (आई० एल० ओ०) ने सुलभ इण्टरनेशनल के बारे में ठीक ही कहा है कि "दो गड्ढों वाले फ्लश शौचालयों की अवधारणा नई नहीं है, हालांकि सुलभ शौचालय संस्थान की योजना की कुछ बातें मौलिक हैं। वास्तव में, इस योजना की सफलता ही एक नई चीज है। एक निजी संगठन ने थोड़े ही समय में हजारों शौचालय बना लिये।" यह सच है कि दो गड्ढों वाले फ्लश शौचालय की अवधारणा भारत में पहले भी विद्यमान थी। लेकिन इस काम में लगे संगठन शुरू में निर्माण लागत बचाने के उद्देश्य से एक ही गड्ढा बनाने की सलाह देते थे। उनके अनुसार दूसरा गड्ढा बाद में उस समय बनाया जाता था जब पहला भर जाता था। 1969 में

इस लेखक ने जब यह कार्यक्रम शुरू किया तो उसने दोनों गड्ढे एक साथ ही बनवाने पर जोर दिया ताकि गृहस्वामी पहले गड्ढे के भर जाने के बाद दूसरा गड्ढा बनवाने में होने वाली परेशानी से बच जाए। यह विचार स्वीकार किया जाने लगा और बिहार के लोगों ने दो गड्ढे वाले फ्लश शौचालय बनवाने शुरू कर दिये। पटना में 1978 में विश्व स्वास्थ्य संगठन, यूनीसेफ तथा भारत सरकार के निर्माण तथा आवास मंत्रालय द्वारा आयोजित सेमिनार में भाग लेने वालों ने भी इस अवधारणा का समर्थन किया।

यह कार्यक्रम शुरू करने से पहले लेखक को इस तरह के शौचालयों के लिए सरकार से कोई सहयोग नहीं मिल सका, जबकि ये शहरी क्षेत्रों के लिए जरूरी था। इसके विपरीत सरकार इन्हें ग्रामीण क्षेत्रों में स्थापित करने पर जोर देती थी। सुलभ शौचालयों की भारी सफलता से सरकार के साथ-साथ उपर्युक्त सेमिनार में भाग लेने वाले भी प्रभावित हुए।

बिहार सरकार के लोक स्वास्थ्य अभियंत्रण विभाग ने 1977 में गड्ढे वाले शौचालयों से भौमजल-प्रदूषण का मामला उठाया। इस विभाग ने शहरी विकास विभाग को शुष्क शौचालयों को सुलभ शौचालयों में बदलने पर रोक लगाने के निर्देश जारी करने का सुझाव दिया। विभाग का कहना था कि यदि ऐसा नहीं हुआ तो पूरे पटना शहर को सप्लाई किया जाने वाला पानी दूषित हो जायेगा और यह घातक भी हो सकता है। बिहार सरकार का शहरी विकास विभाग इससे आशंकित हो उठा और इस बारे में लेखक की राय माँगी। लेखक ने विभाग को इस बारे में या तो राष्ट्रीय पर्यावरण इंजीनियरी अनुसंधान संस्थान (एन० ई० ई० आर० आई०), नागपुर या फिर भारत सरकार के निर्माण तथा आवास मंत्रालय के अधीन कार्यरत केन्द्रीय लोक स्वास्थ्य पर्यावरण इंजीनियरी अनुसंधान संगठन (सी० पी० एच० ई० ई० आर० ओ०) से विशेषज्ञ राय माँगने की सलाह दी।

बिहार सरकार ने इस मसले को एन० ई० ई० आर० आई० नागपुर के पास भेजकर उसकी राय माँगी। इस संस्थान ने अपनी रिपोर्ट में कहा कि अगर गड्ढे वाले शौचालय सावधानी से और सुरक्षित दूरी पर बनाये गये हैं तो भौमजल अथवा जल-आपूर्ति पाइप लाइनों के प्रदूषण की कोई संभावना नहीं है। हालांकि इससे काम बन गया और इस बारे में सरकार की संतुष्टि हो गयी, लेकिन लेखक ने इस समस्या के स्थायी समाधान निकालने का निश्चय

किया। लेखक ने स्वयं नागपुर जाकर विशेषज्ञों से इस बारे में बातचीत की। उसने केन्द्रीय निर्माण तथा आवास मंत्रालय के केन्द्रीय लोक स्वास्थ्य पर्यावरण इंजीनियरी अनुसंधान संगठन (सी० पी० एच० ई० ई० आर० ओ०) से भी सम्पर्क किया। साथ ही, उसने विश्व स्वास्थ्य संगठन से भी सम्पर्क साधा। लेखक ने वहाँ 1977 में श्री ए० के० राय से भेंट की जो उस समय सफाई इंजीनियर थे। श्री राय बाद में भारत में संयुक्त राष्ट्र विकास कार्यक्रम "यू० एन० डी० पी०" के तकनीकी सलाहकार समूह के स्थानीय प्रबन्धक नियुक्त हुए। इस समय सफाई टैक्नोलॉजी के विशेषज्ञ के रूप में सुलभ इण्टरनेशनल से जुड़े हुए हैं।

गड्ढे वाले शौचालय से जल के प्रदूषित होने की समस्या पर 1978 में पटना में आयोजित सेमिनार में भी चर्चा की गयी थी। विश्व स्वास्थ्य संगठन की ओर से डा० टी० आर० भास्करन सेमिनार में शामिल हुए। उनकी गणना देश के श्रेष्ठ लोक स्वास्थ्य अभियन्ताओं में की जाती है। उन्होंने 1954 से 1960 के बीच किए गये अपने शोध की विस्तार से जानकारी दी। डा० भास्करन द्वारा प्रस्तुत शोधपत्र और सेमिनार में भाग लेने वालों के प्रश्नों के उत्तरों से लोक स्वास्थ्य के क्षेत्र में काम कर रहे अभियन्ता प्रायः सन्तुष्ट हो गये। बाद में यू० एन० डी० पी० ने भारत के तीन राज्यों बिहार, गुजरात तथा तमिलनाडु में जल-प्रदूषण के बारे में 1979 से 1982 के बीच अनुसंधान किया और डा० भास्करन के कथन की पुष्टि की। उल्लेखनीय है कि इसमें डा० भास्करन को भी शामिल किया गया था। बिहार में अब कुल मिलाकर सुलभ शौचालयों की टैक्नोलॉजी और कामकाज पर कोई आशंका नहीं है। बाल्टी शौचालयों की सफाई के काम में लगे सफाईकर्मियों का भी बेरोजगार होने का भय नहीं रहा, क्योंकि सरकार ने उन्हें दूसरे रोजगार मुहैया कराने का आश्वासन दिया हुआ है। इस तरह सफाईकर्मी भी इस कार्यक्रम के कार्यान्वयन में रुकावट नहीं बने।

सभी चाहते हैं कि बाल्टी वाले शौचालयों को सुलभ शौचालयों में बदल दिया जाए। लेकिन आय के वर्तमान स्तर को देखते हुए वे इसकी लागत वहन नहीं कर सकते। इसलिए अगर आर्थिक सहायता प्रदान नहीं की जाती है तो यह कार्यक्रम आगे बढ़ाना कठिन होगा। अगर स्थानीय निकाय चाहेंगे तो ऋण की वसूली में कोई कठिनाई नहीं होगी। समाचार माध्यमों में विज्ञापन

तथा समाचार प्रकाशित होने से भी गृहस्वामी इस प्रणाली को अपनाने के लिए राजी हो सकते हैं। राजनीतिज्ञों, समाचार माध्यमों, टैक्नोक्रेटों, प्रशासकों और इस तरह के अन्य कार्यक्रमों में शामिल राष्ट्रीय और अन्तर्राष्ट्रीय एजेंसियों के सम्पर्क में आने पर सुलभ इण्टरनेशनल के कार्य की उपयोगिता सिद्ध करने में लेखक की दृढ़ इच्छा भी सहायक हुई। सुलभ इण्टरनेशनल के कार्य की गुणवत्ता निरन्तर बनी रहने से इस तरफ प्रशासकों का भी ध्यान गया है। मौजूदा सभी बाल्टी वाले शौचालयों को सुलभ शौचालयों में बदलकर सफाईकर्मियों को सिर पर मैला ढोने की बुराई से छुटकारा दिलाने का लक्ष्य प्राप्त करने में सभी लोग सुलभ इण्टरनेशनल की सेवाएँ प्राप्त करना चाहते हैं।

केवल बिहार में ही 1974 से 1988 के दौरान 1 लाख 86 हजार शुष्क शौचालयों को सुलभ शौचालयों में बदला जा चुका है। फलस्वरूप राज्य के 15 शहरों के 3,000 सफाईकर्मियों को मुक्त कराया जा चुका है। ये शहर हैं—बिहारशरीफ, देवघर, रांची, पूर्णिया, सहरसा, चाईबासा, मधुबनी, भागलपुर, डाल्टेनगंज, गया, छपरा, बेतिया, मोतिहारी, पटना और हजारीबाग।

वास्तविकता यह है कि इस काम में पैसे की कमी ही सबसे बड़ी बाधा है। अगर ऐसा नहीं होता तो सभी चार लाख शुष्क शौचालय बदल दिये गये होते और पूरा राज्य अब तक "भंगीमुक्त" घोषित कर दिया गया होता।

अध्याय 6

अमुक्त और मुक्त सफाईकर्मी

I. अमुक्त सफाईकर्मी

जैसा कि पहले बताया जा चुका है इस अध्ययन में पटना, आरा और मुजफ्फरपुर के अमुक्त (मुक्त न हुए) सफाईकर्मियों को शामिल किया गया है। इनमें से प्रत्येक शहर से 50 सफाईकर्मियों को अध्ययन के लिए चुना गया। इन तीन शहरों से लिये गये अमुक्त श्रेणी के सभी 150 सफाईकर्मी पटना नगरनिगम अथवा आरा और मुजफ्फरपुर की नगरपालिकाओं में काम करते थे। मैला सफाई का काम वे निजीतौर पर नहीं करते। वे इन स्वायत्तशासी निकायों के नियमित कर्मचारी हैं। इन शहरों से जो जानकारियाँ इकट्ठी हुईं, उनसे ऐसा लगता है कि आरा और मुजफ्फरपुर के इन अमुक्त सफाईकर्मियों में से शत-प्रतिशत रावत जाति के हैं, जबकि पटना के सफाईकर्मियों में से 80 प्रतिशत रावत, 10 प्रतिशत बाल्मीकि और मात्र 2 प्रतिशत (यानी सिर्फ एक) सफाईकर्मी रैफर्स (ईसाई) जाति के हैं।

सफाईकर्मियों की पारिवारिक संरचना के बारे में जो जानकारियाँ मिली हैं, उनसे पता चलता है कि इन तीनों शहरों में रहने वाले सफाईकर्मी या तो संयुक्त परिवारों में रहते हैं या फिर अलग-अलग रहते हैं। मुजफ्फरपुर में इनका एक बड़ा हिस्सा, लगभग 52 प्रतिशत, संयुक्त परिवारों में रहता है। इसके विपरीत पटना में सिर्फ 28 प्रतिशत और आरा में 32 प्रतिशत सफाई कर्मी संयुक्त परिवारों में रहते हैं। कहने का तात्पर्य यह है कि पटना और आरा में अमुक्त श्रेणी के अधिकांश सफाईकर्मी अलग-अलग परिवारों में रहते हैं। दूसरी ओर, मुजफ्फरपुर में मात्र 48 प्रतिशत सफाईकर्मी ही अलग-अलग रहते हैं। इस प्रकार मुजफ्फरपुर के अमुक्त सफाईकर्मियों और इसी श्रेणी के पटना तथा आरा के सफाईकर्मियों की पारिवारिक संरचना में अन्तर है। ये सफाईकर्मी अलग-अलग तरह के घरों में रहते हैं। इनमें से कुछ अपने घरों में रहते हैं, कुछ किराये के घरों में रहते हैं तो कुछ सरकारी मकानों में

रहते हैं। पटना में ज्यादातर सफाईकर्मी, लगभग 70 प्रतिशत, सरकारी मकानों में रहते हैं जबकि मुजफ्फरपुर में सिर्फ 18 प्रतिशत और आरा में इससे भी कम, सिर्फ 4 प्रतिशत सफाईकर्मी ही सरकारी मकानों में रहते हैं। इसका अर्थ यह है कि सिर्फ पटना नगरनिगम ने आरा और मुजफ्फरपुर की नगरपालिकाओं की तुलना में कहीं अधिक कर्मचारियों को मकान की सुविधा दी है। अमुक्त श्रेणी के सफाईकर्मियों में से आरा में 72 प्रतिशत और मुजफ्फरपुर में 74 प्रतिशत सफाईकर्मी अपने स्वयं के बसेरों में रहते हैं, भले ही, वे मिट्टी के बने हों या फिर झुग्गी-झौंपड़ियाँ हों। इसके विपरीत, पटना में सिर्फ 22 प्रतिशत सफाईकर्मी ही ऐसे हैं जो अपने निजी घरों में रहते हैं। इससे साफ पता चलता है कि जिन जगहों पर सफाई कर्मचारियों को रहने के लिए घर नहीं दिये गये हैं, वहाँ उनमें से ज्यादातर अपने स्वयं के ठिकानों में रहते हैं।

इसके दो कारण हो सकते हैं, एक तो, यह कि शहरी क्षेत्रों में मकान का किराया देना उनके बूते के बाहर है या फिर यह कि सामाजिक घृणा के कारण लोग उन्हें किराये पर घर नहीं देते हैं। उपलब्ध सूचना के अनुसार इन सफाईकर्मियों में से पटना और मुजफ्फरपुर में आठ प्रतिशत और आरा में 24 प्रतिशत सफाईकर्मी किराये के ठिकानों में रहते हैं। अतः कहा जा सकता है कि जहाँ कहीं भी अमुक्त सफाईकर्मियों को घर मिला हुआ है, वहाँ उनमें से ज्यादातर उनमें रह रहे हैं। इसके विपरीत, जहाँ उन्हें घर नहीं मिला, वहाँ उनमें से ज्यादातर अपने स्वयं के ठिकानों में रहते हैं। यह भी ध्यान देने योग्य है कि उनमें से जो किराये के घरों में रह रहे हैं, वे वास्तव में, घरों में नहीं रह रहे होते। सच्चाई यह है कि वे कोठरी, झुग्गी या फिर झौंपड़ीनुमा छोटी जगहों में रहते हैं।

कुछ मामलों में एक ही घर में दो या फिर इससे अधिक सफाईकर्मी साथ रहते हैं। अतः ऐसा प्रतीत होता है कि अमुक्त सफाईकर्मियों के रहन-सहन की दशा अत्यन्त सोचनीय है। इन सफाईकर्मियों के घरों के बारे में मिली जानकारी के अनुसार पटना में ज्यादातर सफाईकर्मी पक्के घरों में रहते हैं क्योंकि उनमें से अधिकांश को सरकारी मकान मिले हुए हैं। जाँच के दौरान पता चला कि कुछ सफाईकर्मी पक्के मकानों में किराये पर रहते हैं। इन निष्कर्षों से अमुक्त सफाईकर्मियों की दयनीय आवास स्थिति के बारे में और भी प्रमाण मिलते हैं। ये सफाईकर्मी छोटे और कच्चे घरों में रहते हैं जिनकी

देखरेख ठीक से नहीं की जाती है। जिन घरों या मकानों में ये सफाईकर्मी रहते हैं, उनमें कमरों की संख्या के बारे में भी जानकारी इकट्ठी की गयी हैं।

पता चला है कि 85 सफाईकर्मी एक कमरे के मकानों में रहते थे जबकि 47 दो कमरों के मकानों में। बारह सफाईकर्मी तीन कमरों के घरों में रहते थे जबकि बाकी के छह सफाईकर्मी चार कमरों के घरों में रहते थे। जो सफाईकर्मी 2, 3, या 4 कमरों के घरों में रहते थे, वे या तो संयुक्त परिवार में रहते थे या फिर कुछ और परिवार भी उनके साथ रहते थे। इस तरह मोटेतौर पर एक अकेले अमुक्त सफाईकर्मी परिवार के हिस्से में एक ही कमरे का घर आता था। इसलिए ऐसा प्रतीत होता है कि सफाईकर्मी खुले-खुले घरों में या फिर ऐसे घरों में रहते हैं, जहाँ रहने के लिए न्यूनतम आवश्यक जगह उपलब्ध नहीं है। यह एक स्वस्थ जीवन के लिए हानिकारक है। यह बात जो सफाईकर्मी ऐसे घरों में रह रहे हैं, उनके बारे में उनकी प्रतिक्रियाओं से भी स्पष्ट हो जाती है। इन तीनों शहरों में ज्यादातर सफाईकर्मियों ने साफ-साफ कहा है कि उनके घरों में पर्याप्त जगह नहीं है। पटना के 70 प्रतिशत, मुजफ्फरपुर के 62 प्रतिशत और आरा के 80 प्रतिशत सफाईकर्मियों की यही राय थी। इसका अर्थ यह है कि बहुत कम सफाईकर्मी ही महसूस करते हैं कि उनके घर ठीक-ठाक हैं। किन्तु इसके एक बड़े वर्ग की शिकायत यह है कि उनके घर ठीक नहीं हैं; उनके घरों में पर्याप्त जगह नहीं है, और यह भी कि उनके घर खराब हैं। उनकी रिहाइशी स्थिति के बारे में भी जानकारी इकट्ठी की गयी। उनसे यह भी पूछा गया कि उनके घरों में बिजली है या नहीं। कुल मिलाकर, यह निष्कर्ष निकला कि मुजफ्फरपुर में सिर्फ 16 प्रतिशत और आरा में सिर्फ 24 प्रतिशत घरों में बिजली उपलब्ध है। इसके विपरीत पटना में 72 प्रतिशत सफाईकर्मियों के घरों में बिजली की सुविधा उपलब्ध है। इस तरह मुजफ्फरपुर के सफाईकर्मियों की स्थिति सबसे खराब है, जबकि पटना के सफाईकर्मियों की हालत बेहतर है। इसका एक कारण यह हो सकता है कि पटना के ज्यादातर सफाईकर्मी सरकारी मकानों में रहते हैं और इस तरह उन्हें सरकार की ओर से बिजली की सुविधा मिली हुई है। अत: पटना में कहीं अधिक सफाईकर्मी बिजली की सुविधा का लाभ उठाते हैं।

दूसरा कारण यह हो सकता है कि आरा और मुजफ्फरपुर के मुकाबले पटना में बिजली आपूर्ति की स्थिति बेहतर है। पटना चूँकि राज्य की राजधानी

है, इसलिए वहाँ उपभोक्ताओं को बेहतर ढंग से बिजली की सप्लाई की जाती है। संभव है, इन्हीं सब बातों के कारण पटना में मुजफ्फरपुर और आरा के मुकाबले हालात अच्छे हों। जहाँ तक पेयजल के स्रोत का प्रश्न है, सफाईकर्मियों से मिली जानकारी के अनुसार पीने के पानी की व्यवस्था कहीं भी निजीतौर पर नहीं की गयी है। इसका अर्थ यह है कि किसी भी सफाईकर्मी के परिवार में स्वयं का कुआँ, नल, हैंडपम्प अथवा नलकूप नहीं है। इस तथ्य से पता चलता है कि सफाईकर्मियों की आर्थिक स्थिति खराब है और उन्हें आधुनिक नागरिक सुविधाएँ प्राप्त नहीं हैं। इन सूचनाओं से यह भी पता चलता है कि कोई भी परिवार सार्वजनिक कुएँ अथवा सार्वजनिक नलकूप से पानी नहीं लेता है। उनके लिए पेयजल के दो ही स्रोत हैं—सार्वजनिक नल अथवा हैंडपम्प। पटना के सफाईकर्मियों के मामले में पता चला है कि उनमें से सभी सार्वजनिक नलों से पानी लेते हैं जबकि मुजफ्फरपुर के 34 प्रतिशत और आरा के 82 प्रतिशत सफाईकर्मी सार्वजनिक नलों से पानी लेते हैं।

अमुक्त सफाईकर्मियों से पूछा गया कि वे शौच के लिए कहाँ जाते हैं। उन्होंने बताया कि वे शौच के लिए तीन जगहों का इस्तेमाल करते हैं। वे या तो खुली जगहों में शौच करते हैं या फिर इसके लिए सामुदायिक शौचालयों अथवा शुष्क शौचालयों में जाते हैं। सफाईकर्मियों से मिली जानकारी से यह भी पता चलता है कि अमुक्त सफाईकर्मियों में से पटना में कोई भी खुले में शौच नहीं करता। केवल एक सफाईकर्मी ने जो 160 रुपये से 200 रुपये के आयवर्ग में था, कहा कि वह और उसके परिवार वाले शुष्क शौचालय का इस्तेमाल करते हैं। 98 प्रतिशत मामलों में शौच के लिए सामुदायिक शौचालयों का इस्तेमाल किया जाता था। इसका अर्थ यह है कि सरकारी मकानों में रह रहे अमुक्त श्रेणी के सफाईकर्मियों के लिए उनके घरों में अलग से शौचालयों की व्यवस्था नहीं की गयी है। प्राप्त जानकारी से यह भी पता चलता है कि आमदनी का शौच से जुड़ी आदतों से गहरा सम्बन्ध है। सफाईकर्मियों के तीन सर्वोच्च आय वर्गों में से कोई भी सफाईकर्मी अथवा उसके परिवार वाले खुले में शौच नहीं करते थे। नीचे के पहले तीन आय वर्गों में आमदनी बढ़ने के साथ ही खुले में शौच करने वालों की संख्या में कमी दिखायी दी। आर्थिक कारण अथवा परिवार की आमदनी और शौच की जगह के बीच जो संबंध है, वह इस तथ्य से और भी उजागर होता है कि अमुक्त सफाईकर्मियों

में सबसे निम्न आयवर्ग का कोई भी व्यक्ति शुष्क शौचालय का इस्तेमाल नहीं करता है। उससे ठीक ऊँचे आयवर्ग में 42.1 प्रतिशत, उससे ऊँचे आयवर्ग में 55 प्रतिशत और 1,201 रुपये से 1,600 रुपये तक के आयवर्ग में 50 प्रतिशत तथा सबसे ऊँचे आय वर्ग के शत-प्रतिशत लोग शुष्क शौचालयों का इस्तेमाल करते हैं।

आरा के अमुक्त सफाईकर्मियों से मिली जानकारी के अनुसार निम्न तथा उच्च दोनों ही आय वर्गों के लोग खुले में शौच करते हैं। बाद के दो सर्वोच्च आय वर्गों में सामुदायिक शौचालयों का प्रयोग किया जाता है जबकि अलग-अलग आय वर्गों में अलग-अलग अनुपात में शुष्क शौचालयों का उपयोग किया जाता है। इसलिए ऐसा लगता है कि इन शहरों में शौच के लिए अमुक्त सफाईकर्मियों द्वारा इस्तेमाल की जाने वाली जगह स्थानीय परिस्थितियों, शुष्क अथवा सामुदायिक शौचालयों और शौच के लिए खुली जगह की उपलब्धता पर निर्भर करती है। पटना अथवा मुजफ्फरपुर की तुलना में आरा के मामले में कहीं अधिक अनिश्चितता पायी गयी। सिर्फ पटना के ही मामले में पाया गया कि अमुक्त सफाईकर्मी शौच के लिए ज्यादातर सामुदायिक शौचालयों में ही जाते हैं।

यह असमानता उनके आयुगत ढाँचे, शिक्षा के स्तर और आर्थिक स्थिति में भी दिखायी पड़ती है। प्रत्येक शहर में सफाईकर्मी 20 वर्ष से 51-60 वर्ष के आयुवर्ग में थे। हालांकि उनका अनुपात अलग-अलग था (सारणी 2)। उनमें से कुछ यानी 4 प्रतिशत 20 वर्ष से कम आयु के हैं और उन्होंने नौकरी भी हाल ही में शुरू की है। दूसरी ओर 6.6 प्रतिशत 51-60 वर्ष के आयुवर्ग में हैं और शीघ्र अवकाश ग्रहण करने वाले हैं। सबसे अधिक यानी 35.3 प्रतिशत सफाईकर्मी 31-40 वर्ष के आयुवर्ग में हैं और उसके बाद दूसरे स्थान पर यानी 30 प्रतिशत सफाईकर्मी 41-50 वर्ष के आयुवर्ग में हैं। इस प्रकार अमुक्त सफाईकर्मियों में अधिकांश यानी 65.3 प्रतिशत 31-50 वर्ष के आयुवर्ग में हैं।

शिक्षा के स्तर से सम्बन्धित आंकड़ों से पता चलता है कि प्रत्येक शहर में अधिकांश सफाईकर्मी निरक्षर हैं। पटना में 70 प्रतिशत, मुजफ्फरपुर में 92 प्रतिशत और आरा में 86 प्रतिशत सफाईकर्मी निरक्षर हैं। किसी भी सफाईकर्मी ने स्कूली शिक्षा पूरी नहीं की है। सिर्फ 4 प्रतिशत 7वीं या 8वीं कक्षा तक पढ़े

हैं जबकि केवल 1.3 प्रतिशत ही 9वीं कक्षा तक पढ़े हैं। इससे पता चलता है कि इस श्रेणी के सफाईकर्मियों में शिक्षा का स्तर नीचा है। उपर्युक्त आंकड़ों से यह भी पता चलता है कि शिक्षा की दृष्टि से पुरुष पिछड़े हुए हैं। स्पष्ट है कि महिलाओं के मामले में हालत और खराब होगी। इस तरह कुल मिलाकर, अमुक्त सफाईकर्मियों और उनके परिवार वालों की साक्षरता का अनुपात बहुत कम है। जहाँ तक आर्थिक स्थिति का प्रश्न है, आंकड़ों (सारणी 4) से पता चलता है कि उनकी मासिक आय 400 रुपये से 2,000 रुपये तक है। आमदनी का यह अन्तर तीनों शहरों में पाया जाता है हालांकि आरा शहर में किसी भी परिवार की आमदनी 1,600 रुपये से अधिक नहीं है। कुल मिलाकर 8.6 प्रतिशत परिवार ऐसे हैं जो 400 रुपये के सबसे निम्न आयवर्ग में हैं। 32.7 प्रतिशत परिवार 401 रुपये से 800 रुपये के आयवर्ग में हैं। इस तरह 58.7 प्रतिशत परिवार ऐसे हैं जिनकी मासिक आय 800 रुपये से अधिक है और धीरे-धीरे 2,000 रुपये से ऊपर पहुँच जाती है। लेकिन इसका अर्थ यह नहीं है कि अमुक्त सफाईकर्मी काफी पैसा कमाते हैं। ज्यादातर परिवारों में दो या अधिक सदस्य पैसा कमाते हैं। बहुत-से मामलों में पति-पत्नी दोनों नौकरी करते हैं। इसके अलावा, इनमें से ज्यादातर संयुक्त परिवारों में रहते हैं। इसलिए परिवार के आकार को देखते हुए आमदनी बहुत कम है और आर्थिक स्थिति सन्तोषजनक नहीं कही जा सकती। अमुक्त सफाईकर्मी परिवारों के दो या अधिक सदस्यों द्वारा पैसा कमाने की पुष्टि प्रत्येक परिवार में कमाऊ पुरुष (सारणी 5) तथा बालिग महिला (सारणी 6) के बारे में प्राप्त जानकारी से होती है।

ऐसा देखा गया है कि अधिकांश मामलों में परिवार में एक या दो बालिग, महिला या पुरुष हैं। चूँकि बालिग पुरुष और महिलाएँ दोनों ही नौकरी करते हैं, इसलिए प्रत्येक परिवार में कमाऊ सदस्यों की संख्या निश्चित रूप से दो या अधिक होगी। बालकों (सारणी 7) और बालिकाओं (सारणी 8) और वयस्क पुरुषों तथा महिलाओं की संख्या के बारे में प्राप्त आंकड़ों से यह भी पता चलता है कि अधिकांश मामलों में परिवार संयुक्त हैं और उनका आकार बहुत छोटा नहीं है। इसलिए परिवार के आकार और इस तथ्य के मद्देनजर कि प्रत्येक परिवार में कमाने वाले सदस्यों की संख्या दो से ज्यादा है, आय का विस्तार अधिक नहीं है। इन सफाईकर्मियों के परिवारों के संयुक्तस्वरूप के

बारे में विवाहित पुरुष (सारणी 9) और महिला सदस्यों (सारणी 10) के बारे में प्राप्त आंकड़ों से भी पता चलता है। इन आंकड़ों से यह भी स्पष्ट है कि तीनों शहरों आरा, मुजफ्फरपुर तथा पटना में परिवार के आकार, परिवार के स्वरूप और परिवार की आय में कोई विशेष अंतर नहीं है।

इन सफाईकर्मियों के परिवारों में साक्षरता तथा शिक्षा का स्तर बहुत नीचा है। इन तीन शहरों के 150 परिवारों में से केवल 55, अर्थात् 37 प्रतिशत परिवारों में कोई भी व्यक्ति निरक्षर नहीं है (सारणी 11) जबकि मात्र 10, अर्थात् 6.7 प्रतिशत परिवारों में कोई महिला निरक्षर (सारणी 12) नहीं है। इससे पता चलता है कि ज्यादातर मामलों में पुरुष (63 प्रतिशत) और महिलाएँ (93.3 प्रतिशत) निरक्षर हैं। यह आरा, मुजफ्फरपुर और पटना के शहरी क्षेत्रों में अमुक्त सफाईकर्मियों की साक्षरता का स्तर है। इससे यह भी पता चलता है कि महिलाओं के मुकाबले पुरुषों में निरक्षरता कम है। फिर भी, इस अन्तर का अर्थ यह नहीं है कि पुरुषों की साक्षरता का स्तर सन्तोषजनक है। सफाईकर्मी परिवारों में पुरुषों और महिलाओं का भी साक्षरता स्तर अत्याधिक नीचा है। पुरुषों में से 4.2 प्रतिशत इण्टर तक पढ़े हैं (सारणी 13) जबकि महिलाओं में से कोई भी इस स्तर तक नहीं पढ़ा है (सारणी 14)।

जहाँ तक पुरुषों का प्रश्न है तो तीनों शहरों में मिलाकर मात्र 5.0 प्रतिशत मैट्रिक पास हैं जबकि 9.9 प्रतिशत पुरुष मैट्रिक पास नहीं हैं। 69.4 प्रतिशत पुरुष मिडिल पास हैं जबकि 11.5 प्रतिशत निरक्षर हैं (सारणी 13)। इसी प्रकार स्त्रियों के मामले में 1.7 प्रतिशत मैट्रिक पास हैं, जबकि 1.1 प्रतिशत मैट्रिक पास नहीं है। 40.2 प्रतिशत स्त्रियाँ मिडिल तक पढ़ी हैं, जबकि 57 प्रतिशत निरक्षर हैं (सारणी 14)। इन आंकड़ों से पता चलता है कि पुरुषों में साक्षरता का प्रतिशत महिलाओं से अधिक है। लेकिन इस पेशेवर समूह के पुरुष भी काफी पिछड़े हुए हैं और साक्षरता और शिक्षा के मामले में काफी नीचे हैं। इन आंकड़ों से यह भी पता चलता है कि इन तीनों शहरों में साक्षरता का स्तर लगभग एक-सा ही है। अलग-अलग शहरों में काम करने के बावजूद सभी सफाईकर्मी शिक्षा के मामले में पिछड़े हुए हैं। सारणी से यह भी पता चलता है कि तीनों शहरों के 150 सफाईकर्मी परिवारों में वयस्कों की संख्या कितनी है। इनमें निरक्षर, साक्षर और शिक्षित सभी शामिल हैं। इन परिवारों में वयस्क पुरुषों की कुल संख्या 262 है जबकि वयस्क महिलाओं

की संख्या 179 है (सारणी 14)। इस प्रकार इन परिवारों में कुल 441 वयस्क सदस्य हैं। इस तरह प्रत्येक परिवार में औसतन तीन वयस्क सदस्य हैं। इससे पता चलता है कि संयुक्त परिवारों के मामले में भी सदस्यों की संख्या बहुत अधिक नहीं है। इन परिवारों में साक्षरता का नीचा स्तर सिर्फ मौजूदा पीढ़ी तक ही सीमित हो, ऐसी बात नहीं है। आने वाली पीढ़ियों में भी साक्षरता प्रतिशत लगातार कम बने रहने की संभावना है। इन परिवारों में लड़के-लड़कियों को स्कूल भेजने के बारे में भी जानकारी इकट्ठी की गयी। आंकड़े बताते हैं कि पटना में सिर्फ 19 यानी 38 प्रतिशत परिवार अपने लड़कों को स्कूल भेजते हैं जबकि मुजफ्फरपुर में 20 यानी 40 प्रतिशत और आरा में 16 यानी 32 प्रतिशत परिवार ही अपने लड़कों को स्कूल भेजते हैं।

दूसरी ओर, पटना में केवल पाँच, अर्थात् 10 प्रतिशत, मुजफ्फरपुर में 11 यानी 22 प्रतिशत और आरा में सात यानी 14 प्रतिशत परिवार ही अपनी लड़कियों को स्कूल भेजते हैं। इन आंकड़ों से एक ओर जहाँ यह पता चलता है कि लड़कों के मुकाबले लड़कियों को बहुत कम स्कूल भेजा जाता है, वहीं दूसरी ओर इस बात की भी जानकारी मिलती है कि शिक्षा, आर्थिक स्थिति और सामाजिक हैसियत के मामले में पिछड़े सफाईकर्मी यह नहीं जानते हैं कि नई पीढ़ी को शिक्षित करने का क्या महत्व है, बावजूद इसके कि उन्हें मुफ्त शिक्षा की सुविधा प्राप्त है। इन तथ्यों के मद्देनजर इन सफाईकर्मियों की भावी पीढ़ी के मामले में भी साक्षरता का भविष्य अंधकारमय प्रतीत होता है। यह भी ध्यान देने योग्य है कि समाज के इस वर्ग को न केवल निःशुल्क शिक्षा की सुविधा उपलब्ध है बल्कि अनुसूचित जातियों में साक्षरता और शिक्षा को बढ़ावा देने के उद्देश्य से सरकार वृत्तिका या स्टाइपेण्ड और अन्य प्रकार की आर्थिक सहायता भी प्रदान करती है। इन सभी सुविधाओं के बावजूद बहुत कम लड़के-लड़कियाँ ही स्कूल जाते हैं। इससे पता चलता है कि भंगी उपजाति के लोगों में सामाजिक चेतना की कमी है और वे शिक्षा के महत्व को नहीं समझते। यह भी संभव है कि बहुत से मामलों में अमुक्त सफाईकर्मियों को इन सुविधाओं के बारे में पता ही न हो। लेकिन इसकी संभावना बहुत कम प्रतीत होती है क्योंकि अनुसूचित जातियों के बच्चों को दी जाने वाली सुविधाओं के बारे में संचार माध्यमों तथा दूसरे मंचों से इतनी अधिक चर्चा की जाती है कि सफाईकर्मियों को इसकी जानकारी अवश्य

होनी चाहिए। यह भी हो सकता है कि अमुक्त श्रेणी के ये सफाईकर्मी सोचते हों कि उनके बच्चे भी बड़े होकर उनका ही पेशा अपनायेंगे जिसके लिए शिक्षा कदापि आवश्यक नहीं है। इस प्रकार अमुक्त सफाईकर्मी अनुसूचित जातियों या हरिजन समाज के सामाजिक दृष्टि से सबसे पिछड़े हिस्सों में से एक है। साक्षरता के अत्यन्त निम्न स्तर और विकट गरीबी के कारण ऐसा लगता है कि 'निचलों में सबसे नीचा' की उनकी हैसियत आगे भी कायम रहेगी।

अमुक्त सफाईकर्मियों से यह भी जानकारी प्राप्त की गयी है कि उनके यहाँ कितने लड़के और लड़कियाँ कालेज जाते हैं। प्राप्त जानकारी से पता चलता है कि हरिजन समुदाय के इस वर्ग में उच्च शिक्षा प्राय: नहीं के बराबर है। कुल मिलाकर पटना और मुजफ्फरपुर में दो-दो और आरा में एक परिवार के लड़के कालेज जाते हैं। जहाँ तक लड़कियों के कालेज जाने का प्रश्न है, प्रत्येक शहर में सभी सफाईकर्मियों ने इससे इन्कार किया। इन आंकड़ों से पता चलता है कि लड़कियों में कालेज-स्तर की पढ़ाई बिलकुल नहीं है, जबकि लड़कों में यह न के बराबर है। इससे यह भी पता चलता है कि समाज का यह वर्ग सामाजिक और शैक्षिक दृष्टि से कितना पिछड़ा हुआ है। यहाँ यह भी बता देना आवश्यक है कि अमुक्त सफाईकर्मी और उनके परिवार ग्रामीण क्षेत्रों में नहीं रह रहे हैं। इसके विपरीत, वे शहरी क्षेत्र में रहते हैं और उनसे अपने अधिकारों, देश की वर्तमान स्थिति और गरीबों के सामाजिक, शैक्षिक तथा आर्थिक उत्थान के लिए सरकार द्वारा किये जा रहे प्रयासों के बारे में ज्यादा सजग रहने की आशा की जाती है। वे ग्रामीण क्षेत्रों के सफाईकर्मियों के मुकाबले संचार माध्यमों से ज्यादा जुड़े हुए हैं। इसके अलावा बिहार की राजधानी, पटना में रहने वाले सफाईकर्मियों को मौजूदा हालात और सरकार द्वारा दी जाने वाली सुविधाओं के बारे में कहीं अधिक जानकारी रहती है। लेकिन इस सबके बावजूद उनकी गरीबी में कोई फर्क नहीं आया है और वे आज भी उसी तरह के शैक्षिक और सामाजिक पिछड़ेपन का शिकार हैं।

पुरुष तथा महिला सदस्यों के बारे में इकट्ठी की गयी जानकारी से पता चलता है कि प्रत्येक शहर में सफाईकर्मी परिवारों में से अधिकांश में केवल एक पुरुष सदस्य ही आजीविका उपार्जन करता है। 93 परिवार ऐसे हैं, जहाँ

सिर्फ एक कमाने वाला पुरुष सदस्य है जबकि 36 परिवारों में ऐसे सदस्यों की संख्या दो है। नौ परिवारों में तीन कमाने वाले पुरुष हैं, जबकि सिर्फ चार परिवार ही ऐसे मिले जिनमें चार कमाऊ पुरुष थे। नौ परिवार ऐसे थे, जहाँ एक भी कमाऊ पुरुष नहीं था। इसका अर्थ यह है कि ऐसे परिवारों में सिर्फ महिलाएँ ही कमाऊ हैं। एक सौ तीस परिवारों में सिर्फ एक महिला सदस्य कमाऊ है। सिर्फ दस परिवार ऐसे मिले जिनमें दो महिला कमाऊ थीं। पटना के एक परिवार में तीन महिलाएँ कमाऊ थीं। इसका अर्थ यह है कि पर्याप्त संख्या में संयुक्त परिवारों के मौजूद होने के बावजूद ज्यादातर परिवारों में कमाऊ सदस्यों की संख्या बहुत ज्यादा नहीं है।

अमुक्त सफाईकर्मियों से प्राप्त जानकारी से इन परिवारों के बेरोजगार स्त्रियों तथा पुरुषों की संख्या का भी पता चलता है। अध्ययन के दौरान देखा गया कि अधिकांश परिवारों में कोई भी बेरोजगार पुरुष अथवा स्त्री नहीं है। पटना के 41, मुजफ्फरपुर के 37 और आरा के 41 परिवारों में कोई भी बेरोजगार पुरुष नहीं है। इसी प्रकार पटना में 43, मुजफ्फरपुर में 32 और आरा में 37 परिवार ऐसे हैं, जहाँ एक भी बेरोजगार स्त्री नहीं है। इसका अर्थ यह है कि सफाईकर्मियों द्वारा किये जाने वाले कार्य की जो प्रकृति है, उसे देखते हुए उनके लिए बेरोजगारी कोई बड़ी समस्या नहीं है। शहरों में परम्परागत शुष्क शौचालय मौजूद हैं। इसके अलावा शुष्क शौचालयों को सुलभ शौचालयों में बदलने का काम भी हाल ही में शुरू हुआ है। इसलिए मैला साफ करने और ढोने के लिए भंगी जाति के पुरुषों तथा स्त्रियों की आवश्यकता पड़ती है।

इस तरह इन परिवारों को नगरनिगमों और नगरपालिकाओं में मैला साफ करने का काम पाने में कोई कठिनाई नहीं होती। हो सकता है कि अमुक्त सफाईकर्मियों में बेरोजगारी कम होने का यह सबसे बड़ा कारण हो। इन सफाईकर्मियों से सफाई के काम में लगे पुरुषों तथा स्त्रियों के बारे में भी पूछा गया था। इसके जवाब में उन्होंने जो जानकारी दी, उसके अनुसार पटना के बीस परिवारों में कोई भी पुरुष सदस्य मैला साफ करने का काम नहीं करता है, जबकि सात परिवारों में कोई भी महिला सदस्य मैला सफाई का काम नहीं करती है। मुजफ्फरपुर में सभी उत्तरदाताओं ने स्पष्ट रूप से कहा कि उनके परिवार का कोई भी पुरुष मैला साफ करने का काम नहीं करता। दूसरी

ओर, कोई भी परिवार ऐसा नहीं है, जहाँ महिलाएँ मैला सफाई का काम नहीं करती हों। आरा में 27 परिवार ऐसे हैं, जहाँ कोई भी पुरुष मैला सफाई का काम नहीं करता है, जबकि 32 परिवार ऐसे हैं, जहाँ कोई महिला मैला साफ करने का काम नहीं करती है। इसका अर्थ यह है कि सिर्फ आरा में महिलाओं की तुलना में पुरुष मैला साफ करने के काम में ज्यादा लगे हुए हैं जबकि पटना और मुजफ्फरपुर में पुरुषों के मुकाबले महिलाएँ इस काम में ज्यादा लगी हैं।

सफाई के काम में लगे लोगों (पुरुष और स्त्रियाँ दोनों) की संख्या के बारे में सफाईकर्मियों से मिली जानकारी के अनुसार पटना में 50 में से 32, मुजफ्फरपुर में 50 में से 12 और आरा में 50 में से 23 परिवार ऐसे हैं, जहाँ पुरुष सफाई का काम नहीं करता है। उधर पटना में 49, मुजफ्फरपुर में 45 और आरा में 50 परिवारों ने घोषित किया है कि उनके यहाँ कोई भी महिला सफाई का काम नहीं करती है। इसका अर्थ यह है कि आरा में शत-प्रतिशत परिवारों में महिलाएँ सफाई के काम में नहीं लगी हैं, जबकि पटना में ऐसे परिवारों की संख्या सिर्फ एक और मुजफ्फरपुर में सिर्फ पाँच हैं। दूसरी तरफ पटना के 18, मुजफ्फरपुर के 38 और आरा के 27 परिवारों के पुरुष सफाई के काम में लगे हैं। इन आंकड़ों से यह भी निष्कर्ष निकलता है कि स्त्रियों की तुलना में पुरुष अधिक संख्या में साफ-सफाई के काम, जैसे झाड़ू लगाने, नालियाँ साफ करने और कूड़ा हटाने में लगे हैं जबकि मैला हटाने का काम ज्यादातर महिलाएँ ही करती हैं। ऐसा सिर्फ किसी एक शहर में नहीं है, बल्कि सभी तीनों शहरों में ऐसा ही है, हालांकि उनके स्तर अलग-अलग हैं।

साफ-सफाई को छोड़ दूसरे कार्यों में लगे परिवार के सदस्यों, पुरुष और स्त्रियाँ दोनों की संख्या के बारे में भी जानकारी एकत्र की गयी। ऐसा देखा गया कि अधिकांश (121) मामलों में पुरुष सदस्य साफ-सफाई से इतर कार्यों में नहीं लगे थे। महिलाओं के मामले में शत-प्रतिशत सफाईकर्मियों ने घोषित किया है कि कोई भी महिला साफ-सफाई से भिन्न अन्य किन्हीं कार्यों में नहीं लगी हुई थी। इससे पता चलता है कि सफाईकर्मियों के बहुत कम परिवारों ने गैर-पुश्तैनी और गैर-परम्परागत पेशे अपनाए हैं। कहा जा सकता है कि समाज के इस वर्ग में व्यवसाय की परिवर्तनशीलता आज भी बहुत कम है। इसकी वजह या तो निरक्षरता अथवा निरक्षर होने के कारण

दूसरे काम मिलने में कठिनाई होना हो सकता है। व्यवसायगत परिवर्तनशीलता लाने में नौकरियों के आरक्षण से भी मदद नहीं मिली है क्योंकि ऐसे दूसरे समूह और उपजातियाँ भी मौजूद हैं, जिन्हें आरक्षण की सुविधा प्राप्त है। इन समूहों और उपजातियों के लोग आरक्षित नौकरियाँ पाने के मामले में उनसे कुछ बेहतर स्थिति में हैं। इस प्रकार भंगी जाति का सामान्य शैक्षिक पिछड़ापन, साक्षरता और शिक्षा का अभाव तथा दूसरे व्यवसायों में प्रतिस्पर्द्धा भी समाज के कमजोर वर्ग की इस उपजाति के लिए पहले का परम्परागत व्यवसाय अपनाये रहने के कारण हो सकते हैं।

धूम्रपान की आदतें

अमुक्त सफाईकर्मियों तथा उनके परिवार वालों के रहन-सहन और आदतों के विश्लेषण से बहुत-सी दिलचस्प बातों का पता चलता है। धूम्रपान की लत के बारे में मिली जानकारी से पता चलता है कि तीनों शहरों के 150 परिवारों में से 134 पुरुष सदस्य धूम्रपान के आदी हैं (सारणी 15)। कहने का तात्पर्य यह है कि इन परिवारों में 89.2 प्रतिशत परिवार ऐसे हैं, जहाँ के सदस्य धूम्रपान करते हैं। इन परिवारों में से 80 प्रतिशत परिवार ऐसे हैं, जहाँ की महिलाएँ भी धूम्रपान करती हैं (सारणी 16)। यह भी ध्यान देने योग्य है कि इन परिवारों की महिलाएँ धूम्रपान या तो इसलिए करती हैं कि वे आधुनिक बन रही हैं या फिर इसलिए कि उन्होंने इसे फैशन के तौर पर अपना लिया है। इसके लिए वह सामाजिक-आर्थिक माहौल जिम्मेदार है जिसमें वे रहती हैं। साथ ही जिम्मेदार हैं, वे परम्पराएँ जिन्हें वे निभाती हैं। फिर भी, यह उस परम्परावादी भारतीय समाज में अच्छा नहीं माना जाता, जहाँ धूम्रपान की आदत सिर्फ पुरुषों को ही रहती रही है। परम्परावादी दृष्टिकोण के तहत महिलाओं का धूम्रपान करना ठीक नहीं समझा जाता। इसके बावजूद सफाईकर्मी परिवारों की महिलाएँ धूम्रपान करती हैं। सफाईकर्मी परिवारों की वयस्क महिलाओं की यह जीवन-शैली परम्परागत सामाजिक व्यवस्था में महिलाओं द्वारा अपनायी गयी सामान्य जीवन शैली और आदर्शवादी तरीकों से बिलकुल भिन्न है। अगर कोई महिला धूम्रपान करती है तो समाज उसको बुरा कहता है या फिर उस पर हँसता है। जहाँ तक शराब पीने का प्रश्न है, बिहार में सफाईकर्मी परिवारों के पुरुष सदस्यों के लिए यह कोई अनोखी चीज नहीं है। मौजूदा अध्ययन से यह भी पता चलता है कि अधिकांश

सफाईकर्मी परिवारों के पुरुष शराब पीते हैं (सारणी 17)। सिर्फ 22 प्रतिशत पुरुष सफाईकर्मियों ने ही शराबी होने की बात से इन्कार किया। इसका अर्थ यह है कि जिन परिवारों का अध्ययन किया गया, उनमें से 78 प्रतिशत परिवारों में पुरुष सदस्य शराब के आदी हैं। पटना के 26 प्रतिशत, मुजफ्फरपुर के 28 प्रतिशत और आरा के 12 प्रतिशत सफाईकर्मियों ने बताया कि उनके परिवार के पुरुष सदस्य शराब नहीं पीते। कहने का अभिप्राय यह है कि प्रत्येक शहर में सफाईकर्मियों में से अधिकांश शराब की लत के शिकार हैं। लेकिन महिला सदस्यों में शराब पीने की लत प्रायः बिलकुल नहीं है। पटना और आरा के शत-प्रतिशत तथा मुजफ्फरपुर के 96 प्रतिशत सफाईकर्मियों ने बताया कि उनके यहाँ महिलाएँ शराब नहीं पीती। इसका अर्थ यह है कि मुजफ्फरपुर की सिर्फ दो यानी चार प्रतिशत महिलाएँ ही शराब पीती हैं।

इस प्रकार सफाईकर्मी समुदाय में सिर्फ पुरुष ही शराब की लत के शिकार हैं और महिलाएँ अपवादस्वरूप ही शराब पीती हैं। इन निष्कर्षों से यह भी पता चलता है कि आर्थिक तंगी के कारण सफाईकर्मी न तो अच्छी किस्म की धूम्रपान सामग्री खरीद सकते हैं और न अच्छी किस्म की शराब ही। अधिकांश महिलाएँ बीड़ी पीया करती हैं जो बाजार में सबसे सस्ती है। पुरुषों के मामले में भी ऐसा ही है। बहुत कम पुरुष और महिला सफाईकर्मी ऐसे हैं जो सिगरेट पीते हैं। अगर कुछ ऐसा करते भी हैं तो वे घटिया किस्म की ही सिगरेट पीते हैं। इसी तरह वे शराब भी सस्ती ही पीते हैं। ज्यादातर सफाईकर्मी या तो ताड़ी पीते हैं या फिर देशी शराब पीया करते हैं जो कच्ची और अपरिष्कृत होने के कारण सस्ती होती है। जिन्हें धूम्रपान की लत है, चाहे वे पुरुष हों अथवा महिलाएँ, कई बार धूम्रपान करते हैं। इसी तरह जिन्हें शराब की लत है, वे जेब में पैसा होने पर मौका नहीं चूकते। इन सभी बातों का आशय यह है कि इस वर्ग के ज्यादातर लोग शराब और धूम्रपान के आदी हो चुके हैं। यह भी स्पष्ट है कि शराब और धूम्रपान की आदत बहुत-ज्यादा होने से वे इन पर अपनी कमाई का एक अच्छा-खासा हिस्सा खर्च कर डालते हैं। इस प्रकार रोटी, कपड़ा और मकान जैसी आवश्यकताओं पर खर्च करने के लिए उनके पास बहुत कम पैसा रह जाता है, जिससे उनके रहन-सहन का स्तर घट जाता है। इसके अलावा, घटिया किस्म की सिगरेट, बीड़ी और शराब पीने से उनकी सेहत पर भी बुरा प्रभाव पड़ता है। इसके अलावा, जो

खाना वे खाते हैं, वह भी अपर्याप्त और खराब होता है। इन सबसे उनकी खराब सेहत और कम उत्पादकता के कारणों का पता चल जाता है। उनके रहन-सहन की अस्वास्थ्यकर स्थितियाँ और छोटे-छोटे भीड़-भरे घरों में रहने से भी उनके स्वास्थ्य पर बुरा असर पड़ता है। शराब और धूम्रपान की आदतों का आर्थिक पहलू इन दो हानिकारक वस्तुओं पर खर्च की जाने वाली राशि से उजागर होता है। तीनों शहरों में सफाईकर्मी परिवारों में से 30 प्रतिशत परिवारों के पुरुष सदस्य इन दो चीजों पर हर महीने 100 रुपये से अधिक खर्च करते हैं (सारणी 19)। जहाँ तक परिवार की आमदनी के स्तर और शराब तथा धूम्रपान पर खर्च की जाने वाली राशि के बीच सम्बन्ध का प्रश्न है, सारणी से पता चलता है कि 400 रुपये के निम्नतम आयवर्ग में कोई भी परिवार इन वस्तुओं पर हर महीने 125 रुपये खर्च नहीं करता है। सिर्फ एक अर्थात् 7.5 प्रतिशत परिवार ही इन पर 100 रुपये से अधिक खर्च करता है। इसके अलावा, 41.6 प्रतिशत परिवार इन चीजों पर एक भी पैसा खर्च नहीं करते। 401 रुपये से 800 रुपये के आयवर्ग में सिर्फ 8.1 प्रतिशत परिवार 150 रुपये से अधिक खर्च करते हैं जबकि 16.2 प्रतिशत परिवार 100 रुपये से अधिक खर्च करते हैं। उससे ठीक ऊँचे 801 रुपये से 1,200 रुपये के आयवर्ग में 19.2 प्रतिशत परिवार 150 रुपये से अधिक खर्च करते हैं, जबकि 29.6 प्रतिशत परिवार 125 रुपये से अधिक और 40 प्रतिशत परिवार 100 रुपये से अधिक खर्च करते हैं। 1,201 रुपये से 1,600 रुपये के आयवर्ग में 33.3 प्रतिश्‍त परिवार 150 रुपये से अधिक खर्च करते हैं जबकि 41.6 प्रतिशत परिवार 100 रुपये से अधिक खर्च करते हैं। 1,600 रुपये के आयुवर्ग में भी 33.3 प्रतिशत परिवार 150 रुपये से अधिक खर्च करते हैं जबकि 41.6 प्रतिशत 100 रुपये खर्च करते हैं।

1,601 रुपये से 2,000 रुपये के आयवर्ग में 66.6 प्रतिशत परिवार इन दो चीजों पर 100 रुपये से अधिक खर्च करते हैं लेकिन सर्वोच्च आयवर्ग में सिर्फ 25 प्रतिशत परिवार 150 रुपये से अधिक खर्च करते हैं और 75 प्रतिशत परिवार 26 रुपये से 50 रुपये तक खर्च करते हैं। उच्चतम आयवर्ग को छोड़ दें तो ऐसा लगता है कि आमदनी के स्तर और इन दो चीजों पर पैसा खर्च करने के अनुपात में अत्यन्त महत्वपूर्ण सम्बन्ध है।

जहाँ तक महिलाओं द्वारा शराब और धूम्रपान की वस्तुओं पर पैसा खर्च

करने का प्रश्न है, ऐसा देखा गया है कि सबसे निचली आय वर्ग के 76.9 प्रतिशत परिवार इन पर एक भी पैसा खर्च नहीं करते हैं जबकि 7.7 प्रतिशत परिवार इन आदतों पर हर महीने 16 से 20 रुपये, 21 से 25 रुपये और 26 से 30 रुपये के बीच खर्च करते हैं (सारणी 20)। लेकिन 401 रुपये से 800 रुपये के आयवर्ग में केवल 6.1 प्रतिशत परिवारों में महिला सदस्यों के शराब पीने और धूम्रपान पर एक भी पैसा खर्च नहीं किया जाता है जबकि अन्य आयवर्गों में यह अनुपात अधिक है। कुल मिलाकर 20.7 प्रतिशत परिवारों में इन चीजों पर एक भी पैसा खर्च नहीं किया जाता। इसके विपरीत, अधिकांश (79.3 प्रतिशत) मामलों में कुछ पैसा खर्च किया जाता है।

कुछ मामलों में ऐसा भी देखा गया है कि पुरुष सदस्य 151 रुपये तक या इससे अधिक खर्च करते हैं (सारणी 19) जबकि महिलाएँ 31 रुपये तक या इससे अधिक खर्च करती हैं। इन बातों से पता चलता है कि महिलाओं द्वारा खर्च की जाने वाली राशि पुरुषों के मुकाबले बहुत कम है। इसकी वजह बिलकुल स्पष्ट है। पुरुषों के खर्च में धूम्रपान और शराब दोनों के ही खर्च शामिल हैं जबकि सिर्फ एक परिवार ऐसा था, जहाँ महिलाएँ भी शराब पीती थीं। अत: महिलाओं द्वारा जो भी पैसा खर्च किया जाता है, वह धूम्रपान पर ही खर्च किया जाता है। शराब पर बिलकुल नगण्य राशि खर्च की जाती है।

पिछले विश्लेषण से पता चलता है कि ऐसे परिवारों की संख्या ज्यादा है, जहाँ पुरुष धूम्रपान करते हैं, बनिस्पत उन परिवारों के जहाँ महिलाएँ धूम्रपान करती हैं। इसके अलावा, धूम्रपान करने वालों में भी महिलाओं की अपेक्षा पुरुष अधिक हैं। इन सब बातों से यह निष्कर्ष निकलता है कि शराब तथा धूम्रपान पर पुरुषों की तुलना में महिलाएँ कम पैसा खर्च करती हैं।

शहरी क्षेत्रों में रहने वाले इन अमुक्त सफाईकर्मियों के सामाजिक-आर्थिक रुझान के विश्लेषण और उन पर शहरीकरण के प्रभाव का आंकलन संचार माध्यमों से उनके सम्पर्क के आधार पर करना काफी महत्वपूर्ण है। स्पष्ट है कि संचार माध्यमों से अधिक सम्पर्क में आने वाले लोगों के बारे में माना जाता है कि वे शहरीकरण और आधुनिकीकरण से कहीं ज्यादा प्रभावित होंगे और इस प्रकार सामाजिक-आर्थिक रुझान को विवेकसंगत बनाया जाना अनिवार्य है। समाचारपत्रों तथा पत्रिकाओं आदि मुद्रित माध्यमों से उनके सम्पर्क के बारे में किए गए अध्ययन से इनके बारे में पता चलता है कि इन

अमुक्त सफाईकर्मियों की जानकारी बहुत कम है। प्राप्त सूचना से पता चलता है कि निरक्षरता के कारण 150 सफाईकर्मियों में से केवल 15 ही समाचार-पत्र पढ़ते हैं। यह भी देखा गया है कि पत्रिकाएँ कोई भी नहीं पढ़ता। पत्रिकाओं से सम्पर्क न होने का मुख्य और बुनियादी कारण निरक्षरता और साक्षरता तथा शिक्षा की अत्यन्त नीची दर है। किसी भी साधारण पढ़े-लिखे व्यक्ति के लिए समाचारपत्र पढ़ लेना संभव हो सकता है लेकिन ऐसे व्यक्ति के लिए पत्रिकाएँ पढ़ना और उनका आनन्द उठाना संभव नहीं है जो निरक्षर हों। इन बातों से साफ पता चलता है कि सफाईकर्मियों के सामाजिक-आर्थिक रुझान के मामले में संचार के मुद्रित माध्यमों (समाचारपत्रों, पत्रिकाओं, जर्नल, पुस्तकों आदि) का कोई भी महत्व नहीं है। मुद्रित माध्यमों से उनका सम्पर्क अत्यन्त सीमित है और इस प्रकार उनमें जागरूकता पैदा करने अथवा सामाजिक रुझान की दिशा तय करने में प्रेस की कोई भूमिका नहीं है।

रेडियो से उनका सम्पर्क बहुत-अधिक है। प्राप्त सूचनाओं के अनुसार पटना में 64 प्रतिशत, मुजफ्फरपुर में 34 प्रतिशत और आरा में 12 प्रतिशत सफाईकर्मी नियमित रूप से रैडियो के कार्यक्रम सुनते हैं।

इससे पता चलता है कि सिर्फ पटना के मामले में ही अधिकांश अमुक्त सफाईकर्मी संचार माध्यमों से जुड़े हुए हैं। यह भी पता चला है कि पटना के 32 यानी 64 प्रतिशत सफाईकर्मियों में पुरुषों के साथ-साथ पर्याप्त संख्या में महिलाएँ भी नियमित रूप से रेडियो के कार्यक्रम सुनती हैं। पटना में संचार माध्यमों से उनके सबसे अधिक सम्पर्क का कारण संभवत: यह है कि मुजफ्फरपुर अथवा आरा के मुकाबले पटना में कहीं अधिक शहरीकरण हुआ है। इसके अलावा, पटना शहर में रेडियो के कार्यक्रम न सिर्फ घरों में बल्कि चाय के स्टॉलों और दुकानों पर भी बड़ी संख्या में सुने जाते हैं। इसके अलावा, लोकल ब्राण्ड के सस्ते ट्रांजिस्टर भी आसानी से उपलब्ध हैं। समाज के विभिन्न वर्गों के युवा इस तरह के ट्रांजिस्टर रखते हैं जिससे वे रेडियो के कार्यक्रम सुन लेते हैं। इन सब बातों और रेडियो से उनके सम्पर्क को ध्यान में रखकर कहा जा सकता है कि संचार माध्यम, आमतौर पर, सफाईकर्मियों और खासतौर पर युवा पीढ़ी के सामाजिक-आर्थिक रुझानों को जगाने और उनकी दिशा तय करने में महत्वपूर्ण भूमिका निभा सकते हैं। इस प्रकार सामाजिक रुझान में रेडियो कार्यक्रमों का अत्यधिक महत्व है।

रेडियो तथा प्रेस सहित अन्य संचार माध्यमों की तुलना में दृश्य और श्रव्य माध्यम अधिक महत्वपूर्ण प्रतीत होते हैं। प्राप्त सूचना से पता चलता है कि इन तीनों शहरों में से प्रत्येक में लोग फिल्मों से भी परिचित हैं। यद्यपि उनका अनुपात अलग-अलग है (सारणी 21)। 150 सफाईकर्मियों में से सिर्फ 52 यानी 34.6 प्रतिशत ऐसे हैं जो फिल्में नहीं देखते। सारणी से यह भी पता चलता है कि पटना के 30 यानी 60 प्रतिशत, मुजफ्फरपुर के 27 यानी 54 प्रतिशत और आरा के 41 यानी 82 प्रतिशत सफाईकर्मी फिल्में देखते हैं। स्पष्ट है कि इन तीनों शहरों में लोगों का फिल्मों से सम्पर्क दूसरे माध्यमों की तुलना में अधिक है। इस आधार पर कहा जा सकता है कि सिनेमा सबसे अधिक लोकप्रिय और बड़े पैमाने पर पसन्द किया जाने वाले माध्यम है, जो जागरूकता पैदा करने और सामाजिक रुझान की दिशा तय करने में सहायक सिद्ध हो सकता है। समाज के कमजोर और पिछड़े वर्ग के दृष्टिकोण, विचार और व्यवहार में परिवर्तन लाने के उद्देश्य से सरकार और दूसरे संगठन प्रचार के प्रभावशाली साधन के रूप में इस माध्यम का उपयोग कर सकते हैं। सफाईकर्मियों और उनके परिवार वालों में मनोरंजन के एक स्रोत के रूप में फिल्मों की लोकप्रियता का प्रमाण उन फिल्मों के बारे में दी गयी सूचनाओं से मिलता है जिन्हें वे देखते हैं। 150 सफाईकर्मियों में से 52 यानी 34.26 प्रतिशत फिल्में बिलकुल भी नहीं देखते (सारणी 22)। इसका अर्थ यह है कि सफाईकर्मियों में से 65.4 प्रतिशत फिल्मों से जुड़े हुए हैं। लेकिन इसके साथ ही यह भी बताना जरूरी है कि इन सफाईकर्मियों के इस माध्यम से परिचित न होने के बावजूद उनके परिवार वाले फिल्में देखते हैं और उनका आनन्द लेते हैं। फिल्में देखने वाले 98 सफाईकर्मियों में से 65 यानी 64.4 प्रतिशत सभी तरह की फिल्में देखना पसन्द करते हैं। इसके विपरीत 13 यानी 13.2 प्रतिशत सफाईकर्मी शिक्षाप्रद फिल्में देखना पसन्द करते हैं। एक खास तरह की फिल्में देखना अधिक महत्वपूर्ण नहीं है। सामान्य रूप से महिलाओं और पुरुषों दोनों के लिए फिल्मों को देखने तथा उन्हें पसन्द करने का एक-सा महत्व है।

अमुक्त सफाईकर्मियों से जनसंचार माध्यमों से उनके परिचय के बारे में तो प्रश्न पूछे ही गये, उनसे यह भी जानने की कोशिश की गयी कि उनके राजनैतिक सम्बन्ध, उनके राजनैतिक समीकरण और उनकी राजनैतिक भागीदारी

क्या है। उनसे जो कुछ भी जानकारी हासिल हुई, उससे पता चलता है कि उनमें से कोई भी किसी राजनैतिक दल का सदस्य नहीं है। इसी तरह सभी सफाईकर्मियों ने कहा कि वे किसी स्वयंसेवी संगठन से भी नहीं जुड़े हैं। समाज के इस वर्ग के लोगों का कोई संगठित मंच नहीं है, और न ही वे किसी स्वयंसेवी संगठन में शामिल होने के बारे में सोचते हैं। इसका कारण यह हो सकता है कि अमुक्त सफाईकर्मी आर्थिक और शैक्षिक रूप से पिछड़े हैं। परम्परा से चली आ रही सामाजिक व्यवस्था में सफाई के काम के साथ जो सामाजिक घृणा जुड़ी हुई है, वह उन्हें किसी क्लब या सामाजिक संगठन का सदस्य नहीं बनने देती। निरक्षरता और गरीबी में किसी स्वयंसेवी संगठन के बारे में सोच तक नहीं सकते हैं। इससे यह भी पता चलता है कि उनमें राजनैतिक जागरूकता की कमी है। इसके अलावा, राजनैतिक गति-विधियों और प्रक्रिया में दिलचस्पी न होने से भी वे लोग राजनैतिक पार्टियों से नहीं जुड़ पाते हैं।

सम्भव है कि सफाईकर्मी समुदाय में राजनैतिक जागरूकता इसलिए कम है कि इनमें शिक्षा की कमी है, गरीबी है और समाज के इस वर्ग के लोग जिस तरह का काम करते हैं, उसे अच्छा नहीं समझा जाता है। इन सफाईकर्मियों ने बताया कि वे नगरनिगम या नगरपालिका के सफाई कर्मचारियों की यूनियन के सदस्य हैं। स्पष्ट है कि वे यूनियन के सदस्य इसलिए बने कि वे नगरपालिका या नगरनिगम के कर्मचारी हैं, न कि जागरूकता के कारण। इन स्थानीय निकायों में यूनियनें उन नेताओं की बनायी हुई हैं, जो स्वयं सफाईकर्मी नहीं हैं। ट्रेड यूनियन नेता सभी कर्मचारियों से मिलते हैं और उन्हें अपने यूनियन में शामिल होने के लिए राजी करने की कोशिश करते हैं। इतना ही नहीं, कर्मचारी सोचते हैं कि उनके आर्थिक हितों की तभी ज्यादा बेहतर ढंग से रक्षा हो सकती है, जब वे ट्रेड यूनियन में शामिल हो जायें। ट्रेड यूनियन की सदस्यता उन्हें नियोजकों के किसी भी प्रकार के शोषण से बचाती है।

यह जानने के लिए कि उनमें राजनैतिक जागरूकता कितनी है, उनसे पूछा गया कि क्या वे जानते हैं कि भारतीय संविधान ने सारा जातिभेद मिटा दिया है। इस अहम सवाल के जवाब में इन तीनों शहरों के सफाईकर्मियों ने जो बताया, उससे पता चलता है कि उनमें से 57 को इस बारे में कुछ भी मालूम नहीं था। उन्होंने न 'हाँ' में जवाब दिया और न ही 'न' में। लगभग 60

सफाईकर्मियों ने साफतौर पर कहा कि उन्हें इस बात की कोई जानकारी नहीं है कि भारतीय संविधान ने सारा जाति-भेद समाप्त कर दिया है। सिर्फ 33 ऐसे थे जिन्होंने कहा कि उन्हें भारतीय संविधान के इस प्रावधान की जानकारी है। इससे पता चलता है कि सफाईकर्मियों में से ज्यादातर भारतीय संविधान के तहत जाति-भेद उन्मूलन के बारे में नहीं जानते हैं।

समाज के इस वर्ग में राजनैतिक जागरूकता अत्यधिक कम या फिर सतही है। हो सकता है कि ऐसा संचार माध्यमों से उनके अपेक्षाकृत कम सम्पर्क के कारण हो। अनपढ़ होने के कारण वे समाचारपत्रों, पत्रिकाओं और जर्नलों जैसे मुद्रित संचार माध्यमों से जुड़ नहीं पाते। जो रेडियो सुनते हैं, वे मनोरंजन कार्यक्रमों में ज्यादा दिलचस्पी रखते हैं। फिल्में देखने वाले भी मनोरंजन में ही ज्यादा दिलचस्पी रखते हैं। इनके जरिये ज्ञान प्राप्त करना उनका उद्देश्य नहीं होता।

सफाईकर्मियों से दूसरा प्रश्न भी इसी संदर्भ में पूछा गया। उनसे पूछा गया कि क्या उन्हें यह जानकारी है कि भारत में किसी भी जाति के साथ भेदभाव बरतना एक अपराध है और इसके लिए सजा भी हो सकती है। इसके जवाब में इन तीनों शहरों से जो जानकारी मिली, उससे पता चलता है कि उनमें से 57 को इस बारे में कुछ भी नहीं मालूम था। 29 ने साफतौर पर कहा कि उन्हें इस बात की कोई जानकारी नहीं है कि किसी जाति के साथ भेदभाव बरतना दण्डनीय अपराध है। सफाईकर्मियों में से 64 ऐसे थे जो यह तो जानते थे कि किसी जाति के साथ भेदभाव बरतना अपराध है और इसके लिए सजा हो सकती है लेकिन उन्हें इसके कानूनी और संवैधानिक प्रावधानों की जानकारी नहीं है। इसका मतलब यह है कि उन सफाईकर्मियों की संख्या ज्यादा है जो यह जानते हैं कि भेदभावपूर्ण बर्ताव दण्डनीय अपराध है, अपेक्षाकृत उनके जिन्हें भारतीय संविधान के उस प्रावधान की जानकारी है जो जातिभेद उन्मूलन से सम्बन्धित है। अत: इसे इस प्रकार समझा जा सकता है कि जाति के आधार पर भेदभाव अपराध है जिसके लिए सजा हो सकती है। इस बात की जानकारी देने के लिए सफाईकर्मियों में राजनैतिक जागरूकता बहुत कम रही हैं तथा राजनीतिक सामाजीकरण भी सतही रहा है।

दूसरी तरफ संविधान ने जातिभेद समाप्त कर दिया है, इसकी जानकारी अधिक सतही और अत्याधिक अपर्याप्त रही है। इसका कारण यह हो सकता

है कि संविधान एक लिखित दस्तावेज है, जिसके बारे में बहुधा पढ़ाया जा सकता है, जबकि भेदभावपूर्ण बर्ताव एक ऐसी घटना है जो रोजमर्रा की जिन्दगी में अनुभव की जा सकती है। इसकी प्रतिक्रिया और प्रत्युत्क्रिया उन लोगों द्वारा सहज ही देखी जा सकती है जो इस समाज में रहते हैं। इस तरह जाति के आधार पर भेदभाव बरतना दण्डनीय अपराध है। इस बात की जानकारी समाज में आसपास होने वाली घटनाओं और दृष्टान्तों से सहज ही मिल सकती है। लेकिन यहाँ यह बता देना भी आवश्यक है कि अधिकांश मामलों में लोग यह भी नहीं जानते हैं कि जाति के आधार पर भेदभाव बरतना अपराध है जिसके लिए सजा हो सकती है। निरक्षरता, गरीबी, समाज में अल्पप्रतिष्ठा, जनसंचार माध्यमों से कम सम्पर्क, राजनैतिक मामलों में कम रुचि, परम्परागत नारीत्व और आजीविका कमाने तथा घर-गृहस्थी सम्भालने में अधिक रुचि, जैसे तथ्य ही राजनैतिक जागरूकता में कमी और सतही राजनैतिक सामाजीकरण के लिए भी जिम्मेदार हैं।

सफाईकर्मियों से यह भी पूछा गया कि क्या वे जानते हैं कि 'सरकार द्वारा अनुसूचित जातियों के कल्याण के लिए क्या-क्या सुविधाएँ दी गयी हैं'। इस प्रश्न के पीछे एक उद्देश्य यह पता लगाना भी था कि उनमें राजनैतिक जागरूकता कितनी है और किस हद तक उनका राजनैतिक सामाजीकरण हुआ है। इस प्रश्न के जो उत्तर प्राप्त हुए, उनसे पता चलता है कि 57 सफाईकर्मी इस बारे में कुछ भी नहीं जानते थे। 17 ने 'न' में जवाब दिया जबकि 76 सफाईकर्मी इन सुविधाओं के बारे में जानते थे (सारणी 23)।

ऐसा प्रतीत होता है कि 38 प्रतिशत सफाईकर्मी सरकार द्वारा उनके कल्याण के लिए दी गयी सुविधाओं के बारे में कुछ नहीं जानते थे। उनमें से 11.3 प्रतिशत ने बताया कि उन्हें इन सुविधाओं की जानकारी नहीं है, जबकि 50.7 प्रतिशत ने कहा कि उन्हें राज्य सरकार द्वारा अनुसूचित जातियों को दी जाने वाली सुविधाओं की जानकारी है। वस्तुतः सफाईकर्मियों का बड़ा हिस्सा यह जानता है कि अनुसूचित जातियों के कल्याण के लिए सरकार ने क्या-क्या सुविधाएँ दे रखी हैं। आयु के आधार पर एकत्र किये गये आंकड़ों के विश्लेषण (सारणी 23) से पता चलता है कि सबसे कम जानकारी उन लोगों को है जो 41 से 50 वर्ष के आयुवर्ग में हैं यानी 42.2 प्रतिशत। जबकि सबसे अधिक जानकारी रखने वाले लोग सबसे कम आयुवर्ग के हैं, यानी 83.3

प्रतिशत। इससे आयु में परिवर्तन के साथ-साथ उत्तरों के अनुपात में एक-सा परिवर्तन नहीं दिखायी देता। तथापि इससे इतना तो निश्चत रूप से पता चलता है कि कम आयु के सफाईकर्मियों में अधिक आयु वाले सफाईकर्मियों की तुलना में जागरूकता अधिक है।

सामान्यतया देखा गया है कि सबसे कम आयुवर्ग के सफाईकर्मी राजनैतिक रूप से अधिक जागरूक हैं और सबसे अधिक मुखर भी। जबकि सबसे अधिक, अर्थात् 51 से 60 वर्ष के आयुवर्ग में सबसे कम राजनैतिक जागरूकता है। अतः इसे इस तरह समझा जा सकता है कि राजनैतिक जागरूकता और राजनैतिक सामाजीकरण का स्तर निर्धारित करने में आयु की महत्वपूर्ण भूमिका है। युवा पीढ़ी को संविधान के प्रावधानों, कानूनी प्रतिबन्धों और अनुसूचित जाति के लोगों के कल्याण के लिए सरकार द्वारा किये जा रहे कार्यों के बारे में ज्यादा जानकारी है। यहाँ यह भी बता देना जरूरी है कि बावजूद इसके कि जिन महिलाओं से बात की गयी, उनमें से अधिकांश निरक्षर हैं और अपनी जीविका कमाने, अपने बच्चों की देखरेख करने और घर गृहस्थी का काम संभालने में अधिक रुचि रखती हैं, उनमें आधी से अधिक महिलाएँ राज्य सरकार द्वारा दी गयी सुविधाओं के बारे में जानती हैं।

तथापि कुल मिलाकर संविधान के प्रावधानों, कानूनी प्रतिबन्धों और सुविधाओं के बारे में सफाईकर्मियों को कितनी जानकारी है, इस बारे में प्राप्त आंकड़ों के विश्लेषण से पता चलता है कि उनमें राजनैतिक जागरूकता बहुत कम है। यह एक तथ्य है कि सफाईकर्मी शहरों में रहते हैं, अर्द्ध-सरकारी प्रतिष्ठानों में काम करते हैं और ट्रेड यूनियनों से जुड़े हैं। इसके बावजूद वे संविधान और कानून के प्रावधानों के जरिये अपनी हैसियत और रुतबे में आये परिवर्तन के बारे में अधिक नहीं जानते हैं। सरकार अलग-अलग ढंग से सुविधायें उपलब्ध कराती है। इनमें सरकारी नौकरियों में आरक्षण तथा शैक्षिक संस्थाओं में स्थान सुनिश्चित करना, प्रतियोगिता परीक्षाओं में बैठने के लिए कमजोर वर्गों के युवाओं की विशेष कोचिंग करना शामिल है। इसके अलावा, स्टाइपेण्ड तथा छात्रवृत्ति के साथ ही इन वर्गों के विद्यार्थियों के लिए निःशुल्क शिक्षा और छात्रावास की सुविधा भी उपलब्ध करायी जाती है। लेकिन जिन्हें इन कल्याण योजनाओं का लाभ मिलना है, उन्हें इनके बारे में ठीक से पता भी नहीं होता है। कॉलेजों और विश्वविद्यालयों के विभिन्न

विभागों में अनुसूचित जातियों के लिए आरक्षित सीटों में से अनेक सिर्फ इसलिए खाली रह जाती हैं कि उनके लिए या तो बहुत कम आवेदनपत्र जमा किये जाते हैं या फिर बिलकुल भी नहीं किये जाते। स्पष्ट है कि कमजोर वर्ग के लोगों द्वारा इन सुविधाओं का उपयोग न किये जाने का एक बड़ा कारण उन्हें इनकी जानकारी न होना है।

इस वर्ग के राजनैतिक सामाजीकरण का स्तर पता करने के लिए उनसे ऐसी राजनैतिक शब्दावली और विचारों के बारे में पूछा गया जिनका भारतीय समाज में संसदीय लोकतंत्र के तहत इस्तेमाल किया जाता है। इन सफाईकर्मियों से पूछा गया कि क्या वे इनका अर्थ जानते हैं। आयु के आधार पर श्रेणीबद्ध किये गये निष्कर्षों (सारणी 24) से पता चलता है कि कुल मिलाकर 28.7 प्रतिशत सफाईकर्मियों ने इस बारे में अपनी अनभिज्ञता प्रकट की। यह भी पता चलता है कि वयस्क मताधिकार के सम्बन्ध में सबसे अधिक यानी 60.7 प्रतिशत सकारात्मक उत्तर मिले, जबकि लोकतंत्र के बारे में दूसरे नम्बर पर, यानी 48 प्रतिशत अधिक उत्तर मिले। सबसे कम सकारात्मक उत्तर मध्यावधि चुनाव के मामले में प्राप्त हुए। मात्र 4 प्रतिशत सफाईकर्मियों ने ही स्वीकार किया कि वे इस बारे में जानते हैं। इसी तरह पंचायती राज के बारे में (11.3 प्रतिशत), लोक सभा और विधान सभा के बारे में (27.3 प्रतिशत) और अधिकारों की समानता के बारे में (36.7 प्रतिशत) भी बहुत कम सकारात्मक उत्तर प्राप्त हुए। अत: ऐसा प्रतीत होता है कि सफाईकर्मियों में राजनैतिक जागरूकता का स्तर बहुत नीचा है। अमुक्त सफाईकर्मी आमतौर पर मध्यावधि चुनाव और पंचायती राज जैसी शब्दावलियाँ भी नहीं जानते। इससे साफ पता चलता है कि लोगों के राजनैतिक सामाजीकरण का स्तर बहुत सतही अथवा बहुत निम्न बना हुआ है। 36.7 प्रतिशत ही ऐसे लोग हैं जो अधिकारों की समानता के बारे में जानते हैं। इससे भी उनकी राजनैतिक जागरूकता में कमी की जानकारी मिलती है। इसका कारण यह हो सकता है कि अधिकांश सफाईकर्मी निरक्षर हैं और खराब आर्थिक स्थितियों में बसर करते रहे हैं। जीविका कमाना और जीवन की बुनियादी जरूरतें पूरी करना ही इनकी चिन्ता का मुख्य विषय रहा है।

राजनैतिक जागरूकता और राजनीतिक भागीदारी के सिलसिले में की गयी जाँच से पता चलता है कि शत-प्रतिशत सफाईकर्मी चुनावों में भाग लेते

(ऊपर) रोजी-रोटी कमाने के लिए खामोशी से इन्तजार : एक बूढ़ी औरत (सफाईकर्मी) अपनी झुग्गी (जिसे किसी भी प्रकार से घर नहीं समझा जा सकता) के बाहर, रोजी-रोटी की तलाश में बैठी है। यही पर सारे सफाईकर्मी अपना कष्टमय जीवन व्यतीत करते है।

(नीचे) गड्ढे से नाले में : शुष्क शौचालयों से मैला निकालने के बाद, एक नाले में डाला जा रहा है। इस प्रकार, दुर्गन्ध और बीमारी दूर-दूर तक फैल जाती है।

(ऊपर) नरक में फिर : लगभग सभी शुष्क शौचालयों की इतनी बुरी (टूटी-फूटी) स्थिति है कि सफाईकर्मियों को दो सीधी फट्टियों से मैला निकालना पड़ता है।

(नीचे) एक साथ कष्टमय जीवन बिताते हुए : (एक चित्र आरा की एक कालोनी से) सफाईकर्मी मैला सिर पर ढोते हुए। मानो कह रहे हों कि यह प्रश्न पूरे समुदाय का है, ना कि केवल एक व्यक्ति का।

हैं। लेकिन वे इनमें सिर्फ मतदाता के रूप में ही सम्मिलित होते हैं। जिन सफाईकर्मियों से बातचीत की गयी, उनमें से अधिकांश 21 वर्ष से कम आयुवर्ग के थे, लेकिन वोट देते थे। अब संविधान में संशोधन के बाद 18 वर्ष तक की आयु के लोग भी वोट दे सकते हैं। ऐसा इसलिए नहीं कि वे राजनैतिक रूप से जागरूक हैं बल्कि इसलिए कि उन्हें उम्मीदवार या उनके एजेण्ट बोगस मतदान के लिए उकसाते हैं या उन पर दबाव डालते हैं। कुछ मामलों में मतदान का ढर्रा तय करने में पैसे की भी महत्वपूर्ण भूमिका होती है। अत: यदि वे मतदाता के रूप में शामिल होते हैं तो इसका मतलब यह नहीं कि राजनीति में उनकी रूचि अधिक है। वास्तव में, वे या तो औपचारिकतावश वोट डालते हैं या फिर बिना कुछ खास सोचे-समझे यूँ ही वोट डाल आते हैं। बहुत-से लोग दबाव में आकर भी वोट डाल देते हैं। इन लोगों में राजनैतिक समझदारी और राजनीति में सक्रिय रुचि का अभाव इस तथ्य से भी उजागर होता है कि सफाईकर्मी सभी चुनाव में सक्रिय रूप से भाग लेना नहीं चाहते।

इन निष्कर्षों से पता चलता है कि सफाईकर्मी राजनैतिक रूप से बेहद पिछड़े हुए हैं। उनसे एकत्र की गयी सूचना से ज्ञात होता है कि वे राजनैतिक सम्बद्धता, राजनैतिक सामाजीकरण और राजनैतिक भागीदारी के महत्व और उनकी सार्थकता के बारे में कुछ भी नहीं जानते हैं। वे स्वतंत्रता के बाद के राष्ट्रीय जीवन के इन पहलुओं के प्रति उदासीन दिखायी देते हैं। वे यूनियन में इसलिए नहीं शामिल होते हैं कि वे राजनैतिक सम्बद्धता के लिए उत्सुक हैं। बल्कि वे केवल इसलिए करते हैं कि कर्मचारियों के यूनियन में शामिल होने का आम रिवाज है। जिन लोगों से प्रश्न पूछे गये, वे किसी भी सामाजिक, सांस्कृतिक या राजनैतिक संगठन से सम्बद्ध नहीं थे। इस अपर्याप्त राजनैतिक सामाजीकरण के लिए निरक्षरता, गरीबी और परम्परावादी समाज में प्रचलित सामाजिक बुराइयाँ तो जिम्मेदार हैं ही, समाज के पढ़े-लिखे और प्रगतिशील वर्ग से उनका अलग-थलग पड़े रहना भी जिम्मेदार है। राजनैतिक चेतना न होने से वे जनसंचार माध्यमों में सिर्फ मनोरंजन और आनन्द ही खोजते रहते हैं। वे यह नहीं समझ पाते कि राजनैतिक चेतना पैदा करने और देश की सामाजिक घटनाओं के बारे में जानकारी बढ़ाने में ये माध्यम कितने सहायक सिद्ध हो सकते हैं। नतीजा यह है कि राजनैतिक भागीदारी का महत्व तो वे

समझते ही नहीं हैं, यह भी नहीं जान पाते कि देश के राजनैतिक विकास में उनकी कितनी महत्वपूर्ण भूमिका है। इस प्रकार समाज के कमजोर वर्गों में राजनैतिक चेतना पैदा करने के लिए केन्द्र और राज्य सरकारों के तमाम प्रयासों के बावजूद अमुक्त सफाईकर्मी अभी तक इन योजनाओं का लाभ नहीं उठा सके हैं।

इन सफाईकर्मियों से उनकी पृष्ठभूमि के बारे में जो जानकारी मिली, उससे पता चलता है कि 150 सफाईकर्मियों में से मात्र 44 प्रतिशत ऐसे हैं जो इस काम में 15 वर्ष या फिर उससे कम समय से लगे हैं जबकि 55.9 प्रतिशत ऐसे हैं जो 15 वर्ष से अधिक समय से यह काम कर रहे हैं (सारणी 25)। 15 वर्ष से अधिक समय से मैला सफाई के काम में लगे सफाईकर्मियों का मैला साफ करने का अनुभव अलग-अलग रहा है। इनमें से कुछ को 16 से 20 वर्ष का अनुभव है तो कुछ को 21 से 25 वर्ष का। कुछ को 26 से 30 वर्ष का अनुभव है तो कुछ ऐसे भी हैं जिन्हें 31 वर्ष या फिर उससे भी अधिक समय से यह काम करने का अनुभव है। अनुभव की अवधि बढ़ने के साथ ही मैला साफ करने के काम में लगे लोगों के अनुपात में उल्लेखनीय कमी हुई है। लेकिन इनमें भी एक बड़ा वर्ग ऐसा है जिसे मैला साफ करने का काफी लम्बा अनुभव है। इस सारणी से यह भी पता चलता है कि वे जन्म से भंगी थे और मैला साफ करना उनका पुश्तैनी पेशा है। कहने का तात्पर्य यह है कि किसी ने भी अपनी इच्छा से मैला साफ करने का पेशा नहीं अपनाया। उन्होंने यह पेशा इसलिए अपनाया कि यह उनका खानदानी पेशा था जो उन पर जन्म के आधार पर थोप दिया गया था और उनके सामने इसे अपनाने के अलावा और कोई अन्य विकल्प नहीं था। इस पेशे को अपनाने के कारणों के बारे में पूछताछ करने से जो कुछ भी जानकारी मिली, उससे पता चलता है कि 48.7 प्रतिशत सफाईकर्मियों के पास कोई और विकल्प नहीं था। 40.7 प्रतिशत सफाईकर्मियों ने बताया कि यह भंगियों का पुश्तैनी पेशा था, इसलिए उन्होंने भी इसे अपना लिया। 37.3 प्रतिशत सफाईकर्मियों ने कहा कि उन्होंने इसे इसलिए अपनाया कि यह काम आसानी से मिल रहा था (सारणी 26 और 27)। इन सभी कारणों से हम इस नतीजे पर पहुँचते हैं कि इन लोगों ने मैला साफ करने का धन्धा इसलिए अपना लिया कि वे उन परिस्थितियों और सामाजिक मूल्यों के कारण मजबूर थे और उन्हें अपना व्यवसाय चुनने अथवा

मैला साफ करने के अलावा दूसरा काम करने की आजादी नहीं थी। यह सामान्य निष्कर्ष इन सभी श्रेणियों के सफाईकर्मियों के बारे में लागू होता है, चाहे उनकी पारिवारिक आय (सारणी 26) अथवा पारिवारिक ढांचा (सारणी 27) कुछ भी हो।

जब उनसे पूछा गया कि क्या वे इस व्यवसाय को पसन्द करते हैं तो सभी ने 'न' में सिर हिला दिये। वे अपने बच्चों को भी यह काम नहीं करने देना चाहते थे। ऐसा बिलकुल स्वाभाविक है क्योंकि मैला साफ करने जैसा अवमानवीय काम किसी को भी अच्छा नहीं लगेगा। जब उनसे पूछा गया कि वे यह व्यवसाय क्यों पसन्द नहीं करते तो उनमें से ज्यादातर ने जवाब दिया कि यह गन्दा काम है। दूसरा महत्वपूर्ण कारण यह है कि इस काम से सामाजिक हैसियत बहुत नीची हो जाती है। जो लोग मैला साफ करते हैं, उन्हें घृणा की दृष्टि से देखा जाता है और समाज के दूसरे लोग उनसे कोई सम्बन्ध नहीं रखना चाहते, सिवाय इसके कि उनसे मैला साफ करवाएँ और हटवाएं। एक अन्य महत्वपूर्ण कारण जो इन सफाईकर्मियों ने बताया, वह नीची सामाजिक हैसियत से सम्बन्ध रखता है। उनमें से कुछ ने साफतौर पर कहा कि इस धन्धे में कोई इज्जत नहीं है। इन जवाबों के आधार पर कहा जा सकता है कि उन्होंने बहुत मजबूरी में मैला सफाई का धन्धा अपनाया। वे न तो इसे पसन्द करते हैं और न ही इसे इज्जत वाला पेशा मानते हैं। वे महसूस करते हैं कि यह पेशा गन्दा और अवमानवीय है तथा कोई व्यक्ति किसी का मैला साफ करे और उठाकर ले जाये, यह उचित नहीं है। इस महत्वपूर्ण काम के लिए समाज में उन्हें कोई भी इज्जत नहीं देता। साथ ही, इस काम में लगे लोग समाज में सबसे नीचे समझे जाते हैं।

सफाईकर्मियों से उनके पेशे और सामाजिक परिस्थिति के बारे में कुछ अन्य प्रश्न भी पूछे गये। उनके उत्तर से स्पष्ट है कि वर्तमान व्यवस्था के अन्तर्गत उनसे अपेक्षा की जाती है कि वे मैला साफ करने और अलग-अलग कमाऊ शौचालयों से गंदगी को डिब्बों में इकट्ठा करें। इसमें मैले को हाथ से छूना पड़ ही जाता है जो अत्यन्त घृणित और अवमानवीय कार्य है। सामाजिक शोषण और अन्याय का इससे भद्दा कोई दूसरा उदाहरण नहीं हो सकता। यहाँ यह बात विचारणीय है कि यद्यपि संविधान से देश में छुआछूत की बुराई समाप्त की गयी है परन्तु सफाईकर्मियों को समाज में बराबरी का दर्जा नहीं

मिल सका है।

इन सफाईकर्मियों से पूछा गया कि क्या वे मैला ले जाते समय लोगों को छू सकते हैं। इसके जवाब में भी सभी सफाईकर्मियों ने 'नहीं' में सिर हिला दिये। यहाँ यह ध्यान देना जरूरी है कि संविधान में छुआछूत समाप्त कर दिये जाने और छुआछूत बरते जाने को दण्डनीय अपराध बना दिए जाने के बाद भी सफाईकर्मियों को मैला ले जाते समय दूसरी जाति वालों को छूने की अनुमति नहीं है। जहाँ तक स्वास्थ्य के लिए खतरे का प्रश्न है, ये सफाईकर्मी मानते थे कि मैला साफ करने से जुकाम, खांसी, हैजा और टीबी जैसी भी बीमारियाँ हो जाती हैं। स्वास्थ्य के लिए हानिकर वातावरण और काम की अत्याधिक अस्वास्थ्यकर दशा के कारण ऐसा होता है।

सफाईकर्मियों से यह भी जानने का प्रयास किया गया कि क्या उन्होंने कभी अपना व्यवसाय बदलने का प्रयास किया है। उनसे जो सूचनाएँ प्राप्त हुईं, उनसे पता चलता है कि पटना में 26 प्रतिशत, मुजफ्फरपुर में 6 प्रतिशत और आरा में 18 प्रतिशत सफाईकर्मियों ने अपना पेशा बदलने की कोशिश की थी। इसका अभिप्राय यह है कि हर शहर में थोड़े-बहुत लोगों ने अपना पेशा बदलने का प्रयास किया था परन्तु अधिकांश सफाईकर्मियों ने ऐसा नहीं किया क्योंकि उन्हें यकीन था कि इस तरह के प्रयास व्यर्थ सिद्ध होंगे और ऐसा कोई अन्य काम नहीं मिलेगा जिसे वे मैला साफ करने का काम छोड़ने के बाद कर सकेंगे। अत: अधिकांश सफाईकर्मियों ने इसके लिए प्रयास नहीं किया।

जिन्होंने अपना पेशा बदलने के प्रयास किये थे, उनसे भी इस बारे में बताने को कहा गया था। इन तीनों शहरों के ऐसे पच्चीस सफाईकर्मियों ने भी कुल मिलाकर एक समान उत्तर दिए। उनमें से सभी ने कुछ अच्छा रोजगार पाने के लिए उच्च अधिकारियों से सम्पर्क किया था। अच्छे रोजगार से उनका अभिप्राय सिर्फ आर्थिक लाभ से नहीं था, बल्कि उन्हें ऐसा रोजगार चाहिए था जो समाज में आदर और सम्मान दिला सके। उनमें से कुछ ने रोजगार कार्यालयों में अपने नाम दर्ज कराये और कुछ ने अन्य रोजगार सुझाने का अनुरोध भी किया। लेकिन इन तमाम प्रयासों का कोई परिणाम नहीं निकला। वे न तो रोजगार कार्यालय से उचित मार्गदर्शन प्राप्त कर सके और न ही उच्च अधिकारियों ने सफाईकर्मियों की मुक्ति के लिए पहल की और न उन्हें

वैकल्पिक रोजगार दिलाने में सहायता की।

ये सफाईकर्मी किस सीमा तक पेशा बदलने को उत्सुक थे, यह जानने के लिए सभी सफाईकर्मियों से प्रश्न किया गया कि यदि उन्हें कोई व्यापार शुरू करने को कहा जाये और कुछ वित्तीय सहायता भी दी जाये तो क्या वे अपना पेशा छोड़ने को तैयार हैं। इस पर सभी सफाईकर्मियों ने 'हाँ' में गरदन हिला दी। इसका अर्थ यह है कि वे अपनी ओर से मैला साफ करने का काम छोड़ने और जीविका के लिए कोई दूसरा साधन अपनाने को तैयार हैं। उनसे यह भी पूछा गया कि क्या वे मैला सफाई से होने वाली आय से कम आय होने पर भी अपना वर्तमान पेशा छोड़ देंगें। कुल मिलाकर 54 प्रतिशत सफाईकर्मियों ने कहा कि वे कम पैसा मिलने पर भी अपना वर्तमान पेशा बदलने को तैयार हैं। सफाईकर्मियों के एक बड़े हिस्से द्वारा दिये गये इस मंतव्य से स्पष्ट संकेत है कि वे अपना वर्तमान पेशा छोड़ने को अत्यन्त उत्सुक हैं, भले ही, उन्हें इससे आर्थिक हानि उठानी पड़े। इस प्रकार जिन सफाईकर्मियों से यह प्रश्न किया गया, उनका एक बड़ा हिस्सा आर्थिक पहलू को भी महत्वपूर्ण मानता है, लेकिन उनमें से अधिकांश आर्थिक कठिनाई झेलकर भी अपना वर्तमान पेशा छोड़ना चाहते हैं। अगर आय कम हो लेकिन काम सम्मानजनक हो तो अधिकांश सफाईकर्मी अपना वर्तमान पेशा छोड़ने को तैयार हैं। इससे पता चलता है कि पेशा बदलने की इच्छा या सहमति के लिए सामाजिक कारक और मूल्य महत्वपूर्ण हैं।

उपर्युक्त चर्चा से स्पष्ट है कि सफाईकर्मी अपना वर्तमान पेशा जारी रखने के पक्ष में नहीं है। वे मैला सफाई का काम इसलिए कर रहे हैं कि उन्हें कोई दूसरा काम नहीं मिलता है। उनमें से कुछ ने दूसरा काम पाने का प्रयास किया और इसके लिए उच्च अधिकारियों तथा रोजगार कार्यालयों से सम्पर्क किया, लेकिन उनके सारे प्रयास व्यर्थ गये। इस विश्लेषण से यह भी पता चलता है कि अगर कोई एजेन्सी या संगठन उनके पुनर्वास में सहायता करे और उन्हें कोई अन्य व्यवसाय शुरू करने के लिए वित्तीय सहायता दे तो वे अपना वर्तमान पेशा छोड़ने और नया व्यवसाय शुरू करने के लिए तैयार हैं। अमुक्त सफाईकर्मियों में शत-प्रतिशत की यही इच्छा है और अगर उन्हें अवसर मिले तो वे नया व्यवसाय शुरू करने के अवसर का लाभ उठाने को तैयार हैं। उत्तर देने वाले आधे से अधिक सफाईकर्मी मैला सफाई का काम छोड़कर कारोबार

शुरू करने को तैयार हैं, भले ही, उन्हें उसमें कम आमदनी हो। इसका अर्थ यह है कि सिर्फ आर्थिक पहलू ही महत्व नहीं रखता, बल्कि सामाजिक-आर्थिक पहलू और प्रतिष्ठा, आदर, तथा रुतबे की भी महत्वपूर्ण भूमिका है।

सफाईकर्मियों से यह भी बताने को कहा गया कि अगर उन्हें अपना वर्तमान पेशा छोड़ना पड़े तो वे अपने या अपने बच्चों के लिए कौन-सा रोजगार चाहते हैं? उनसे जो प्रश्न किया गया, वह इस प्रकार है—"अगर आपको अपना वर्तमान व्यवसाय छोड़ना पड़े तो आप अपने या अपने बच्चों के लिए कौन-सा दूसरा काम पाना चाहेंगे?" इन सफाईकर्मियों ने अलग-अलग काम पसन्द किये। उनमें से कुछ चपरासी बनना चाहते थे, तो कुछ फर्राश का काम करना चाहते थे। कुछ सहायक या क्लर्क का काम करना चाहते थे, तो कुछ व्यापारी या फिर योग्यता के अनुसार जो भी काम मिले, करने को तैयार थे। उनमें एक बड़ी संख्या उनकी भी थी जो अपने या अपने बच्चों के लिए कोई खास व्यवसाय नहीं चाहते थे। जहाँ तक महिलाओं का प्रश्न है, पटना के 24 प्रतिशत और आरा के 12 प्रतिशत सफाईकर्मियों ने किसी खास व्यवसाय का नाम नहीं लिया, जबकि बच्चों के मामले में पटना के 2 प्रतिशत और आरा के 4 प्रतिशत सफाईकर्मियों ने किसी खास व्यवसाय की इच्छा व्यक्त की। यह भी देखा गया कि परिवार की महिला सदस्यों के मामले में प्राय: अधिकांश ने नौकरानी का काम पसन्द किया। पटना में 44 प्रतिशत, मुजफ्फरपुर में 88 प्रतिशत और आरा के 80 प्रतिशत सफाईकर्मियों ने नौकरानी का व्यवसाय पसन्द किया। इसके अलावा, महिला सदस्यों के लिए चपरासी और फर्राश के काम भी पसन्द किये गये। पटना और मुजफ्फरपुर के 28-28 प्रतिशत और आरा के 24 प्रतिशत सफाईकर्मियों ने फर्राश का व्यवसाय पसन्द किया, जबकि महिलाओं के लिए चपरासी का काम पसन्द करने वालों में 26 प्रतिशत पटना के, 12 प्रतिशत मुजफ्फरपुर के और 42 प्रतिशत सफाईकर्मी आरा के थे। बच्चों के मामले में पटना में सबसे अधिक 56 प्रतिशत ने योग्यतानुसार काम करने, मुजफ्फरपुर में सबसे अधिक 48 प्रतिशत ने चपरासी का काम पाने और आरा में सबसे अधिक 62 प्रतिशत उत्तरदाताओं ने अपने बच्चों के लिए चपरासी का काम पाने की इच्छा व्यक्त की। इस तरह हम देखते हैं कि बड़ी संख्या में लोगों ने अपने वर्तमान व्यवसाय के स्थान पर चपरासी, नौकरानी या फिर फर्राश का व्यवसाय पाने

की इच्छा प्रकट की है। इससे सफाईकर्मियों के यथार्थवादी दृष्टिकोण और रवैये का पता चलता है। वे महसूस करते हैं कि वे निरक्षर या फिर कम पढ़े-लिखे हैं और मौजूदा हालात में उनके बच्चों से भी आशा नहीं की जा सकती है कि वे उच्च शिक्षा प्राप्त कर सकेंगे। अत: उन्होंने वैकल्पिक व्यवसाय के रूप में वे ही काम गिनाये हैं जो उन्हें उनकी शैक्षिक योग्यता के आधार पर मिल सकते हैं। ऐसा लगता है कि जो अपना शैक्षिक स्तर ऊँचा कर सकते हैं, वे अपने बच्चों को अच्छी स्थिति में देखना चाहते हैं। यही कारण है कि उन्होंने अपने बच्चों को उनकी बौद्धिक प्रगति और शैक्षिक योग्यता के आधार पर काम दिये जाने की इच्छा व्यक्त की। इस तरह हम देखते हैं कि उनकी ऊँचे स्तर की इच्छा करना अवास्तविक या काल्पनिक नहीं है।

एक अन्य प्रश्न जो सफाईकर्मियों से पूछा गया, वह यह था कि वे अपने वर्तमान व्यवसाय में क्या-क्या कठिनाइयाँ अनुभव करते हैं। प्राप्त सूचना से पता चलता है कि तीनों शहरों में कुल दो सौ अट्ठावन उत्तर मिले जबकि उत्तरदाताओं की संख्या केवल एक सौ पचास ही थी (सारणी 28 और 29)। इसका अर्थ यह है कि उनमें से अधिकांश ने एक से अधिक उत्तर दिये थे। इन उत्तरदाताओं ने मैला साफ करने के व्यवसाय में आने वाली दो या अधिक कठिनाइयों की चर्चा की थी। यह भी स्पष्ट है कि 54 प्रतिशत सफाईकर्मियों के पास मैला साफ करने और उसे शुष्क शौचालय से बाल्टी में पलटने के लिए आवश्यक उपकरण भी नहीं है। इनमें दस्ताने, मुँह या चेहरा ढंकने के लिए कपड़े का टुकड़ा और मैले को एक से दूसरी जगह पलटने के लिए काम आने वाला औजार शामिल है।

नौकरी में लगे इन सफाईकर्मियों में से 32 प्रतिशत ने कहा कि उनकी एक और महत्वपूर्ण कठिनाई यह है कि उन्हें समय पर वेतन नहीं मिलता। 26.7 प्रतिशत ने काम कड़ा होने और काम का बोझ अधिक होने की शिकायत की। उनका कहना था कि मैला साफ करना थका देने वाला काम है और इसमें काफी शारीरिक श्रम लगता है। कोई 26 प्रतिशत सफाईकर्मियों ने सामाजिक अथवा आर्थिक शोषण होने की बात कही। कम वेतन मिलने की बात बहुत कम, मात्र 19.3 प्रतिशत ने कही और मात्र 3.3 प्रतिशत ने दूसरी विविध कठिनाइयों की चर्चा की। यह ध्यान देना भी जरूरी है कि 16 यानी 10.7 प्रतिशत सफाईकर्मी मैला सफाई का काम करने में कोई कठिनाई नहीं महसूस

करते। आय के आधार पर (सारणी 28) और आयु के आधार पर (सारणी 29) एकत्र किये गये आंकड़ों से पता चलता है कि मैला सफाई के काम में होने वाली कठिनाइयों के बारे में प्राप्त उत्तर के पैटर्न में जो परिवर्तन दिखायी देता है, उसका आय अथवा आयु में परिर्वतन से कोई विशेष सम्बन्ध नहीं है। अलग-अलग आयु और आयवर्ग के सफाईकर्मियों ने अपनी जो कठिनाइयाँ बतायी हैं, उनकी आय अथवा आयु से उनका कोई सम्बन्ध नहीं है।

इन सफाईकर्मियों से यह जानने का प्रयास किया गया कि उन्हें सुलभ शौचालय योजना और सफाईकर्मियों की मुक्ति के मामले में इस योजना के महत्व के बारे में जानकारी किस स्रोत से मिली। इसके लिए उनसे बहुत-से प्रश्न पूछे गये। पहला प्रश्न यह था कि क्या उन्होंने सुलभ शौचालय योजना के बारे में सुना है। इस पर सभी ने 'हाँ' में उत्तर दिये। एक अन्य प्रश्न के उत्तर में कि क्या वे यह योजना पसन्द करते हैं, उनमें से शत-प्रतिशत ने 'हाँ' में सिर हिला दिये। स्पष्ट है कि इस योजना का उद्देश्य सफाईकर्मी की मुक्ति, तथा हाथ से मैला साफ करने और हटाने की बुराई को समाप्त करना है। इस तरह इस योजना से सबसे अधिक सम्बन्ध उनसे है जो मैला साफ करने के काम में लगे हैं। इसके अलावा, इस योजना का उद्देश्य सफाईकर्मियों को लाभ पहुँचाना भी है। इस तरह उनकी इस योजना के प्रति रुचि स्वाभाविक और तर्कसंगत है।

उनसे इस योजना के लिए उनकी इस रुचि का कारण पूछा गया। उनके विचारों से पता चलता है कि 50.7 प्रतिशत सफाईकर्मी योजना को सबसे महत्वपूर्ण मानते हैं क्योंकि उनकी राय में यह योजना स्वास्थ्यकर है (सारणी 30)। दूसरा महत्वपूर्ण कारण यह है कि 36.7 प्रतिशत सफाईकर्मी यह मानते हैं कि यह सफाईकर्मियों को इस अवमानवीय पेशे से मुक्ति दिलाता है। 24 प्रतिशत सफाईकर्मियों ने कहा कि वे इस योजना को इसलिए पसन्द करते हैं क्योंकि इसमें मैला साफ करने की जरूरत नहीं पड़ती है जबकि 20.7 प्रतिशत ने स्वीकार किया कि इस योजना से न सिर्फ सफाईकर्मियों को बल्कि समाज के अन्य लोगों को भी मानव-मल की दुर्गन्ध से छुटकारा मिलता है। 8 प्रतिशत सफाईकर्मियों ने कहा कि वे इस योजना को इसलिए पसन्द करते हैं क्योंकि यह आम जनता के लिए लाभदायक है। 4 प्रतिशत सफाईकर्मियों ने इस योजना को कमाऊ शौचालय से बेहतर बताया जबकि 2

प्रतिशत सफाईकर्मियों ने इस योजना को किफायती बताया। यह भी ध्यान देने योग्य है कि जिनसे बातचीत की गयी उनकी संख्या सिर्फ 150 थी, लेकिन प्राप्त उत्तरों की संख्या इससे कहीं ज्यादा, अर्थात् 219 थी। इसका अर्थ यह है कि उनमें से कई सफाईकर्मियों ने सुलभ शौचालय योजना को पसन्द करने के दो या अधिक कारण बताये। सारणी में आयु के आधार पर उत्तरों का वर्गीकरण किया गया है। ऐसा लगता है कि 41 से 50 वर्ष के आयुवर्ग को छोड़कर सभी आयु वर्गों में सर्वाधिक लोगों ने इस योजना के स्वास्थ्य रक्षा सम्बन्धी पहलू को पसन्द किया है। दूसरे कारण बताने वाले उत्तरों में आयुवर्ग के आधार पर कोई विशेष परिवर्तन नहीं दिखायी देता।

इन सफाईकर्मियों से जातीय अन्तर्सम्बन्ध के बारे में भी पूछा गया कि उनके अन्य जातियों के लागों से, चाहे वे ऊँची जाति के हों या फिर नीची जाति के, कैसे सम्बन्ध हैं। इस तरह के प्रश्नों के पीछे उद्देश्य यह पता लगाना था कि पानी पीने, भोजन और व्यक्तिगत तथा मैत्रीपूर्ण सम्बन्धों के सिलसिले में कौन-से प्रतिबन्ध और जातीय बन्धन हैं। प्राप्त सूचनाओं से पता चलता है कि ऊँची जाति का कोई भी आदमी सफाईकर्मियों के हाथ का पानी नहीं पीता है। जहाँ तक नीची जाति वालों के पानी पीने का प्रश्न है तो एक बहुत रोचक तथ्य सामने आता है और वह तथ्य यह कि हरिजन (अनुसूचित जातियों) लोगों में से भी आमतौर पर कोई सफाईकर्मियों के हाथ का पानी नहीं पीता है। इसका अर्थ यह है कि छुआछूत या जाति के आधार पर भेदभाव की समाप्ति के बावजूद लोग आमतौर पर सफाईकर्मियों के हाथ का पानी नहीं पीना चाहते हैं। हो सकता है कि इसका कारण यह हो कि सफाईकर्मियों का काम बहुत गन्दा होता है, इसलिए लोग उनसे पानी पीना नहीं चाहते हों। इससे साफ पता चलता है कि सफाईकर्मियों और दूसरी जातियों के लोगों के बीच चाहे वे ऊँची जातियों के हों या नीची जातियों के, स्वाभाविक अन्तर्जातीय सम्बन्ध नहीं हैं।

सफाईकर्मियों से यह भी पूछा गया कि वे उन जातियों के नाम बतायें जिनके साथ वे खाना खा सकते हैं। प्राप्त सूचना से पता चलता है कि खाना खाने के मामले में वही प्रतिबन्ध और जातीय बन्धन हैं जो पानी पीने के मामले में होते हैं। ऊँची जाति का कोई भी आदमी सफाईकर्मियों के हाथ का खाना नहीं खाता। बिलकुल इसी तरह कुछ ही मामलों में नीची जातियों या

अनुसूचित जातियों के सदस्य सफाईकर्मियों के साथ खाना खाते हैं लेकिन आमतौर पर सफाईकर्मी केवल अपनी जाति के लोगों के साथ ही बिना किसी प्रतिबन्ध के खाना खा सकते हैं। यहाँ यह भी उल्लेखनीय है कि उन्हें न सिर्फ ऊँची जाति वाले बल्कि सफाईकर्मियों से भिन्न अनुसूचित जातियों के अन्य लोग भी घृणा की दृष्टि से देखते हैं और उनके साथ खाना खाने को तैयार नहीं होते हैं। इस तरह सफाईकर्मियों के मामले में अन्तर्जातीय खान-पान बहुत ही सीमित हैं।

इन सफाईकर्मियों से आगे पूछा गया कि वे कौन-सी जातियों के लोग हैं, जिनकी आपके परिवार वालों से मित्रता है? इस बारे में केवल पटना में एक सफाईकर्मी ने कहा कि उसकी ऊँची जाति के किसी आदमी से दोस्ती है लेकिन दूसरे सभी मामलों में सफाईकर्मियों की किसी ऊँची जाति वाले से मित्रता का कोई उदाहरण नहीं मिला। यह सच है कि मित्रता एक व्यक्तिगत मामला है और इस पर सामूहिक सम्बन्धों या जातीय बन्धनों का कोई प्रभाव नहीं पड़ता। इसके बाद भी, जातीय पूर्वाग्रह इतने मजबूत हैं कि व्यक्तिगत सम्बन्धों पर भी इनका प्रभाव पड़ता है। यही कारण कि किसी भी सफाईकर्मी की किसी ऊँची जाति वाले से दोस्ती नहीं है। उन्होंने जो सूचना दी है, उससे पता चलता है कि नीची जाति वालों से उनकी मित्रता के उदाहरण मौजूद हैं। पटना के 30 प्रतिशत और आरा के 10 प्रतिशत सफाईकर्मियों ने स्वीकार किया कि उनके परिवार के सदस्यों से नीची जाति के व्यक्तियों से घनिष्ट सम्बन्ध हैं। मुजफ्फरपुर में एक भी सफाईकर्मी ने इस बारे में कुछ भी नहीं कहा। इस तरह सफाईकर्मियों के परिवार वालों की या तो अपनी जाति वालों से ही दोस्ती है या कुछ मामलों में दूसरी जाति वालों से भी दोस्ती है। इस निष्कर्ष को ध्यान में रखते हुए कहा जा सकता है कि समाज में आज भी जातिभेद मौजूद है और लोग सफाईकर्मियों के हाथ से खाना या पानी लेने से झिझकते हैं। इन बातों से साफ पता चलता है कि समाज में सफाईकर्मियों को आदर का स्थान नहीं दिया गया है। उन्हें अभी भी हिकारत की नजर से देखा जाता है और समाज में सबसे नीचा माना जाता है।

उनसे पूछा गया कि किन-किन जातियों के लोग समारोहों में उनके घर आते-जाते हैं। इसके जवाब में उन्होंने जो कुछ भी बताया, उससे पता चलता है कि इन तीनों शहरों में से सिर्फ पटना के ही सफाईकर्मियों के घर ऊँची

जाति वाले समारोहों में शामिल होने आते हैं। पटना में 22 प्रतिशत तथा आरा में 10 प्रतिशत सफाईकर्मियों ने बताया कि नीची जातियों के लोग समारोहों में भाग लेने उनके घर आते हैं। मुजफ्फरपुर में एक भी सफाईकर्मी ने इस बारे में कुछ नहीं कहा। आमतौर पर सफाईकर्मियों ने बताया कि उनकी अपनी जाति या उपजाति के लोग ही उनके घर समारोहों में आते हैं। हरिजनों की ही दूसरी उपजातियों के बहुत कम लोग सफाईकर्मियों के घर समारोहों में भाग लेने आते हैं। कुछ उत्तरदाताओं ने बताया कि ऊँची और नीची जातियों के बहुत कम लोग ही उनके यहाँ आते हैं। लेकिन इस तरह के लोग अपवाद के तौर पर ही हैं क्योंकि ऐसे लोग जातीय प्रतिबन्धों में विश्वास नहीं करते। कुल मिलाकर, ऊँची जातियों के लोग समारोहों में भी सफाईकर्मियों के यहाँ आना पसन्द नहीं करते हैं। इससे पता चलता है कि समाज में सफाईकर्मियों और ऊँची जाति के लोगों के बीच सामाजिक अन्तर्क्रिया का स्तर बहुत नीचा है। इससे स्पष्ट होता है कि संवैधानिक प्रावधानों के बावजूद वास्तविक जीवन में भेदभाव और अन्तर विद्यमान है। इसका दूसरा पहलू प्रस्तुत करना भी जरूरी है। अगर दूसरी जातियों के लोग समारोहों में शामिल नहीं होते हैं तो सम्भव है कि उन्हें सफाईकर्मियों ने समारोह में आमंत्रित ही न किया हो। चूँकि सफाईकर्मियों के परिवार सामाजिक, सांस्कृतिक, शैक्षिक और आर्थिक दृष्टि से पिछड़े हुए हैं, उनके सामाजिक सम्पर्क उनकी अपनी उपजाति या हमपेशा लोगों तक ही सीमित रहते हैं। वे दूसरी जातियों के लोगों से सामाजिकतौर पर मेल-जोल नहीं बढ़ाते हैं और उनके सामाजिक सम्पर्क का दायरा सीमित रहता है। इसलिए समारोहों के अवसर पर वे केवल उन्हीं व्यक्तियों या परिवारों को बुलाते हैं जिनसे उनका नियमित सामाजिक सम्पर्क और अनौपचारिक सम्बन्ध होता है। फलस्वरूप, वे आमतौर पर ऊँची और नीची जातियों के सदस्यों को आमंत्रित नहीं करते हैं और इस प्रकार उन लोगों के ऐसे मौकों पर आने का प्रश्न ही नहीं उठता है।

सफाईकर्मियों से उन जातियों के बारे में पूछा गया जिन्हें वे सामाजिकतौर पर अपने से श्रेष्ठ अथवा हीन समझते हैं। इसके लिए उन्हें छह जातियों, चमार, दूसाध, पासी, मुसहर, धोबी और डोम की सूची दी गयी। आमतौर पर, सफाईकर्मियों ने कहा कि चमार, दुसाध, मुसहर और डोम सामाजिक-तौर पर उनसे श्रेष्ठ हैं, जबकि पासी और धोबी को उन्होंने अपने से हीन

बताया। यहाँ यह देखना जरूरी है कि अनुसूचित जातियों की इन सभी उप-जातियों को हरिजनों की श्रेणी में रखा गया है। इनमें से प्रत्येक जाति के लिए श्रेष्ठ और हीन विशेषण इस्तेमाल किया गया है, उससे साफ पता चलता है कि अनुसूचित जातियों या हरिजनों में भी ऊँच-नीच का भेद रहता है। मजेदार बात यह है कि सफाईकर्मी समुदाय के लोग ऊँची और नीची जाति वालों द्वारा भेदभाव बरतने की शिकायत करते हैं और बराबरी का दर्जा चाहते हैं लेकिन वे स्वयं भी ऊँच-नीच का भेद मानते हैं और अनुसूचित जातियों में से कुछ को अपने से श्रेष्ठ और कुछ को हीन समझते हैं। इसका अर्थ यह है कि भारतीयों के सामाजिक-सांस्कृतिक जीवन में जन्म के आधार पर भेदभाव और जातीय असमानता की जड़ें इतनी गहरी हैं कि जातीय असमानता के शिकार लोग भी सामाजिकतौर पर श्रेष्ठ और हीन जातियों का भेद मानते हैं।

सफाईकर्मियों से भेदभाव के बारे में अप्रत्यक्ष रूप में कुछ सवाल पूछे गये। उनसे एक प्रश्न यह पूछा गया कि क्या उनके सफाईकर्मी होने के कारण उनके परिवार के किसी सदस्य के साथ कोई भेदभाव बरता गया। उनसे कोई ऐसा उदाहरण देने को कहा गया जिसमें उनके या उनके परिवार के किसी सदस्य के साथ स्कूल अथवा कॉलेज में, कार्यालय में या फिर किराये पर मकान लेते समय कोई भेदभाव बरता गया हो। तीनों शहरों के सफाईकर्मियों ने प्रत्येक मामले में नकारात्मक उत्तर दिया। यहाँ यह भी बता देना जरूरी है कि बारीकी से देखने पर पता चला कि सफाईकर्मी उन इलाकों में मकान लेना पसन्द नहीं करते है, जहाँ दूसरी जाति वाले रहते हैं। सफाईकर्मियों के परिवार या तो स्वयं बनायी झौंपड़ियों में रहते हैं या फिर हरिजन कॉलोनी में या फिर उनके लिए बनाये गये सरकारी मकानों में। इस तरह किराए पर मकान लेने में उनके साथ भेदभाव होने का प्रश्न ही नहीं उठता है। वस्तुतः हर व्यक्ति को अपनी विशिष्ट और सुस्पष्ट भूमिका निभानी होती है और ऐसे में भेदभाव का प्रश्न पैदा ही नहीं होता।

उनसे अपने बच्चों की शिक्षा के बारे में उनकी इच्छाओं का पता लगाने के उद्देश्य से भी प्रश्न पूछे गये। बदलते सामाजिक परिवेश में इस तरह के प्रश्न समाजशास्त्रीय दृष्टि से अत्यन्त प्रासांगिक हैं। इन प्रश्नों के उत्तर में जो सूचनाएँ प्राप्त हुईं, उनसे पता चलता है कि मात्र छह सफाईकर्मी अपने बेटों को नहीं पढ़ाना चाहते हैं। बेटियों के मामले में 12 सफाईकर्मियों ने कहा कि

वे उन्हें नहीं पढ़ाना चाहते। यह भी देखा गया कि काफी बड़ी संख्या में, अर्थात् 94 सफाईकर्मियों ने अपने बेटों को स्कूल या कॉलेज से आगे शिक्षा दिलाने का समर्थन किया। बेटियों के मामले में 24 परिवार उन्हें कॉलेज तक पढ़ाना चाहते थे, जबकि अधिकांश, अर्थात् 86 ने लड़कियों को सिर्फ मैट्रिक तक पढ़ाने का समर्थन किया। इस तरह कुल मिलाकर ऐसा लगता है कि सफाईकर्मी जिनमें अधिकांश निरक्षर हैं, अपने बेटे-बेटियों को अच्छी शिक्षा दिलाना चाहते हैं। हालांकि बेटों के मामले में उनकी इच्छा उन्हें थोड़ा आगे तक पढ़ाने की है जबकि बेटियों के मामले में वे बहुत आगे तक पढ़ाने की इच्छा नहीं रखते। इन निष्कर्षों से पता चलता है कि समाज के इस कमजोर और पिछड़े वर्ग में भी शिक्षा के प्रति अनुकूल दृष्टिकोण विकसित हुआ है। यह वर्ग आर्थिक स्थिति और सामाजिक हैसियत सुधारने में शिक्षा का महत्व समझता है।

जहाँ तक बच्चों की पढ़ाई के लिए पैसे जुटाने के स्रोत का प्रश्न है, इन सफाईकर्मियों ने स्पष्ट रूप से कहा कि वे यह सम्पूर्ण व्यय अपनी कमाई से उठाते हैं। इससे सिद्ध होता है कि युवा पीढ़ी के लिए शिक्षा का जो महत्वपूर्ण स्थान है, उसे वे समझते हैं। फिर भी, जैसाकि उन्होंने बताया, इस वर्ग की खराब आर्थिक स्थिति उनके बच्चों की शिक्षा में सबसे बड़ी रुकावट है और जैसाकि उन्होंने बताया वे इस रुकावट को दूर करना चाहते हैं। वे चाहते हैं कि इस बाधा को दूर करने के लिए सरकार वित्तीय अनुदान दे, चाहे वह नकद हो अथवा वस्तु रूप में ।

ऊपर बताये गये इन तथ्यों को ध्यान में रखते हुए कि इन तीनों शहरों में से प्रत्येक में सफाईकर्मियों की सामाजिक-आर्थिक स्थितियाँ दयनीय हैं, हम इस नतीजे पर पहुँचते हैं कि वे सिर्फ आर्थिक दृष्टि से ही नहीं बल्कि शिक्षा, सामाजिक हैसियत और जीवन-शैली की दृष्टि से भी पिछड़े और दबे हुए हैं। उनमें घटिया किस्म की बीड़ी तथा सिगरेट पीने और कच्ची तथा नुकसानदेह देसी शराब पीने की आदतें पैदा हो गयी हैं। उनके घर, उनके घरेलू सामान और कपड़े तथा खाना, सबकुछ बहुत खराब और घटिया स्तर के होते हैं। उनकी गरीबी, उनकी युवा पीढ़ी को पढ़ाने और उसका जीवन स्तर सुधारने में आड़े आ जाती है। निरक्षरता और गरीबी दो ऐसे प्रमुख कारक हैं जो समाज के इस तबके की दुर्दशा के लिए उत्तरदायी हैं। इस सबसे बढ़कर

उनके खिलाफ जो सामाजिक कलंक लगा हुआ है, उसे अब तक दूर नहीं किया जा सका है। साथ ही, परम्परा से चली आ रही सामाजिक क्रम भी अब तक विद्यमान है। सफाईकर्मी यह अनुभव करते हैं कि जन्म के आधार पर उनके साथ भेदभाव किया जाना गलत है लेकिन वे स्वयं भी इस सामाजिक अभिशाप से मुक्त नहीं हैं। परन्तु इसके साथ ही इन लोगों के सामाजिक-आर्थिक जीवन में परिवर्तन की प्रवृत्ति भी स्पष्ट रूप से दिखायी देती है।

वे अपनी युवा पीढ़ी को शिक्षित करने की आकांक्षा संजोए हुए हैं। वे सफाई का काम छोड़ने और जीविका का कोई दूसरा साधन अपनाने को तैयार हैं। उन्हें प्रशासन से बहुत-सी शिकायतें हैं, जैसे सामाजिक, राजनैतिक और नौकरशाही से सम्बन्धित शिकायतें। सफाईकर्मियों की शिकायत है कि इन संस्थाओं द्वारा उनके प्रति अनुचित तथा भेदभावपूर्ण दृष्टिकोण अपनाया जाता है। इन सभी तथ्यों से निश्चित रूप से पता चलता है कि उनके दृष्टिकोण, व्यवहार, महत्वाकांक्षाओं और इच्छाओं में कितना परिवर्तन हुआ है।

II. मुक्त सफाईकर्मी

जैसा कि पहले कहा जा चुका है, इस सारी प्रक्रिया का उद्देश्य केवल मैला सफाई का काम करना जारी रखने वाले सफाईकर्मियों के बारे में ही अध्ययन करना नहीं है, अपितु उन सफाईकर्मियों के बारे में भी अध्ययन करना है जिन्होंने यह काम छोड़ दिया है और दूसरे पेशे अपना लिये हैं। इन्हें मुक्त सफाईकर्मी कहा जाता है। इस अध्ययन के अंतर्गत मुक्त शब्द का प्रयोग उन सफाईकर्मियों के लिए किया गया है जो नगरपालिकाओं या नगरनिगमों में नौकरी करते हैं। सुलभ शौचालय योजना लागू होने और बहुत-से शहरों तथा कस्बों में कमाऊ शौचालयों के सुलभ शौचालयों में बदल दिये जाने के बाद इन लोगों को मैला साफ करने के काम से मुक्ति मिल गयी। परन्तु वे नगरपालिकाओं और नगरनिगमों में नौकरी करते थे, इसलिए उन्हें झाड़ू लगाने, सड़क और नाले साफ करने तथा कूड़ा हटाने जैसे दूसरे काम सौंपे गये हैं। लेकिन उनके परिवार के उन सदस्यों की समस्या अभी भी ज्यों-की-त्यों बनी हुई है जो सफाईकर्मी के रूप में कहीं भी नौकरी नहीं करते, हालांकि निकट भविष्य में उन्हें नौकरी मिल सकती है। अगर उनके बच्चों

तथा परिवार के अन्य सदस्यों को सफाईकर्मी की ही नौकरी मिल जाये तो ऐसे में इन सफाईकर्मियों की मुक्ति का कोई अर्थ नहीं रह जाता है क्योंकि उनके परिवार के सदस्यों को तो मैला हटाने के काम से मुक्ति मिलेगी ही नहीं। इस तरह हालांकि सफाईकर्मियों की मुक्ति के साथ उनके पुनर्वास की समस्या नहीं खड़ी होती। फिर भी, उनकी मुक्ति की योजना को सफल बनाने के लिए उनके आश्रितों के पुनर्वास और रोजगार की व्यवस्था करना जरूरी है।

तीनों शहरों में से प्रत्येक से सफाईकर्मियों का चयन कर उनसे सूचना एकत्र की गई। इस सूचना का सम्बन्ध उनके पारिवारिक जीवन, आवास स्थिति, शैक्षिक पृष्ठभूमि, पुनर्वास, मुक्ति के प्रभाव तथा शिक्षा सम्बन्धी आवश्यकताओं से था। इन तीनों शहरों के उत्तरदाताओं से जो सूचनाएँ प्राप्त हुई, उनसे मुक्त हो चुके सफाईकर्मियों के परिवारों के आकार-प्रकार का पता चलता है। इन शहरों में कुल 40.7 प्रतिशत परिवार एक साथ रहते हैं, जबकि 59.3 प्रतिशत परिवार अलग-अलग रहते हैं (सारणी 31)। मुक्त हो चुके सफाईकर्मियों में उनकी संख्या अधिक है जो अलग-अलग परिवारों में रहते हैं। यह ध्यान देने योग्य है कि सफाईकर्मियों का एक अच्छा-खासा हिस्सा अभी भी संयुक्त परिवारों में रहता है, हालांकि बहुत-से मामलों में परिवार विभाजित हो चुके हैं। इसका कारण या तो शहरीकरण है या फिर व्यक्तिगत रोजगार और नगरपालिकाओं तथा नगरनिगमों की नौकरी से होने वाली व्यक्तिगत आय। परिवारों के विखण्डन की प्रवृत्ति काफी महत्वपूर्ण है। इससे न केवल पारिवारिक ढाँचे में परिवर्तन आता है, बल्कि यह सामाजिक सम्बन्ध, आर्थिक, जीवन-शैली और व्यक्तिगत तथा संयुक्त अर्थव्यवस्था की अवधारणा में परिवर्तन के लिए भी जिम्मेदार है।

उत्तरदाताओं में परिवार के आकार के बारे में जो सूचना दी, उससे पता चलता है कि संयुक्त परिवारों के मामले में एक को छोड़कर अधिकांश में कम-से-कम चार या छह और ज्यादा-से-ज्यादा तेरह या पन्द्रह सदस्य थे। तथापि सबसे अधिक यानी 90.3 प्रतिशत परिवारों में चार से नौ तक सदस्य थे (सारणी 31)। अलग-अलग रहने वाले परिवारों में नौ तक सदस्य थे। तथापि एक परिवार में, जो पूर्णिया का रहने वाला था, अपवादस्वरूप दस-बारह सदस्य थे। कुल मिलाकर, हम इस नतीजे पर पहुँचते हैं कि इन तीन

शहरों में अलग-अलग रहने वाले 30.3 प्रतिशत परिवारों में एक से तीन सदस्य थे, जबकि 49.5 प्रतिशत परिवारों में चार से छह सदस्य थे और 19.7 प्रतिशत परिवारों में सात से नौ सदस्य थे (सारणी 31)। अलग-अलग रहने वाले परिवारों के आकार में अन्तर होने के बावजूद ज्यादातर परिवारों में अपना आकार छोटा रखने की प्रवृत्ति देखी गयी है।

घरों की दशा के बारे में प्राप्त सूचना से पता चलता है कि 46 प्रतिशत उत्तरदाता अपने ही घरों में रहते हैं जबकि 43.3 प्रतिशत परिवार सरकारी आवासों में रहते हैं (सारणी 32)। इस प्रकार मुक्त हो चुके सफाईकर्मियों में से सबसे अधिक अपने स्वयं के ठिकानों में रहते हैं।

यह भी देखा गया कि 55.3 प्रतिशत मकान कच्चे हैं, जबकि 19.3 प्रतिशत मकान पक्के हैं। 25.3 प्रतिशत मकान कच्चे-पक्के दोनों हैं (सारणी 33)। यहाँ यह देखना अत्यन्त आवश्यक है कि कुल मिलाकर 43.3 प्रतिशत (सारणी 32) उत्तरदाता सरकारी आवासों में रह रहे हैं लेकिन उनमें से मात्र 19.3 प्रतिशत (सारणी 33) ही पक्के मकानों में रह रहे हैं। इसका अर्थ यह है कि सफाईकर्मियों के लिए आवंटित आवासों में अधिकांश पक्के नहीं हैं। इस तरह मुक्त हो चुके सफाईकर्मियों को नगरपालिकाओं या नगरनिगमों द्वारा जो घर दिये गये हैं, वे पूरी तरह से उपयुक्त नहीं हैं और वे पक्के मकानों या आवासों में नहीं रहते हैं।

जहाँ तक मुक्त हो चुके सफाईकर्मियों के मकानों में उपलब्ध स्थान का प्रश्न है, प्राप्त सूचनाओं से पता चलता है कि ऐसे सफाईकर्मियों के 80.7 प्रतिशत परिवार एक कमरे के घरों में रह रहे हैं जबकि 14.0 प्रतिशत परिवार दो कमरों के घरों में रह रहे हैं। मात्र 5.3 प्रतिशत परिवार ही तीन कमरों के घरों में रह रहे हैं (सारणी 34)। प्रत्येक शहर में मुक्त हो चुके सफाईकर्मियों में से अधिकांश एक कमरे के घरों या क्वार्टरों में रह रहे हैं।

इन सफाईकर्मियों के परिवारों के आकार को देखते हुए उनके घर बेहद छोटे और तंग नजर आते हैं। घरों के अपर्याप्त या तंग होने के बारे में मुक्त हो चुके सफाईकर्मियों से जो जानकारियाँ प्राप्त हुईं, उनसे भी इस बात की पुष्टि होती है।

लगभग 83.8 प्रतिशत सफाईकर्मियों ने स्पष्टतः कहा कि उनके घरों में जितनी जगह है, वह काफी कम है (सारणी 35)। अधिकांश मुक्त हुए

सफाईकर्मी जगह की तंगी से परेशान हैं, लेकिन उनकी आर्थिक स्थिति ऐसी नहीं है कि वे बड़ा घर ले सकें। वे परिस्थितियों के कारण निम्न स्तर का जीवन बिताने के लिए विवश हैं।

उपलब्ध सूचना से पता चला है कि 34 प्रतिशत सफाईकर्मियों के घरों में बिजली है, जबकि शहरों में रहने के बावजूद दूसरों को बिजली उपलब्ध नहीं है। उन्हें अन्य नागरिक सुविधाएँ भी प्राप्त नहीं हैं (सारणी 36)। एकत्रित आंकड़े बताते हैं कि मुक्त हो चुके सफाईकर्मियों में से 60 प्रतिशत लोग सार्वजनिक नलों से पानी लेते हैं। 21.3 प्रतिशत सफाईकर्मी हैण्डपम्पों से पानी लेते हैं। 13.3 प्रतिशत सफाईकर्मी कुओं से पानी लेते हैं। जबकि 5.3 प्रतिशत सफाईकर्मी ट्यूबवेलों से पानी लेते हैं (सारणी 37)। बहुत कम परिवार ऐसे हैं जिनके पास पेयजल का अपना स्रोत है। इससे एक बार पुन: सिद्ध हो जाता है कि मुक्त हुए सफाईकर्मियों और उनके परिवारों की आर्थिक स्थिति और रहन-सहन का स्तर अच्छा नहीं है। यह भी स्पष्ट हो जाता है कि मात्र 8 प्रतिशत उत्तरदाताओं के पास पेयजल के अपने स्रोत मौजूद हैं जबकि 92 प्रतिशत सार्वजनिक स्रोत से पानी लेते हैं (सारणी 38)।

प्राप्त सूचना से यह पता चलता है कि मुक्त हो चुके सफाईकर्मियों में से मात्र 8 प्रतिशत स्वयं के शौचालयों में जाते हैं, जबकि 46.7 प्रतिशत लोग सामूहिक शौचालयों में जाते हैं। 45.3 प्रतिशत सफाईकर्मी खुले में मल-त्याग करते हैं (सारणी 39)। यह भी देखा गया है कि पूर्णिया में मुक्त हो चुके सफाईकर्मियों में से कोई भी सामूहिक शौचालयों में नहीं जाता है। उनमें से अधिकांश अर्थात् 94 प्रतिशत खुली जगह में मल-त्याग करते हैं।

ऊपर कही गयीं बातों के आलोक में कहा जा सकता है कि मुक्त हुए सफाईकर्मियों का जीवन-स्तर बहुत नीचा है। उन्हें शहरी क्षेत्रों में भी जीवन की बुनियादी सुविधाएँ नहीं मिलती हैं।

क्षेत्र में जाकर जाँच करने के बाद यह तथ्य भी सामने आया कि अधिकांश मामलों में मैला साफ करने का काम वास्तव में महिलायें ही करती हैं। हालांकि पुरुष और महिलायें दोनों ही सफाईकर्मी के रूप में नौकरी करते हैं लेकिन फिर भी अधिकतर मामलों में मैला साफ करने और उठाकर ले जाने का काम महिलायें ही करती हैं। इस अध्ययन में मुक्त हुए सफाईकर्मियों में मात्र 20 प्रतिशत ही पुरुष हैं जबकि महिलायें 80 प्रतिशत हैं (सारणी 40)।

रांची में शत-प्रतिशत सफाईकर्मी महिलायें हैं, जबकि पूर्णिया में 76 प्रतिशत महिलायें और 24 प्रतिशत पुरुष हैं। पटना में 64 प्रतिशत सफाईकर्मी महिलायें हैं जबकि 36 प्रतिशत सफाईकर्मी पुरुष हैं। इस तरह पूर्णिया और पटना शहरों में मुक्त हुए सफाईकर्मियों में से अधिकांश महिलायें हैं।

मुक्त हो चुके सफाईकर्मियों को अलग-अलग आयुवर्गों में बाँटा गया है। ये सफाईकर्मी 20 वर्ष से 61 वर्ष तक या उससे अधिक आयु के वर्ग में बाँटे गये हैं (सारणी 41)। 61 वर्ष और अधिक आयु के वर्ग में सिर्फ एक सफाईकर्मी है जो पटना की रहने वाली है। इसी प्रकार एक महिला सफाईकर्मी ऐसी है जिसकी उम्र 21 वर्ष से कम है और वह पूर्णिया की रहने वाली है। इसके अलावा 30.7 प्रतिशत सफाईकर्मी 31 से 40 वर्ष तक के आयुवर्ग में हैं जबकि 30 प्रतिशत सफाईकर्मी 41 से 50 वर्ष तक के आयुवर्ग में हैं। 23.3 प्रतिशत सफाईकर्मी 21 से 30 वर्ष तक के आयुवर्ग में है और 14.7 प्रतिशत सफाईकर्मी 51 से 60 वर्ष तक के आयुवर्ग में हैं।

जहाँ तक साक्षरता और शिक्षा का प्रश्न है, ऐसा प्रतीत होता है कि सफाईकर्मियों का एक बहुत बड़ा वर्ग निरक्षर है। मात्र 7.3 प्रतिशत सफाईकर्मी ही ऐसे हैं जो कक्षा चार तक पढ़े हैं, केवल एक, यानी 0.7 प्रतिशत सफाईकर्मी ही ऐसा मिला जो मिडिल तक पढ़ा है (सारणी 42)।

इस प्रकार स्पष्ट है कि मुक्त हुए सफाईकर्मियों में साक्षरता की स्थिति बहुत सोचनीय है और वे आमतौर पर निरक्षर हैं। इस निष्कर्ष से साफ जाहिर होता है कि शिक्षा के अभाव में वे केवल शारीरिक कार्य कर सकते हैं। यह बात भी सामने आयी है कि प्राइमरी या मिडिल पास सफाईकर्मियों ने अपनी पढ़ाई बीच में ही छोड़ दी थी। वे इसका कोई विशेष कारण नहीं बता सके, सिवाय इसके कि उनके परिवार वालों की आर्थिक स्थिति ऐसी नहीं थी कि वे आगे तक पढ़ सकें। वे रोजगार पर लग गए और पढ़ाई छोड़ दी।

प्रौढ़ शिक्षा कार्यक्रम में उनकी रुचि के बारे में किए गए अध्ययन से पता चला है कि तीनों शहरों में स्थिति एक-सी नहीं थी (सारणी 43)। रांची में मुक्त हो चुके सफाईकर्मियों में से 62 प्रतिशत ने प्रौढ़ शिक्षा कार्यक्रम में रुचि होने की बात कही है। दूसरी तरफ, पूर्णिया में मात्र 28 प्रतिशत ने और पटना में महज 16 प्रतिशत सफाईकर्मियों ने स्वीकार किया कि उनकी प्रौढ़ शिक्षा में रुचि है। इसका अर्थ यह है कि रांची में अधिकांश मुक्त हुए सफाईकर्मियों

(एक चित्र पटना से) मीरा देवी मैले की बाल्टी सिर पर निर्विरोध ले जाते हुए आशा करती है कि एक दिन इस घृणात्मक प्रथा का अन्त होने के बाद उसे मुक्ति अवश्य मिलेगी।

मीरा देवी सिर पर मैला ढोने से मुक्त है, उसके बुरे दिनों का अन्त हो गया है। अब वह सड़क साफ करने में कार्यरत है।

(ऊपर) मुक्ति के बाद : गीता देवी मैला ढोने से मुक्ति के बाद अपने परिवार के सदस्यों के साथ खुशी से रह रही है। बाद में, गीता एक सामाजिक कार्यकर्त्ता बन गई और दूसरे सफाईकर्मियों की मुक्ति के लिए अभियान चला रही है।

(नीचे) मुक्ति से पहले : पटना के एक चित्र में गीता (दाहिनी तरफ) अपनी माँ के साथ मैला ढोते हुए, मुक्ति से पहले गीता दूसरों के साथ सिर पर मैला ढोने का कार्य करती थी।

(ऊपर) मुक्ति-प्राप्त पुरुष : ये रांची नगरपालिका परिषद् के सफाईकर्मी हैं जिन्हें मैला ढोने के कार्य से मुक्ति मिल चुकी है।

(नीचे) मुक्ति-प्राप्त महिलाएँ : (रांची और बिहार के चित्र में) ये मुक्ति से पहले सफाईकर्मी थे। इनके परिवार अब अन्य पेशों में कार्यरत हैं।

(बायें से दायें) : (चित्र पटना से) शशिलया देवी और झाम्नी देवी मुक्ति-प्राप्ति के बाद।

शशिलया देवी और झाम्नी देवी, रांची में सफाईकर्मी रहने के दौरान, बाल्टियों में मैला सिर पर ले जाते हुए। उनकी दयनीय स्थिति का कोई अन्त नहीं था।

की रुचि प्रौढ़ शिक्षा में है। जबकि पटना और पूर्णिया शहरों में अधिकांश सफाईकर्मियों की इसमें कोई रुचि नहीं है। यह ध्यान देना जरूरी है कि रांची में सभी मुक्त हुए सफाईकर्मी महिलाएँ हैं और स्त्री होने के बावजूद उन्होंने प्रौढ़ शिक्षा में कहीं अधिक रुचि दिखायी है।

इस सारणी में आयु के आधार पर सूचना का वर्गीकरण भी किया गया है। रांची में प्रौढ़ शिक्षा में रुचि होने की बात सबसे अधिक यानी 92 प्रतिशत उन उत्तरदाताओं ने बताई जो 21 से 30 वर्ष के आयुवर्ग में हैं, जबकि ऐसा कहने वालों में सबसे कम 33.3 प्रतिशत लोग 41 से 50 वर्ष के आयुवर्ग में हैं। पूर्णिया में आयु बढ़ने के साथ ही प्रौढ़ शिक्षा के प्रति रुचि में लगातार एक-सी गिरावट देखने को मिलती है। इस प्रकार इस शहर में आयु का प्रौढ़ शिक्षा में रुचि से गहरा सम्बन्ध है। पटना के मामले में 21 से 30 वर्ष की आयु के शत-प्रतिशत सफाईकर्मियों ने इस बात से इन्कार किया कि उनकी प्रौढ़ शिक्षा कार्यक्रम में रुचि है। 26.7 प्रतिशत लोगों ने जो कि 21 से 30 वर्ष के आयुवर्ग में हैं, प्रौढ़ शिक्षा में रुचि दिखायी। इसी तरह 17.6 प्रतिशत सफाईकर्मियों ने जो 41 से 50 वर्ष के आयुवर्ग में हैं और 9.7 प्रतिशत सफाईकर्मियों ने जो 51 से 60 वर्ष के आयुवर्ग में हैं, प्रौढ़ शिक्षा कार्यक्रम में रुचि दिखाई है। इस तरह पटना में हम देखते हैं कि उत्तरों के ढाँचे की दृष्टि से आयु का कुछ महत्व दिखायी पड़ता है। लेकिन रांची के मामले में प्रौढ़ शिक्षा के प्रति रुचि का आयु से कोई सम्बन्ध नहीं है।

मुक्त हुए सफाईकर्मियों की पारिवारिक आय के साथ-साथ उनकी व्यक्तिगत आय के बारे में भी सूचना एकत्र की गयी। पारिवारिक आय के बारे में जाँच-पड़ताल करते समय इस बात को ध्यान में रखा गया कि एक परिवार में दो या अधिक लोग कमाने वाले हैं। प्राप्त आंकड़ों से पता चलता है कि कोई भी सफाईकर्मी एक महीने में एक सौ रुपये से कम नहीं कमाता (सारणी 44)। सबसे अधिक, अर्थात् 44.7 प्रतिशत उत्तर उन सफाईकर्मियों से प्राप्त हुए जो 301 रुपये से 400 रुपये आयवर्ग में हैं। इन परिवारों को हर महीने 400 रुपये से लेकर 1600 रुपये से अधिक तक की आय हो जाती है (सारणी 45)। चूँकि हर परिवार में दो या दो से अधिक लोग कमाने वाले हैं, इसलिए मुक्त हुए सफाईकर्मियों में परिवारों की आय व्यक्तिगत आय से बहुत अधिक है।

प्राप्त सूचनाओं से साफ जाहिर है कि उन्होंने अलग-अलग आयु में मैला

साफ करने का काम शुरू किया था। 18.7 प्रतिशत सफाईकर्मियों ने 10 से 15 वर्ष की उम्र में और 7.3 प्रतिशत 21 से 25 वर्ष की उम्र में यह काम शुरू किया। 5.3 प्रतिशत सफाईकर्मियों ने 25 वर्ष की उम्र के बाद मैला सफाई का काम शुरू किया था। इनमें से अधिकांश, यानी 68.7 प्रतिशत ने 16 से 20 वर्ष की उम्र में मैला साफ करने का काम शुरू किया था (सारणी 46)। इस प्रकार कहा जा सकता है कि अधिकांश सफाईकर्मियों ने मैला सफाई का काम उसी उम्र में शुरू किया था जिसमें आमतौर पर कोई पेशा अपनाया जाता है। सारणी से यह भी पता चलता है कि मुक्त हो चुके सफाईकर्मियों में से रांची में 94 प्रतिशत, पूर्णिया में 60 प्रतिशत और पटना में 52 प्रतिशत सफाईकर्मियों ने इसी आयु में यह पेशा अपनाया। अत: प्रत्येक शहर में अधिकांश सफाईकर्मियों ने इसी आयु में मैला साफ करने का काम शुरू किया था। यह भी देखा गया है कि पूर्णिया की तुलना में पटना में उन सफाईकर्मियों का अनुपात अधिक है जिन्होंने कम आयु में यह काम अपना लिया था। पूर्णिया में जहाँ उनका अनुपात 20 प्रतिशत है, वहीं पटना में यह 36 प्रतिशत है। रांची में एक भी ऐसा सफाईकर्मी नहीं था जिसने कम आयु में ही मैला साफ करने का काम अपनाया हो। इसी तरह पटना में 10 प्रतिशत और पूर्णिया में 6 प्रतिशत सफाईकर्मी ऐसे थे जिन्होंने 25 वर्ष की आयु के बाद यह काम शुरू किया। लेकिन रांची में किसी भी सफाईकर्मी ने 25 वर्ष की आयु के बाद यह पेशा नहीं अपनाया। कम या अधिक उम्र में मैला सफाई का काम अपनाने वाले सिर्फ पटना और पूर्णिया में ही मिले हैं, रांची में नहीं। यह भी पता चलता है कि सफाईकर्मी अलग-अलग आयु में मुक्त कराये गये। इनमें से एक बड़ी संख्या, अर्थात् 36 प्रतिशत, उनकी है जो 40 वर्ष की उम्र के बाद मुक्त कराये गये (सारणी 47)।

सारणी से पता चलता है कि इन सफाईकर्मियों ने काफी लम्बी अवधि तक मैला साफ करने का काम किया। मुक्त कराये गये सफाईकर्मियों में से 20 प्रतिशत सफाईकर्मी 26 से 30 वर्ष तक की आयु के थे, जबकि 16.7 प्रतिशत सफाईकर्मी 31 से 35 वर्ष तक की आयु के थे। इसी तरह 14.7 प्रतिशत सफाईकर्मी 20 से 25 वर्ष की आयु तक के थे, जबकि 12.7 प्रतिशत सफाईकर्मी 26 से 40 वर्ष की आयु के थे। आयु का यह अन्तर उनकी अपनी इच्छा के कारण नहीं है बल्कि इसलिए है कि सुलभ इण्टरनेशनल के प्रयासों

से उन्हें मुक्त कराने की योजना अलग-अलग समय पर लागू की गयी।

मुक्ति से पहले उन्होंने कितने समय तक मैला सफाई का काम किया, इस बारे में तीन शहरों से प्राप्त सूचना से पता चलता है कि अधिकांश, यानी 39.3 प्रतिशत सफाईकर्मियों को 21 वर्ष या उससे भी अधिक समय तक यह काम करने के बाद मुक्ति मिली। मात्र 9.3 प्रतिशत सफाईकर्मी ऐसे मिले जिन्हें पाँच वर्ष के भीतर ही मुक्ति मिल गयी। 18 प्रतिशत सफाईकर्मियों को 5 से 10 वर्ष तक काम करने के बाद मुक्ति मिली जबकि 20.7 प्रतिशत को 11 से 15 वर्ष तक काम करने के बाद मुक्त कराया गया। 12.7 प्रतिशत सफाईकर्मी ऐसे मिले जिन्हें 16 से 20 वर्ष तक काम करने के बाद मैला साफ करने से छुटकारा मिला। इस प्रकार ऐसा लगता है कि अधिकांश मामलों में उन्हें भंगी के रूप में लम्बे समय तक काम करने के बाद ही मुक्ति मिल सकी। इन तीन शहरों में सफाईकर्मियों को अत्यन्त लम्बे समय तक काम करने के बाद ही मुक्ति मिल सकी (सारणी 48)।

इसका कारण बिलकुल स्पष्ट है। सफाईकर्मियों की मुक्ति का आन्दोलन एक नया आन्दोलन है। यह योजना सुलभ शौचालय संस्थान (अब सुलभ इण्टरनेशनल) द्वारा ही प्रभावी ढंग से लागू की गयी थी और इसी संस्था के चलते सफाईकर्मियों की मुक्ति का कार्य संभव हो सका। चूँकि यह योजना 1970 के बाद ही प्रभावी ढंग से लागू की जा सकी, इसलिए उन्हें मुक्त हुए बहुत अधिक समय नहीं हुआ है। इसके अलावा, मुक्ति के समय सफाईकर्मी अलग-अलग आयु के थे और उनमें से अधिकतर काफी लम्बे समय से मैला साफ करने का काम करते रहे थे। यही कारण है कि ज्यादातर मामलों में सफाईकर्मियों को मुक्ति से पहले लम्बी अवधि तक मैला साफ करने का काम करना पड़ा।

पूछताछ करने पर पता चला कि मैला साफ करना उनका परम्परागत पेशा था। उनसे जो प्रश्न पूछा गया, वह यह था कि क्या आप स्वयं अपना पेशा बदलने के लिए प्रयास करते हैं? आमतौर पर सफाईकर्मियों ने स्वीकार किया कि वे अपनी ओर से इसके लिए कोई प्रयास नहीं करते हैं। वास्तविकता तो यह है कि उन्हें किसी अन्य एजेन्सी ने मुक्त करवाया। सफाईकर्मियों की इस स्वीकारोक्ति से वास्तविक स्थिति का पता चलता है। वास्तव में, सुलभ शौचालय संस्थान ने ही सफाईकर्मियों की मुक्ति की योजना तैयार की थी।

इस संगठन द्वारा इन पंक्तियों के लेखक के नेतृत्व में सुलभ शौचालय योजना लागू की गयी, उसने न सिर्फ बिहार के विभिन्न शहरों में बल्कि देश के दूसरे राज्यों में भी सफाईकर्मियों को मुक्ति दिलाने का कार्य किया।

शुष्क शौचालयों को सुलभ शौचालयों में बदल दिया गया। यह योजना जिन इलाकों में लागू की गयी, वहाँ सफाईकर्मियों को इस अवमानवीय कार्य से छुटकारा मिल गया। लेकिन इसके बावजूद मुक्त हुए सफाईकर्मियों की जीविका बरकरार रही। यह सुनिश्चित किया गया कि उन्हें नगरपालिकाओं और नगरनिगमों द्वारा कोई दूसरे रोजगार उपलब्ध करा दिये जायें और इस तरह बेरोजगारी की कोई संभावना ही न रह जाये।

जब उनसे पूछा गया कि क्या मुक्त हो जाने के बाद वे अपने मौजूदा पेशे से संतुष्ट हैं तो सिर्फ पूर्णिया और पटना के सफाईकर्मियों के एक छोटे हिस्से ने ही 'नहीं' में जवाब दिया (सारणी 49)।

तथापि सारणी को देखकर लगता है कि रांची के सभी मुक्त हुए सफाईकर्मी अपने मौजूदा पेशे से संतुष्ट हैं। उन्हें अब मैला साफ करने का काम नहीं करना पड़ता। उन्हें उनके नियोजकों द्वारा दूसरे काम सौंप दिये गये हैं। पूर्णिया में 43 उत्तरदाताओं ने कहा कि वे सन्तुष्ट हैं जबकि सात ने 'नहीं' में जवाब दिया। इसी तरह पटना में 37 उत्तरदाताओं ने कहा कि वे सन्तुष्ट हैं जबकि 13 ने असन्तोष व्यक्त किया। इसका कारण यह हो सकता है कि इन सफाईकर्मियों का मौजूदा पेशा भी नीच समझा जाता है और दूसरी जातियों अथवा उपजातियों के लोग उन्हें पसन्द नहीं करते हैं।

जिन सफाईकर्मियों ने सन्तोष प्रकट किया, उन्हें इसका कारण पूछा गया तो सभी ने कहा कि उनका मौजूदा व्यवसाय उनके पहले के काम से बेहतर है, बावजूद इसके कि उनकी मासिक आय में कोई बढ़ोत्तरी नहीं हुई है। इस प्रकार इस असन्तोष का कारण आर्थिक नहीं है बल्कि मनोवैज्ञानिक और सामाजिक है। जो संतुष्ट नहीं थे, उनसे भी इसका कारण पूछा गया तो उन्होंने इसके अलग-अलग कारण बताये। इसमें से सर्वाधिक प्रमुख कारण यह था कि उन्हें वेतन तो कम मिलता है लेकिन काम कहीं ज्यादा करना पड़ता है (सारणी 50-51)। इस मामले में पुरुष और महिला सफाईकर्मियों ने प्राय: एक से ही उत्तर दिये (सारणी 50)। फिर भी, इन कारणों का पारिवारिक आय के आधार पर वर्गीकरण करने से पता चलता है कि निम्न आयवर्ग के

सफाईकर्मियों ने असन्तोष का कारण कम वेतन मिलना बताया। इतना ही नहीं यह भी स्पष्ट है कि दूसरे सबसे ऊँचे आयवर्ग के सफाईकर्मियों ने असन्तोष का कोई विशेष कारण नहीं बताया। (सारणी 51)। मुक्ति के प्रभाव का अध्ययन करने के उद्देश्य से मुक्त हुए सफाईकर्मियों से कुछ प्रश्न भी पूछे गये। इनके पीछे उद्देश्य यह पता लगाना था कि क्या मुक्त होने के बाद उनकी सामाजिक स्थिति में कोई परिवर्तन आया है? इसके लिए कुछ विशेष परिस्थितियों का उल्लेख किया गया और उनसे मुक्ति के पहले और बाद की इन परिस्थितियों के संदर्भ में सूचनाएँ देने को कहा गया। उनके समक्ष जो परिस्थितियाँ रखी गयीं वे इस प्रकार थीं: (1) उन मन्दिरों में जहाँ सुवर्ण हिन्दू जाया करते हैं, वे कितना आते-जाते हैं? (2) ब्राह्मण उनके धार्मिक अनुष्ठानों की देखरेख किस सीमा तक करते हैं? (3) दूसरी जातियों के लोग उन्हें अनुष्ठान समारोहों में किस प्रकार आमंत्रित करते हैं? (4) दूसरी जाति वालों के साथ वे किस सीमा तक एक जगह से पानी लेते हैं? और (5) होटलों तथा दूसरी जगहों पर भोजन, नाश्ता कैसे करते हैं?

प्राप्त सूचनाओं से पता चलता है कि मुक्त होने के बाद सफाईकर्मियों के दूसरी ऊँची-नीची जाति के लोगों से सामाजिक मेल-जोल की स्थिति में उल्लेखनीय परिवर्तन आया है। जिन 150 सफाईकर्मियों से बात की गयी उनमें से 86 मुक्त होने के पहले मन्दिरों में जाते थे हालांकि मुक्ति के बाद यह संख्या बढ़कर 120 हो गयी (सारणी 52)। इसी तरह 94 सफाईकर्मी ऐसे मिले जो मुक्त होने के पहले अपने धार्मिक अनुष्ठानों की देखरेख के लिए ब्राह्मणों को अपने यहाँ बुलाते थे। मुक्ति के बाद यह संख्या बढ़कर 128 हो गयी।

जहाँ तक उन्हें दूसरी जातियों के लोगों द्वारा अपने धार्मिक अनुष्ठानों में बुलाये जाने का प्रश्न है, ऐसा लगता है कि इस पर मुक्ति का गहरा असर पड़ा है। मुक्त होने के पहले मात्र 13 व्यक्तियों ने स्वीकार किया कि उन्हें दूसरी जातियों के लोग धार्मिक अनुष्ठानों में बुलाते हैं। लेकिन मुक्ति के बाद 127 सफाईकर्मियों ने स्पष्ट रूप से कहा है कि उन्हें दूसरी जातियों के लोग इन मौकों पर आमंत्रित करते हैं।

उनका दूसरी जाति के लागों के साथ एक ही जगह से पानी लेने और होटलों तथा दूसरे स्थानों पर भोजन करने का मुद्दा भी कम महत्वपूर्ण नहीं है।

मुक्ति के पहले की अवधि में केवल 32 सफाईकर्मी ऐसे थे जो दूसरी जाति के लोगों के साथ एक ही जगह से पानी लेते थे। 38 सफाईकर्मी होटलों और दूसरे स्थानों पर भोजन करते थे लेकिन मुक्ति के बाद की अवधि में यह संख्या बढ़कर क्रमश: 142 और 138 हो गयी।

प्राप्त सूचनाओं से साफ पता चलता है कि सामाजिक सम्बन्धों पर मुक्ति का महत्वपूर्ण प्रभाव रहा है। मुक्ति के बाद समाज की नजर में इन लोगों की हैसियत बढ़ गयी है और उनके मामलों में अस्पृश्यता की परम्परागत धारणा अब उतनी सख्ती से अमल नहीं की जाती है।

मुक्त हुए सफाईकर्मियों से आगे यह पूछा गया कि क्या उन्होंने इस पेशे में लगे अपने संबंधियों को कभी यह काम बन्द करने की सलाह दी है। इस पर सभी सफाईकर्मियों ने 'नहीं' में जवाब दिया। आमतौर पर, सफाईकर्मियों को कमाऊ शौचालयों को सुलभ शौचालयों में परिवर्तित करके ही मुक्त करवाया जाना संभव हो सका। इसके फलस्वरूप, जहाँ कहीं भी मुक्ति दिलाने की योजना शुरू की गयी है, सफाईकर्मियों को इस अवमानवीय कार्य से छुटकारा मिल गया है। अत: मैला साफ करने में लगे सफाईकर्मियों को यह काम बन्द करने की सलाह देने का प्रश्न ही नहीं उठता। उनसे यह भी पूछा गया कि क्या उनके उन लोगों से घनिष्ठ सम्बन्ध हैं जो आज भी मैला साफ करते हैं? यहाँ यह जान लेना महत्वपूर्ण है कि प्रत्येक सफाईकर्मी ने इसका 'हाँ' में जवाब दिया। यह ध्यान रहे कि उत्तरदाता भी पहले मैला साफ किया करते थे।

उन्हें हाल ही मुक्त कराया गया है। उनका पेशा तो बदल गया है लेकिन उनकी जाति या उपजाति आज भी वही बनी हुई है। मुक्त सफाईकर्मी भी उसी जाति या उपजाति के हैं और उन सफाईकर्मियों से आज भी उनके सम्बन्ध हैं जो अभी तक मुक्त नहीं हो सके हैं। औपचारिक बातचीत और प्रेक्षण के माध्यम से पता चला कि मुक्त हो चुके सफाईकर्मियों को इस बात का आभास था कि वे मैला नहीं साफ करते। बातचीत के दौरान उन्होंने बड़े गर्व से कहा कि वे यह गन्दा ढोने का काम नहीं करते हैं। स्पष्ट है कि मुक्ति के प्रभाव से ही उनके परम्परागत सम्बन्धों, रुझान, दृष्टिकोण, व्यवहार अन्त:क्रिया पैटर्न और सामाजिक सम्बन्धों में परिवर्तन आया है।

मुक्त हुए सफाईकर्मियों से उनके परिवार वालों की शैक्षिक स्थिति की

जानकारी प्राप्त करने के उद्देश्य से भी कुछ प्रश्न पूछे गये। उत्तरदाताओं से पूछे गये प्रश्नों में से एक प्रश्न यह भी था कि क्या आप अपने बच्चों को स्कूल भेजते हैं? इसके पीछे उद्देश्य यह पता लगाना था कि उनकी युवा पीढ़ी में साक्षरता या शिक्षा का स्तर क्या है? साथ ही, यह भी जानना था कि मुक्त हुए किन्तु निरक्षर सफाईकर्मियों के सोचने का ढंग क्या है? प्राप्त सूचना से पता चलता है कि प्रत्येक शहर के अधिकांश सफाईकर्मियों ने इसका नकारात्मक उत्तर दिया। मुक्त हुए सफाईकर्मियों में से पटना में सबसे अधिक यानी 36 प्रतिशत सफाईकर्मी अपने बच्चों को स्कूल भेजते हैं जबकि पूर्णिया में सबसे कम यानी 20 प्रतिशत सफाईकर्मी ही अपने बच्चों को स्कूल भेजते हैं (सारणी 53)। इससे पता चलता है कि बच्चों की शिक्षा के बारे में अनुकूल रुचि पैदा न करने के सिलसिले में शहरीकरण की भूमिका अत्यन्त महत्वपूर्ण है। इन तीन शहरों में से पटना का सर्वाधिक शहरीकरण हुआ। राज्य में सबसे अधिक शहरीपन भी यहीं देखा गया जबकि पूर्णिया में कम शहरीकरण हुआ है।

सारणी में आय के आधार पर वर्गीकरण किया गया है लेकिन स्कूल भेजे जाने वाले बच्चों की संख्या से आय का कोई विशेष सम्बन्ध नहीं है।

नकारात्मक उत्तर देने वाले सफाईकर्मियों से यह पूछा गया कि वे अपने बच्चों को स्कूल क्यों नहीं भेजते? कुल 96 सफाईकर्मियों से यही प्रश्न किया गया। सभी ने अपनी खराब आर्थिक स्थिति और गरीबी को इसका मूल कारण बताया। यह भी ध्यान देने योग्य है कि केन्द्र और राज्य सरकारों ने अनुसूचित जातियों के बच्चों को स्कूल भजने के लिए नि:शुल्क शिक्षा सहित पर्याप्त सुविधाएँ दी हुई हैं। फिर भी मुक्त हुए सफाइकर्मी अपने बच्चों को स्कूल इसलिए नहीं भेजते कि इसके लिए जो थोड़ा-बहुत धन चाहिए, वह भी जुटाना उनके लिए मुश्किल होता है। इससे पता चलता है कि समाज के इस वर्ग में कितनी गरीबी है।

जो लोग अपने बच्चों को स्कूल भेजते थे, उनसे पूछा गया कि वे अपने बच्चों को कहाँ तक शिक्षा देना चाहते हैं। 54 सफाईकर्मियों यानी 36 प्रतिशत से यह भी कहा गया कि वे बालक-बालिकाओं के बारे में अलग-अलग बतायें। भारतीय समाज में शिक्षा के बारे में आमतौर पर जो धारणा चली आयी है, उसके अनुसार बालकों की शिक्षा बालिकाओं की शिक्षा से अधिक

जरूरी है। खासतौर से श्रमिक वर्ग में तो महिला शिक्षा प्रायः नहीं के बराबर ही रही है। प्राप्त सूचना से ऐसा लगता है कि पटना के सफाईकर्मियों के एक छोटे हिस्से को छोड़कर बाकी सभी सफाईकर्मी अपने बालकों को शिक्षा देना ज्यादा जरूरी समझते हैं और इस बारे में कोई सीमा तय करना नहीं चाहते हैं। जहाँ तक बालिकाओं की शिक्षा का प्रश्न है, इन तीन शहरों में अपनी बालिकाओं को स्कूल भेजने वाले 24 सफाईकर्मियों में से 7 यानी 29.1 प्रतिशत अपनी बालिकाओं को दसवीं कक्षा तक पढ़ाना चाहते हैं जबकि 17 यानी 70.8 प्रतिशत अपनी बालिकाओं को ज्यादा-से-ज्यादा पढ़ाना चाहते हैं।

उनसे दूसरा प्रश्न घर पर पढ़ाई के लिए पर्याप्त सुविधाएँ उपलब्ध होने से संबंधित था। उनसे जो आंकड़े प्राप्त हुए उनका आय के आधार पर विश्लेषण किया गया है (सारणी 54)। प्रत्येक शहर में नकारात्मक उत्तर का अनुपात सबसे अधिक था। रांची में सिर्फ 18 प्रतिशत, पूर्णिया में 12 प्रतिशत और पटना में 36 प्रतिशत सफाईकर्मियों ने स्वीकार किया कि उनके घर में पढ़ाई की पर्याप्त सुविधायें मौजूद हैं। इस तरह की सुविधायें सबसे ज्यादा पटना के सफाईकर्मियों के पास हैं और सबसे कम पूर्णिया के सफाईकर्मियों के पास। यहाँ पुनः शहरीकरण का स्तर महत्वपूर्ण हो जाता है। जिन नगरों में शहरीकरण अधिक हुआ है, वहाँ शहरीपन ज्यादा है जिससे वहाँ अपेक्षाकृत अधिक संख्या में सफाईकर्मियों को इस तरह की सुविधा मिली हुई है। दूसरी ओर, जिन नगरों में शहरीपन कम हुआ है, वहाँ कम सफाईकर्मियों को ऐसी सुविधाएँ मिली हैं। सारणी से यह भी पता चलता है कि अलग-अलग आय वर्ग से मिले उत्तर भी अलग-अलग हैं। इसके बावजूद देखा गया है कि आय इस सन्दर्भ में महत्वपूर्ण और प्रासंगिक है।

उनसे अगला प्रश्न यह पूछा गया कि क्या उनके बच्चे घर पर पढ़ते हैं? इसके जवाब में उन्होंने जो सूचना दी, उनसे पता चलता है कि 36 प्रतिशत सफाईकर्मियों के बच्चे घर पर पढ़ते हैं जबकि 46.7 प्रतिशत ने 'नहीं' में उत्तर दिया। 17.3 प्रतिशत मामलों में इसका प्रश्न ही नहीं उठता था क्योंकि उनके बच्चे स्कूल ही नहीं जाते थे (सारणी 55)। इस प्रकार अपेक्षाकृत अधिक संख्या में सफाईकर्मियों ने स्वीकार किया कि उनके बच्चे घर पर नहीं पढ़ते। इसकी वजह या तो यह हो सकती है कि उनके घर पर पढ़ाई की

पर्याप्त सुविधाएँ मौजूद न हों या फिर यह कि उन्हें घर पर पढ़ाई के लिए प्रेरित करने के वास्ते उचित माहौल न हो। मुक्त सफाईकर्मी न सिर्फ सामाजिक और आर्थिक दृष्टि से बल्कि शिक्षा की दृष्टि से भी पिछड़े रहें हैं। साथ ही, वे या तो निरक्षर या अर्द्ध-साक्षर हैं, इसलिए वे न तो घर पर पढ़ने का महत्व जानते हैं और न ही इस बारे में ज्यादा गंभीर हैं।

जिन सफाईकर्मियों ने 'नहीं' में जवाब दिया, उनसे इसका कारण बताने को कहा गया। यह प्रश्न 70 लोगों से पूछा गया, जिन्होंने बताया कि उनके बच्चे घर पर नहीं पढ़ते। सभी ने इसके लिए मुख्य रूप से जगह की कमी को जिम्मेदार बताया। दूसरी तरफ उन्होंने स्वीकार किया कि इसका दूसरा कारण रुचि का अभाव है। उन्होंने कहा कि अगर उनके बच्चे वास्तव में पढ़ने में रुचि रखते और उनकी पढ़ने की बेहद इच्छा होती तो वे कमरे में या घर या झौंपड़ी के बाहर खुले मैदान में चटाई बिछाकर लालटेन की रोशनी में भी पढ़ सकते थे। अतः कहा जा सकता है कि समाज के इस वर्ग के बच्चों में रुचि का अभाव और सफाईकर्मियों की खराब आर्थिक स्थिति इस दशा के लिए मुख्य रूप से उत्तरदायी है।

सफाईकर्मियों से अगला प्रश्न उनके बच्चों के साथ कक्षाओं में जाति के आधार पर बरते जाने वाले भेदभाव के बारे में था। सिर्फ एक मामले को छोड़कर सभी सफाईकर्मियों ने 'नहीं' में जवाब दिया। एकमात्र अपवाद पूर्णिया का एक परिवार था जिसने अपने बच्चों के साथ जाति के आधार पर भेदभाव की शिकायत की थी। इसका अर्थ यह है कि आमतौर पर मुक्त हो चुके सफाईकर्मियों के बच्चों के साथ कक्षाओं में उनके साथी छात्र या शिक्षकों द्वारा उनके सफाईकर्मी समुदाय का होने के कारण भेदभाव नहीं बरता जाता। इससे पता चलता है कि स्कूलों में जाति के आधार पर भेदभावपूर्ण बर्ताव नहीं होता।

इन सफाईकर्मियों से यह भी पूछा गया कि वे कौन लोग हैं जो उनके बच्चों को पढ़ाई जारी रखने के लिए प्रोत्साहित करते हैं। एक सफाईकर्मी ने कहा कि रिश्तेदार उसके बच्चों को पढ़ाई के लिए प्रोत्साहित करते हैं जबकि एक के अनुसार उनके बच्चों को उनके मित्र बढ़ावा देते हैं। शेष सभी सफाईकर्मियों ने साफतौर पर कहा कि उनके परिवार के सदस्य ही बच्चों को पढ़ने के लिए प्रोत्साहित करते हैं। इस आधार पर कहा जा सकता है कि ऐसी

कोई एजेन्सी नहीं है जो इस श्रेणी या वर्ग में शिक्षा का प्रचार-प्रसार कर सके। इस वर्ग में परिवार के सदस्य ही अपने बच्चों को स्कूल भेजने के लिए पहल करते हैं।

अधिकांश मामलों में सफाईकर्मी अपने बच्चों की शिक्षा का खर्च स्वयं उठाते हैं। 49 में से 14 मामलों में ही बच्चों की शिक्षा के साधन के रूप में सरकार द्वारा प्रदत्त सुविधाओं का उल्लेख किया गया है। इससे पता चलता है कि उनमें से अधिकतर या तो सरकार द्वारा प्रदत्त सुविधाओं के बारे में नहीं जानते हैं अथवा उन्हें यह सुविधाएँ नहीं दी जा रही हैं। यह भी संभव है कि उन्हें अपने बच्चों की पुस्तकों और स्कूल की यूनीफॉर्म के लिए कुछ पैसा खर्च करना पड़ता हो, जिसके लिए उन्हें कहीं से वित्तीय सहायता नहीं मिलती है। ऐसे में उन्हें ये सारे खर्च अपनी कमाई से ही पूरे करने पड़ते हैं। तथापि, मुक्त हुए सफाईकर्मी उनके बच्चों की शिक्षा के लिए सरकार द्वारा दी गयी सुविधाओं से संतुष्ट नहीं हैं। उनका मानना है कि सरकार की ओर से उनकी आवश्यकता के अनुसार पर्याप्त वित्तीय सहायता दी जानी चाहिए, फिर चाहे वह नकद हो अथवा सामान के रूप में। अगर मुक्त हुए सफाईकर्मियों को पूर्ण वित्तीय सहायता मिल जाये तो उनमें साक्षरता बढ़ सकती है और उनके बच्चों को उच्च स्तर की शिक्षा प्राप्त हो सकती है।

मुक्त हुए सफाईकर्मियों से उनके काम की दशा और रोजगार तथा काम की पसन्दगी से जुड़े अन्य मुद्दों के बारे में कई प्रकार के प्रश्न पूछे गये। उनमें रोजगार के मौजूदा स्तर का पता करने के लिए उन लोगों की भी गिनती की गयी, जो रोजगार ढूँढ़ रहे थे। प्राप्त सूचना से साफ जाहिर है कि रांची में मुक्त हुए सफाईकर्मियों के 21 परिवारों ने स्वीकार किया कि प्रत्येक परिवार में सिर्फ एक व्यक्ति को ही रोजगार चाहिए जबकि छह ने कहा कि उनमें से प्रत्येक परिवार में दो-दो व्यक्ति रोजगार की तलाश में हैं (सारणी 56)। दस परिवारों में से प्रत्येक में एक महिला बेरोजगार थी, जबकि एक परिवार में दो महिलाओं को रोजगार की जरूरत थी। इसका अर्थ यह है कि रांची में 23 परिवार ऐसे हैं, जहाँ पुरुषों के सामने बेरोजगारी की समस्या नहीं है, जबकि 39 परिवारों में महिलाएँ बेरोजगार नहीं हैं। सारणी से यह भी पता चलता है कि पूर्णिया शहर के 50 परिवारों में से 39 में किसी भी पुरुष को, 50 में से 28 परिवारों में किसी भी महिला को रोजगार की आवश्यकता नहीं है।

सारणी से यह भी पता चलता है कि पुरुषों की बेरोजगारी की समस्या वाले 76.6 प्रतिशत सफाईकर्मी परिवारों में सिर्फ एक बेरोजगार पुरुष सदस्य है जबकि 18.75 प्रतिशत परिवारों में दो बेरोजगार पुरुष सदस्य हैं। 3.12 प्रतिशत परिवारों में तीन और 1.56 प्रतिशत परिवारों में चार पुरुष बेरोजगार हैं। जहाँ तक महिलाओं की बेरोजगारी का प्रश्न है, 63.5 प्रतिशत उत्तरदाताओं ने कहा कि उनके परिवारों में सिर्फ एक महिला बेरोजगार है जबकि 21.8 प्रतिशत परिवारों में दो महिला सदस्य थीं। 3.23 प्रतिशत परिवारों में तीन और 1.61 प्रतिशत परिवारों में चार महिलाएँ बेरोजगार थीं। इससे ऐसा लगता है कि पटना के मुकाबले रांची और पूणिया के पुरुषों और महिलाओं में बेरोजगारी अधिक है।

कुल मिलाकर, सारणी को देखने से पता चलता है कि 150 परिवारों में से 86 उत्तरदाताओं के यहाँ एक भी पुरुष बेरोजगार नहीं है जबकि 88 उत्तरदाताओं के यहाँ एक भी महिला बेरोजगार नहीं है। इसलिए बेरोजगारी की समस्या बाकी बचे दूसरे परिवारों में ही है। तथापि कहा जा सकता है कि यह समस्या संभवत: मुक्त हुए सफाईकर्मी परिवारों की नहीं है बल्कि इसका सम्बन्ध उनसे है, जो मैला साफ करने का काम नहीं करना चाहते हैं और किसी दूसरे रोजगार की खोज में हैं। मुक्त हुए सफाईकर्मियों में बेरोजगारी की समस्या को ध्यान में रखकर जरूरी हो जाता है कि पुरुष और महिला सफाईकर्मियों को मैला साफ करने के काम से मुक्ति दिलाने के साथ ही उन्हें कोई अन्य रोजगार दिलाने की भी व्यवस्था की जाये। अगर उन्हें कोई दूसरा काम नहीं दिया जा सका तो वे फिर उन जगहों पर जा सकते हैं, जहाँ अभी भी मैला साफ करने का काम कराया जाता है और तब वे परिस्थितियों के हाथों फिर से मैला साफ करने का पेशा अपनाने के लिए मजबूर हो सकते हैं।

इसलिए सफाईकर्मियों से जो दूसरा प्रश्न पूछा गया, उसका उद्देश्य यह पता लगाना था कि उनके परिवारों के सदस्य किस तरह के रोजगार में लगे हैं। उन्हें इसके लिए अलग-अलग किस्म की नौकरी और रोजगारों की सूची दी गयी। उनसे कहा गया कि वे इस सूची को देखकर बतायें कि वे कौन-सा काम करना पसन्द करेंगे। उनके विचारों से पता चलता है कि सबसे अधिक यानी 53 प्रतिशत उत्तरदाता अपने परिवार के बेरोजगार पुरुष सदस्यों के लिए कोई अन्य कार्य चाहते थे (सारणी 57)। इससे प्रतीत होता है कि इन

सफाईकर्मियों के मन में अपने परिवार के जरूरतमन्द सदस्यों के लिए व्यवसाय अथवा रोजगार का कोई स्पष्ट चित्र नहीं है। 48 प्रतिशत सफाईकर्मियों ने अपने परिवार के बेरोजगार सदस्यों के लिए चपरासी की नौकरी पसन्द की, जबकि 44 प्रतिशत उन्हें किसी कारखाने में काम दिलाना चाहते थे। 25 प्रतिशत ने मैकेनिक या ड्राइवर की नौकरी में रुचि दिखायी, जबकि 14 प्रतिशत ने पुलिस की नौकरी पसन्द की। मात्र 9 प्रतिशत उत्तरदाताओं ने ही अपने परिवार के बेरोजगार पुरुष सदस्यों के लिए क्लर्क की नौकरी पसन्द की। इतनी कम संख्या में इन लोगों द्वारा क्लर्क की नौकरी पसन्द किये जाने का कारण स्पष्टत: यही है कि वे यह बात अच्छी तरह से जानते हैं कि क्लर्क का काम केवल पढ़े-लिखे लोगों को ही मिल सकता है और सिर्फ ये 9 प्रतिशत लोग ही, जिनका यहाँ उल्लेख किया गया है, मैट्रिक अथवा इससे ऊपर का कक्षा पास हैं।

इस सारिणी को देखने से यह भी पता चलता है कि रांची और पूर्णिया में सबसे अधिक "कोई अन्य कार्य" का विकल्प दिया गया, जबकि पटना में सफाईकर्मियों ने 'चपरासी' की नौकरी सबसे अधिक पसन्द की। अपने परिवार के बेरोजगार पुरुषों के लिए क्लर्क की नौकरी चाहने वाले सबसे कम 2.9 प्रतिशत सफाईकर्मी पटना में मिले, जबकि सबसे अधिक 14.3 प्रतिशत लोग रांची में मिले। ड्राइवर या मैकेनिक का काम पसन्द करने वालों में सबसे अधिक यानी 40 प्रतिशत लोग पटना के हैं जबकि सबसे कम यानी 14.3 प्रतिशत लोग रांची में मिले। दूसरी तरफ पुलिस की नौकरी पसन्द करने वाले सबसे अधिक यानी 28.6 प्रतिशत लोग रांची में मिले, जबकि सबसे कम यानी 5.7 प्रतिशत लोग पटना के थे। इस तरह इन तीनों शहरों के सफाईकर्मियों में नौकरी या रोजगार को लेकर एक समान महत्वाकांक्षा नहीं है।

महिलाओं के लिए रोजगार से संबंधित सूचना से पता चलता है कि कुल मिलाकर सर्वाधिक 61 प्रतिशत उत्तरदाताओं ने नौकरानी का काम पसन्द किया। 41 प्रतिशत उत्तरदाताओं ने चपरासी का और 27 प्रतिशत ने नर्स का काम पसन्द किया।

इस सूचना से ज्ञात होता है कि रांची में सर्वाधिक 82.9 प्रतिशत पुरुषों ने 'कोई अन्य कार्य' पसन्द किया जबकि पूर्णिया में सबसे अधिक 70 प्रतिशत

महिलाओं ने 'नौकरानी' का काम पसन्द किया। जहाँ तक पटना का प्रश्न है, सबसे अधिक 82.9 प्रतिशत लोगों ने 'नौकरानी' का काम पसन्द किया।

इन तीनों शहरों में सबसे कम 'नर्स की नौकरी' पसन्द की गयी। नर्स के पेशे में शिक्षा तथा व्यावसायिक प्रशिक्षण की आवश्यकता पड़ती है। मुक्त हुए सफाईकर्मी परिवारों की महिलाओं में आमतौर पर इन दोनों का अभाव रहता है। नर्स का पेशा उन्हीं परिवारों में अपनाया जा सकता है जहाँ महिलायें पढ़ी-लिखी हों।

सफाईकर्मियों से यह पूछा गया कि क्या उन्होंने अपने परिवार के सदस्यों को काम दिलाने की कभी कोशिश की? 40 प्रतिशत सफाईकर्मियों ने 'हाँ' में उत्तर दिया जबकि 22 प्रतिशत ने 'न' में उत्तर दिया। 38 प्रतिशत सफाईकर्मी ऐसे थे जिन्होंने इसका कोई स्पष्ट उत्तर नहीं दिया (सारणी 58)। इसका अर्थ यह है कि आधे से भी कम सफाईकर्मियों ने ही अपने परिवार के सदस्यों को काम दिलाने की कोशिश की। इससे पता चलता है कि अधिकांश बेरोजगार व्यक्तियों में पहल करने की प्रवृत्ति नहीं है। इसका कारण या तो यह हो सकता है कि वे निरक्षर हैं या फिर यह कि उन्हें तमाम रोजगारों के बारे में जानकारी नहीं है। इस सारणी को आगे देखने से पता चलता है कि रांची में 46 प्रतिशत, पूर्णिया में 32 प्रतिशत और पटना में 42 प्रतिशत सफाईकर्मियों अथवा उनके परिवार वालों ने नौकरी या रोजगार पाने की कोशिश की थी। अत: ऐसा लगता है कि इन तीनों शहरों के अधिकांश सफाईकर्मियों ने अपने परिवार के लोगों की बेकारी दूर करने के लिए पहल नहीं की।

'न' में उत्तर देने वाले सफाईकर्मियों से कहा गया कि वे बतायें कि इस बारे में कोई पहल नहीं करने के क्या कारण रहें हैं? उन सभी सफाईकर्मियों ने स्पष्ट रूप से कहा कि उनके पास कोई पैरवी या सिफारिश नहीं है, इसलिए उन्होंने कोशिश नहीं की। दूसरी ओर, जिन्होंने इस सिलसिले में प्रयास किया, उनसे इस बारे में विस्तृत विवरण देने को कहा गया। प्राय: सभी सफाईकर्मियों ने स्वीकार किया कि उन्हें झूठे आश्वासन दिये गये। ऐसे में संभव है कि नौकरी या रोजगार के लिए प्रयास कर रहे लोगों की कुण्ठा ने ही उन्हें यह मान लेने को विवश कर दिया हो कि उन्हें नौकरी इसलिए नहीं मिली कि उनके पास पैरवी नहीं थी। उनकी इस धारणा के फलस्वरूप अन्य ने भी मान लिया कि इसके लिए प्रयास करना व्यर्थ है। अत: कहा जा सकता

है कि कुण्ठा और निराशा उत्पन्न करने वाले वास्तविक परिणामों के कारण ही दूसरे लोगों ने नौकरी पाने के लिए कोई प्रयास नहीं किया। यह बड़ी दुःखद स्थिति है। अगर मैला सफाई का पेशा समाप्त करना है तो मुक्त हुए सफाईकर्मियों के परिवारों के पुरुष तथा महिला सदस्यों की बेरोजगारी पर विशेष ध्यान देना होगा। उन्हें रोजगार दिलाने के कारगर प्रयास करने होंगे अन्यथा वे परिस्थितियों के हाथों कहीं अन्यत्र जाकर मैला साफ करने का काम करने के लिए विवश हो जायेंगे।

ऊपर बताये गये तथ्यों से मुक्त हुए सफाईकर्मियों तथा उनके परिवारों की रोजगार की दशा, सामाजिक जीवन और अर्थव्यवस्था पर पर्याप्त प्रकाश पड़ता है। स्पष्ट है कि सफाईकर्मियों की मुक्ति की प्रक्रिया से उनकी दयनीय आर्थिक स्थिति में कोई उल्लेखनीय परिवर्तन नहीं हुआ है। उनकी आमदनी यथावत् पहले की तरह ही है, सिर्फ काम की प्रकृति बदल गयी है। फलस्वरूप समाज के इस वर्ग की युवा पीढ़ी को साक्षर और शिक्षित बनाने में उनके रहन-सहन की दशा सबसे बड़ी बाधा है।

सफाईकर्मियों की युवा पीढ़ी में शैक्षिक पिछड़ेपन का कारण केवल गरीबी ही नहीं है अपितु पर्याप्त सामाजिक चेतना का अभाव भी इसका एक कारण है। सफाईकर्मी पढ़ाई का महत्व नहीं समझते हैं। इस प्रकार सरकार द्वारा हरिजन युवाओं को निःशुल्क शिक्षा के लिए दी जा रही सुविधाओं के बावजूद वे इनका पूरा लाभ नहीं उठा पा रहे हैं। यह भी पता चला कि इन मुक्त हुए सफाईकर्मियों में से बहुत-से यह नहीं जानते हैं कि उन्हें कौन-कौन-सी सुविधायें मिली हुई हैं। जहाँ तक समाज के इस वर्ग के सामाजिक तथा सांस्कृतिक जीवन का सम्बन्ध है। देखा गया है कि ये ऊँची जाति वालों से यद्यपि खुलकर नहीं घुलते-मिलते, फिर भी निश्चित रूप से कुछ स्वस्थ प्रवृत्तियाँ भी पनपी हैं।

यह भी ध्यान देना जरूरी है कि मुक्त हुए सफाईकर्मियों ने उन सफाईकर्मियों के साथ, जो मुक्त नहीं हुए हैं और अभी भी मैला साफ करने और ढोने का काम करते हैं, भेदभावपूर्ण व्यवहार किया है। इसका अर्थ यह है कि एक तरफ तो वे ऊँची जाति के हिन्दुओं द्वारा भेदभावपूर्ण बर्ताव किये जाने की शिकायत करते हैं, वहीं दूसरी तरफ उनमें स्वयं भी ऐसा ही दृष्टिकोण पनप रहा है। प्राप्त निष्कर्ष के विश्लेषण से यह भी पता चलता है कि मुक्त हुए

सफाईकर्मी नहीं चाहते कि उनके बच्चे मैला साफ करने का काम करें। वे अपने बच्चों के लिए मैला सफाई के बजाय कोई दूसरा रोजगार चाहते हैं। वे श्रेष्ठतर व्यवसाय के लिए यथार्थवादी ढंग से नहीं सोचते। वे यह महसूस करते हैं कि शैक्षिक पिछड़ेपन के कारण उनके बच्चों को कम पैसे वाला काम ही मिल सकता है।

किन्तु उन्होंने जो विचार व्यक्त किये हैं, उनसे संकेत मिलता है कि वे अपने बच्चों के लिए कुछ व्यवसायिक प्रशिक्षण और अपने बेहतर पुनर्वास की आकांक्षा रखते हैं। इस प्रकार मुक्त होने के बाद उनकी विचारधारा और रुचि में निश्चय ही परिवर्तन आ रहा है।

अध्याय 7

अनाग्राही और आग्राही

I. अनाग्राही

सुलभ शौचालय संस्थान द्वारा शुरू की गयी कम लागत की सफाई प्रणाली अनाग्राहियों (न-अपनाने वालों) से सूचना एकत्र करने के उद्देश्य से अनुसूची का तीसरा सैट तैयार किया गया था। जैसाकि पहले अध्याय में चर्चा की गयी है। अनाग्राही (न-अपनाने वाले) शब्द का प्रयोग उन लोगों के लिए किया गया है जिनके घरों में अभी भी शुष्क शौचालय ही हैं। इन लोगों ने सुलभ शौचालय प्रणाली नहीं अपनायी है। इस अध्ययन में जिन न-अपनाने वालों को लिया गया है वे पटना, मुजफ्फरपुर तथा आरा के हैं। सुलभ योजना के प्रभाव का विश्लेषण करने के लिए इन लोगों को इसलिए चुना गया कि इन शहरों में बड़ी संख्या में लोगों ने अपने कमाऊ शौचालय सुलभ शौचालयों में बदल लिये हैं। परन्तु समाज के एक बड़े हिस्से ने अभी भी सुलभ शौचलाय पद्धति नहीं अपनायी है। ये लोग कमाऊ शौचालयों का ही प्रयोग करते हैं जिसमें मैले को साफ करने की जरूरत पड़ती है। प्रत्येक शहर से 50-50 अनाग्राहियों को चुना गया है।

इस प्रकार इस अध्ययन में कुल 150 अनाग्राहियों को लिया गया है। सबसे पहले अनाग्राहियों के व्यक्तित्व की पहचान से सम्बन्धित सूचना एकत्र की गयी। इसमें उनका नाम, आयु, लिंग, शैक्षिक योग्यता, धर्म, जाति, वार्षिक आय, वैवाहिक स्थिति, जन्म-स्थान और शहर में निवास की अवधि जैसी सूचना शामिल है। जहाँ तक आयु संरचना का प्रश्न है, इन तीनों शहरों से एकत्र की गयी सूचना से प्रतीत होता है कि 20 वर्ष तक के आयुवर्ग में केवल एक अनाग्राही है, जो आरा का है। पटना और मुजफ्फरपुर में इस आयुवर्ग का एक भी व्यक्ति नहीं है (सारणी 59)। कुल मिलाकर, अनाग्राहियों में से सर्वाधिक 28.7 प्रतिशत 41-50 वर्ष के आयुवर्ग में हैं जबकि सबसे कम 0.7 प्रतिशत लोग सबसे कम आयुवर्ग में हैं। इसका अर्थ यह है कि इन तीनों शहरों में

जिन अनाग्राहियों से बातचीत की गयी, वे अलग-अलग आयुवर्ग के हैं।

इसी तरह लिंगवार विवरण का विश्लेषण करने से पता चलता है कि तीनों शहरों में अनाग्राहियों में 91.3 प्रतिशत पुरुष हैं और महिलायें केवल 8.7 प्रतिशत हैं (सारणी 60)। इसका कारण यह है कि महिला सदस्यों से बातचीत उन्हीं घरों में की गयी, जिनमें पुरुष सदस्य उपलब्ध नहीं थे। इससे हम समझ सकते हैं कि इन तीनों शहरों में जिन लोगों से बातचीत की गयी, उनमें पुरुषों की संख्या बहुत अधिक क्यों है जबकि पटना, मुजफ्फरपुर और आरा में महिलाओं की संख्या क्रमशः 4 प्रतिशत, 12 प्रतिशत और 10 प्रतिशत है।

एकत्र किए गये तथ्यों से यह भी पता चलता है कि कुछ अनाग्राही उच्च योग्यता प्राप्त हैं। कुल मिलाकर तीनों शहरों में 11.3 प्रतिशत लोग निरक्षर हैं जबकि 32 प्रतिशत मिडिल कक्षा तक पढ़े हैं और साक्षर हैं। 40.7 प्रतिशत लोग मैट्रिक पास हैं तथा 7.3 प्रतिशत इण्टरमीडिएट पास हैं। 7.3 प्रतिशत लोग ही स्नातक भी हैं, जबकि 1.3 प्रतिशत स्नातकोत्तर हैं (सारणी 61)। इसका अर्थ यह है कि अनाग्राहियों में 15.9 प्रतिशत लोग मैट्रिक कक्षा से अधिक पढ़े हैं, जबकि शेष 84.1 प्रतिशत लोग मैट्रिक अथवा उससे कम पढ़े हैं। ऐसा नहीं माना जा सकता कि सुलभ योजना को अपनाने में शैक्षिक पिछड़ापन ही एकमात्र बाधा है। इसके अलावा, इन अनाग्राहियों में हिन्दू और मुसलमान दोनों ही शामिल हैं। मुजफ्फरपुर या आरा (24%) की तुलना में पटना में मुसलमानों का प्रतिशत (18%) थोड़ा-सा कम है।

स्पष्ट है कि 37.3 प्रतिशत अनाग्राही उच्च जातियों के हैं, जबकि 56 प्रतिशत निम्न जातियों के और 6.6 प्रतिशत अनुसूचित जातियों के हैं (सारणी 63)। आरा शहर से प्राप्त नमूने में अनुसूचित जाति का कोई भी व्यक्ति नहीं है जबकि पटना और मुजफ्फरपुर दोनों से लिये गये नमूनों में इनका प्रतिशत (10%) एक जैसा है। निम्न जाति के वर्ग में अनाग्राहियों का प्रतिशत (62%) सबसे अधिक आरा में है जबकि सबसे कम प्रतिशत (48%) मुजफ्फरपुर में है। पेशे और जीविका कमाने के साधनों जैसे अन्य मामलों में अनाग्राहियों में अन्तर है। उनमें से 39.3 प्रतिशत व्यापार में हैं जबकि 33.3 प्रतिशत नौकरी करते हैं (सारणी 64)। अन्य सभी श्रेणियों में यह 8 प्रतिशत से बहुत कम है। आमतौर पर जिन अनाग्राहियों को लिया गया है वे या तो

व्यापार में हैं अथवा नौकरी करते हैं।

जहाँ तक नमूनों की आय संरचना का प्रश्न है, यह देखा गया है कि अनाग्राहियों की वार्षिक आय 3,000 रुपये से 18,000 रुपये तक है। सबसे अधिक 38.7 प्रतिशत लोग 3,000 से 6,000 रुपये वार्षिक आयवर्ग में हैं। उसके बाद 32 प्रतिशत लोग 6,000 से 9,000 रुपये के आयवर्ग में हैं। तथापि एक छोटा भाग, अर्थात् 2.7 प्रतिशत लोग 3,000 रुपये वार्षिक तक के आयवर्ग में हैं।

इन अनाग्राहियों में से 90.7 प्रतिशत विवाहित हैं। 2.7 प्रतिशत अविवाहित हैं, जबकि 6.7 प्रतिशत विधुर अथवा विधवा हैं। इस प्रकार उनमें से अधिकांशतः विवाहित हैं। इसका कारण बिलकुल स्पष्ट है। नमूनों में सिर्फ उन्हें ही लिया गया है, जो या तो परिवार के मुखिया हैं या फिर पारिवारिक जीवन में महत्वपूर्ण भूमिका निभाते हैं। जिन परिवारों में ऐसे मुखिया, जो परम्परा के अनुसार हों अथवा कार्य के अनुसार हों, हमें उपलब्ध नहीं हो सके, वहाँ परिवार के अन्य सदस्यों से सूचना प्राप्त की गयी।

इन लोगों ने शहर में अपने निवास की अवधि के बारे में भी बताया है। वे सभी (93%) शहरों में पैदा हुए और तब से शहर में ही रह रहे हैं। इस अध्ययन में इन सभी न-अपनाने वालों को शामिल किया गया है। वे सभी उस शहरी सामाजिक-सांस्कृतिक जीवन के अभ्यस्त हो गए हैं।

अनाग्राहियों की वैयक्तिक पहचान से सम्बन्धित इन तथ्यों से हमें पता चलता है कि नमूनों में शामिल अनाग्राहियों को जाति, धर्म, साक्षरता, आय अथवा पेशे की समानता की दृष्टि से किसी एक श्रेणी में नहीं रखा जा सकता है। वे अलग-अलग आयवर्ग के हैं। वे अलग-अलग जातियों के हैं, चाहे हिन्दू हों अथवा मुसलमान। उनका व्यवसाय अलग-अलग है और उनकी शैक्षिक योग्यता का स्तर भी भिन्न-भिन्न है। अतः प्रत्येक शहर से अनाग्राहियों का जो नमूना लिया गया है, वह विविधताओं से भरा हुआ है और शहरी सामुदायिक जीवन का जटिल और विषम स्वरूप प्रस्तुत करता है।

दूसरा प्रश्न अनाग्राहियों के परिवार के सदस्यों की अधिकतम शैक्षिक योग्यता से संबंध रखता है। पटना में सिर्फ एक परिवार में स्नातकोत्तर सदस्य था जबकि मुजफ्फरपुर और आरा में दो-दो परिवारों में स्नातकोत्तर सदस्य थे। पटना में आठ और मुजफ्फरपुर तथा आरा में 14-14 लोगों ने बताया कि

उनके परिवार में सबसे अधिक स्नातक तक की शैक्षिक योग्यता वाले सदस्य हैं। पटना में 29, मुजफ्फरपुर में 14 और आरा में 15 लोगों ने स्वीकार किया कि उनके परिवार की सर्वाधिक शैक्षिक योग्यता मैट्रिक है। इससे ज्ञात होता है कि शिक्षा की स्थिति बहुत सन्तोषजनक नहीं है। यह भी देखा गया है कि जो परिवार अपेक्षाकृत उच्च आयवर्ग में हैं और उच्च जाति के हैं, उनमें शिक्षा की स्थिति थोड़ी बेहतर है। इसी प्रकार न्यूनतम शैक्षिक योग्यता के मामले में प्राप्त सूचनाओं से पता चलता है कि पटना में किसी भी परिवार का सदस्य निरक्षर नहीं है जबकि मुजफ्फरपुर और आरा में सिर्फ एक ही परिवार ऐसा मिला जिसका एक सदस्य निरक्षर है। पटना के 49, मुजफ्फरपुर के 46 तथा आरा के 44 अनाग्राहियों ने स्वीकार किया कि उनके यहाँ अधिकतम शैक्षिक योग्यता मिडिल है। इस प्रकार ऐसा लगता है कि शैक्षिक उपलब्धि अधिक नहीं है और आमतौर पर अधिकांश परिवारों में लोग मात्र साक्षर हैं।

उनसे यह भी जानकारी ली गयी कि उनके परिवारों में वयस्क सदस्यों, पुरुषों तथा महिलाओं की संख्या कितनी है और उनमें कमाऊ सदस्य कितने हैं। यह देखा गया कि तीन परिवारों में 14 से 18 तक वयस्क सदस्य हैं। उनमें पुरुष और महिलाएँ दोनों शामिल हैं। दूसरी ओर, 6.7 प्रतिशत परिवारों में 10 से 12 तथा 34.7 प्रतिशत परिवारों में 6 से 8 तक वयस्क सदस्य हैं। परिवार के कमाऊ सदस्यों की संख्या के बारे में जो सूचना प्राप्त हुई, उससे पता चलता है कि मात्र एक परिवार ऐसा है जिसमें छह या अधिक कमाऊ सदस्य हैं। 1.3 प्रतिशत परिवारों में ऐसे सदस्यों की संख्या 5 है, जबकि 4 प्रतिशत परिवारों में यह संख्या 4 है। 14.7 प्रतिशत परिवारों में तीन सदस्य कमाई करते हैं। 27.3 प्रतिशत परिवारों में दो और 52 प्रतिशत परिवारों में मात्र एक सदस्य ही कमाने वाला है। तुलनात्मक विश्लेषण से हम पाते हैं कि सभी वयस्क पुरुष कमाऊ नहीं हैं। ऐसा इस तथ्य के कारण हो सकता है कि अधिकतर मामलों में वयस्क पुरुष ही रोजी-रोटी कमाने में लगे हैं। जब हम वयस्क पुरुष सदस्यों और कमाई करने वाले सदस्यों की संख्या का मिलान करते हैं, तो पाते हैं कि 47.3 प्रतिशत मामलों में एक या दो वयस्क पुरुष हैं। दूसरी ओर, 52 प्रतिशत परिवारों में एक और 27.3 प्रतिशत परिवारों में दो कमाऊ सदस्य हैं। अतः इसे इस प्रकार समझा जा सकता है कि अधिकतर वयस्क सदस्य कमाने वाले हैं और किसी-न-किसी किस्म के रोजगार में लगे हैं।

उनसे परिवार की आय और आय के स्रोत के बारे में भी जानकारी प्राप्त की गयी। प्राप्त आंकड़ों से पता चलता है कि 22.7 प्रतिशत परिवारों की वार्षिक आय 3,000 रुपये से 6,000 रुपये तक है। 33.3 प्रतिशत परिवारों की आय 6,000 से 9,000 रुपये तक और 16.7 प्रतिशत परिवारों की आय 9,000 से 12,000 रुपये तक है। 10 प्रतिशत परिवारों की आय 12,000 से 15,000 रुपये तक है जबकि 5.3 प्रतिशत परिवारों की आय 15,000 से 18,000 रुपये तक है। 14 प्रतिशत परिवारों की वार्षिक आय 18,000 से रुपये अधिक है। इसका अर्थ यह है कि उत्तरदाताओं के 29.3 प्रतिशत परिवारों की वार्षिक आय 12,000 रुपये से अधिक है, जबकि 70.7 प्रतिशत परिवार एक वर्ष में 1,000 रुपये से कम कमाते हैं। परिवार के आकार और रहन-सहन के खर्चे को देखते हुए यह आय बहुत अधिक नहीं है। अधिकांश मामलों में आय का स्रोत नौकरी है अथवा व्यापार है। 38.3 प्रतिशत परिवार रोजगार में लगे हैं और इसी अनुपात में लोगों ने व्यापार को अपनी आय का स्रोत बताया। यह उल्लेख कर देना आवश्यक है कि सभी अनाग्राहियों ने अपनी आय का एक ही स्रोत नहीं बताया। बल्कि उनमें से कुछ ने परिवार की आय के दो या अधिक स्रोत बताये हैं। ऐसा या तो दो या अधिक वयस्कों के रोजी-रोटी कमाने के कारण या फिर कुछ मामलों में ऊपरी आय के कारण हुआ होगा।

परिवार के आकार का विश्लेषण करने के लिए परिवार में कुल बच्चों की संख्या और स्कूल तथा कॉलेज जाने वाले बच्चों की संख्या के बारे में भी जानकारी इकट्ठी की गयी। यह देखा गया कि 47.3 प्रतिशत मामलों में परिवार में 1 या 2 लड़के हैं, जबकि 54.3 प्रतिशत मामलों में 1 या 2 लड़कियाँ हैं। मात्र 1.3 प्रतिशत उत्तरदाताओं ने ही स्वीकार किया कि उनके यहाँ 7 या 8 लड़कियाँ हैं, जबकि 2.7 प्रतिशत ने अपने यहाँ 7 या 8 लड़के होने की बात कही है। कुल मिलाकर, अधिकांश लोगों ने अपने परिवारों में तीन से कम लड़कियाँ और इतने ही लड़के होने की बात कही है। लेकिन अगर एक ही व्यक्ति ने एक या दो लड़के और इतनी ही लड़कियाँ होने की बात कही है तो बच्चों की कुल संख्या दो या चार हो जायेगी। अतः अधिकांश मामलों में बच्चों की संख्या बहुत अधिक नहीं है, हालांकि कुछ मामलों में यह दो या दो से अधिक है। इसमें लड़का और लड़की दोनों शामिल हैं।

स्कूल जाने वाले बच्चों के बारे में जो जानकारियाँ मिलीं, उनसे पता चलता है कि अधिकांश उत्तरदाताओं ने कहा कि उनके यहाँ कोई बच्चा स्कूल नहीं जाता है। लड़कों के मामले में 36 प्रतिशत और लड़कियों के मामले में 42 प्रतिशत उत्तरदाताओं ने ऐसा ही कहा है। 40.7 प्रतिशत लड़कों और 46.7 प्रतिशत लड़कियों के मामलों में स्कूल जाने वाले बच्चों की संख्या 1 या 2 थी। कालेज जाने वाले युवकों और युवतियों के मामले में क्रमशः 92 प्रतिशत और 81.3 प्रतिशत उत्तरदाताओं ने बताया कि उनके यहाँ कोई युवक अथवा युवती कालेज नहीं जाती। इससे साफ जाहिर होता है कि अनाग्राहियों में शिक्षा का अधिक प्रचलन नहीं है और अधिकांश परिवारों में गिने-चुने लोग ही उच्च शिक्षा प्राप्त हैं। ऐसा या तो खराब आर्थिक स्थिति के कारण हो सकता है या फिर बहुत से मामलों में अनाग्राहियों के सामाजिक पिछड़ेपन के कारण हो सकता है।

वे जिस तरह के मकानों में रहते हैं, इसकी जानकारी से भी इस अध्ययन में शामिल अनाग्राहियों के रहन-सहन और आर्थिक स्थिति का पता चलता है। पटना में मात्र 20 प्रतिशतं, मुजफ्फरपुर में 44 प्रतिशत तथा आरा में भी 44 प्रतिशत ही उत्तरदाता पक्के मकानों में रहते हैं। इसी तरह पटना में 38 प्रतिशत, मुजफ्फरपुर में 22 प्रतिशत और आरा में 14 प्रतिशत लोग कच्चे मकानों में रहते हैं जबकि पटना में 42 प्रतिशत, मुजफ्फरपुर में 34 प्रतिशत और आरा में 42 प्रतिशत उत्तरदाता मिश्रित किस्म के मकानों में रहते हैं। इसका अर्थ यह है कि आधे से अधिक अनाग्राही या तो कच्चे या फिर मिश्रित किस्म के मकानों में रहते हैं।

नागरिक सुविधाओं के सम्बन्ध में प्राप्त सूचनाओं से पता चलता है कि पटना और मुजफ्फरपुर में 74-74 प्रतिशत और आरा में 72 प्रतिशत उत्तरदाता बिजली लगे मकानों में रहते हैं जबकि शेष अनाग्राही और उनके परिवारों को शहरी क्षेत्रों में भी बुनियादी नागरिक सुविधाएँ नसीब नहीं हैं।

इसी तरह प्राप्त सूचना से पता चलता है कि पटना में 46 प्रतिशत, मुजफ्फरपुर में 52 प्रतिशत और आरा में 32 प्रतिशत अनाग्राहियों के घरों में नल लगे हैं। जबकि पटना में 8 प्रतिशत, मुजफ्फरपुर में 2 प्रतिशत और आरा में 12 प्रतिशत लोगों के यहाँ पीने के पानी का एकमात्र स्रोत कुँआ है। पटना में 8 प्रतिशत, मुजफ्फरपुर में बिलकुल भी नहीं और आरा में 4 प्रतिशत लोगों के

यहाँ नल और कुँआ दोनों ही हैं जबकि पटना में 2 प्रतिशत, मुजफ्फरपुर में 18 प्रतिशत और आरा के 14 प्रतिशत लोगों के यहाँ हैण्डपम्प लगे हैं। यह भी देखा गया है कि पटना में 36 प्रतिशत और आरा में 28 प्रतिशत लोगों के यहाँ इनमें से एक भी सुविधा नहीं है। इसका अर्थ यह है कि अनाग्राहियों का एक बड़ा हिस्सा इन बुनियादी नागरिक सुविधाओं से भी वंचित है। पटना में मात्र 10 प्रतिशत, मुजफ्फरपुर में 2 प्रतिशत और आरा में 4 प्रतिशत लोग नये बने मकानों में रहते हैं जबकि अनाग्राहियों और उनके परिवार का एक बहुत बड़ा हिस्सा पुराने या बहुत पुराने मकानों में रहता है। ऐसे मकान या तो पुश्तैनी हैं या फिर किराये के हैं। इन सभी मकानों में सिर्फ कमाऊ शौचालय का ही इस्तेमाल किया जाता है।

अनाग्राहियों से यह भी पूछा गया है कि क्या वे सुलभ शौचालय योजना के बारे में जानते हैं? पता चला कि पटना और मुजफ्फरपुर में सभी इसके बारे में जानते थे, सिर्फ आरा में दो निरक्षर अनाग्राही इससे अनजान थे।

इन उत्तरदाताओं से जो अगला प्रश्न पूछा गया, वह यह था कि आपको सुलभ शौचालय योजना की जानकारी कैसे मिली। इसके लिए उन्हें जानकारी के संभावित स्रोतों की एक सूची भी दी गयी। 150 अनाग्राहियों से 286 उत्तर प्राप्त किये गये (सारणी 65 तथा 66)। इसका अर्थ यह है कि उनमें से कुछ ने अपनी जानकारी के दो या अधिक स्रोत बताये।

हम यह भी देखते हैं कि अनाग्राहियों में सर्वाधिक 66.7 प्रतिशत वे हैं जिन्हें इस योजना की जानकारी सुलभ इण्टरनेशनल से मिली है। उसके बाद दूसरे नम्बर पर, अर्थात् 38 प्रतिशत वे हैं जिन्हें उनसे जानकारी मिली जिन्होंने इसे अपनाया है। 32.7 प्रतिशत लोगों को इसका पता सार्वजनिक सुलभ शौचालय कम्प्लेक्स से लगा, जबकि 23.3 प्रतिशत को समाचारपत्र तथा रेडियो जैसे जनसंचार माध्यमों से इसकी जानकारी मिली। मात्र 8.3 प्रतिशत को अपने मित्रों तथा संबंधियों से इसकी जानकारी मिली, जबकि 13.3 प्रतिशत को उनके पड़ौसियों ने इस योजना के बारे में बताया। शिक्षा के आधार पर प्राप्त सूचना का वर्गीकरण (सारणी 65) से पता चलता है कि सभी श्रेणियों के अनाग्राहियों के मामले में जानकारी का सबसे महत्वपूर्ण स्रोत सुलभ इण्टरनेशनल है और इस प्रकार साक्षरता के स्तर की भिन्नता से कोई विशेष अन्तर नहीं पड़ता है। इसी तरह प्राप्त उत्तरों के जातिवार वर्गीकरण

(सारणी 66) से पता चलता है कि उच्च और निम्न जातियों की श्रेणी के अधिकांश उत्तरदाताओं ने सुलभ इण्टरनेशनल का नाम लिया है और मात्र अनुसूचित जातियों के मामलें में ही सबसे अधिक 70 प्रतिशत ने इस योजना के अपनाने वालों को अपनी जानकारी का स्रोत बताया है। इस वर्ग में 50 प्रतिशत उत्तरदाताओं ने सुलभ इण्टरनेशनल का नाम लिया। इस तरह प्रायः सभी मामलों अथवा वर्गों में लोगों को सुलभ शौचालय योजना के बारे में शिक्षित करने वाली सबसे प्रभावी एजेन्सी सुलभ इण्टरनेशनल ही है।

अनाग्राहियों से दूसरा प्रश्न यह किया गया कि अगर आप सुलभ शौचालय योजना के बारे में जानते हैं तो इसके बारे में आपकी क्या राय है? इसके लिए उन्हें वैकल्पिक उत्तरों की सूची दी गयी। अनाग्राहियों की सबसे महत्वपूर्ण प्रतिक्रिया इस प्रकार रही: 1. यह किफायती है, 2. इससे दुर्गन्ध नहीं फैलती, 3. यह कमाऊ शौचालय से बेहतर है, 4. इससे मैले की खाद मिलती है। 98.7 प्रतिशत उत्तरदाताओं ने संकेत दिया कि यह कमाऊ शौचालय की तुलना में अधिक पसन्द है। 68 प्रतिशत का यह विचार था कि यह किफायती है जबकि 20 प्रतिशत ने कहा कि इससे मैले की खाद मिलती है। दूसरी तरफ 73.3 प्रतिशत ने कहा कि उन्हें मैला साफ करने की जरूरत नहीं पड़ती और इस तरह सफ़ाईकर्मियों की मुक्ति में मदद मिलती है।

अनाग्राहियों से यह भी बताने को कहा गया कि उन्हें अपने घरों में कमाऊ शौचालय के कारण कौन–सी समस्याओं का सामना करना पड़ता है। उनके विचारों से ऐसा प्रतीत होता है कि उनमें से शत–प्रतिशत यह मानते हैं कि कमाऊ शौचालय अस्वास्थ्यकर है (सारणी 67 तथा 68)। लगभग 74.6 प्रतिशत ने स्वीकार किया कि मैला साफ करने का काम नियमित रूप से न होने के कारण कभी–कभी दुर्गन्ध बर्दाश्त से बाहर हो जाती है। कोई 54.6 प्रतिशत ने स्वीकार किया कि जब मैला साफ किया जाता है तो उस समय घर में अत्यन्त दुर्गन्ध फैल जाती हैं। 28.7 प्रतिशत अनाग्राहियों के अनुसार इससे दुर्गन्ध फैलती है। लगभग 9.3 प्रतिशत ने अनियमित मैला सफाई की शिकायत की, जबकि 4.7 प्रतिशत ने कहा कि जब सफाईकर्मी आता है तो हममें से किसीको उसे शौचालय साफ करने के लिए पानी और राख देनी पड़ती है। इस प्रकार ऐसा लगता है कि कमाऊ शौचालयों की अस्वास्थ्यकर दशा और अलग–अलग अवसरों पर अनाग्राहियों की दो ऐसी बुनियादी समस्यायें हैं

जिनका उन्हें घर में कमाऊ शौचालय होने के कारण सामना करना पड़ता है।

व्यवसाय के आधार पर उत्तरों के वर्गीकरण (सारणी 67) से विभिन्न पेशेवर समूहों में कोई अधिक अन्तर नहीं दिखाई देता है। प्रत्येक श्रेणी में कुल मिलाकर लोगों ने एक जैसी समस्यायें बतायी हैं। इसी तरह शैक्षिक स्तर के आधार पर किये गये वर्गीकरण (सारणी 68) से भी साक्षरता स्तर की प्रासंगिकता का पता नहीं चलता। अतः इन सभी श्रेणियों में अस्वास्थ्यकर स्थिति और दुर्गन्ध की दो बुनियादी समस्याओं का उल्लेख किया गया है।

अनाग्राहियों से मैला हटाने और साफ करने के बारे में अपने विचार व्यक्त करने के लिए भी कहा गया। इसके लिए उनसे अलग-अलग तरह के प्रश्न पूछे गये। उनसे जो प्रश्न पूछे गये वे इस प्रकार हैं: 1. क्या आप मानते हैं कि मैला साफ करना मानवीय गरिमा की दृष्टि से बहुत घृणित कार्य है? 2. क्या आप इससे सहमत हैं कि मैला साफ करने का काम एक सामाजिक बुराई है? 3. क्या आप मैला साफ करने पर पूरी तरह रोक लगाने के पक्ष मैं हैं? 4. क्या आप अपने-अपने घर की शौचालय पद्धति को सुलभ शौचालय प्रणाली में बदलने के इच्छुक हैं? 5. क्या आप इस विचार का समर्थन करते हैं कि मैला सफाई का काम सामाजिक न्याय की अवमानना है? और 6. क्या आप मानते हैं कि भारत में सही अर्थों में कल्याणकारी समाज की स्थापना तब तक संभव नहीं है, जब तक यहाँ परम्परा से चली आ रही मैला सफाई की पद्धति का अन्त नहीं होता?

इनमें से प्रत्येक प्रश्न के उत्तर में उन्होंने "हाँ" में सिर हिला दिये। इसका अर्थ यह है कि सभी अनाग्राही मैला सफाई पद्धति के विरुद्ध हैं और इसे एक अवमानवीय पेशा मानते हैं। वे यह भी महसूस करते हैं कि मैला साफ करना एक सामाजिक बुराई है और इसे भारतीय समाज से जड़ से समाप्त कर दिया जाना चाहिए। वे इस विचार का भी समर्थन करते हैं कि सामाजिक न्याय का आदर्श उस समय तक साकार नहीं हो सकता, जब तक समाज में मैला सफाई की बुराई विद्यमान है। इसके अलावा वे इस दृष्टिकोण को भी सही मानते हैं कि भारत में जब तक मैला सफाई की पद्धति बनी हुई है, तब तक कल्याणकारी राज्य की स्थापना संभव नहीं है। उनका यह भी मानना है कि यदि हम सही अर्थों में कल्याणकारी राज्य बनाना चाहते हैं तो मैला सफाई के पेशे को समाप्त करना आवश्यक है। इसके अलावा, उन्होंने जो विचार व्यक्त किये,

उनसे यह निष्कर्ष निकलता है कि अनाग्राही भी मैला साफ करने के अवमानवीय कार्य का समर्थन नहीं करते हैं। लेकिन इसके साथ ही वे महसूस करते हैं कि मुक्त कराये गये सफाईकर्मियों के पुनर्वास पर भी ध्यान दिया जाना चाहिए। जो पहले से ही नगरपालिकाओं या नगरनिगमों में नौकरी करते हैं, उन्हें उनके नियोजकों द्वारा दूसरे किस्म के काम सौंपे गये हैं। लेकिन दूसरे लोग भविष्य में मैला सफाई के काम में न लग जायें, इसके लिए जरूरी है कि उन्हें जीविका कमाने के कुछ वैकल्पिक साधन तथा दूसरे रोजगार दिये जायें।

उनसे दूसरा प्रश्न यह किया गया कि क्या आपके पड़ौस में किसी ने सुलभ शौचालय प्रणाली अपनायी है? प्राप्त सूचना से पता चलता है कि पटना में 26, मुजफ्फरपुर में 18 और आरा में 17 लोगों ने स्वीकार किया है कि उनके पड़ौसियों ने सुलभ शौचालय प्रणाली अपनायी है।

इन तीनों शहरों में बड़ी संख्या में लोगों ने कमाऊ शौचालयों की जगह सुलभ शौचालय प्रणाली अपनायी है। अनाग्राहियों से अगला प्रश्न यह किया गया कि क्या उनके पड़ौसियों ने इस प्रणाली के बारे में कभी कोई शिकायत की है? स्पष्ट है कि इस प्रश्न का सम्बन्ध उन्हीं 61 अनाग्राहियों से था जिनके पड़ौसियों ने सुलभ शौचालय प्रणाली अपनायी है। उन्होंने बताया कि उन्हें इसके बारे में सचमुच कोई शिकायत नहीं मिली। यह योजना सन्तोषजनक तरीके से काम कर रही थी और इन तीन शहरों में इसे अपनाने वाले सन्तुष्ट थे।

अनाग्राहियों से सुलभ शौचालय प्रणाली को न अपनाने के कारण बताने को कहा गया। उनमें से अधिकांश ने इसका सबसे महत्वपूर्ण कारण यह बताया कि उनके पास कमाऊ शौचालयों को सुलभ शौचालयों में बदलने के लिए पर्याप्त पैसा नहीं है। उन्होंने दूसरा महत्वपूर्ण कारण यह बताया कि उन्हें इसे अपनाने के तरीके की पूरी जानकारी नहीं है क्योंकि यह योजना उनके शहरों में देर से लागू की गयी।

अनाग्राहियों के अध्ययन के निष्कर्षों को ध्यान में रखकर कहा जा सकता है कि कमाऊ शौचालय प्रणाली, यदि आज भी जारी है तो इसकी वजह यह नहीं है कि इसे लोग पसन्द करते हैं या इसे अपनाना चाहते हैं, बल्कि इसके जारी रहने का मुख्य कारण मकान-मालिकों की कमजोर—आर्थिक स्थिति है। कुछ माामलों में अनाग्राही कमाऊ शौचालयों को बदलने की प्रक्रिया के

बारे में नहीं जानते हैं। परोक्ष रूप से इसका अभिप्राय यह है कि उन्हें इसके लिए तकनीकी मार्गदर्शन अथवा वित्तीय सहायता जिसमें अनुदान भी शामिल है, नहीं दी गयी है। इस प्रकार ऐसे मामलों में कमाऊ शौचालयों को सुलभ शौचालयों में न बदले जाने में इस कारक की भी महत्वपूर्ण भूमिका है, तथापि सभी अनाग्राही सुलभ शौचालय के बारे में जानते हैं और इस प्रणाली को कमाऊ शौचालय से बेहतर मानते हैं। ये अनाग्राही यह भी स्वीकार करते हैं कि मैला साफ करना एक अवमानवीय कार्य है और इससे सामाजिक न्याय के सिद्धान्त का उल्लंघन होता है। वे सफाईकर्मियों की मुक्ति के विचार का समर्थन करते हैं और चाहते हैं कि कमाऊ शौचालय प्रणाली समाप्त कर दी जाये।

लेकिन पर्याप्त तकनीकी जानकारी की कमी और खराब आर्थिक स्थिति की वजह से उन्होंने स्वच्छ शौचालय प्रणाली नहीं अपनायी है। अगर उन्हें जरूरी तकनीकी और आर्थिक सहायता दी जाये तो वे सुलभ शौचालय प्रणाली अपना सकते हैं। इस प्रकार ऐसा प्रतीत होता है कि वे साफ-सफाई की कम लागत वाली योजना का विरोध न तो वैचारिक आधार पर करते हैं और न ही मूल्यों के कारण बल्कि उनके द्वारा इसे नहीं अपनाये जाने के पीछे कुछ ऐसे कारण हैं जो उनके नियंत्रण से बाहर हैं। अतः स्पष्ट है कि सुलभ शौचालय योजना की जानकारी इन अनाग्राहियों को भी है। सुलभ इण्टरनेशनल की कार्य प्रणाली साफ-सफाई की कम लागत वाली योजना को लोकप्रिय बनाने की दृष्टि से महत्वपूर्ण सिद्ध हुई है।

II. आग्राही

इस अध्ययन में नमूनों का जो चौथा समुच्चय लिया गया है, उसमें सुलभ शौचालय योजना के आग्राही शामिल किए गए हैं। जैसा कि अध्ययन की रूपरेखा अध्याय में चर्चा की गई है, आग्राहियों (अपनाने वालों) के अध्ययन के लिए पटना, मधुबनी, और चाईबासा तीन शहर चुने गये हैं। प्रत्येक शहर से 50-50 अपनाने वाले लिये गये हैं और इस तरह इस अध्ययन में तीनों शहरों से 150 आग्राहियों का नमूना लिया गया है। आग्राहियों से एक साक्षात्कार अनुसूची के आधार पर जो सूचना एकत्र की गयी, उनका सम्बन्ध उनकी वैयक्तिक पहचान, पारिवारिक जीवन के विवरण तथा परिवारों की

सामाजिक और आर्थिक स्थितियों से है। इसके अलावा, इस सूचना का सम्बन्ध सुलभ शौचालय की जानकारी और इसे अपनाने तथा इसके बारे में उनके अनुभवों से भी है।

जहाँ तक आग्राहियों का प्रश्न है, यह कहा जा सकता है कि प्रत्येक शहर से लिया गया नमूना न केवल असमानतापूर्ण है, बल्कि तीनों शहरों से लिये गये नमूनों को मिलाकर जो एक सम्पूर्ण नमूना बनाया गया है, वह भी असमान है। इसका कारण यह है कि नमूनों में शामिल लोग आयु, लिंग, शिक्षा, धर्म, जाति, व्यवसाय, वैवाहिक स्थिति, व्यक्तिगत आय और शहर में निवास की अवधि की दृष्टि से एक-दूसरे से भिन्न हैं। इन तीनों शहरों में उत्तरदाता अलग-अलग आयुवर्ग के हैं। ये आयुवर्ग 21-30 वर्ष से 71 वर्ष और अधिक तक हैं। सिर्फ मधुबनी में 8 प्रतिशत उत्तरदाता 20 वर्ष तक के आयुवर्ग में हैं। लेकिन अधिकांश आग्राही 40 वर्ष से अधिक आयु के हैं। साक्षात्कार लेने और सूचना एकत्र करने के लिए परिवार के मुखियाओं से ही सम्पर्क किया गया। अगर कहीं परिवार का मुखिया उपलब्ध नहीं रहा तो परिवार की महिला मुखिया से ही बात की गयी।

कुछ मामलों में परिवार के अन्य जिम्मेदार व्यक्ति से बातचीत की गयी। इस प्रकार पटना में 34 प्रतिशत और चाईबासा में 22 प्रतिशत महिलाएँ मिलीं, जबकि मधुबनी में शत-प्रतिशत पुरुष ही मिले। इसका अर्थ यह है कि मधुबनी में मुखिया अथवा वयस्क पुरुष उपलब्ध थे और इस प्रकार महिलाओं से बातचीत नहीं की गयी।

प्राप्त सूचना से पता चलता है कि आग्राहियों में शिक्षित, अर्द्ध-शिक्षित, साक्षर और निरक्षर हैं। पटना में 4 प्रतिशत, मधुबनी में 20 प्रतिशत और चाईबासा में 10 प्रतिशत उत्तरदाता निरक्षर हैं, जबकि इन शहरों में क्रमशः 60 प्रतिशत, 32 प्रतिशत और 30 प्रतिशत उत्तरदाता मिडिल कक्षा तक पढ़े हैं। इसी तरह पटना में 22 प्रतिशत, मधुबनी में 24 प्रतिशत और चाईबासा में 40 प्रतिशत मैट्रिक तक पढ़े हैं। पटना में 2 प्रतिशत, मधुबनी में 10 प्रतिशत और चाईबासा में 14 प्रतिशत इण्टरमीडिएट तक पढ़े हैं जबकि 12 प्रतिशत और 6 प्रतिशत स्नातक हैं। सिर्फ एक स्नातकोत्तर है, जो मधुबनी का है। लेकिन पटना या चाईबासा में इस तरह की योग्यता का एक भी आदमी नहीं मिला। कुल मिलाकर, कहा जा सकता है कि इन तीन शहरों के अपनाने वालों में से

19.4 प्रतिशत इण्टरमीडिएट अथवा अधिक योग्यता प्राप्त हैं। शेष 80.6 प्रतिशत उत्तरदाता या तो निरक्षर हैं अथवा साक्षर हैं या फिर उन्होंने मैट्रिक तक की शिक्षा प्राप्त की है।

पटना में आग्राही तीन धार्मिक समूहों में विभाजित हैं। इनमें 8 प्रतिशत मुस्लिम, 24 प्रतिशत हिन्दू और 68 प्रतिशत सिक्ख हैं। लेकिन मधुबनी और चाईबासा में सिर्फ मुस्लिम और हिन्दू उत्तरदाता ही नमूनों में शामिल किये गये हैं। कुल मिलाकर, 32 प्रतिशत आग्राही मुस्लिम हैं, जबकि 43.5 प्रतिशत आग्राही हिन्दू और 22.7 प्रतिशत सिक्ख हैं। इसी तरह आग्राही अलग-अलग जातियों के हैं। कुल मिलाकर 40 प्रतिशत उच्च जाति के हैं जबकि 57.3 प्रतिशत निम्न जाति के हैं। 2 प्रतिशत अनुसूचित जाति के हैं और 0.7 प्रतिशत अनुसूचित जनजाति के हैं। सिर्फ एक आग्राही अनुसूचित जनजाति का है जो चाईबासा का है। मधुबनी में एक भी आग्राही अनुसूचित जाति का नहीं है जबकि पटना में एक और चाईबासा में दो आग्राही इसी वर्ग के हैं। नमूने में शामिल आग्राही पेशे की दृष्टि से भी असमान हैं। उनमें से 17.3 प्रतिशत नौकरी में हैं जबकि 42.7 प्रतिशत व्यापार करते हैं, 7.3 प्रतिशत मजदूरी करते हैं और 6.7 प्रतिशत अवकाश ग्रहण कर चुके हैं, 18.7 प्रतिशत गृहणियाँ हैं और मात्र 2.7 प्रतिशत आग्राही खेतीबाड़ी में लगे हैं, जबकि 4.7 प्रतिशत के पास कोई काम नहीं है।

इस प्रकार नमूने में शामिल लोग पेशे के अनुसार अलग-अलग श्रेणियों के हैं। अपनाने वालों की व्यक्तिगत आय 3,000 रुपये से लेकर 18,000 रुपये वार्षिक तक है। कुल मिलाकर 25.3 प्रतिशत लोगों की वास्तव में कोई व्यक्तिगत आय नहीं है। ऐसे लोगों में या तो गृहणियाँ हैं या फिर बेरोजगार व्यक्ति हैं। इस श्रेणी में वे लोग भी आते हैं, जो सेवानिवृत हो चुके हैं लेकिन जिन्हें अवकाश के बाद मिलने वाली सुविधाएँ जैसे पेंशन प्राप्त नहीं हैं। लेकिन आय बढ़ने के साथ आग्राहियों के अनुपात में कमी आयी है।

आग्राहियों की वैवाहिक स्थिति के अनुसार भी वर्गीकरण किया गया है। कुल मिलाकर 90.7 प्रतिशत विवाहित हैं और 5.3 प्रतिशत अविवाहित हैं जबकि 4 प्रतिशत या तो विधवा हैं या फिर विधुर हैं। कारण बिलकुल स्पष्ट है। चूँकि साक्षात्कार के लिए परिवार के मुखियों के चयन पर अधिक ध्यान दिया गया, इसलिए विवाहित व्यक्तियों की संख्या अधिक होना स्वाभाविक

है। इन लोगों से प्राप्त सूचना से यह भी पता चलता है कि वे अलग-अलग अवधि से शहर में रह रहे हैं। दूसरे सभी मामलों में निवास की अवधि 10 वर्ष से अधिक है और अधिकांश मामलों में 30 वर्ष से भी अधिक है। इस प्रकार ऐसा लगता है कि अपनाने वाले या तो जन्म से ही शहर में रह रहे हैं अथवा जीवन के प्रारंभिक दिनों से या फिर काफी लम्बी अवधि से शहर में रहते आये हैं।

ऊपर बताये गये निष्कर्षों को ध्यान में रखते हुए ऐसा लगता है कि इस अध्ययन में जो नमूना लिया गया है, वह न सिर्फ सामाजिक और आर्थिक दृष्टि से बल्कि आयु संरचना, लिंग और वैवाहिक स्थिति की दृष्टि से भी असमानताओं से भरा है। इस प्रकार सुलभ योजना के आग्राही किसी विशेष आयवर्ग, पेशेवर समूह अथवा किसी विशेष जाति या समुदाय के नहीं हैं, बल्कि इस योजना को उन लोगों ने अपनाया है जो अलग-अलग जातियों तथा समुदायों और अलग-अलग पेशों में लगे हैं तथा अलग-अलग आयवर्गों से संबंधित हैं। इसके अलावा, आग्राहियों में सिर्फ शिक्षित ही नहीं हैं, अर्द्ध-शिक्षित और अशिक्षित भी हैं। इस प्रकार यह कहा जा सकता है कि सुलभ शौचालय योजना समाज के किसी वर्ग विशेष द्वारा ही स्वीकार और अंगीकार नहीं की जा रही है बल्कि यह योजना उन वर्गों और समूहों द्वारा अपनायी जा रही है जो सामाजिक, आर्थिक और सांस्कृतिक पृष्ठभूमि की दृष्टि से एक-दूसरे से भिन्न हैं।

आग्राहियों से उनके पारिवारिक जीवन के बारे में जो रिपोर्ट प्राप्त हुई, उससे पता चलता है कि आग्राहियों के परिवारों में साक्षर और निरक्षर दोनों हैं। लेकिन एकत्र किये गये आंकड़ों से साफ जाहिर होता है कि इन तीनों शहरों में निरक्षर आग्राहियों की संख्या साक्षर आग्राहियों की तुलना में काफी कम है। परिवार में शिक्षित सदस्यों की संख्या के बारे में जो सूचना प्राप्त हुई है, उससे भी इस तथ्य की पुष्टि होती है। पटना में 34 प्रतिशत, मधुबनी में 48 प्रतिशत और चाईबासा में 12 प्रतिशत आग्राहियों ने स्वीकार किया है कि उनके परिवार में एक भी शिक्षित सदस्य नहीं है। इसका अर्थ यह है कि सभी तीन शहरों में 50 प्रतिशत से अधिक आग्राही परिवारों में शिक्षित सदस्य हैं। चाईबासा में जो एक जनजाति इलाका है, ईसाई मिशनरी लम्बे समय से लोगों को शिक्षित करने का काम करते रहे हैं। इस प्रकार मधुबनी अथवा पटना के

मुकाबले वहाँ शिक्षा का प्रचार अधिक है।

व्यक्तिगत आय के बारे में पूछने के साथ ही परिवार की कुल आय और आय के स्रोत के बारे में भी पूछताछ की गयी। आग्राहियों से प्राप्त सूचना से पता चलता है कि पारिवारिक आय 3,000 रुपये से 18,000 रुपये प्रतिवर्ष है। 22.7 प्रतिशत आग्राही परिवार 12,000 रुपये प्रतिवर्ष से अधिक कमाते हैं। इसका अर्थ यह है कि इन परिवारों की आय 1,000 रुपये प्रतिमाह से अधिक है, जबकि 77.3 प्रतिशत परिवार हर महीने 1,000 रुपये या इससे कम कमाते हैं। इस प्रकार यह कहा जा सकता है कि उनकी आर्थिक स्थिति संतोषजनक नहीं है। इन तीन शहरों में आय का सबसे महत्वपूर्ण स्रोत व्यापार है क्योंकि कुल मिलाकर 52.3 प्रतिशत लोगों ने व्यापार को ही अपनी पारिवारिक आय का स्रोत बताया है।

ऐसा लगता है कि उनकी आय का दूसरा महत्वपूर्ण स्रोत नौकरी है जिसके बारे में 30.5 प्रतिशत लोगों ने चर्चा की है। 7.5 प्रतिशत लोगों ने खेतीबाड़ी को अपने परिवार की आय का स्रोत बताया है, जबकि 6.3 प्रतिशत लोगों के अनुसार उनकी परिवार की आय का स्रोत मजदूरी या मोटा काम है। सिर्फ 2.3 प्रतिशत लोगों ने मकान भाड़े को और 1.1 प्रतिशत लोगों ने डॉक्टरी या वकालत की प्रैक्टिस को अपनी पारिवारिक आय का स्रोत बताया है। यह भी बता देना जरूरी है कि आग्राहियों की कुल संख्या 150 है, जबकि उनसे प्राप्त उत्तरों की कुल संख्या 174 है। इसका अर्थ यह है कि उनमें से कुछ ऐसे हैं जिन्होंने अपने परिवार की आय के एक से अधिक स्रोत बताये हैं। ऐसा या तो इसलिए हो सकता है कि उनके यहाँ परिवार में दो या अधिक लोग कमाने वाले हैं या फिर इसलिए कि उन्हें मकान भाड़े या खेतीबाड़ी से अतिरिक्त आय होती है।

परिवार के कमाऊ सदस्यों के बारे में उनसे जो जानकारी मिली, उससे पता चलता है कि 50.7 प्रतिशत उत्तरदाताओं के यहाँ सिर्फ एक ही आदमी कमाता है, जबकि 32 प्रतिशत उत्तरदाताओं के यहाँ दो लोग कमाने वाले हैं। उत्तरदाताओं में से 12 प्रतिशत ने बताया कि उनके परिवार में तीन लोग कमाते हैं जबकि 5.3 प्रतिशत ने स्वीकार किया कि उनके यहाँ चार कमाने वाले हैं। इसका अर्थ यह है कि अधिकांश मामलों में सिर्फ एक ही आदमी कमाता है और उसे सारे परिवार को पालना होता है। लेकिन ऐसे परिवारों की

संख्या भी अच्छी-खासी है, जहाँ दो या अधिक लोग कमाने वाले हैं। जाहिर है कि जहाँ कहीं भी दो या अधिक कमाने वाले हैं, वहाँ आय अपेक्षाकृत अधिक हो सकती है, साथ ही, वहाँ परिवार में आय के एक से अधिक स्रोत हो सकते हैं। 49.3 प्रतिशत मामलों में कमाने वालों की संख्या एक से अधिक है। इसे ध्यान में रखते हुए कहा जा सकता है कि परिवार की आय या कमाई बहुत अधिक है। अतः इसे इस तरह समझा जा सकता है कि वे लोग जो नौकरी या व्यापार में लगे हैं, वे ज्यादा पैसा नहीं कमाते। ऐसे लोग या तो छोटे-मोटे व्यापार में लगे हैं या फिर बहुत कम आय या वेतन वाली नौकरी कर रहे हैं।

सुलभ शौचालय योजना के आग्राहियों से इस योजना से उनके सम्पर्क और योजना के बारे में उनकी जानकारी के बारे में भी जानकारी एकत्र की गयी। उनसे यह भी पूछा गया कि उन्होंने इस योजना को क्यों अपनाया और इसके अपनाने के क्या प्रभाव पड़े? इस सिलसिले में, उनसे जो पहला प्रश्न पूछा गया, वह था "क्या आपके परिवार का कोई सदस्य सुलभ शौचालय योजना से किसी भी रूप से जुड़ा है? इस प्रश्न का उद्देश्य यह पता लगाना था कि उन लोगों ने इस योजना को इसलिए तो नहीं अपनाया कि उनके परिवार का कोई सदस्य सुलभ इण्टरनेशनल से जुड़ा हुआ था या फिर इसे अपनाने का कोई अन्य कारण था? इस प्रश्न के जवाब में सभी ने 'न' में सिर हिला दिये। इसका अर्थ यह है कि किसी भी उत्तरदाता का सुलभ इण्टरनेशनल से पहले से कोई सम्बन्ध नहीं था।

उनसे दूसरा प्रश्न यह पूछा गया कि सुलभ शौचालय प्रणाली अपनाने से पहले वे अपने यहाँ कौन-सी प्रणाली काम में लाते थे। कुल मिलाकर उत्तरदाताओं द्वारा दी गयी सूचना से ऐसा लगता है कि 78.7 प्रतिशत लोगों के यहाँ सुलभ शौचालय प्रणाली से पहले कमाऊ शौचालय थे और 4.7 प्रतिशत लोगों के घर सण्डास थे (सारणी 69)। 10 प्रतिशत लोगों के घरों में शौचालय नहीं थे और वे खुले में मल-त्याग करते थे जबकि 4.7 प्रतिशत लोग सामुदायिक शौचालयों में जाते थे। इस प्रकार आमतौर पर अपनाने वालों के यहाँ कमाऊ शौचालय थे या फिर उनके यहाँ मल-त्याग के लिए कोई उपयुक्त स्थान नहीं था। जिन लोगों ने इस सिलसिले में सेप्टिक शौचालय का जिक्र किया है, उनकी संख्या बहुत कम है और वे किसी विषय पर

विश्लेषण का आधार नहीं बन सकते । चूँकि प्राप्त उत्तरों की संरचना में किसी खास तरह का परिवर्तन देखने को नहीं मिलता है, इसलिए किसी भी परिवर्तनशील कारक के विश्लेषण की आवश्यकता नहीं है। लेकिन इतना कहा जा सकता है कि जहाँ तक अनुसूचित जाति या अनुसूचित जनजाति के आग्राहियों का प्रश्न है, कोई भी परिवार खुले मैदान या सामुदायिक शौचालय में नहीं जाता है।

उनसे अगला प्रश्न यह पूछा गया कि उन्हें सुलभ शौचालय के बारे में कैसे पता चला? इस प्रश्न के साथ ही उन्हें सूचना के वैकल्पिक स्रोतों की सूची भी दी गयी।

प्राप्त सूचनाओं से स्पष्ट है कि अपनाने वालों को सुलभ शौचालय प्रणाली की जानकारी अलग-अलग स्रोतों से मिली। इसमें सर्वाधिक महत्वपूर्ण स्रोत सुलभ इण्टरनेशनल एजेन्सी है। 94.7 प्रतिशत अपनाने वालों ने इसे ही अपनी जानकारी का स्रोत बताया (सारणी 70 और 71)। जानकारी का दूसरा महत्वपूर्ण स्रोत इस योजना को अपनाने वाले हैं। 34.7 प्रतिशत लोगों की जानकारी का स्रोत यही है। 8.7 प्रतिशत लोगों को अपने मित्रों और संबंधियों से इसकी जानकारी हुई जबकि 5.3 प्रतिशत लोगों को नगरपालिकाओं के जरिये इसका पता चला। 4.7 प्रतिशत लोगों को कमाऊ शौचालयों से सुलभ शौचालयों में सामूहिक परिवर्तन अथवा जनसंचार माध्यमों से इसकी जानकारी हुई। मात्र 0.7 प्रतिशत लोगों को तकनीकी विशेषज्ञों से इस प्रणाली के बारे में पता चला। सुलभ शौचालय प्रणाली को लोकप्रिय बनाने में सर्वाधिक प्रभावी भूमिका सुलभ इण्टरनेशनल एजेन्सी की रही है। सुलभ शौचालय प्रणाली के अपनाने में इस संस्थान द्वारा जन-सम्पर्क और लोगों को शिक्षित करने की महत्वपूर्ण भूमिका रही है। यह भी ध्यान देना आवश्यक है कि कुल 230 उत्तर प्राप्त हुए जबकि आग्राहियों की कुल संख्या मात्र 150 है। इसका अर्थ यह है कि बड़ी संख्या में आग्राहियों ने सुलभ शौचालय प्रणाली के जानकारी के दो या अधिक स्रोत बताये।

व्यवसाय के आधार पर प्राप्त उत्तरों का वर्गीकरण दर्शाता है कि मजदूर और व्यापारी श्रेणी को छोड़कर अन्य सभी व्यावसायिक श्रेणियों में शत-प्रतिशत लोगों ने सुलभ इण्टरनेशनल को ही अपनी जानकारी का स्रोत बताया। मजदूरी करने वालों के मामले में 72.7 प्रतिशत आग्राहियों ने और

व्यापारियों के मामले में 94.2 प्रतिशत आग्राहियों में सुलभ इण्टरनेशनल को अपनी जानकारी का स्रोत बताया। इस प्रकार कहा जा सकता है कि सभी व्यावसायिक श्रेणियों में जानकारी का सर्वाधिक महत्वपूर्ण स्रोत सुलभ इण्टरनेशनल एजेन्सी ही रही है। मात्र एक व्यापारी ने सुलभ शौचालय के बारे में अपनी जानकारी के स्रोत के रूप में तकनीकी विशेषज्ञ का नाम लिया। सभी व्यावसायिक श्रेणियों में एक अच्छी-खासी संख्या ऐसे लोगों की भी रही है जिन्हें इस योजना की जानकारी इसके आग्राहियों से मिली। नौकरी-पेशा लोगों को छोड़कर अन्य सभी श्रेणियों में जानकारी का दूसरा महत्वपूर्ण स्रोत इस योजना के अपनाने वाले रहे हैं।

इस प्रकार इस सन्दर्भ में व्यवसाय को कोई महत्वपूर्ण चर नहीं कहा जा सकता है। इसी प्रकार साक्षरता और शिक्षा के आधार पर उत्तरों के वर्गीकरण (सारिणी 71) से पता चलता है कि सभी श्रेणियों में सर्वाधिक उत्तरदाता सुलभ इण्टरनेशनल एजेन्सी के पक्षधर हैं और उसके बाद सबसे अधिक लोग आग्राहियों के प्रति अपना समर्थन व्यक्त करते हैं। साक्षरता का चर भी इस मामले में अधिक महत्वपूर्ण प्रतीत नहीं होता है।

उनसे पूछा गया अगला प्रश्न था कि उन कारणों का उल्लेखन कीजिए जिनसे आपने अपने घर की पुरानी प्रणाली समाप्त की। प्राप्त सूचना (सारणी 72-73) के अनुसार कुल 333 उत्तर प्राप्त हुए। इसका अर्थ यह है कि आग्राहियों में उन लोगों की अच्छी-खासी संख्या थी, जिन्होंने इसके एक से अधिक कारण बताये। 80.7 प्रतिशत आग्राहियों ने स्वीकार किया कि पुरानी शौचालय प्रणाली अस्वास्थ्यकर थी। 32 प्रतिशत ने कहा कि उन्हें मैला साफ कराने की समस्या का सामना करना पड़ता था और इसलिए उन्होंने अपनी पुरानी शौचालय प्रणाली छोड़ दी। 44.7 प्रतिशत आग्राहियों ने बताया कि उनके यहाँ मल-जल निकासी या सीवर प्रणाली का अभाव है और इसलिए उन्होंने पुरानी प्रणाली की जगह सुलभ शौचालय प्रणाली अपना ली। आग्राहियों में 26.7 प्रतिशत ने स्वीकार किया कि पुरानी प्रणाली खर्चीली थी क्योंकि इसमें सफाई पर हमेशा कुछ-न-कुछ खर्च करते रहना पड़ता था जबकि 14.7 प्रतिशत ने कमाऊ शौचालय तथा सण्डास से पैदा होने वाली दुर्गन्ध के कारण पुरानी प्रणाली का त्याग किया। इसका अर्थ यह है कि अधिकतर मामलों में कमाऊ शौचालय प्रणाली से होने वाली दिक्कतों के कारण ही

लोगों ने सुलभ शौचालय प्रणाली अपनायी।

ऊपर बताये गये कारणों पर विचार करने से हम इस नतीजे पर पहुँचते हैं कि कमाऊ शौचालय प्रणाली या सण्डास का अनुभव अच्छा नहीं रहा है। चूँकि उन्हें सुलभ शौचालय के रूप में कम लागत वाला एक उचित विकल्प मिल गया, इसलिए उन्होंने इसे अपना लिया। इस प्रकार सुलभ शौचालय प्रणाली की अन्य विशेषताओं के साथ ही इसका कम खर्चीला होना भी इसकी लोकप्रियता में सबसे अधिक सहायक सिद्ध हुआ।

जाति के आधार पर (सारणी 72) और साक्षरता तथा शिक्षा के आधार पर (सारणी 73) प्राप्त उत्तरों के वर्गीकरण से उत्तरों की संरचना में इन दोनों चरों में से किसी के भी आधार पर पैटर्नों की प्रतिक्रिया में किसी की विशिष्ट चर का पता नहीं चलता। इस प्रकार इस योजना के अपनाये जाने में चरों का कोई विशेष महत्व नहीं है।

उनसे अगला प्रश्न यह किया गया कि उन्होंने ''सुलभ शौचालय प्रणाली किस प्रकार अपनायी?'' इसके लिए उन्हें वैकल्पिक तरीकों की एक सूची भी दी गयी। आग्राहियों से प्राप्त सूचना से पता चलता है कि उनमें से 78.7 प्रतिशत ने कमाऊ शौचालयों को सुलभ शौचालयों में बदलवा लिया (सारणी 74)। 14.7 प्रतिशत ने सुलभ शौचालय पहली बार बनवाये जबकि 4.7 प्रतिशत आग्राहियों ने सण्डास को सुलभ शौचालय में बदलवा लिया। इसका अर्थ यह है कि खुले मैदान अथवा सामुदायिक शौचालयों में जाने वालों ने ही अपने घरों में सुलभ शौचालय बनवाये और ये बिलकुल नये-नये बने थे। यह भी देखने को मिलता है कि सुलभ शौचालयों का नया-नया निर्माण सर्वाधिक उन्होंने ही कराया, जो सबसे कम पढ़े-लिखे थे। कारण बिलकुल स्पष्ट है, पढ़े-लिखे आग्राहियों के घरों में इस या उस तरह की प्रणाली पहले से ही थी और अधिकांश मामलों में उन्हें कोई नया निर्माण नहीं कराना पड़ा। दूसरी ओर निरक्षर अथवा अर्द्ध-साक्षर व्यक्तियों के घरों में शौचालय की कोई प्रणाली नहीं थी और इसलिए नया निर्माण कराने वालों की संख्या अधिक है।

उनसे जो दूसरा प्रश्न किया गया, वह था कि आपको सुलभ शौचालय प्रणाली अपनाने की प्रेरणा किससे मिली? इसके लिए उन्हें उत्तरों की एक सूची भी दी गयी और इसे देखकर यह बताने को कहा गया कि उनपर इनमें से कोई, लागू होता है या नहीं। उनसे प्राप्त सूचना के अनुसार कुल 508 उत्तर

प्राप्त हुए (सारणी 75)। सभी आग्राहियों ने स्वीकार किया कि सुलभ शौचालय स्वास्थ्यकर है और इसलिए उन्होंने इसे अपना लिया। 83.3 प्रतिशत आग्राहियों ने इसे इसलिए अपनाया क्योंकि इसमें दुर्गन्ध पैदा नहीं होती। 78.8 प्रतिशत आग्राहियों ने बताया कि इस प्रणाली में मैले की सफाई की जरूरत नहीं पड़ती। 61.3 प्रतिशत का यह मानना था कि सुलभ शौचालय प्रणाली मल-जल निकासी या सीवर प्रणाली की व्यवस्था के अभाव में सबसे अच्छी प्रणाली है, जबकि 33.3 प्रतिशत उत्तरदाताओं का कहना था कि उन्हें इस प्रणाली को अपनाने की प्रेरणा इस बात से मिली कि सुलभ शौचालयों के निर्माण में अनुदान या आर्थिक सहायता मिलती है। ये तथ्य इस बात की ओर संकेत करते हैं कि सुलभ शौचालय प्रणाली अपनाने के लिए लोगों को प्रेरित करने वाले सबसे अधिक प्रमुख कारक हैं, कमाऊ शौचालय प्रणाली के दोष। कुछ ने आर्थिक कारक का भी उल्लेख किया है। आग्राहियों में एक बड़ी संख्या उनकी है, जो इसके लिए मल-जल निकासी अथवा सीवर प्रणाली के अभाव को भी एक महत्वपूर्ण कारण मानते हैं। लेकिन यह सुलभ शौचालय प्रणाली की विशेषताओं के तहत ही आता है। अतः कहा जा सकता है कि कमाऊ शौचालय प्रणाली के कटु अनुभव और सुलभ शौचालय प्रणाली की विशेषताओं से ही आग्राही इस प्रणाली की ओर आकर्षित हुए। इसपर आर्थिक अनुदान और सहायता तथा इन शहरों में सीवर प्रणाली के अभाव ने इसे और महत्वपूर्ण बना दिया।

आग्राहियों से यह भी पूछा गया कि क्या वे सुलभ शौचालय प्रणाली अपनाने के बाद कोई कठिनाई अनुभव करते हैं? इसके जवाब में जो सूचनाएँ प्राप्त हुईं, उनसे पता चलता है कि पटना में दो और चाईबासा में तीन आग्राहियों को इस प्रणाली में कुछ दिक्कतें उठानी पड़ीं। यह इस बात को दर्शाता है कि पटना और चाईबासा में बहुत कम लोग ऐसे मिले जिन्होंने इस प्रणाली में कुछ दिक्कतों की ओर इशारा किया। लेकिन मधुबनी में एक भी अपनाने वाला ऐसा नहीं मिला जिसे इसमें कोई कमी नजर आयी हो। तथापि, मधुबनी में एक आग्राही ने शिकायत की कि सुलभ शौचालय का पैन इस्तेमाल के समय यदा-कदा अवरुद्ध हो जाता है। वास्तव में, यह कोई कमी नहीं है क्योंकि ऐसा आमतौर पर बहुत कुछ दूसरी चीजों के फँस जाने के कारण होता है। इसका अर्थ यह है कि इस शहर में सुलभ शौचालय कारगर

और सन्तोषजनक ढंग से काम करते रहे हैं।

आग्राहियों ने इस प्रणाली को अपनाने के बाद अलग-अलग तरह की दिक्कतों का भी उल्लेख किया है। पटना में एक, अर्थात् 2 प्रतिशत, आग्राहियों के अनुसार सुलभ शौचालयों के गड्ढों में कुछ कमियाँ हैं। एक अन्य अपनाने वाले ने इसमें छोटी-मोटी सामान्य निर्माणगत कमियों का उल्लेख किया। केवल चाईबासा के दो आग्राहियों ने बताया कि सुलभ शौचालय के फर्श में दरारें पड़ गयी हैं, जबकि मात्र एक आग्राही ने सुलभ शौचालयों की पट्टियों में रिसाव होने की बात कही (सारणी 76)।

ऊपर दिये गये निष्कर्षों को ध्यान में रखते हुए कहा जा सकता है कि उत्तरदाताओं ने जिस सुलभ शौचालय प्रणाली को अपनाया, उसमें कोई बड़ा दोष नहीं दिखाई दिया। इन आग्राहियों में से पाँच ने जिन छोटी-मोटी कमियों की ओर इशारा किया, वे बहुत मामूली हैं और अगर आग्राहियों ने सुलभ इण्टरनेशनल के शिकायत विभाग में इसकी सूचना दी होती तो उन्हें बिना किसी कठिनाई के दूर किया जा सकता था। इन सभी शहरों में जहाँ यह योजना लागू की गयी है, सुलभ इण्टरनेशनल ने सूचना मिलने पर इस तरह की कमियों को दूर करने के लिए सभी आवश्यक प्रबन्ध किए हुए हैं। यहाँ यह भी बता देना उचित होगा कि छोटी-मोटी कमियाँ इस्तेमाल करने वालों की लापरवाही के कारण ही होती हैं।

अध्याय 8

सारांश

पिछले अध्याय में नमूनों के चार समुच्चयों के आधार पर एकत्र की गई सूचना का व्याख्यात्मक विश्लेषण किया गया है। ये चार समुच्चय हैं—मुक्त सफाईकर्मी, अमुक्त सफाईकर्मी, अनाग्राही व्यक्ति और आग्राही व्यक्ति। इस सूचना के विश्लेषण से साक्षात्कार में शामिल अलग-अलग श्रेणियों के लोगों का विवरण, उनका पारिवारिक जीवन, उनके परिवार के आकार तथा संरचना, आर्थिक स्थिति, व्यवसाय, परिवार में रोजगार और बेरोजगारी की स्थिति और व्यक्तिगत तथा पारिवारिक आय पर तो प्रकाश पड़ता ही है। साथ ही, सामाजिक मान्यताओं, परम्परागत रिवाजों और कानूनों के प्रति उनके विचार और दृष्टिकोण की भी जानकारी मिलती है। प्राप्त सूचना से एक पेशे के तौर पर मैला सफाई के काम में होने वाली दिक्कतों, समाज में सफाईकर्मियों की स्थिति और मैला साफ करने की उनकी इच्छा, तथा सफाईकर्मियों की मुक्ति और पुनर्वास के बारे में तो जानकारी मिलती ही है साथ ही, इस बात का भी पता चलता है कि सुलभ शौचालय प्रणाली को किस हद तक पसन्द किया जाता है और देश की आर्थिक दशा तथा जलवायु सम्बन्धी परिस्थितियों के मद्देनजर मल-व्ययन की अलग-अलग प्रणालियों को किस हद तक तरजीह दी जाती है।

भारत में मैला साफ करने का काम लम्बे समय से होता आया है। मैला साफ करने, ढोकर ले जाने और उसका निपटान करने के काम में लगे सफाईकर्मी ''भंगी'' के नाम से जाने जाते रहे हैं। मैला साफ करने और उठाकर ले जाने का काम समाज के हर वर्ग के लोग नहीं कर सकते थे। इसके विपरीत, जातीय कानूनों और परम्परागत दिशा-निर्देशों के फलस्वरूप समाज के खास वर्ग के लोगों के लिए मैला साफ करना अनिवार्य बना दिया गया। सफाईकर्मी का काम करने वालों के वर्ग को ''भंगी'' नाम से जाना जाता था। यह एक ऐसी उपजाति थी जो पुश्तैनी आधार पर यह काम करती

थी। मैला साफ करना एक पुश्तैनी पेशा बन गया और इस परिवार में जन्म लेने वाले पुरुषों और महिलाओं के लिए मैला सफाई का काम अपनाना जरूरी हो गया। परम्परागत प्राचीन नियमों के अनुसार यह भंगियों का धार्मिक कर्त्तव्य अथवा धर्म था कि वे मैला साफ करें। परम्परागत विधान के फलस्वरूप न सिर्फ एक पुश्तैनी वर्ग को मैला सफाई का काम करने के लिए बाध्य किया गया बल्कि समाज में इस पेशेवर समूह की जगह और हैसियत तय की गई। उन्हें परम्परागत समाज के आदर्शवादी कानूनों के अंतर्गत "अछूत" भी ठहराया गया।

इस उपजाति अथवा पेशेवर समूह को समाज में सबसे नीचा स्थान दिया गया था। परम्परागत सामाजिक व्यवस्था में उन्हें "अछूत" माना जाता था। सफाईकर्मियों को सुवर्ण समाज में शामिल नहीं किया गया था। इसके विपरीत, उन्हें गन्दा और जाति से बाहर माना जाता था क्योंकि वे मैला साफ करते थे। वे ऊँची जाति के लोगों को छू तक नहीं सकते थे और इस प्रकार सफाईकर्मियों की इस उपजाति के लिए सभी तरह के सामाजिक मेलजोल की मनाही थी। परम्परागत व्यवस्था में मैला साफ करने की इस अवमानवीय और अपमानजनक पेशे को अपनाना ही उनकी नियति थी। वे अपनी पसन्द, योग्यता और क्षमता के अनुसार कोई दूसरा काम नहीं कर सकते थे। भारतीय समाज में जातीय नियमों की अनिवार्यता सैकड़ों वर्षों तक बनी रही। लेकिन विज्ञान और प्रौद्योगिकी के विकास और आमतौर पर मानव समाज तथा खासतौर पर पश्चिमी जगत के विचारों और आदर्शों में क्रांतिकारी परिवर्तनों का परम्परागत विचारों और रिवाजों पर काफी प्रभाव पड़ा। धर्मनिरपेक्ष और लोकतांत्रिक शिक्षा प्रणाली की शुरुआत से भी रचनात्मक सोच को बढ़ावा मिला। लोगों के सोचने के तरीके में महत्वपूर्ण परिवर्तन आया। रूढ़िवादी, धार्मिक और अधिनायकवादी शिक्षा के प्रभाव में परम्पराओं को आत्मसात् करने की पुरानी प्रवृत्ति अब उतनी तीव्रता से जारी नहीं रह सकी। परम्परागत कानूनों का टूटना और लोगों का परम्परागत रिवाजों से अलगाव महत्वपूर्ण हो गये।

इतना ही नहीं, ब्रिटिश शासन के दौरान और उसके बाद के वर्षों में पश्चिमी संस्कृति और विचारधारा के प्रभाव से भारतीय समाज में लोगों के तौर-तरीकों, रिवाजों, आदतों और व्यवहार में काफी परिवर्तन आया। जाति

को दैवीय विधान मानने वाला विचार धीरे-धीरे बेअसर होता गया और जाति-व्यवस्था को समाज की ही उपज माना जाने लगा। इन परिवर्तनों के साथ ही वैज्ञानिक और प्रौद्योगिकी उपलब्धियों, शहरीकरण, औद्योगिकीकरण, लोकतंत्रीकरण, धर्मनिरपेक्षता और पश्चिमी प्रभाव में वृद्धि के फलस्वरूप भारतीय समाज अधिक गतिशील हुआ। परम्परा और विवेक की निरन्तर गतिमान प्रक्रिया आरम्भ हुई। वैज्ञानिक विश्व दृष्टि और विवेकसंगत दृष्टिकोण का प्रभाव स्थापित हुआ और परम्परागत समाज के अनुचित रिवाजों की खुली आलोचना होने लगी। वर्तमान युग में पुश्तैनी आधार पर श्रम के बँटवारे की व्यवस्था अपना महत्व खो चुकी है और समाज में पेशा चुनने की स्वतंत्रता की अवधारणा अधिक प्रभावी और स्वीकार्य हो रही है। भारतीय समाज में परिवर्तन की हवा का प्रभाव सामाजिक जीवन के विभिन्न पहलुओं पर पड़ा। मैला साफ करने का कार्य भी इस प्रभाव से अछूता नहीं रहा। विवेकसंगत दृष्टिकोण रखने वाले व्यक्तियों ने सफाईकर्मियों के साथ होने वाले इस अपमानजनक व्यवहार के विरुद्ध लोगों को एकजुट करना शुरू किया। इन लोगों ने समाज के इस वर्ग को सामाजिक न्याय और न्यायपूर्ण मानव अधिकारों से वंचित रखे जाने के विरुद्ध आवाज उठाई। इतना ही नहीं, समय बीतने के साथ-साथ मैला साफ करना खुद-ब-खुद अवमानवीय समझा जाने लगा।

इस तरह सफाईकर्मियों की मुक्ति का विचार भी उभरकर सामने आया। इसके साथ ही विश्व के अन्य भागों में जो परिवर्तन हो रहे थे, उनसे भी मैला साफ करने का प्रचलन समाप्त करने की अवधारणा को बल मिला। इस अवधारणा को कई वर्षों तक प्रभावी और वास्तविक रूप से अमल में नहीं लाया जा सका। मैला साफ करने का प्रचलन खत्म करने और सफाईकर्मियों को मुक्त कराने की दिशा में पहला कारगर पहल सुलभ शौचालय संस्थान द्वारा की गयी। इस लेखक ने सफाईकर्मियों की मुक्ति के लिए वास्तविक कार्यक्रम की शुरुआत की। शुरू-शुरू में यह कार्यक्रम बिहार में शुरू किया गया और इसके लिए कुछ इलाके चुने गये। इस कार्यक्रम को लागू करने में मिली सफलता से सरकार और मानव सेवा में रुचि रखने वाली अन्य एजेन्सियों का ध्यान भी इस ओर गया। धीरे-धीरे इस कार्यक्रम को बिहार के विभिन्न शहरी क्षेत्रों में लागू किया गया। बाद में, इसे देश के दूसरे प्रदेशों में भी लागू

किया गया। अब स्थिति यह है कि साफ-सफाई की कम लागत वाली प्रणाली द्वारा सफाईकर्मियों को मुक्ति दिलाने के प्रभावी तरीके के रूप में इसे अन्तर्राष्ट्रीय स्तर पर भी मान्यता दे दी गयी है। सुलभ शौचालय योजना का उद्‌देश्य मैला सफाई की प्रथा समाप्त करना और सफाई की कम लागत वाली प्रणाली द्वारा सफाईकर्मियों को मुक्त कराना है, ताकि विश्व के गरीब देश इसे अपना सकें।

यह बता देना जरूरी है कि परम्परागत समाज में सफाईकर्मियों की मुक्ति काफी महत्व रखती है। लोकतंत्र और कल्याणकारी राज्य के विचारों को ध्यान में रखते हुए यह और भी महत्वपूर्ण हो जाता है। भारतीय संविधान के अंतर्गत जाति, पंथ, नस्ल अथवा धर्म के आधार पर हर तरह का भेदभाव समाप्त कर दिया गया है। लेकिन संविधान में जो सुरक्षात्मक उपबन्ध किये गये हैं, वे इस बुराई को जड़ से समाप्त करने के लिए पर्याप्त नहीं हैं। सफाईकर्मी मैला साफ करने के काम में लगे हैं क्योंकि उनकी जीविका का यही सबसे सुलभ साधन है। अगर वे इसे छोड़ देते हैं तो बेरोजगार हो जायेंगे और भूखों मरने लगेंगे। अगर उनके पुनर्वास और उन्हें वैकल्पिक रोजगार उपलब्ध कराने पर विचार नहीं किया जाता है तो मैला साफ करने की पद्धति को जड़ से समाप्त करने और सफाईकर्मियों को मुक्ति दिलाने का कोई अर्थ नहीं रह जाता है। सफाईकर्मियों की मुक्ति का अभिप्राय केवल इस अवमानवीय पेशे पर रोक लगाना ही नहीं है बल्कि इस काम में लगे लोगों के पुनर्वास के तरीके भी खोजे जाने चाहिए। इतना ही नहीं समानता, समता और वितरक न्याय के आदर्शों को प्राप्त करना तभी संभव है जब इस बुराई को जड़ से खत्म कर दिया जाये। इस प्रकार समानता, सामाजिक न्याय और कल्याणकारी समाज के विकास की दृष्टि से भी सफाईकर्मियों की मुक्ति जरूरी हो जाती है। इसका अर्थ यह है कि सफाईकर्मियों की मुक्ति की योजना सामाजिक, राजनैतिक और मानवीय दृष्टिकोण से महत्वपूर्ण है। दूसरी ओर, कम खर्च में सफाई की व्यवस्था का मुद्‌दा भी काफी महत्वपूर्ण है।

भारत जैसे देश में अधिकांश लोग आज भी गरीबी की रेखा के नीचे जीवन यापन कर रहे हैं। विकसित देशों में मैले के निपटान की जो प्रणालियाँ देखने को मिलती हैं, वे बहुत महंगी हैं। भारत जैसा देश उनका खर्च नहीं उठा सकता। मल-जल निकासी यानी सीवरेज प्रणाली में काफी पैसा खर्च

होता है, इसलिए इसे बड़े पैमाने पर नहीं अपनाया जा सकता। लोगों की खराब आर्थिक स्थिति को देखते हुए सेप्टिक शौचालय प्रणाली भी महंगी है। इसके अलावा सेप्टिक शौचालय प्रणाली में टंकी की सफाई के लिए मैला हटाना ही पड़ता है और इस तरह मैला साफ करने का काम बदस्तूर जारी रहता है। अगर सेप्टिक शौचालय प्रणाली अपनायी जाये तो मैला साफ करने का प्रचलन खत्म करने का उद्देश्य कभी नहीं पूरा हो सकता है। इन परिस्थितियों में एक ऐसी प्रणाली विकसित करने की जरूरत महसूस की गयी जो महंगी न हो। साथ ही, जिसमें कभी भी मैला साफ न करना पड़े। सुलभ शौचालय योजना सभी शर्तें पूरी करती है। यह खर्चीली नहीं है और इसमें मैले को हाथ से साफ करने की जरूरत नहीं पड़ती। गड्ढे में जमा मैला खाद बन जाता है जिसे एक कार्बनिक उर्वरक के रूप में प्रयुक्त किया जा सकता है।

इस प्रकार हम देखते हैं कि यह अध्ययन एकआयामी नहीं है। इसके अन्तर्गत सामाजिक, आर्थिक, राजनैतिक, मानवीय और सांस्कृतिक पहलुओं को भी शामिल किया गया है। इसलिए यह बहुआयामी है। इसके बहुआयामी होने का औचित्य इस बात से भी सिद्ध होता है कि इस अध्ययन में सफाईकर्मियों को ही नहीं लिया गया है, आग्राहियों और अनाग्राहियों को भी लिया गया है। सफाईकर्मियों के बारे में खोजबीन करते समय उसमें मुक्त और अमुक्त दोनों ही तरह के सफाईकर्मियों को शामिल किया गया है। उनसे प्राप्त सूचना के आधार पर मुक्ति और सफाई दोनों ही समस्याओं के बारे में विस्तार से अध्ययन किया गया है। ग्राहियों से संबंधित अध्ययन से उन परिस्थितियों को समझने में आसानी होती है जिनकी वजह से उन्होंने साफ-सफाई की कम लागत वाली प्रणाली अपनायी, जबकि अनाग्राहियों से संबंधित अध्ययन से उन कारणों का पता चलता है जिससे उन्होंने इसे अब तक नहीं अपनाया है। इस तरह उन कारणों का पता चलता है जो साफ-सफाई के कम लागत वाले कार्यक्रम को बढ़ावा देते हैं या फिर उसमें रुकावट डालते हैं। इस प्रकार मुक्त हुए, मुक्त नहीं हुए सफाइकर्मियों के अध्ययन से उन समस्याओं की जानकारी मिलती है जिनसे उन्हें मैला साफ करने के कारण कठिनाई का सामना करना पड़ता है। जबकि मुक्त हुए सफाईकर्मियों से एकत्र की गई सूचना से उन परिवर्तनों के विश्लेषण में सहायता मिलती है जो उन्होंने मुक्ति

के बाद अपने जीवन में महसूस किया। मुक्त हुए सफाईकर्मियों से अपेक्षा की जाती है कि वे मुक्ति के पहले और मुक्ति के बाद की अपने जीने की दशाओं का तुलनात्मक विवरण प्रस्तुत करें। इस प्रकार इस अध्ययन में समस्या के विभिन्न पहलुओं को शामिल किया गया है और इस दृष्टि से भी यह बहुआयामी हो जाता है।

मुक्त नहीं हुए सफाईकर्मियों से प्राप्त सूचना के विश्लेषण से पता चलता है कि अब भी मैला साफ करने के काम में लगे लोग अलग-अलग आयवर्ग के हैं। अमुक्त सफाईकर्मी गरीब हैं और उन्हें आर्थिक दृष्टि से सबसे निचली श्रेणी में रखा जा सकता है। परिवार में मौजूद सदस्यों की संख्या को देखते हुए उनकी आमदनी बहुत कम है। इस प्रकार हम कह सकते हैं कि मुक्त नहीं हुए सफाईकर्मियों के रहन-सहन का स्तर सबसे नीचा है और उनकी आर्थिक स्थिति बिलकुल भी संतोषजनक नहीं है। इतना ही नहीं, अमुक्त सफाईकर्मियों की जीवन-शैली का अध्ययन गहराई से करने और उनसे प्राप्त सूचना का विश्लेषण करने पर हम इस निष्कर्ष पर पहुँचते हैं कि उनमें धूम्रपान और शराब की लत है। उनकी आय का एक काफी बड़ा हिस्सा बीड़ी-सिगरेट और शराब पर खर्च होता है जिससे उनकी आर्थिक कठिनाई और भी अधिक बढ़ जाती है। इसके साथ ही, इस लेखक द्वारा व्यक्तिगततौर पर किए गए अध्ययन से इस बात का भी पता चलता है कि इन लोगों में जुए की भी आदत है और उनकी कमाई का कुछ हिस्सा इस पर भी खर्च होता है। परिणामस्वरूप, सीमित आय और इन सब खर्चों के बाद वे इस स्थिति में नहीं रह जाते हैं कि वे अपने परिवार के लिए पर्याप्त सुविधाएँ जुटा सकें। वे जो खाना खाते हैं, वह बहुत खराब होता है। अधिकतर मामलों में अमुक्त सफाईकर्मी अधनंगे रहते हैं और महिला सफाईकर्मियों के पास ढंग के कपड़े तक नहीं होते हैं। बहुत-से मामलों में महिला सफाईकर्मियों के लिए मैला साफ करने के बाद दूसरा कपड़ा पहनना संभव नहीं हो पाता है और उन्हें मजबूरन उन्हीं कपड़ों में घर का भी काम-काज निपटाना पड़ता है। इसका परिणाम यह होता है कि मैला ढोने के दौरान होने वाला संक्रमण इन कपड़ों के सहारे घर में भी पहुँच जाता हैं जिससे सफाईकर्मियों और उनके परिवार वालों के स्वास्थ्य पर भी बुरा प्रभाव पड़ता है।

अमुक्त सफाईकर्मियों से प्राप्त सूचना से यह भी पता चलता है कि

सुलभ इन्स्टीच्यूट ऑफ रिसर्च एण्ड रिहैबिलिटेशन, पटना।

सुलभ ट्रेनिंग इन्स्टीच्यूट, पटना में मुक्ति प्राप्त सफाईकर्मियों और उनके बच्चों को अन्य व्यवसायों के साथ बुनाई का भी प्रशिक्षण मिल जाता है।

अधिकांश सफाईकर्मी निरक्षर हैं। पारिवारिक साक्षरता के स्तर के बारे में उन्होंने जो कुछ भी बताया, उससे हम इस नतीजे पर पहुँचते हैं कि सिर्फ सफाईकर्मी ही निरक्षर नहीं हैं बल्कि आमतौर पर उनके परिवार में भी सभी निरक्षर हैं। कुछ मामलों में उनमें से थोड़े साक्षर हैं जबकि थोड़े अर्द्ध-साक्षर हैं। इसका अर्थ यह है कि समाज का यह वर्ग शिक्षा की दृष्टि से अत्यन्त पिछड़ा हुआ है। यहाँ तक कि बहुत-से मामलों में बच्चों को भी स्कूल नहीं भेजा जाता और महिला शिक्षा तो बिलकुल आवश्यक नहीं समझी जाती। ऐसा तब है जब उन्हें निःशुल्क शिक्षा प्राप्त करने की सुविधा मिली हुई है।

अमुक्त सफाईकर्मियों को उनके आर्थिक और शैक्षिक पिछड़ेपन के कारण समाज के बहुत-से विशेषाधिकार प्राप्त नहीं हैं। गरीब और निरक्षर होने के कारण वे किसी सामाजिक-सांस्कृतिक संस्था के सदस्य नहीं बन सकते। पुस्तकालय जाने और समाचारपत्र, पुस्तकें और पत्रिकायें पढ़ने का तो प्रश्न ही नहीं उठता। इतना ही नहीं, ये सफाईकर्मी एक तरफ तो परम्परागत कलंक की वजह से समाज के दूसरे लोगों से सामाजिक मेल-जोल नहीं कर पाते हैं तो दूसरी ओर आर्थिक तथा शैक्षिक रूप से पिछड़े होने के कारण वे समुदाय के अन्य सदस्यों से सामाजिक मेल-जोल नहीं कर पाते हैं। सफाईकर्मी होने के कारण वे सिर्फ दूसरे सफाईकर्मियों के ही सम्पर्क में आते हैं। सामाजिक पर्वों में भी उन्हें समाज के दूसरे लोगों के साथ शामिल होने की मनाही रहती है। इस प्रकार शैक्षिक, आर्थिक और सामाजिक पिछड़ेपन के कारण यह वर्ग समाज में सबसे नीचे स्थान पर चला गया है। यद्यपि जन्म, विश्वास और धर्म के आधार पर किसी भी प्रकार के भेदभाव के विरुद्ध समता और समानता के लिए कानूनी पाबन्दियाँ और संवैधानिक संरक्षण विद्यमान हैं और इसके बावजूद व्यावहारिक जीवन में सफाईकर्मियों को अब भी सामाजिक अन्याय और शोषण का शिकार होना पड़ता है।

यह बता देना जरूरी है कि सामाजिक पिछड़ेपन के कारण ही इस वर्ग में जागरूकता और चेतना का अभाव है। वे नहीं जानते कि उन्हें उस संविधान के अंतर्गत जिसका केन्द्र और राज्य सरकारें पालन करती हैं, कौन-कौन-से अधिकार और सुविधायें प्राप्त हैं। सिर्फ कुछ मामलों में ही वे नौकरियों में आरक्षण, शिक्षण संस्थाओं में आरक्षण और समाज के दलित तथा कमजोर वर्गों के कल्याण की ऐसी ही अन्य सुविधाओं के बारे में जानते हैं। इतना ही

नहीं, जो इन विशेषाधिकारों के बारें में जानते हैं, उन्हें ये सुविधायें प्राप्त नहीं होती हैं क्योंकि ये सुविधायें समाज के इस वर्ग तक ही सीमित नहीं हैं, बल्कि ये सुविधायें सामान्यत: अनुसूचित जातियों के लिए भी हैं जिनमें हरिजनों की दूसरी उपजातियाँ भी आती हैं। सफाईकर्मी उपजाति के लोगों के मुकाबले हरिजनों की दूसरी उपजातियाँ अधिक उन्नत, अधिक समझदार और इन सुविधाओं के बारे में अधिक जागरूक हैं। वे इन सुविधाओं का पूरा-पूरा लाभ उठाती हैं।

इस प्रकार हम कह सकते हैं कि जब तक मैला साफ करने का काम जारी रहेगा तब तक समाज में सफाईकर्मियों को नीची नजर से देखा जाता रहेगा। वे हर मामले में पिछड़े रहेंगे। परिणामस्वरूप, उनकी आर्थिक दशा वैसी-की-वैसी ही बनी रहेगी और सफाईकर्मियों का वर्ग भारत में कमजोर वर्गों को प्राप्त विशेषाधिकारों और सुविधाओं का लाभ नहीं उठा सकेगा। इस प्रकार संविधान में निहित समानता, सामाजिक न्याय और कल्याणकारी राज्य का आदर्श अधूरा रह जायेगा, क्योंकि यह वर्ग अनुपाती सामाजिक न्याय से वंचित होता रहेगा।

इसलिए कहा जा सकता है कि समाज के इस कमजोर वर्ग की दशा सुधारने और लोकतंत्र तथा सामाजिक न्याय के लक्ष्य को प्राप्त करने के लिए आवश्यक है कि मैला सफाई के पेशे में लगे लोगों को दूसरे रोजगार मुहैया कराये जायें। जैसाकि इस समय बिहार में (और अब आंशिक रूप से देश के कई राज्यों में) किया जा रहा है। इतना ही नहीं सफाईकर्मियों के पुनर्वास के साथ ही यह भी जरूरी है कि नई पीढ़ी के व्यावसायिक शिक्षण और मार्गदर्शन के लिए आवश्यक प्रबन्ध किये जायें ताकि भविष्य में युवा पीढ़ी के सामने बेरोजगारी और आर्थिक बदहाली की समस्या पैदा न हो। उनके व्यावसायिक प्रशिक्षण और मार्गदर्शन की व्यवस्था करने से उनकी आर्थिक दशा सुधारने में भी मदद मिलेगी। इससे उन्हें समाज में बेहतर स्थिति मिल सकेगी। इन सब बातों से इस वर्ग का कल्याण होगा और उनका सामाजिक, शैक्षिक तथा आर्थिक जीवन सुधरेगा।

मुक्त नहीं हुए सफाईकर्मियों के बारे में किए गए अध्ययन से यह तथ्य भी सामने आया है कि मैला साफ करने का काम आमतौर पर महिलायें ही करती हैं और ज्यादातर सफाईकर्मी महिलायें हैं। यह भी उल्लेख करना आवश्यक

है कि इस अध्ययन में जिन अमुक्त सफाईकर्मियों को लिया गया है, वे नगरपालिकाओं अथवा नगरनिगमों में नौकरी करते हैं। सफाईकर्मी की नौकरी करने वाले इस जाति या उपजाति के लोगों में पुरुष और महिलायें दोनों हैं। लेकिन पुरुष सफाईकर्मी आमतौर पर दूसरे काम करते हैं जो उन्हें उनके नियोजकों द्वारा दिये जाते हैं, जबकि महिला सफाईकर्मियों को आमतौर पर मैला साफ करने का ही काम दिया जाता है।

मुक्त नहीं हुए सफाईकर्मियों के राजनैतिक सामाजीकरण और राजनीति में उनकी भागीदारी के बारे में जानकारी मिली है। उससे पता चलता है कि वे राजनैतिक रूप से जागरूक नहीं हैं। उनमें से अधिकांश इस बात से अनभिज्ञ हैं कि भारतीय संविधान के अन्तर्गत जाति-भेद समाप्त हो गये हैं। इसी प्रकार सफाईकर्मियों में अच्छी-खासी संख्या उनकी है जो यह नहीं जानते हैं कि अनुसूचित जातियों को कौन-कौन-सी सुविधायें दी गयी हैं। उन्हें यह भी नहीं मालूम है कि किसी भी जाति या उपजाति के साथ भेदभाव करने पर क्या सजा हो सकती है। इन तथ्यों से पता चलता है कि अमुक्त सफाईकर्मियों में सामाजिक और राजनैतिक समझदारी की कमी है। सफाईकर्मियों में बहुसंख्यक लोग लोकतंत्र और वयस्क मताधिकार के बारे में जानकारी रखते हैं। लेकिन वे अधिकारों की समानता, मध्यावधि चुनाव का अर्थ, लोक सभा, विधान सभा और पंचायती राज के बारे में नहीं जानते हैं। इसका अर्थ यह है कि समाज में जब कभी आमचुनाव के समय लोकतंत्र और मताधिकार के बारे में चर्चा होती है तो वे इसके बारे में जानते हैं लेकिन वे अन्य राजनैतिक अवधारणाओं का अर्थ नहीं जानते हैं, जबकि लोकतांत्रिक समाज के प्रत्येक नागरिक से आशा की जाती है कि वह इनका अर्थ जाने और समझे। इससे यह निष्कर्ष निकलता है कि मुक्त नहीं हुए सफाईकर्मियों का राजनैतिक सामाजीकरण बहुत कम हुआ है और इसका स्तर नीचा है। स्पष्ट है कि राजनैतिक जागरूकता की कमी और पर्याप्त राजनैतिक सामाजीकरण के अभाव के लिए मुख्य रूप से शिक्षा और सामाजिक जीवन में पिछड़ापन तथा समाज के अन्य लोगों से सामाजिक मेल-जोल पर रोक जैसी बातें जिम्मेदार रही हैं। कहा जा सकता है कि सामान्य राजनैतिक अवधारणाओं के बारे में इतनी कम जानकारी का होना सामाजिक, राजनैतिक और शैक्षिक गतिविधियों के मामले में पिछड़ेपन का सूचक है। वह भी भारत जैसे देश में जहाँ पिछले

सैकड़ों वर्षों से लोकतंत्र कायम है और कई बार आम तथा मध्यावधि चुनाव कराये जा चुके हैं।

अमुक्त सफाईकर्मियों से प्राप्त आंकड़ों से यह भी पता चलता है कि उनकी वर्तमान पीढ़ी में ही यह पेशा नहीं अपनाया गया है बल्कि अधिकांश मामलों में यह पुश्तैनी पेशा रहा है। इतना ही नहीं जो इस परम्परागत पेशे को नहीं अपनाना चाहते थे, उन्हें भी इसे अपनाना पड़ा क्योंकि वे गरीब थे और उन्हें कोई दूसरा काम नहीं मिल सका। अमुक्त सफाईकर्मियों में से अधिकांश ने स्वीकार किया कि उन्होंने यह काम इसलिए अपनाया कि उन्हें कोई दूसरा काम नहीं मिल सका। साथ ही, उनकी आर्थिक स्थिति इतनी खराब थी कि वे लम्बे समय तक बेकार नहीं रह सकते थे। चूँकि मैला सफाई का काम उन्हें आसानी से मिल रहा था इसलिए उन्होंने उसे अपना लिया। इस तरह के उत्तरों से हम इस नतीजे पर पहुँचते हैं कि मैला साफ करने के काम में लगे सभी लोग इस काम को पसन्द नहीं करते हैं बल्कि उन्होंने सामाजिक और आर्थिक परिस्थितियों से विवश होकर यह पेशा अपनाया। इस आधार पर कहा जा सकता है कि अगर सफाईकर्मियों को दूसरा काम दिया जाये तो वे उसे खुशी-खुशी अपना लेंगे। दूसरे शब्दों में, अमुक्त सफाईकर्मी अब यह महसूस करने लगे हैं कि सफाई का काम करने के कारण ही उन्हें समाज में नीची नजर से देखा जाता है। उनकी सामाजिक दशा में सुधार लाने के लिए जरूरी है कि वे इस काम को छोड़ दें और कोई अन्य व्यवसाय करें। स्पष्ट है कि सफाईकर्मियों द्वारा स्वयं ऐसा महसूस करना इस बात का सूचक है कि उनमें सामाजिक जागरूकता पैदा हो रही है।

अगर सफाईकर्मियों की मुक्ति की योजना इस पेशे को समाप्त करने और मुक्त हुए लोगों को दूसरे रोजगार मुहैया कराने के उद्देश्य को लेकर चलायी जाये तो यह वर्ग इसके बारे में सकारात्मक रवैया अपनायेगा। इस वर्ग के लोग वर्तमान व्यवस्था को बदलने में पूरा सहयोग देंगे जिसमें समाज के एक वर्ग को वह काम करने को मजबूर किया जाता है, जो मनुष्य के करने के लिये नहीं है।

उनसे प्राप्त सूचना से यह भी पता चलता है कि अमुक्त सफाईकर्मियों को सुलभ शौचालय योजना की भी जानकारी है। वे इस योजना के बारे में सिर्फ जानते ही नहीं हैं, बल्कि पसन्द भी करते हैं, क्योंकि सुलभ शौचालय योजना

की प्रकृति स्वास्थ्यपरक है और इससे सफाईकर्मियों को मुक्ति मिलती है। इसके साथ ही इसमें कभी भी मैला साफ करने की जरूरत नहीं पड़ती है और इसमें दुर्गन्ध नहीं फैलती है। सफाईकर्मियों ने इसके वे सभी जो कारण समझाये, उनमें से अधिकांश का सम्बन्ध उनके अपने अनुभवों से है। इस प्रकार, कहा जा सकता है कि अमुक्त सफाईकर्मी भी महसूस करते हैं कि सुलभ शौचालय योजना उनके लिए लाभदायक है। यह न सिर्फ उन्हें मैला सफाई के काम से मुक्ति दिलाती है बल्कि उन्हें स्वास्थ्य पर पड़ने वाले प्रतिकूल और अस्वास्थ्यकर प्रभाव से भी बचाती है। दूसरे शब्दों में, अमुक्त सफाईकर्मियों ने अपने अनुभवों से मुक्त होने की अपनी इच्छा व्यक्त की है। साथ ही, उन्होंने यह भी संकेत दिया है कि सुलभ शौचालय योजना अकेली ऐसी योजना है जिससे मैला साफ करने के प्रचलन पर रोक लग सकती है।

पिछले अध्याय में जो तथ्य सामने आये हैं और जिनका विश्लेषण किया गया है, उनसे यह भी पता चलता है कि अमुक्त सफाईकर्मी इस पेशे में इसलिए नहीं हैं कि उन्हें यह पसन्द है या फिर इसलिए कि वे इसमें अधिक पैसा कमाते हैं। वास्तव में, वे मैला सफाई के काम में लगे रहने के लिए परिस्थितियों के हाथों विवश हुए। वे न सिर्फ इस पेशे को बदलने के लिए उत्सुक हैं बल्कि उन्होंने अतीत में इसके लिए प्रयास भी किये हैं। वे कोई दूसरा काम पाने के लिए उच्च अधिकारियों से मिले। वे सिर्फ अपने लिए ही नहीं बल्कि अपने परिवार वालों के लिए भी कोई दूसरा काम चाहते थे। लेकिन प्राय: सभी मामलों में उन्हें निराश होना पड़ा। उनमें से सभी ने मैला सफाई के काम को बहुआयामी बताया है और इसे नापसन्द किया है।

सामाजिक कलंक के अलावा इस पेशे को पसन्द न किये जाने का दूसरा कारण यह है कि इसमें कठोर शारीरिक श्रम करना पड़ता है। सफाईकर्मी यह भी अनुभव करते हैं कि यह बहुत घृणित कार्य है और मनुष्यों के करने लायक नहीं है। वे यह भी महसूस करते हैं कि परम्परागत समाज में सफाईकर्मियों को अछूत मानने का विधान मुख्य रूप से इसलिए है कि वे मैला साफ करते हैं और ढोकर ले जाते हैं। उन्होंने स्वीकार किया कि मैला ले जाते समय उन्हें किसी को छूने की भी मनाही है। दूसरे शब्दों में, मैला ढोने वाले सफाईकर्मियों को अछूत मानने का चलन शहरों में भी है। सफाईकर्मियों की यह भी शिकायत रही है कि मैला साफ करने के कारण

समाज के अन्य लोगों द्वारा उनका शोषण किया जाता है।

अत: कहा जा सकता है कि मैला साफ करने का काम स्वयं सफाईकर्मियों को भी बेहद नापसन्द है। इसका कारण वे सामाजिक, आर्थिक, स्वास्थ्य सम्बन्धी और मनोवैज्ञानिक समस्यायें हैं, जिनका सामना उन्हें इस काम को करने के दौरान करना पड़ता है। उन्हें इस सत्य का भी आभास है कि उन्हें मैला ढोने अथवा साफ करने के कारण बहुत-सी बीमारियाँ लग जाती हैं। वे मैला साफ करना नहीं चाहते हैं लेकिन उन्हें मजबूरन ऐसा करना पड़ता है क्योंकि उनके पास कोई विकल्प नहीं है। मैला साफ करने के पेशे के प्रति उनकी घृणा और विरक्ति का पता इस बात से भी चलता है कि उनमें से कोई भी अपने बच्चों के लिए यह पेशा नहीं चाहता। उनके द्वारा व्यक्त किये गये विचारों और दी गयी सूचना से यह भी पता चलता है कि उन्होंने अपना पेशा बदलने के प्रयास किये थे। कुछ मामलों में उन्होंने रोजगार दफ्तरों में नाम दर्ज कराये थे और उच्च अधिकारियों से सम्पर्क किया। लेकिन यह सब व्यर्थ सिद्ध हुआ। इस बारे में उनका स्वयं का यह मानना रहा है कि उनके पास कोई सिफारिश या पैरवी नहीं है, इसलिए उन्हें कोई दूसरा काम नहीं मिलता।

इस पेशे से मुक्ति पाने की उनकी लालसा इस बात से भी झलकती है कि वे इस काम को छोड़कर कोई भी कारोबार शुरू करना चाहते हैं। शर्त यह है कि इसके लिए उन्हें वित्तीय सहायता दी जाए। वे कोई दूसरा काम करने को तैयार हैं, भले ही, उन्हें उसमें कम पैसा मिले। इसका मतलब यह है कि पैसे का घाटा उठाकर भी वे सिर पर मैला ढोने के बजाय कोई दूसरा काम करना चाहेंगे। इस तथ्य को ध्यान में रखते हुए कहा जा सकता है कि जो लोग अभी भी मैला सफाई के काम में लगे हैं, वे इससे जल्दी-से-जल्दी छुटकारा पाना चाहते हैं। इससे साफ जाहिर होता है कि अगर सफाईकर्मियों की मुक्ति की योजना लागू की जाये तो ऐसी किसी भी योजना को सफल बनाने में वे तहेदिल से मदद करेंगे। परिणामस्वरूप कहा जा सकता है कि सफाईकर्मियों को सुलभ शौचालय योजना पूरी तरह स्वीकार है। शर्त यह है कि उन्हें रोजी-रोटी कमाने का कोई और साधन मुहैया कराया जाये।

इससे पहले जो तथ्य एकत्र किये गये और जिनका विश्लेषण किया गया, उनसे हम इस नतीजे पर पहुँचते हैं कि सफाईकर्मियों को अपनी सीमाओं और अपनी कमियों का पूरा अहसास है। वे इस तथ्य से भी भलीभांति

परिचित हैं कि वे और उनके बच्चे निरक्षर अथवा अर्द्ध-साक्षर हैं। साथ ही, उन्हें कोई हुनर भी नहीं आता। इस प्रकार वे इस पेशे को छोड़कर किसी ऐसे ऊँचे या श्रेष्ठ पद की कामना नहीं करते हैं जिससे उनकी हैसियत और ताकत बढ़ सके। अपने और अपने बच्चों के लिए उन्होंने चपरासी, फर्राश, ड्राइवर, तथा मैकेनिक की नौकरी पसन्द की है। कुछ मामलों में उन्होंने पुरुषों के लिए अध्यापक या क्लर्क की नौकरी भी चाही है। महिलाओं के लिए उन्होंने नौकरानी, फर्राश, महिला चपरासी और इसी तरह की दूसरी नौकरियाँ पसन्द कीं और सुझायीं। दूसरे शब्दों में, वे उसी रोजगार की कामना करते हैं जिसके वे योग्य हैं। यह भी ध्यान देना जरूरी है कि उन्होंने अपने बच्चों के लिए भी यही सब काम चाहे हैं। अध्यापक और कलर्क की नौकरियाँ, उन्होंने इस उम्मीद में पसन्द की हैं कि उनके लड़के पढ़-लिखकर जरूरी योग्यता प्राप्त कर लेंगे। अत: यह भी कहा जा सकता है कि उनकी इच्छा-आकांक्षा का स्तर ऊँचा नहीं है। उनकी ज्यादा दिलचस्पी इस बात में है कि उन्हें मैला साफ करने से मुक्ति मिले और उन्हें उसी श्रेणी के दूसरे काम मिल जायें। इससे पता चलता है कि उनमें मुक्ति की इच्छा कितनी प्रबल है।

अमुक्त सफाईकर्मियों के सामाजिक और आर्थिक पिछड़ेपन का पता इस बात से भी चलता है कि समाचारपत्र, पत्रिकाओं और टी०वी० कार्यक्रम जैसे जनसंचार माध्यमों से उनका सम्पर्क बहुत कम रहा है। वे सिर्फ रेडियो सुनते हैं और फिल्में देखते हैं और ऐसा भी वे सिर्फ मनोरंजन के लिए करते हैं। उनके लिए शिक्षा और जानकारी बढ़ाने के लिए इसका कोई महत्व नहीं है। इसका अर्थ यह है कि शिक्षा की दृष्टि से जनसंचार माध्यमों से उनके जुड़ाव का कोई अर्थ नहीं है। इतना ही नहीं, इस तथ्य से कि वे फिल्में कम देखते हैं और रेडियो भी कम सुनते हैं, उनकी गरीबी और आर्थिक कठिनाइयों का पता चलता है। इस निष्कर्ष से साफ जाहिर होता है कि उनमें राजनैतिक समझदारी और जागरूकता पैदा करने में जनसंचार माध्यमों से कोई मदद नहीं मिली है।

जहाँ तक अन्तर्जातीय सम्बन्धों का प्रश्न है, परम्परागत नियम अभी भी प्रभावी हैं। हाँ, उनमें अब वह पहले वाली सख्ती नहीं रह गयी है। सफाईकर्मियों ने अपने परिवार वालों या अपने बच्चों के साथ स्कूलों और कार्यालयों में या किराये पर मकान लेने में कोई भेदभाव बरते जाने की शिकायत नहीं की।

लेकिन इसके साथ ही उन्होंने बताया है कि उनके घरों में आयोजित होने वाले धार्मिक समारोहों में आमतौर पर केवल उनकी जाति या उपजाति वाले ही शामिल होते हैं। हरिजन समुदाय की अन्य उपजातियों के लोग भी सफाईकर्मियों के घर अनुष्ठान समारोहों में आते हैं लेकिन उनकी संख्या बहुत कम होती है। अत: यह ध्यान देना जरूरी है कि एक तरफ मुक्त नहीं हुए सफाईकर्मियों को शिकायत रही है कि ऊँची जाति के लोग उनसे भेदभाव बरतते हैं। साथ ही, वे चाहते हैं कि इस तरह का हर भेदभाव खत्म किया जाए। लेकिन दूसरी तरफ वे स्वयं इस तरह की भावना के शिकार हैं। हरिजनों की विभिन्न उपजातियों का भेदभावपूर्ण व्यवहार और उपजातियों की व्यवस्था में उनका विश्वास इसका प्रमाण है।

अधिकांश मामलों में सफाईकर्मियों ने डोम, दुसाध, मुसहर या चमार को अपने से नीचा बताया जबकि उन्होंने धोबी और पासी को अपने से श्रेष्ठ कहा है। इस तरह के वर्ग-भेद से पता चलता है कि वे स्वयं भी आपस में जात-पाँत का भेद रखते हैं। इन तथ्यों को देखते हुए कहा जा सकता है कि अन्तर्जातीय सम्बन्ध भी परम्परागत जातीय मानदण्डों से परे नहीं हैं हालांकि उनमें काफी हद तक नरमी देखने को मिलती है। इससे संवैधानिक सुरक्षा उपबन्धों के प्रभाव से परम्परागत जाति बन्धनों के कमजोर पड़ने और जातिगत लांछन समाप्त होने का पता चलता है। साथ ही, इससे शहरीकरण लोकतंत्रीकरण और धर्मनिरपेक्षीकरण की प्रक्रिया का भी पता चलता है।

मुक्त हुए सफाईकर्मियों से जो सूचनायें प्राप्त हुईं और जिनका पीछे विश्लेषण किया गया, उनसे पता चलता है कि रांची, पूर्णिया और पटना में जो सफाईकर्मी मुक्त कराये गये हैं, उनमें पुरुष और महिलाएँ दोनों हैं। इनमें महिलाओं की संख्या पुरुषों से अधिक है। उनकी व्यक्तिगत पहचान से जुड़ी सूचना से पता चलता है कि वे न सिर्फ आर्थिक और सामाजिकतौर पर बल्कि शिक्षा के मामले में भी पिछड़े हुए हैं। मुक्त सफाईकर्मियों में से अधिकांश के लिए साक्षरता एक अजूबा जैसी चीज है। प्राप्त निष्कर्षों से यह भी पता चलता है कि मुक्त हुए सफाईकर्मी एकल और संयुक्त दोनों तरह के परिवारों में रह रहे हैं। उनके परिवार अपेक्षाकृत बड़े आकार के हैं।

इतना ही नहीं मुक्त हुए सफाईकर्मी व्यक्तिगत आय और पारिवारिक आय के मामले में भी असमान समूह में हैं। कुछ परिवारों में केवल एक ही आदमी

कमाने वाला है जबकि दूसरे परिवारों में दो या अधिक कमाने वाले हैं। लेकिन परिवार के आकार और आश्रित सदस्यों की संख्या को देखते हुए कुल आय पर्याप्त नहीं है। परिणामस्वरूप मुक्त हुए सफाईकर्मी भी गरीबी रेखा पर अथवा उसके ठीक नीचे या ऊपर जीवन-यापन कर रहे हैं। जैसा कि उन्होंने बताया कि उनकी पढ़ाई बीच में ही छूट जाने का एक बुनियादी कारण उनकी आर्थिक बदहाली भी रही है। उनका कहना है कि वे अपने परिवार की खराब आर्थिक स्थिति के कारण अपनी पढ़ाई आगे जारी नहीं रख सके। उनमें से अधिकांश ने अपनी पढ़ाई बीच में ही छोड़ दी जबकि कुछ अपने परिवार के सामाजिक और आर्थिक पिछड़ेपन की भी वजह से स्कूल ही नहीं जा सके।

इन निष्कर्षों से हम इस नतीजे पर पहुँचते हैं कि उन्होंने मैला सफाई का काम इसलिए अपनाया कि वह उनका पुश्तैनी पेशा था। उन्होंने इससे छुटकारा पाने के लिए कोई कोशिश नहीं की। अगर उन्होंने अपना पेशा बदलने का प्रयास किया भी है तो उन्हें इसमें सफलता नहीं मिली। यह सुलभ शौचालय योजना ही थी जिसने उनकी मदद की और उन्हें मैला सफाई के काम से मुक्ति दिलायी। इसके लिए सुलभ शौचालय स्थापित किये गये, जिनमें मैला साफ करने की जरूरत नहीं पड़ती। चूँकि सभी मुक्त हुए सफाईकर्मी या तो पूर्णिया अथवा रांची नगरपालिकाओं में काम करते थे या फिर पटना नगर-निगम के कर्मचारी थे, इसलिए उन्हें वैकल्पिक रोजगार उपलब्ध कराने की समस्या नहीं थी। वे नगरनिगम अथवा नगरपालिका के कर्मचारी थे। अतः मुक्त होने के बाद भी उनकी सेवाएँ समाप्त नहीं की गयीं। बल्कि उन्हें झाड़ू लगाने और कचरा साफ करने तथा हटाने जैसे दूसरे वैकल्पिक काम दिये गये।

इस प्रकार इन मुक्त हुए सफाईकर्मियों को बेरोजगारी का सामना नहीं करना पड़ा और उनके लिए पुनर्वास की किसी योजना की जरूरत नहीं थी। इन शहरों में सुलभ शौचालय योजना यह सोचकर शुरू की गयी थी कि इस तरह मुक्त किए जाने वाले सफाईकर्मियों को उनके नियोजक दूसरे काम दे देंगे। यहाँ यह भी ध्यान देना जरूरी है कि सफाईकर्मियों को मुक्त किया जाना तभी संभव हो सका, जब कमाऊ शौचालयों को सुलभ शौचालयों में बदला गया। इस तरह के परिवर्तन के लिए उन लोगों का सहयोग जरूरी था

जिनके यहाँ कमाऊ शौचालय थे। यदि लोग सुलभ शौचालय प्रणाली अपनाने के लिए तैयार नहीं होते तो यह परिवर्तन संभव नहीं होता। इस तरह सफाईकर्मियों को मुक्त करने का काम भी संभव नहीं हो पाता। इसलिए सफाईकर्मियों की मुक्ति में लोगों का सहयोग प्राप्त करने के लिए एक ऐसी योजना लागू करने की जरूरत थी जिससे उन लोगों को आकर्षित किया जा सकता, जिनके घरों में कमाऊ शौचालय थे। सुलभ संस्थान इस तथ्य से पूरी तरह अवगत था कि कम या बहुत कम आय वाले व्यक्तियों के घरों में अभी भी कमाऊ शौचालय हैं। कोई महंगी योजना अपनाने में उनकी आर्थिक कठिनाई आड़े आ जाती है। अत: ऐसी किसी भी योजना से अपेक्षित सफलता नहीं मिल सकती जिससे लोगों पर आर्थिक बोझ बढ़ जाता हो। इसके लिए साफ-सफाई की कम लागत वाली योजना आवश्यक थी। यह कमी सुलभ शौचालय ने पूरी की। साथ ही, इस योजना के आग्राहियों को अपने कमाऊ शौचालयों को सुलभ शौचालयों में बदलने के लिये अनुदान के रूप में आर्थिक राहत भी दी गयी। इस प्रकार सफाईकर्मियों की मुक्ति और साफ-सफाई की कम लागत वाली योजना को अपनाने का काम साथ-साथ हुआ। इस तरह सफाईकर्मियों की मुक्ति का कार्यक्रम सफलतापूर्वक चलाया जा सका। सुलभ शौचालय संस्थान का यह योगदान सफाईकर्मियों और अपनाने वालों के लिए तो लाभदायक है ही, सफाई की अस्वास्थ्यकर स्थिति संक्रमण फैलने और पर्यावरण के प्रदूषण की सम्भावनाएँ अपेक्षाकृत कम होती हैं। ये विशेषताएँ आमलोगों के लिए भी लाभदायक हैं।

हम एकत्र किए गए आंकड़ों से इस नतीजे पर भी पहुँचते हैं कि मुक्त हुए सफाईकर्मियों में से अधिकांश अपने उस पेशे से सन्तुष्ट हैं जिसमें वे इस समय लगे हुए हैं। उन्हें संतोष इस बात का है कि उन्हें हाथ से मैला साफ करने और हटाने के काम से छुटकारा मिल गया है। मुक्ति के बाद उन्हें जो काम दिया गया है, वह पहले से बेहतर है। इसलिए वे संतुष्ट हैं। लेकिन उनके घर वालों को जो इस समय बेरोजगार हैं, रोजगार दिलाने की समस्या बनी हुई है। अगर इसे हल नहीं किया गया तो इस बात की पूरी संभावना है कि भविष्य में उनके बच्चों में से कुछ मजबूर होकर फिर से मैला साफ करने का काम करने लगेंगे। इससे इस कार्यक्रम का मूल उद्देश्य ही विफल हो जाएगा। यह भी ध्यान देना जरूरी है कि मुक्त नहीं हुए सफाईकर्मियों की

तरह ही मुक्त सफाईकर्मी भी ऊँची आकांक्षाएँ नहीं रखते। वे अपने बेरोजगार बच्चों के लिए कुशल, अर्द्ध-कुशल और थोड़ा-बहुत कुशल श्रेणी का काम पसन्द करते हैं। इससे साफ जाहिर है कि मुक्त हुए सफाईकर्मियों को अपनी सीमाओं और कमियों का अहसास है। वे यह महसूस करते हैं कि उनकी वर्तमान योग्यता को देखते हुए वे अपने लिए इससे बेहतर रोजगार की आशा नहीं कर सकते। इस प्रकार वे यथार्थवादी तरीके से सोचते हैं और मौजूदा परिस्थितियों के अन्तर्गत ही अपने परिवार वालों का स्तर उठाना चाहते हैं।

पिछले अध्याय में सफाईकर्मियों पर मुक्ति के प्रभाव के बारे में दी गयी सूचना से पता चलता है कि सफाईकर्मियों की मुक्ति का उनकी स्वतंत्रता और सामाजिक प्रतिष्ठा पर कुछ प्रभाव अवश्य पड़ा है। मन्दिरों में जाने, अपने धार्मिक अनुष्ठानों के लिए ब्राह्मणों को बुलाने, अनुष्ठानों के अवसर पर अन्य जातियों के लोगों द्वारा उन्हें आमंत्रित करने और दूसरी जाति वालों के साथ एक ही जगह से पानी लेने और होटलों तथा अन्य स्थानों पर भोजन करने जैसे मामलों में उन्हें अब ज्यादा परेशानी नहीं होती है। इससे सिद्ध होता है कि मुक्ति के बाद उनकी सामाजिक प्रतिष्ठा बढ़ी है। इसलिए वे अब उन मन्दिरों में भी जाने लगे हैं, जहाँ ऊँची जाति के हिन्दू जाते हैं। इसी प्रकार अपने धार्मिक अनुष्ठानों के लिए ब्राह्मणों को बुलाने के मामले में भी उनकी स्थिति सुधरी है। पटना में काफी बड़ी संख्या में लोगों को पहले यह विशेषाधिकार प्राप्त नहीं था लेकिन आज उनमें से सभी को यह विशेषाधिकार प्राप्त है। पूर्णिया में इस तरह के विशेषाधिकार का लाभ उठा रहे सफाईकर्मियों की संख्या मुक्ति के बाद दुगुनी हुई है। इसका अर्थ यह है कि मुक्ति के बाद सफाईकर्मियों की हैसियत और सम्मान बढ़ा है। मुक्ति का एक उल्लेखनीय प्रभाव यह देखा गया कि इन तीनों शहरों में दूसरी जातियों के लोग भी उन्हें धार्मिक कार्यों के अवसर पर अपने यहाँ बुलाते हैं। इन शहरों में मुक्ति से पहले बहुत कम लोगों को दूसरी जाति वाले अपने यहाँ बुलाते थे जबकि मुक्ति के बाद ऐसे लोगों की संख्या बहुत बढ़ गयी है जिन्हें दूसरी जाति वाले अपने यहाँ बुलाते हैं। इन तीनों शहरों में एक ही जगह से पानी लेने और होटलों में खाना खाने के मामले में भी ऐसी ही स्थिति दिखायी देती है। मुक्ति के बाद ऊँची जाति के हिन्दुओं के साथ तथाकथित भंगी भोजन भी कर रहे हैं। उन्हें अब दूसरी जाति वाले भी अपने अनुष्ठानों और समारोहों में बुला रहे हैं।

इससे पता चलता है कि इस दलित वर्ग पर मुक्ति का सकारात्मक प्रभाव पड़ा है। परम्परागत समाज में उनकी सामाजिक प्रतिष्ठा तथा हैसियत बढ़ी है। यह ध्यान देना जरूरी है कि मुक्ति का काम अभी हाल ही में हुआ है। इधर कुछ वर्षों से ऊँची जाति के लोगों का दृष्टिकोण बदला है और उन्होंने हाल ही में सफाईकर्मियों को सामाजिक तथा सामुदायिक जीवन की मुख्य धारा में स्वीकार करना शुरू किया है।

परिवर्तन की इस प्रवृत्ति को ध्यान में रखते हुए आशा की जा सकती है कि इस वर्ग की भावी पीढ़ियाँ भी दूसरे वर्गों की पीढ़ियों जैसी ही होंगी और उनके सामने विद्यमान सामाजिक रुकावटें और लांछन अपनेआप समाप्त हो जायेंगी। इस आधार पर कहा जा सकता है कि सुलभ शौचालय योजना सफाईकर्मियों को मुक्ति दिलाने और मैला साफ करने जैसी घृणित प्रथा को समाप्त करने के साथ-साथ गुणवत्ता, न्यायपरता और अनुपाती सामाजिक न्याय की अवस्था तक पहुँचने की प्रक्रिया की शुरुआत भी कर रही है। इस प्रकार इस योजना से न सिर्फ वर्तमान पीढ़ी की दशा सुधरेगी बल्कि आने वाली पीढ़ियों की हालत में भी सुधार होगा। लोकतंत्र, सामाजिक न्याय और सामाजिक शोषण की समाप्ति जैसे आदर्शों से भरे समाज के निर्माण में इसका योगदान अत्यन्त मूल्यवान है।

इससे पहले जिन निष्कर्षों का विश्लेषण किया गया, उनसे हम इस नतीजे पर पहुँचते हैं कि सिर्फ दूसरी जाति के लोगों के रवैये और सोचने के तरीके में ही परिवर्तन नहीं आया है बल्कि स्वयं सफाईकर्मियों का भी व्यवहार और सोचने का तरीका भी बदला है। वे समझने लगे हैं कि अब वे मुक्त हैं और उन्हें अब मैला साफ करने का काम नहीं करना चाहिए। अलग-अलग मौकों पर इस लेखक ने देखा कि इन सफाईकर्मियों ने गर्व और सम्मान से बताया कि वे अब मैला साफ करने का काम नहीं करते हैं। जिस ढंग से उन्होंने यह बात कही, उससे स्पष्ट होता है कि मैला सफाई को वे भी एक अपमानजनक पेशा मानते हैं। इतना ही नहीं, उनमें से अधिकांश ने साफ-साफ कहा कि वे उन लोगों से कोई मेल-जोल नहीं रखते जो अभी भी मैला साफ करते हैं। इस निष्कर्ष को ध्यान में रखते हुए यह कहा जा सकता है कि मुक्ति का उनके वास्तविक व्यवहार और जीवन-शैली पर तो प्रभाव पड़ा ही है, साथ ही उनके विचार और सोचने के तरीके पर भी इसका प्रभाव पड़ा है। इस

प्रकार कहा जा सकता है कि मुक्त हुए सफाईकर्मियों में यह समझदारी पैदा हो रही है कि वे मुक्त हो चुके हैं और उन्हें मैला साफ करने का काम नहीं करना चाहिए।

मुक्त हुए सफाईकर्मियों के आर्थिक और शैक्षिक पिछड़ेपन का उनके बच्चों की शिक्षा पर बुरा असर पड़ा है। आंकड़े बताते हैं कि अधिकांश परिवारों के बच्चे स्कूल नहीं जाते हैं। वे प्राइमरी शिक्षा से भी वंचित हैं हालांकि समाज के इस वर्ग के बच्चों और युवाओं को निःशुल्क शिक्षा दी जाती है। जिन सफाईकर्मियों के बच्चे पढ़ रहे हैं, उन्होंने भी माना है कि उनके घर में पढ़ने की पर्याप्त सुविधा नहीं है और उनके बच्चे नियमित रूप से अपना गृहकार्य नहीं करते हैं। इसका अर्थ यह है कि अधिकांश मामलों में घर पर पढ़ाई के लिए जरूरी जगह और सुविधा उपलब्ध नहीं है। इस लेखक ने अपने अध्ययन के दौरान पाया कि अधिकांश मुक्त हुए सफाईकर्मी और उनके परिवार एक कमरे की खोलियों अथवा झौंपड़ियों में रह रहे हैं। स्पष्ट है कि इस तरह के घरों में पढ़ाई के लिए कोई अलग जगह नहीं हो सकती है। इस प्रकार मुक्त हुए सफाईकर्मियों के बच्चों को पढ़ाई की समुचित सुविधा प्राप्त नहीं है। इसका अर्थ यह नहीं है कि बच्चों को पढ़ने-लिखने में दिलचस्पी नहीं है क्योंकि उनमें से अधिकांश ने स्वीकार किया है कि उनके बच्चे पढ़ने में रुचि लेने के बावजूद इसलिए नहीं पढ़ रहे हैं कि उनके यहाँ इसके लिए कोई उचित जगह या समुचित सुविधाएँ नहीं हैं। इससे साफ पता चलता है कि मुक्त हुए सफाईकर्मियों के परिवार आर्थिक रूप से परेशान हैं। इसके अलावा, इस बात से कि अधिकांश मुक्त हुए सफाईकर्मी निःशुल्क शिक्षा की सुविधा का लाभ नहीं उठा रहे हैं। जाहिर होता है कि वे सामाजिक रूप से पिछड़े हुए हैं और नहीं जानते कि युवा पीढ़ी को शिक्षा दिलाना क्यों जरूरी है? जो अपने बच्चों को स्कूल भेजते हैं, उन्होंने बताया कि वे पढ़ाई का खर्च स्वयं उठाते हैं। इसका अर्थ यह है कि उन्हें छात्रवृत्ति की सुविधा की जानकारी नहीं है। इतना ही नहीं, उनमें से कुछ का कहना था कि सरकार उन्हें जो सहायता देती है, वह उनके बच्चों की पढ़ाई पूरी करने के लिए काफी नहीं है।

इन सब बातों के आधार पर कहा जा सकता है कि जहाँ एक तरफ उनकी युवा पीढ़ी में साक्षरता की नीची दर का कारण मुक्त हुए सफाईकर्मियों का

आर्थिक पिछड़ापन रहा है, वहीं दूसरी ओर, उनके बच्चों के कम संख्या में स्कूल जाने के कारण उनका सामाजिक पिछड़ापन और उनमें सामाजिक जागरूकता की कमी है। स्कूल जाने वाले बच्चों की संख्या कम होने से यह बात अच्छी तरह समझ में आ जाती है कि सफाईकर्मियों में उच्चतर शिक्षा एक अजूबा चीज समझी जाती है। इस प्रकार मुक्ति के साथ ही यह भी जरूरी है कि मुक्त हुए सफाईकर्मियों को शिक्षा के महत्व, शिक्षा के लिए उन्हें मिलने वाली सुविधाओं और उनकी सामाजिक, आर्थिक और राजनैतिक स्थिति के सुधार में शिक्षा की भूमिका के बारे में शिक्षित किया जाये।

पटना, मुजफ्फरपुर और आरा के अनाग्राहियों से प्राप्त सूचना से जिनका पहले विश्लेषण किया गया है, हम इस नतीजे पर पहुँचते हैं कि अनाग्राहियों में ज्यादातर लोग आर्थिक रूप से समाज के निम्न अथवा मध्य निम्न वर्ग के हैं। अनाग्राहियों के परिवारों की वार्षिक आय 3,000 रुपये से लेकर 18,000 रुपये से अधिक है। लेकिन 18,000 रुपये अथवा उससे अधिक आय वाले परिवारों की संख्या बहुत कम है। अधिकांश अनाग्राहियों के परिवारों की वार्षिक आय 12,000 रुपये अथवा इससे कम है। इस आधार पर कहा जा सकता है कि न-अपनाने वाले परिवारों की मासिक आय 1,000 रुपये तक है। परिवार का आकार काफी बड़ा होने और रहन-सहन के भारी खर्च के कारण वे गरीबी रेखा के सबसे निचले स्तर पर जीवन-यापन कर रहे हैं। वे अपने कमाऊ शौचालयों को सुलभ शौचालयों में बदलने का खर्च वहन नहीं कर सकते और इसलिए उनके यहाँ पुरानी प्रणाली का ही प्रचलन जारी है।

न-अपनाने वालों की आर्थिक दुर्दशा के साथ ही यह तथ्य भी सामने आया है कि न-अपनाने वालों में से अधिकांश मैट्रिक अथवा मैट्रिक से कम पढ़े हैं और कुछ मामलों में तो निरक्षर भी हैं। यह ध्यान दिलाना भी जरूरी है कि न-अपनाने वाले अलग-अलग जाति और धर्म के हैं। लेकिन तथ्यों के विश्लेषण से पता चलता है कि उनमें सिर्फ एक छोटा हिस्सा ही ऊँची जाति का है जबकि अधिकांश न-अपनाने वाले नीची अथवा अनुसूचित जाति के हैं। इस आधार पर इसे और आगे इस तरह समझा जा सकता है कि ऊँची जाति वालों की तुलना में नीची अथवा अनुसूचित जाति के लोग आर्थिक और शैक्षिक दृष्टि से ज्यादा पिछड़े हैं। उनका सामाजिक पिछड़ापन आर्थिक और शैक्षिक पिछड़ेपन से जुड़ा है। ऐसा लगता है कि सुलभ शौचालय नहीं

अपनाये जाने का कारण इनकी आर्थिक स्थिति ही है। तथ्यों से पता चलता है कि न-अपनाने वाले सुलभ शौचालय योजना के बारे में जानते हैं। अधिकांश मामलों में उन्हें इसके बारे में सुलभ इण्टरनेशनल और इसमें काम कर रहे संगठनों से पता चला है। उन लोगों की तादाद बहुत कम है जिन्हें अपने मित्रों, संबंधियों अथवा पड़ौसियों से इसकी जानकारी मिली। इसका अर्थ यह है कि लोगों को सुलभ शौचालय प्रणाली के बारे में बताने वाली सबसे अधिक प्रभावी एजेन्सी स्वयं सुलभ इण्टरनेशनल है। इससे स्पष्ट है कि सुलभ इण्टरनेशनल से जुड़ी एजेन्सियों की भूमिका कितनी महत्वपूर्ण और आवश्यक है।

अनाग्राहियों ने सुलभ शौचालय प्रणाली के बारे में जो राय जाहिर की, उससे पता चलता है कि वे इस योजना के बारे में सकारात्मक दृष्टिकोण रखते हैं। उन्हें सुलभ शौचालय के बहुआयामी फायदों की भी जानकारी है। उन्होंने स्वीकार किया कि सुलभ शौचालय योजना अच्छी है और पसन्द की जाने योग्य है, क्योंकि इसमें मैला साफ करने की जरूरत नहीं पड़ती है। इसी तरह अधिकांश अनाग्राहियों का यह भी मानना है कि सुलभ शौचालय किफायती है और इसे सेप्टिक शौचालय और दूसरी प्रणालियों के मुकाबले कम पैसे में बनवाया जा सकता है। अनाग्राहियों ने यह भी महसूस किया है कि सुलभ शौचालय पर्यावरण सम्बन्धी मौजूदा परिस्थितियों के अनुकूल है। इसके लिए कम जगह की आवश्यकता पड़ती है और यह अच्छा काम भी करता है। उन्होंने सुलभ प्रणाली में दुर्गन्ध पैदा न होने और खाद मिलने जैसी खूबियों का उल्लेख किया है। उनके विचार से हम इस निष्कर्ष पर पहुँचते हैं कि अनाग्राही सुलभ शौचालय प्रणाली की पर्यावरण संबंधी उपयुक्तता किफायती प्रकृति और स्वास्थ्यप्रद स्थितियों से अवगत हैं। दूसरे शब्दों में, वे इस प्रणाली का लाभ स्वीकार करते हैं, लेकिन अपने आसपास की विद्यमान परिस्थितियों के कारण वे इसे अपना नहीं सके हैं। अधिकांश न-अपनाने वालों ने साफतौर पर कहा कि वे कमाऊ शौचालयों को सुलभ शौचालयों में नहीं बदल सकते क्योंकि उनके पास इसके लिए पैसा नहीं है। इस आधार पर कहा जा सकता है कि न-अपनाने वालों को या तो आर्थिक अनुदान नहीं मिला या फिर वे इस स्थिति में नहीं थे कि शौचालय परिवर्तन के लिए धनराशि खर्च कर सकें। इस निष्कर्ष को ध्यान में रखते हुए कहा जा सकता

है कि खराब आर्थिक स्थिति ही कमाऊ शौचालयों के बने रहने का मुख्य और बुनियादी कारण रहा है।

यदि उन्हें ठीक से समझाया जाये और आर्थिक अनुदान दिया जाये तो कमाऊ शौचालय प्रणाली को सुलभ शौचालय प्रणाली में बदला जा सकता है। अनाग्राही अगर किरायेदार हों तो मकान-मालिकों को समझाया जा सकता है और उनकी अनुमति तथा सहायता से काम बन सकता है। कुल मिलाकर यह बात सामने आती है कि अनाग्राही सुलभ शौचालय के विरुद्ध नहीं हैं। बल्कि वे परिस्थितियों के कारण इसे न अपनाने के लिए विवश रहे हैं। अधिकांश उत्तरदाताओं ने स्पष्ट रूप से कहा है कि कमाऊ शौचालय प्रणाली छोड़ने के बाद वे सुलभ शौचालय प्रणाली की ही तरजीह देंगे। सुलभ शौचालय प्रणाली के अत्यन्त लोकप्रिय होने का पता इस बात से भी चलता है कि अधिकांश अनाग्राहियों ने स्पष्ट रूप से कहा है कि यदि उन्होंने अपने घर बनवाये तो वे किसी दूसरी प्रणाली की जगह सुलभ शौचालय प्रणाली को ही प्राथमिकता देंगे। सुलभ शौचालय प्रणाली को स्पष्ट रूप से प्राथमिकता देने के इन कथनों से पता चलता है कि अनाग्राही इस प्रणाली को कितना अधिक पसन्द करते हैं और किस हद तक वे सफाई की कम लागत वाली प्रणाली को अपनाने के इच्छुक हैं। इस प्रकार कहा जा सकता है कि सुलभ शौचालय प्रणाली द्वारा प्रदान की गयी सेवाओं से न केवल कमाऊ शौचालय सुलभ शौचालयों में बदले गये, बल्कि लोगों की राय और दृष्टिकोण को सुलभ शौचालय प्रणाली के पक्ष में मोड़ने में भी मदद मिली।

सुलभ शौचालय प्रणाली के जरिये लोगों को जो शिक्षा दी गयी है, वह प्रभावी और फलदायक सिद्ध हुई है। इस समय जो सुलभ शौचालय का उपयोग नहीं कर रहे हैं, उन्होंने भी इसके बारे में अनुकूल राय बनाई है। ऐसे लोगों ने साफ-साफ कहा है कि वे दूसरी प्रणालियों के मुकाबले इसे ज्यादा पसन्द करते हैं। इस प्रकार कहा जा सकता है कि इन तीन शहरों में सुलभ शौचालय प्रणाली आंशिक रूप से अपनाये जाने और सुलभ शौचालय एजेन्सियों के कामकाज के अच्छे परिणाम सामने आये हैं। अनाग्राही भी अब कमाऊ शौचालय प्रणाली को छोड़कर सुलभ शौचालय प्रणाली अपनाने को तैयार हैं। इस आधार पर कहा जा सकता है कि सुलभ शौचालय योजना न सिर्फ सफाईकर्मियों को, जिन्हें मुक्ति मिलनी है, पसन्द है बल्कि उन लोगों को भी

अच्छी लगती है जो नई प्रणाली अपनाना चाहते हैं। इससे साफ पता चलता है कि सुलभ शौचालय योजना में जो मुक्ति का तत्व है, वह सफाईकर्मियों को आकर्षक लगता है जबकि सफाई की कम लागत और उन्नत स्वास्थ्यपरक स्थितियों से होने वाले फायदों के चलते यह आमतौर पर लोगों को अच्छी लगती है। सुलभ शौचालय प्रणाली द्वारा सफाई की कम लागत वाली प्रणाली के माध्यम से सफाईकर्मियों को मुक्त कराने का जो विचार प्रस्तुत किया गया है, उसका समाज पर बहुमुखी प्रभाव पड़ा है। यह सफाईकर्मियों अथवा आग्राहियों के लिए लाभप्रद तो है ही, साथ ही समाजिक, आर्थिक स्वच्छता तथा स्वास्थ्य और मानवीय दृष्टिकोण से सम्पूर्ण समाज के लिए लाभदायक है।

इस अध्ययन में सम्मिलित किए गए अपनाने वालों को नमूने के तौर पर पटना, मधुबनी और चाईबासा से चुना गया है। विश्लेषण किए गए आंकड़ों के रूप में आग्राही किसी एक विशेष समुदाय के नहीं हैं। वे मुस्लिम, हिन्दू और सिक्ख समुदायों के हैं, हालांकि आग्राही सिक्ख केवल पटना में हैं। इतना ही नहीं ये आग्राही अलग-अलग आयवर्ग और पेशे के हैं। जहाँ तक व्यावसायिक संरचना का प्रश्न है, वे या तो नौकरी करते हैं, मजदूरी करते हैं, व्यापार करते हैं या फिर खेतीबाड़ी में लगे हैं। महिला आग्राहियों में अधिकांश गृहणियाँ हैं। कुछ आग्राही या तो सेवानिवृत्त हो चुके हैं या फिर बेरोजगार हैं। आग्राहियों की व्यक्तिगत आय 3,000 रुपये से 18,000 रुपये तक है, उनकी पारिवारिक आय भी इसीके आसपास है। अंतर केवल इतना है कि उच्च आयवर्गों में पारिवारिक आय कुछ अधिक है। परिवार के आकार को देखते हुए उन्हें धनी या खाते-पीते परिवार की श्रेणी में नहीं रखा जा सकता है। परिवार के सदस्यों की सभी जरूरतें पूरी नहीं हो पाती हैं लेकिन अनाग्राहियों की तुलना में उनकी आर्थिक स्थिति बेहतर प्रतीत होती है। आग्राहियों और उनके परिवार के सदस्यों की शैक्षिक पहलुओं पर नजर डालने से पता चलता है कि उनके परिवार में निरक्षर, साक्षर और शिक्षित सभी पाये जाते हैं। अधिकांश आग्राही अधिक पढ़े-लिखे नहीं हैं। उनके एक छोटे-से हिस्से ने ही स्कूली शिक्षा प्राप्त की है, जबकि अधिकांश ने मैट्रिक स्तर तक या उससे कम पढ़ाई की है।

आग्राहियों से जो जानकारी मिली और जिसका विश्लेषण पहले किया

गया है, उससे पता चलता है कि सुलभ शौचालय प्रणाली अपनाने से पहले ज्यादातर घरों में कमाऊ शौचालय इस्तेमाल किये जाते थे। कुछ अन्य मामलों में आग्राहियों के घरों में एक भी शौचालय नहीं था और वे खुले में या फिर सामुदायिक शौचालयों में निवृत्त होते थे। इसका अर्थ यह है कि आग्राहियों के सुलभ शौचालय अपनाने से ज्यादातर घरों में कमाऊ शौचालय सुलभ शौचालयों में बदल गये। आग्राहियों से प्राप्त जानकारी से यह भी पता चलता है कि उन्हें सुलभ शौचालय के बारें में अलग-अलग स्रोतों से पता चला है। लेकिन अधिकांश मामलों में आग्राहियों को सुलभ शौचालय के बारे में सुलभ इंटरनेशनल एजेन्सियों से पता चला है। ऐसे आग्राहियों की संख्या भी अच्छी-खासी है जिन्हें इस योजना का उन लोगों से पता चला है, जिन्होंने इसे पहले से अपनाया हुआ था। आग्राहियों ने अपनी जानकारी के जो अन्य स्रोत बताये, उनमें मित्र तथा सम्बन्धी, नगरपालिकाएँ, जनसंचार माध्यम और सामूहिक शौचालय परिवर्तन के अभियान शामिल हैं। लेकिन ये स्रोत बहुत अधिक प्रभावी नहीं प्रतीत होते हैं क्योंकि बहुत कम लोगों ने इसका उल्लेख किया है। वस्तुतः हम पाते हैं कि उन्हें सुलभ शौचालय योजना की जानकारी देने वाला सबसे प्रभावी एजेन्सी सुलभ शौचालय एजेन्सी ही है। इस प्रकार कहा जा सकता है कि सुलभ शौचालय योजना न केवल कमाऊ शौचालयों को सुलभ शौचालयों में बदलने का काम कर रही है बल्कि इस योजना को लोकप्रिय बनाने और लोगों को सुलभ शौचालयों के फायदे समझाने में भी योगदान कर रही है। दूसरे शब्दों में, सुलभ शौचालय प्रणाली को लोग मुख्यतः सुलभ एजेन्सियों के कामकाज की वजह से अपना रहे हैं। इस प्रकार इस मामले में सबसे बड़ा योगदान स्वयं सुलभ इण्टरनेशनल का ही रहा है।

आग्राहियों ने जिन कारणों से पुरानी प्रणाली छोड़ी, उनका विश्लेषण पिछले अध्याय में किया गया है। आग्राहियों ने इसके जो कारण बताये, उनसे पता चलता है कि वे कमाऊ शौचालय प्रणाली से स्वास्थ्य के लिए उत्पन्न होने वाली हानिकारक स्थितियों के बारे में सजग थे। ऐसा लगता है कि स्वास्थ्य के लिए कमाऊ शौचालयों का घातक प्रभाव सुलभ शौचालयों में बदले जाने का सबसे महत्वपूर्ण कारण है। अपनाने वालों ने मैला सफाई की समस्या और सीवरेज (मल-जल) प्रणाली के अभाव जैसे अन्य कारण भी बताये। उन्होंने यह भी कहा कि दूसरी प्रणालियाँ महंगी हैं, इसलिए वे उनका

खर्च नहीं उठा सकते। इससे साफ जाहिर है कि आग्राही भी कम खर्चीली सुलभ शौचालय प्रणाली के बारे में जानते थे और इसीलिए उन्होंने दूसरी खर्चीली प्रणालियों के मुकाबले इसे तरजीह दी। दूसरे शब्दों में, आग्राही कम लागत में साफ-सफाई की सुविधा उपलब्ध होने और उनके लाभ को देखते हुए ही सुलभ शौचालय प्रणाली की ओर आकर्षित हुए। अधिकांश मामलों में कमाऊ शौचालयों को सुलभ शौचालयों में बदल दिया गया, लेकिन कुछ मामलों में सण्डास प्रणाली को भी सुलभ शौचालय प्रणाली में बदला गया। कुछ मामले ऐसे भी थे, जहाँ घर में कोई भी शौचालय प्रणाली काम में नहीं लायी जाती थी और सुलभ प्रणाली वहाँ पहली बार लागू की गयी।

ऐसा लगता है कि आग्राहियों को मालूम है कि उन्होंने जो प्रणाली अपनायी है, उसकी क्या-क्या अच्छाइयाँ और लाभ हैं। वे सभी यह मानते हैं कि यह प्रणाली स्वास्थ्यकर है। उनमें से अधिकांश लोगों का विचार है कि इसमें दुर्गन्ध पैदा नहीं होती है। आग्राहियों के एक बड़े वर्ग ने कहा है कि सुलभ शौचालय में मैला साफ करने की जरूरत नहीं पड़ती है और यह अन्य प्रणालियों से सस्ती पड़ती है। कुछ आग्राहियों ने कहा कि इस प्रणाली को अपनाने के लिए जो अनुदान मिलता है, उसके लालच में भी वे इसकी ओर आकर्षित हुए। दूसरी ओर, काफी बड़ी संख्या में अपनाने वालों का कहना है कि मल-जल निकासी यानी सीवरेज सुविधा के अभाव में सुलभ शौचालय सबसे अच्छी प्रणाली है। आग्राहियों की यह राय काफी महत्वपूर्ण है क्योंकि केवल सीवरेज प्रणाली के तहत ही हाथ से मैला साफ करने की जरूरत नहीं पड़ती। सेप्टिक शौचालय प्रणाली में भी सेप्टिक टंकी की सफाई के लिए मैला हटाने की जरूरत पड़ती है। मैला साफ करने के लिए किसी न किसी को बुलाना ही पड़ता है। इस प्रकार हर स्तर पर मैला साफ करने का प्रचलन समाप्त करने का लक्ष्य प्राप्त करने के लिए सीवरेज प्रणाली अथवा सुलभ शौचालय प्रणाली अपनाना अनिवार्य है। सीवरेज प्रणाली अत्यन्त खर्चीली है और भारत जैसे गरीब देश में तो इस बारे में सोचा भी नहीं जा सकता है। अतः अगर मैला साफ करने के कार्य से मुक्ति पाना है तो भारत में रहने वालों के लिए सुलभ शौचालय प्रणाली अपनाना ही एकमात्र उपाय है।

इसीलिए अपनाने वालों का कहना है कि मल-जल यानी सीवरेज प्रणाली के अभाव में सुलभ प्रणाली सबसे अच्छी है, यह स्थिति का सतही वर्णन नहीं

है, बल्कि यह सारी स्थिति की सही तस्वीर प्रस्तुत करता है जिसकी बुनियाद मल-व्ययन से जुड़ी समस्याओं की समझ पर टिकी है। इन निष्कर्षों के आधार पर कहा जा सकता है कि अपनाने वालों ने सुलभ शौचालय प्रणाली इसलिए स्वीकार की कि इसके बहुत लाभ हैं। साथ ही, इससे सफाईकर्मियों की मुक्ति में सहायता मिलती है। अगर हम सफाईकर्मियों और आमआदमी की भी सामाजिक तथा आर्थिक दशा पर ध्यान दें तो पायेंगे कि सुलभ शौचालय मल-व्ययन की सबसे उपयुक्त प्रणाली है।

सुलभ शौचालय प्रणाली अपनाने वाले वे लोग हैं, जो वस्तुतः इसे इस्तेमाल कर रहे हैं और इसके उपयोग में आ रही दिक्कतों का सामना कर रहे हैं (अगर वास्तव में ऐसा है तो), इस बारे में वे ही सबसे अच्छी तरह बता सकते हैं। अपनाने वालों ने जो सूचना दी, उससे साफ पता चलता है कि उनको इस शौचालय प्रणाली में कोई बड़ा दोष नहीं दिखाई देता है। इस प्रकार कहा जा सकता है कि सुलभ शौचालय प्रणाली अपनाने वाले इसके कामकाज से पूरी तरह सन्तुष्ट हैं।

अन्ततः मैला साफ करने की पद्धति, सफाईकर्मियों द्वारा मैला ढोने, समाज में उनका स्थान और हैसियत, लोकतांत्रिक व्यवस्था में मैला साफ करने की पद्धति समाप्त करने या जारी रखने की आवश्यकता और इससे जुड़े मसलों पर आग्राहियों के जो विचार और दृष्टिकोण हैं, उनसे हम इस नतीजे पर पहुँचते हैं कि सफाईकर्मियों को समाज में नीचा इसलिए समझा जाता है कि वे जिस तरह का काम करते हैं, वह गन्दा और अवमानवीय है। मनुष्य द्वारा मनुष्य का मल ढोना समाज पर कलंक है जिसे तत्काल समाप्त किया जाना चाहिए। आग्राही इस बात से पूरी तरह सहमत थे कि जब तक मैला सफाई की प्रथा पूरी तरह समाप्त नहीं की जाती है, तब तक लोकतंत्र में कल्याण और सामाजिक न्याय जैसे आदर्श प्राप्त नहीं किये जा सकते हैं। अगर हम भारतीय समाज को एक ऐसा कल्याणकारी समाज बनाना चाहते हैं जिसमें समानता, समता तथा अनुपाती न्याय जैसी विशेषताएँ मौजूद हों तो मैला साफ करने की प्रथा समाप्त करनी ही होगी। वे इस बात से भी सहमत थे कि अगर मैला सफाई का काम छोड़ दिया जाता है और सफाईकर्मियों को मुक्ति दिला दी जाती है तो इससे उनकी सामाजिक हैसियत और स्थिति ऊँची होगी। धीरे-धीरे उन पर लगा सामाजिक कलंक भी समाप्त हो जाएगा। समाज के

अन्य वर्गों की तरह वे भी सामाजिक, धार्मिक और सांस्कृतिक स्थलों पर बेरोकटोक आ-जा सकेंगे। उन्हें समाज के अन्य वर्गों से मेल-जोल बढ़ाने की पूरी स्वतंत्रता होगी। यदि सही अर्थों में लोकतांत्रिक समाज बनाना है तो सफाईकर्मियों की मुक्ति के अलावा और कोई चारा नहीं है। आग्राहियों द्वारा व्यक्त किये गये इन विचारों और दृष्टिकोण से यह तथ्य सामने आता है कि सफाई की कम लागत वाली प्रणाली के जरिये सफाईकर्मियों की मुक्ति की योजना जिसे आमतौर पर सुलभ शौचालय प्रणाली कहते हैं, समय की माँग है। यह योजना न सिर्फ समाज के दलित सफाईकर्मी वर्ग के लिए उपयोगी है बल्कि समाज और पूरे राष्ट्र के लिए भी उपयुक्त है।

ऊपर जिन आंकड़ों का विश्लेषण किया गया है और जिन पर चर्चा की गयी है, उनसे पता चलता है कि सुलभ शौचालय संस्थान (जिसे अब सुलभ इण्टरनेशनल के नाम से जाना जाता है) द्वारा शुरू की गयी और चलायी जा रही परियोजना किस तरह बड़े पैमाने पर मान्यता, सहयोग और प्रशंसा पाने में सफल रही है। सफाई की कम लागत वाली प्रणाली द्वारा सफाईकर्मियों की मुक्ति के कार्यक्रम को न केवल लोगों का समर्थन प्राप्त है, बल्कि भारत की स्वास्थ्य तथा जलवायु सम्बन्धी और आर्थिक सामाजिक तथा राजनैतिक परिस्थितियों को देखते हुए सबसे उपयुक्त विकल्प भी माना जाता है। इस कार्यक्रम का समर्थन सिर्फ वे मुक्त हुए सफाईकर्मी ही नहीं करते जिन्हें इसके जरिये मैला साफ करने के अवमानवीय काम से छुटकारा मिला है बल्कि न-अपनाने वाले भी इसका समर्थन करते हैं। इस कार्यक्रम से सिर्फ मुक्त हुए सफाईकर्मी ही लाभ नहीं उठाते, बल्कि इससे अपनाने वालों और आमतौर पर देश के सभी लोगों को लाभ होता है। इस प्रकार अन्ततः इसे संक्षेप में इस प्रकार समझा जा सकता है—

1. सुलभ शौचालय योजना बहुआयामी होने के फलस्वरूप सफाईकर्मियों को मुक्ति दिलाने और पर्यावरण की स्वास्थ्य सम्बन्धी दशाओं में सुधार लाने में सहायक है। साथ ही, यह रोग संक्रमण की संभावना को भी कम करती है।
2. सुलभ शौचालय योजना सिर्फ सफाईकर्मियों के लिए ही नहीं, बल्कि पूरे समाज के लिए लाभप्रद है। मैला सफाई का काम जब

तक बन्द नहीं होगा, तब तक सामाजिक न्याय, कल्याणकारी और लोकतंत्र के आदर्श पूरे नहीं किये जा सकेंगे। इस प्रकार समानता, समता और शोषणरहित सामाजिक व्यवस्था बनाने के लिए सफाईकर्मियों की मुक्ति अनिवार्य है। अतः एक स्वस्थ समाज की स्थापना के लिए सफाईकर्मियों की मुक्ति पहली शर्त है।

3. सुलभ शौचालय योजना के बारे में अब शहरों में रहने वाले अच्छी तरह जानते हैं। इनमें सफाईकर्मियों के अलावा अलग-अलग जातियों, धर्मों, पेशों, आयवर्गों और शैक्षिक योग्यता वाले लोग भी शामिल हैं।

4. सुलभ शौचालय योजना के बारे में समाज के अलग-अलग वर्गों के लोगों के विचार और दृष्टिकोण सकारात्मक हैं। इन लोगों ने न सिर्फ इस योजना को सही ठहराया है, बल्कि इसे लागू करने तथा इसे और अधिक क्षेत्रों में ले जाने की इच्छा भी व्यक्त की है। जो लोग इस कार्यक्रम से अब तक अछूते रह गये हैं वे भी इस योजना से लाभ उठाना चाहते हैं। उनका मानना है कि यह योजना मैला साफ करने की बुराई को जड़ से समाप्त करने और एक स्वस्थ समाज के निर्माण के लिए नितान्त आवश्यक है।

5. कमाऊ शौचालय प्रणाली से जो दिक्कतें पैदा होती हैं, वे उन लोगों की बर्दाश्त से बाहर हैं जो इसका इस्तेमाल करते हैं। इसका इस्तेमाल करने वाले मैले से पैदा होने वाली दुर्गन्ध तथा संक्रमण और सफाईकर्मियों द्वारा नियमित रूप से मैला साफ न करने से पैदा होने वाले स्वास्थ्य के लिए नुकसानदेह हालात से ऊब चुके हैं। आर्थिक कठिनाइयों के कारण वे कोई दूसरी प्रणाली अपनाने में असमर्थ हैं। इसलिए वे सुलभ शौचालय प्रणाली अपनाये जाने को उचित ठहराते हैं। यह प्रणाली उन्हें कम-से-कम खर्च में उक्त परेशानियों से मुक्ति दिलाती है।

6. जो लोग सीवरेज, सेप्टिक और सुलभ प्रणालियों के कामकाज के बारे में अच्छी तरह से जानते हैं, वे भी मानते हैं कि सेप्टिक प्रणाली मैला सफाई के काम को पूरी तरह समाप्त नहीं कर सकती है। वे जानते हैं कि सेप्टिक टंकियों को सफाई के लिए सफाईकर्मियों की

जरूरत पड़ती है। सिर्फ सीवरेज प्रणाली ही जो पश्चिमी देशों में प्रचलित है, ऐसी पद्धति है जिसमें मैला साफ करने की जरूरत नहीं पड़ती है। वे यह बात भी जानते हैं कि सुलभ शौचालय प्रणाली में भी मैला साफ करने की जरूरत कभी नहीं पड़ती है क्योंकि जिन गड्ढों में मैला जमा होता है, वे इस तरह डिजाइन किये जाते हैं और बनाये जाते हैं कि उनमें जमा मैला सड़-गलकर मिट्टी जैसा हो जाता है, जिसे एक उम्दा खाद के तौर पर इस्तेमाल किया जा सकता है।

इस तरह गड्ढों की सफाई का काम कोई भी कर सकता है फिर चाहे वह किसी भी जाति, नस्ल या धर्म से सम्बन्ध रखता हो। ये लोग यह भी जानते हैं कि सीवरेज प्रणाली काफी खर्चीली है और इसे भारत जैसे देश में राष्ट्रीय स्तर पर लागू नहीं किया जा सकता। दूसरी ओर, सुलभ प्रणाली सफाई की कम लागत वाली प्रणाली है जिसे बहुत कम खर्च में ही लगाया जा सकता है। उनका कहना है कि भारत जैसे देश के लिए सुलभ शौचालय प्रणाली सबसे अच्छी और सर्वाधिक उपयुक्त है। इस प्रकार जब वे समस्या के आर्थिक पहलू पर ध्यान देते हैं तो इस नतीजे पर पहुँचते हैं कि आमतौर पर, इस देश के और खासतौर पर बिहार के लोगों के लिए सुलभ शौचालय प्रणाली से अधिक उपयुक्त और स्वीकार्य विकल्प और कोई नहीं है।

7. अधिकांश अनाग्राही परिवार निम्न आयवर्ग के हैं और शिक्षा की दृष्टि से पिछड़े हुए हैं। उनके घरों में अब भी कमाऊ शौचालय ही हैं। ये लोग गरीबी और सामाजिक तथा शैक्षिक पिछड़ेपन के कारण सफाई की कम लागत वाली प्रणाली नहीं अपना सकते हैं। इन अनाग्राहियों में ज्यादातर सुलभ शौचालय को ही तरजीह देते हैं क्योंकि इसमें खर्च कम आता है और मैला साफ करने की जरुरत बिलकुल भी नहीं रहती है। इसके अलावा, सुलभ शौचालय बनवाने के लिए आर्थिक अनुदान मिलता है और इसलिए भी कि यह गरीब और आर्थिक तंगी के शिकार परिवारों के लिए यह अच्छा है।
8. अनाग्राही घरों में अभी भी कमाऊ शौचालय ही हैं, ऐसा इसलिए नहीं कि यह उन्हें पसन्द हैं बल्कि इसलिए कि वे इस घृणित और

कष्टदायी प्रणाली को बर्दाश्त करने को मजबूर हैं।

9. मुक्त किये गये सफाईकर्मियों की सामाजिक स्थिति और सोचने के तरीके में उन सफाईकर्मियों के मुकाबले स्पष्ट परिवर्तन देखने को मिलता है जो मुक्त नहीं कराये जा सके हैं।
10. मुक्त नहीं हुए सफाईकर्मियों को भी मालूम है कि सुलभ शौचालय योजना क्या है। उन्हें यह भी मालूम है कि बड़ी संख्या में सफाईकर्मी पहले ही मुक्त कराये जा चुके हैं। उन्होंने मैला साफ करने के काम से छुटकारा पाने की इच्छा व्यक्त की है। उनका ऐसा मानना है कि उन्हें मैला साफ करने के काम से मुक्ति दिलाने का काम सिर्फ सुलभ शौचालय प्रणाली ही कर सकती है।
11. सुलभ शौचालय प्रणाली सफाईकर्मियों को मुक्त करने और मैला सफाई के प्रचलन को जड़ से समाप्त करने में ही नहीं, बल्कि जनमत को इस कार्यक्रम की तरफ मोड़ने में भी बेहद प्रभावी और सहायक सिद्ध हुई है।

समाजशास्त्र के जनक के रूप में विख्यात कोम्टे ने सकारात्मकवाद के अपने दर्शन में सामाजिक विकास का एक कार्यक्रम दिया था, परन्तु उन्होंने इस योजना पर भी अमल नहीं किया। सफाईकर्मियों की मुक्ति की योजना इससे एक कदम आगे है। ऐसा इसलिए कि योजना बनाने के साथ ही सुलभ शौचालय ने इसे वास्तव में कार्यरूप में परिवर्तित किया है और वांछित परिणाम प्राप्त किये हैं। इस योजना के प्रवर्त्तक ने इसके लिए स्वयं पहल की और अमलीजामा पहनाया। समाजशास्त्रियों ने इस योजना का जो क्रियात्मक पहलू प्रस्तुत किया है, उससे समाजशास्त्र को एक नई दिशा मिली है। यह सैद्धान्तिक समाजवाद, अनुभूत समाजवाद तथा व्यवहार्य समाजवाद की परिधि से बाहर है। इस विषय को जो नया आयाम मिला है, उसे क्रियात्मक समाजवाद की संज्ञा दी जा सकती है जो उचित ही है। इस अवधारणा को बाद में इस लेखक ने विकसित किया और लोकप्रिय बनाया।

अनुलग्नक

सारणी 1

बिहार में मलजल संयत्रों की दशा

शहर का नाम	बस्ती	लाभान्वित होने वाली जनसंख्या	निर्माण का वर्ष	शोधन प्रक्रिया का प्रकार	मलजल की मात्रा		निर्माण की लागत		रखरखाव
					क्षमता	वास्तव में शोधित	वर्तमान सूचकांक पर कुल लागत	प्रति व्यक्ति लागत	प्रति व्यक्ति प्रतिवर्ष
पटना	पटना	1,00,000	1937 से 1965	सक्रियित आपंक	62 लाख गैलन	62 लाख गैलन	9.8 करोड़	980	1.00
जमशेदपुर	टेल्को	94,000	1944	-वही-	4 करोड़ गैलन	4 करोड़ गैलन	5.0 करोड़	532	30.60
जमशेदपुर	टेल्को	35,000	1965	-वही-	27 लाख गैलन	27 लाख गैलन	2.0 करोड़	571	34.28
रांची	एच० ई० सी०	1,25,000	1981	-वही-	45 लाख गैलन	10 लाख गैलन	529.20 लाख	429.40	14.40
रांची	मेकान	5,500	1981	ऑक्सीकरण	74 हजार गैलन	44 हजार गैलन	50.22 लाख	913.09	39.10
बोकारो	स्टील सिटी	2,80,000	1968	-वही-	2 करोड़ गैलन	2 करोड़ गैलन	10 करोड़	357.14	1.80
बरौनी	तेलशोधक कारखाना	20,000	1974	सक्रियित आपंक	1 लाख 30 हजार	95 हजार गैलन	256 लाख	1280.00	37.50
बरौनी	हिन्दुस्तान उर्वरक निगम	6,000	1978	ऑक्सीकरण	44 हजार गैलन	29 हजार गैलन	23.60 लाख	393.00	33.30

सारणी 2

आयु वर्गीकरण

शहर	20 वर्ष तक	21–30	31–40	41–50	51–60	योग
पटना	1 (2%)	11 (22%)	17 (34%)	17 (34%)	4 (8%)	50
मुजफ्फरपुर	2 (4%)	12 (22%)	21 (42%)	11 (22%)	4 (8%)	50
आरा	3 (6%)	13 (26%)	15 (30%)	17 (34%)	2 (4%)	50
योग	6 (4%)	36 (24%)	53 (35.3%)	45 (30%)	10 (6.6%)	150

सारणी 3

शैक्षिक वर्गीकरण

शहर	पहली–दूसरी कक्षा	तीसरी–चौथी कक्षा	पाँचवीं–छठी कक्षा	सातवीं–आठवीं कक्षा	नंवीं कक्षा से आगे	निरक्षर	योग
पटना	—	6 (12%)	4 (8%)	4 (8%)	1 (2%)	35 (70%)	50
मुजफ्फरपुर	—	1 (2%)	3 (6%)	—	—	46 (92%)	50
आरा	1 (2%)	1 (2%)	2 (4%)	2 (4%)	1 (2%)	43 (86%)	50
योग	1 (0.66%)	8 (5.3%)	9 (6%)	6 (4.0%)	2 (1.3%)	124 (82.6%)	150

सारणी 4

आय वर्गीकरण (मासिक)

शहर	रु० 400 तक	रु० 401–800	रु० 801–1200	रु० 1201–1600	रु० 1601–2000	रु० 2000 से अधिक	योग
पटना	2 (4%)	6 (12%)	22 (44%)	16 (32%)	2 (4%)	2 (4%)	50
मुजफ्फरपुर	4 (8%)	19 (38%)	20 (40%)	4 (8%)	1 (2%)	2 (4%)	50
आरा	7 (14%)	24 (48%)	15 (30%)	4 (8%)	—	—	50
योग	13 (8.6%)	49 (32.7%)	57 (38%)	24 (16%)	3 (2.0%)	4 (2.8%)	150

सारणी 5

परिवार में वयस्कों की संख्या (पुरुष)

आय (रु०)	कोई नहीं			1–2			3–4			5–6			योग			कुल योग
	प	म	अ	प	म	अ	प	म	अ	प	म	अ	प	म	अ	
400 तक	—	3	2	2	1	5	—	—	—	—	—	—	2	4	7	13
		75%	28.5%	100%	25%	71.%										
401–800	2	—	—	4	19	24	—	—	—	—	—	—	6	19	24	49
	33.3%			66.7%	100%	100%										
801–1200	—	—	—	21	16	12	1	4	3	—	—	—	22	30	15	57
				95.5%	80%	80%	4.5%	20%	20%							
1201–1600	—	—	—	13	1	3	3	3	1	—	—	—	16	4	4	24
				81.2%	25%	75%	18.8%	75%	25%							
1601–2000	—	—	—	2	1	—	—	—	—	—	—	—	2	1	—	03
				100%	100%											
2001 से अधिक	—	—	—	1	—	—	1	1	—	—	1	—	2	2	—	04
				50%			50%	50%			50%					
योग	2	3	2	43	38	44	5	8	4	—	1	—	50	50	50	150
	1.3%	2%	1.3%	28.7%	25.3%	29.3%	3.3%	5.3%	2.7%		0.7%					

प—पटना, म—मुजफ्फरपुर, अ—आरा ।

सारणी 6

परिवार में वयस्कों की संख्या (महिला)

आय (रु०)	कोई नहीं			1–2			3–4			5–6			योग			कुल योग
	प	म	अ	प	म	अ	प	म	अ	प	म	अ	प	म	अ	
400 तक	—	—	1 14.3%	2 100%	4 100%	6 85.7%	—	—	—	—	—	—	2	4	7	13
401–800	1 16.7%	—	—	5 83.3%	18 94.7%	24 100%	—	1 5.3%	—	—	—	—	6	19	24	49
801–1200	—	—	—	21 95.5%	17 85%	15 100%	1 4.5%	3 15%	—	—	—	—	22	20	15	57
1201–1600	—	—	—	13 81.2%	2 50%	3 75%	3 18.8%	2 50%	1 25%	—	—	—	16	4	4	24
1601–2000	—	—	—	2 100%	1 100%	—	—	—	—	—	—	—	2	1	—	03
2001 से अधिक	—	—	—	2	—	—	—	1	—	1	1	—	2	2	—	04
योग	1 0.7%	—	1 0.7%	44 29.4%	42 28%	48 32%	4 2.7%	7 4.7%	1 0.7%	1 0.7%	1 0.7%	—	50	50	50	150

प—पटना, म—मुजफ्फरपुर, अ—आरा ।

सारणी 7

परिवार में बच्चों की संख्या (बालक)

आय (रु०)	कोई नहीं			1–2			3–4			5–6			योग			कुल योग
	प	म	अ	प	म	अ	प	म	अ	प	म	अ	प	म	अ	
400 तक	1	2	3	1	2	3	—	—	1	—	—	—	2	4	7	13
	50%	50%	42.8%	50%	50%	42.8%			14.4%							
401–800	2	—	6	3	16	11	1	3	7	—	—	—	6	19	24	49
	33.3%		25%	50%	84.2%	45.8%	16.7%	15.8%	29.2%							
801–1200	5	2	2	13	11	9	4	7	4	—	—	—	22	20	15	57
	22.7%	100%	13.3%	59%	55%	60%	18.3%	35%	26.7%							
1201–1600	2	2	2	7	2	2	7	—	—	—	—	—	16	4	4	24
	12.6%	50%	50%	43.7%	50%	50%	43.7%									
1601–2000	—	—	—	1	1	—	1	—	—	—	—	—	2	1	—	03
				50%	100%		50%									
2001 से	1	—	—	—	1	—	1	—	—	—	1	—	2	2	—	04
अधिक	50%				50%		50%				50%					
योग	11	6	13	25	33	25	14	10	12	—	1	—	50	50	50	150
	7.3%	4%	8.7%	16.7%	22%	16.7%	9.3%	6.7%	8%		0.7%					

प—पटना, म—मुजफ्फरपुर, अ—आरा ।

सारणी 8

परिवार में बच्चों की संख्या (बालिका)

आय (रु०)	कोई नहीं			1–2			3–4			5–6			योग			कुल योग
	प	म	अ	प	म	अ	प	म	अ	प	म	अ	प	म	अ	
400 तक	2	—	1	—	4	5	—	—	1	—	—	—	2	4	7	13
	100%		14.2%		100%	71.4%			14.3%							
401–800	2	—	5	4	13	17	—	6	—	—	—	2	6	19	24	49
	33.3%		20.8%	66.7%	68.4%	70.8%		31.6%				8.4%				
801–1200	6	6	5	12	9	8	4	4	2	—	1	—	22	20	15	57
	27.3%	30%	33.3%	54.5%	45%	53.3%	18.2%	28%	13.4%		5%					
1201–1600	2	—	1	10	4	2	3	—	1	1	—	—	16	4	4	24
	12.5%		25%	62.5%	100%	50%	18.7%		25%	6.3%						
1601–2000	—	—	—	2	—	—	—	1	—	—	—	—	2	1	—	03
				100%				100%								
2001 से	—	—	—	—	1	—	2	1	—	—	—	—	2	2	—	04
अधिक					50%		100%	50%								
योग	12	6	12	28	31	32	9	12	4	1	1	2	50	50	50	150
	8%	4%	8%	18.7%	20.7%	21.3%	6%	8%	2.7%	0.7%	0.7%	1.4%				

प—पटना, म—मुजफ्फरपुर, अ—आरा ।

सारणी 9

परिवार में विवाहित सदस्य (पुरुष)

आय (रु०)	कोई नहीं			1–2			3–4			5–6			योग			कुल योग
	प	म	अ	प	म	अ	प	म	अ	प	म	अ	प	म	अ	
400 तक	2	3	1	—	1	6	—	—	—	—	—	—	2	4	7	13
	100%	75%	14.3%		25%	85.7%										
401–800	1	—	2	5	19	22	—	—	—	—	—	—	6	19	24	49
	16.7%		8.3%	83.3%	100%	91.7%										
801–1200	—	—	—	20	19	14	2	1	1	—	—	—	22	20	15	57
				90.9%	95%	93.3%	9.1%	50%	6.7%							
1201–1600	—	—	—	16	1	3	—	3	1	—	—	—	16	4	4	24
				100%	25%	75%		75%	25%							
1601–2000	—	—	—	1	—	—	1	—	—	—	1	—	2	1	—	03
				50%			50%				100%					
2001 से अधिक	—	—	—	2	1	—	—	1	—	—	—	—	2	2	—	04
				100%	50%			50%								
योग	3	3	3	44	41	45	3	5	2	—	1	—	50	50	50	150
	2%	2%	2%	29.3%	27.3%	30%	2%	3.3%	1.3%		0.7%					

प—पटना, म—मुजफ्फरपुर, अ—आरा ।

सारणी 10

परिवार में विवाहित सदस्य (महिला)

आय (रु०)	कोई नहीं			1–2			3–4			5–6			योग			कुल योग
	प	म	अ	प	म	अ	प	म	अ	प	म	अ	प	म	अ	
400 तक	1	3	2	1	1	5	—	—	—	—	—	—	2	4	7	13
	50%	75%	28.6%	50%	25%	71.4%										
401–800	—	—	—	5	18	24	1	1	—	—	—	—	6	19	24	49
				83.3%	94.7%	100%	16.7%	5.3%								
801–1200	—	—	—	20	17	14	2	3	1	—	—	—	22	20	15	57
				90.9%	85%	93.3%	9.1%	15%	6.7%							
1201–1600	—	—	—	15	2	3	1	2	1	—	—	—	16	4	4	24
				93.8%	50%	75%	6.2	50%	25%							
1601–2000	—	—	—	2	—	—	—	—	—	—	1	—	2	1	—	03
				100%							100%					
2001 से	—	—	—	2	1	—	—	1	—	—	—	—	2	2	—	04
अधिक				100%	50%			50%								
योग	1	3	2	45	39	46	4	7	2	—	1		50	50	50	150
	0.7%	2%	1.3%	30%	26%	30.7%	2.7%	4.7%	1.3%		0.7%					

प—पटना, म—मुजफ्फरपुर, अ—आरा ।

सारणी 11

परिवार में निरक्षरों की संख्या (पुरुष)

आय (रु०)	कोई नहीं			1–2			3–4			5–6			योग			कुल योग
	प	म	अ	प	म	अ	प	म	अ	प	म	अ	प	म	अ	
400 तक	2	2	4	—	2	3	—	—	—	—	—	—	2	4	7	13
	100%	50%	57.1%		50%	42.9%										
401–800	3	10	7	3	8	16	—	1	1	—	—	—	6	19	24	49
	50%	52.6%	29.2%	30%	42.1%	66.7%		5.3%	4.1%							
801–1200	8	6	4	12	11	10	2	3	1	—	—	—	22	20	15	57
	36.4%	30%	26.7%	54.5%	55%	66.7%	9.1%	15%	6.6%							
1201–1600	4	1	2	10	2	1	2	—	1	—	1	—	16	4	4	24
	25%	25%	50%	62.5%	50%	25%	12.5%		25%		25%					
1601–2000	1	—	—	1	1	—	—	—	—	—	—	—	2	1	—	03
	50%			100%	50%											
2001 से	1	—	—	—	2	—	1	—	—	—	—	—	2	2	—	04
अधिक	50%				100%		50%									
योग	19	19	17	26	26	30	5	4	3	—	1	—	50	50	50	150
	12.7%	12.7%	11.3%	17.3%	17.3%	20%	3.3%	2.6%	2%		0.7%					

प—पटना, म—मुजफ्फरपुर, अ—आरा ।

सारणी 12

परिवार में निरक्षरों की संख्या (महिला)

आय (रु०)	कोई नहीं			1–2			3–4			5–6			योग			कुल योग
	प	म	अ	प	म	अ	प	म	अ	प	म	अ	प	म	अ	
400 तक	1	—	1	1	4	5	—	—	1	—	—	—	2	4	7	13
	50%		14.3%	50%	100%	71.4%			14.3%							
401–800	—	—	3	5	17	17	1	2	2	—	—	2	6	19	24	49
			12.6%	83.3%	89.5%	70.8%	16.2%	10.5%	8.3%			8.3%				
801–1200	—	3	—	17	9	12	4	7	2	1	1	1	22	20	15	57
		15%		77.3%	45%	80%	18.2%	35%	13.3%	4.5%	5%	6.7%				
1201–1600	2	—	—	10	2	2	4	2	2	—	—	—	16	4	4	24
	12.5%			62.5%	50%	50%	25%	50%	50%							
1601–2000	—	—	—	1	—	—	1	1	—	—	—	—	2	1	—	03
				50%			50%	100%								
2001 से अधिक	—	—	—	1	1	—	—	1	—	1	—	—	2	2	—	04
				50%	50%			50%		50%						
योग	3	3	4	35	33	36	10	13	7	2	1	3	50	50	50	150
	2%	2%	2.7%	23.3%	22%	24%	6.7%	8.6%	4.6%	1.4%	0.7%	2%				

प—पटना, म—मुजफ्फरपुर, अ—आरा।

सारणी 13

पुरुष सदस्यों की शिक्षा का स्तर

(प्रतिशत)

शहर	निरक्षर	मिडिल कक्षा तक	मैट्रिक से कम	मैट्रिक	इण्टर	योग
पटना	7 (8.0)	64 (73.6)	9 (10.3)	2 (2.3)	5 (5.8)	87
मुजफ्फरपुर	12 (12.5)	66 (68.8)	11 (11.5)	2 (2.1)	5 (5.2)	96
आरा	11 (15.9)	52 (65.8)	6 (7.6)	9 (11.4)	1 (1.3)	79
योग	30 (11.5)	182 (69.4)	26 (9.9)	13 (5.0)	11 (4.2)	262

सारणी 14

महिला सदस्यों की शिक्षा का स्तर

(प्रतिशत)

शहर	निरक्षर	मिडिल कक्षा तक	मैट्रिक से कम	मैट्रिक	इण्टर	योग
पटना	31 (53.4)	27 (46.5)	—	—	—	58
मुजफ्फरपुर	35 (53.0)	28 (42.5)	1 (1.5)	2 (3.0)	—	66
आरा	36 (65.5)	17 (30.9)	1 (1.8)	1 (1.8)	—	55
योग	102 (57.0)	72 (40.2)	2 (1.1)	3 (1.7)	—	179

सारणी 15

धूम्रपान करने वालों की संख्या (पुरुष)

आय (रु०)	कोई प्रशंसनीय नहीं			1			2			3			4			योग			कुल योग
	प	म	अ	प	म	अ	प	म	अ	प	म	अ	प	म	अ	प	म	अ	
400 तक	—	3	3	2	1	4	—	—	—	—	—	—	—	—	—	2	4	7	13
		75%	42.9%	100%	25%	57.1%													
401–800	2	2	1	4	14	19	—	3	4	—	—	—	—	—	—	6	19	24	49
	33.3%	10.7%	4.2%	66.7%	73.3%	79.2%		15.8%	16.7%										
801–1200	3	1	—	16	11	7	3	7	8	—	1	—	—	—	—	22	20	15	57
	13.6%	5%		72.7%	55%	46.7%	13.7%	35%	53.3%		5%								
1201–1600	1	—	—	11	1	1	2	1	2	2	2	—	—	—	—	16	4	4	24
	6.3%			68.8%	25%	25%	12.5%	25%	50%	12.5%	50%								
1601–2000	—	—	—	1	—	—	1	1	—	—	—	—	—	—	—	2	1	—	03
				50%			50%	100%											
2001 से अधिक	—	—	—	1	1	—	—	1	—	1	—	—	—	—	—	2	2	—	04
				50%	50%			50%		50%									
योग	6	6	4	35	28	31	6	13	14	3	3	—	—	—	—	50	50	50	150
	4%	4%	2.8%	23.3%	18.7%	20.7%	4%	8.6%	9.3%	2%	2%								

प—पटना, म—मुजफ्फरपुर, अ—आरा।

सारणी 16

धूम्रपान करने वालों की संख्या (महिला)

आय (रु०)	कोई नहीं			1			2			3			4			योग			कुल
	प	म	अ	प	म	अ	प	म	अ	प	म	अ	प	म	अ	प	म	अ	योग
400 तक	1	4	5	1	—	2	—	—	—	—	—	—	—	—	—	2	4	7	13
	50%	100%	71.4%	50%		28.6%													
401–800	1	1	1	5	17	23	—	1	—	—	—	—	—	—	—	6	19	24	49
	16.7%	5.3%	4.2%	83.3%	89.5%	95.8%		5.3%											
801–1200	9	—	1	13	17	13	—	2	1	—	1	—	—	—	—	22	20	15	57
	40.9%		6.7%	59.1%	85%	86.7%		10%	6.7%		5%								
1201–1600	5	—	2	10	4	2	1	—	—	—	—	—	—	—	—	16	4	4	24
	31.3%		50%	62.5%	100%	50%	6.3%												
1601–2000	—	1	—	—	—	—	2	—	—	—	—	—	—	—	—	2	1	—	03
		100%					100%												
2001 से अधिक	—	—	—	1	2	—	—	—	—	—	—	—	1	—	—	2	2	—	04
				50%	100%								50%						
योग	16	6	9	30	40	40	3	3	1	—	1	—	1	—	—	50	50	50	150
	10.6%	4%	6%	20%	26.6%	26.6%	2%	2%	0.7%		0.7%		0.7%						

प—पटना, म—मुजफ्फरपुर, अ—आरा ।

सारणी 17

परिवार में शराब पीने वालों की संख्या (पुरुष)

आय (रु०)	कोई नहीं			1			2		
	प	म	अ	प	म	अ	प	म	अ
400 तक	1	3	3	1	1	4	—	—	—
	50%	75%	42.9%	50%	25%	57.2%			
401–800	3	5	1	3	14	22	—	—	1
	50%	26.3%	4.2%	50%	73.7%	91.2%			4.2%
801–1200	5	5	—	16	10	9	1	5	6
	22.7%	25%		72.7%	50%	60%	4.6	25%	40%
1201–1600	3	—	2	11	2	1	2	—	1
	18.8%		50%	68.8%	50%	25%	12.5%		25%
1601–2000	—	—	—	1	1	—	1	—	—
				50%	100%		50%		
2001 से	1	1	—	—	1	—	1	—	—
अधिक	50%	50%			50%		50%		
योग	13	14	6	32	29	36	5	5	8
	8.6%	9.3%	4%	21.3%	19.3%	24%	3.3%	3.3%	5.3%

सारणी 17 (क्रमशः)

आय (रु०)	3			4			योग			कुल योग
	प	म	अ	प	म	अ	प	म	अ	
400 तक	—	—	—	—	—	—	2	4	7	13
401-800	—	—	—	—	—	—	6	19	24	49
801-1200	—	—	—	—	—	—	22	20	15	57
1201-1600	—	2 50%	—	—	—	—	16	4	4	24
1601-2000	—	—	—	—	—	—	2	1	—	03
2001 से अधिक	—	—	—	—	—	—	2	2	—	04
योग	—	2 1.3%	—	—	—	—	50	50	50	150

प—पटना, म—मुजफ्फरपुर, अ—आरा ।

सारणी 18

परिवार में शराब पीने वालों की संख्या (महिला)

आय (रु०)	कोई नहीं			1			2			3			4			योग			कुल योग
	प	म	अ	प	म	अ	प	म	अ	प	म	अ	प	म	अ	प	म	अ	
400 तक	2 100%	4 100%	7 100%	—	—	—	—	—	—	—	—	—	—	—	—	2	4	7	13
401–800	6 100%	19 100%	24 100%	—	—	—	—	—	—	—	—	—	—	—	—	6	19	24	49
801–1200	22 100%	20 100%	15 100%	—	—	—	—	—	—	—	—	—	—	—	—	22	20	15	57
1201–1600	16 100%	2 50%	4 100%	2 50%	—	—	—	—	—	—	—	—	—	—	—	16	4	4	24
1601–2000	2 100%	1 100%	—	—	—	—	—	—	—	—	—	—	—	—	—	2	1	—	03
2001 से अधिक	2 100%	2 100%	—	—	—	—	—	—	—	—	—	—	—	—	—	2	2	—	04
योग	50 33.3%	48 32%	50 33.3%	—	2 1.4%	—	—	—	—	—	—	—	—	—	—	50	50	50	150

प—पटना, म—मुजफ्फरपुर, अ—आरा ।

सारणी 19

शराब और धूम्रपान पर हर महीने खर्च होने वाली कुल राशि (पुरुष)

आय (रु०)	कोई खर्च नहीं	25 रु० तक	रु० 26–50	रु० 51–75	रु० 76–100	रु० 101–125	रु० 126–150	रु० 151 तथा अधिक	योग
400 तक	6 (46.1%)	1 (7.5%)	1 (7.5%)	2 (15.1%)	2 (15.1%)	1 (7.5%)	—	—	13
401–800	4 (8.1%)	3 (6.1%)	8 (16.3%)	16 (32.6%)	10 (20.4%)	4 (8.1%)	—	4 (8.1%)	49
801–1200	3 (5.2%)	3 (5.2%)	11 (19.2%)	9 (15.7%)	8 (14.0%)	6 (10.4%)	6 (10.4%)	11 (19.2%)	57
1201–1600	—	—	4 (16.6%)	8 (33.3%)	2 (8.3%)	2 (8.3%)	—	8 (33.3%)	24
1601–2000	—	—	—	—	1 (33.3%)	2 (66.6%)	—	—	03
2001 से अधिक	—	—	3 (75.0%)	—	—	—	—	1 (25.0%)	04
योग	13 (8.6%)	7 (4.6%)	27 (18.0%)	35 (23.3%)	23 (15.3%)	15 (10.0%)	6 (4.0%)	24 (16.0%)	150

तीनों शहरों, पटना, मुजफ्फरपुर और आरा से प्राप्त उत्तर संयुक्त रूप से प्रस्तुत किए गये हैं।

सारणी 20

शराब और धूम्रपान पर हर महीने खर्च होने वाली कुल राशि (महिला)

आय (रु०)	कोई खर्च नहीं	5 रु० तक	रु० 6–10	रु० 11–15	रु० 16–20	रु० 21–25	रु० 26–30	रु० 31 तथा अधिक	योग
400 तक	10 (76.9%)	—	—	—	1 (7.7%)	1 (7.7%)	1 (7.7%)	—	13
401–800	3 (6.1%)	2 (4.0%)	5 (10.2%)	4 (8.2%)	9 (18.4%)	12 (24.3%)	12 (24.5%)	2 (4.0%)	49
801–1200	20 (17.0%)	—	1 (1.7%)	8 (14.0%)	10 (7.5%)	15 (26.3%)	5 (8.8%)	8 (14.0%)	57
1201–1600	7 (29.2%)	—	—	2 (8.3%)	5 (20.8%)	4 (16.6%)	3 (12.5%)	3 (12.5%)	24
1601–2000	1 (33.3%)	—	—	—	—	—	—	2 (66.6%)	03
2001 से अधिक	—	—	1 (25.0%)	1 (25.0%)	—	—	—	2 (50.0%)	04
योग	31 (20.7%)	2 (1.3%)	7 (4.7%)	15 (10.0%)	25 (16.7%)	32 (21.3%)	21 (14.0%)	17 (11.3%)	150

तीनों शहरों; पटना, मुजफ्फरपुर और आरा से प्राप्त उत्तर संयुक्त रूप से प्रस्तुत किए गये हैं।

सारणी 21

फिल्म देखने की आवृत्ति

आयु	बार-बार			बहुधा			यदा-कदा			कभी नहीं			योग			कुल योग
(वर्ष)	प	म	अ	प	म	अ	प	म	अ	प	म	अ	प	म	अ	
20 तक	—	—	—	1	1	3	—	—	—	—	1	—	1	2	3	6
				100%	50%	100%					50%					
21–30	1	—	1	4	3	10	1	—	2	5	9	—	11	12	13	36
	9.1%		7.7%	36.4%	25%	76.9%	9.1%		15.4%	45.5%	75%					
31–40	1	—	—	9	6	9	3	8	3	4	7	3	17	21	15	53
	5.9%			52.9%	28.6%	60%	17.6%	38.1%	20%	23.5%	33.3%	20%				
41–50	—	—	—	6	4	3	3	2	9	8	5	5	17	11	17	45
				35.3%	86.4%	17.6%	17.6%	18.2%	52.9%	47.1%	45.5%	29.4%				
51–60	—	—	—	—	3	—	1	—	1	3	1	1	4	4	2	10
					75%		25%		50%	75%	25%	50%				
योग	2	—	1	20	17	25	8	10	15	20	23	9	50	50	50	150
	1.3%		0.7%	13.3%	11.3%	16.7%	5.3%	6.7%	10%	13.3%	15.3%	6%				

तीनों शहरों, पटना, मुजफ्फरपुर और आरा के उत्तर अलग-अलग प्राप्त किए गए हैं।

सारणी 22

पसन्द की जाने वाली फिल्मों की किस्म

आयु (वर्ष)	रोमांसपूर्ण			निर्देशात्मक			सुधारात्मक			सभी प्रकार की		
	प	म	अ	प	म	अ	प	म	अ	प	म	अ
20 तक	—	—	—	—	—	—	—	—	—	1 100%	—	3 100%
21–30	—	—	—	—	—	—	—	—	—	6 54.5%	1 8.3%	12 92.3%
31–40	—	—	—	—	—	—	5 29.4%	2 9.2%	—	6 35.3%	6 28.6%	12 80%
41–50	—	—	—	1 5.9%	—	—	1 5.9%	2 19.2%	—	7 41.2%	—	9 52.9%
51–60	—	—	—	—	—	—	1 25%	2 50%	—	—	1 25%	1 50%
योग	—	—	—	1 0.7%	—	—	7 4.7%	6 4.0%	—	20 13.3%	8 5.3%	37 21.7%

प—पटना, म—मुजफ्फरपुर, अ—आरा ।

सारणी 22 (क्रमशः)

आयु	धार्मिक			भोजपुरी			कोई नहीं			योग			कुल योग
(वर्ष)	प	म	अ	प	म	अ	प	म	अ	प	म	अ	
20 तक	—	1	—	—	—	—	—	1	—	1	2	3	6
		50%						50%					
21–30	—	1	1	—	1	—	5	9	—	11	12	13	36
		8.3%	7.7%		8.3%		45.5%	75%					
31–40	2	6	—	—	—	—	4	7	3	17	21	15	53
	11.8%	28.6%					23.5%	33.3%	20%				
41–50	—	4	3	—	—	—	8	5	5	17	11	17	45
		36.4%	17.6%				47.1%	45.5%	29.4%				
51–60	—	—	—	—	—	—	3	1	1	4	4	2	10
							75%	25%	50%				
योग	2	12	4	—	1	—	20	23	9	50	50	50	150
	1.3%	8.0%	2.7%		0.7%		13.3%	15.3%	6%				

प—पटना, म—मुजफ्फरपुर, अ—आरा ।

सारणी 23

क्या आप अनुसूचित जातियों के कल्याण के लिए सरकार द्वारा प्रदत्त सुविधाओं के बारे में जानते हैं?

आय (वर्ष)	हाँ	नहीं	कुछ नहीं जानते	योग
20 तक	5 (83.3%)	1 (16.7%)	—	6
21-30	18 (50.0%)	4 (11.1%)	14 (38.9%)	36
31-40	29 (54.7%)	3 (5.7%)	21 (39.6%)	53
41-50	19 (42.2%)	7 (15.6%)	19 (42.2%)	45
51-60	15 (50.0%)	2 (20.0%)	3 (30.0%)	10
योग	76 (50.7)	17 (11.3%)	57 (38.0%)	150

सारणी 24

क्या आप इन सबका अभिप्राय जानते हैं?

आयु (वर्ष)	लोकतंत्र		अधिकार की समानता		वयस्क मताधिकार		मध्यावधि चुनाव		लोकसभा-विधानसभा		पंचायती राज		कुछ नहीं जानते	योग
	हाँ	नहीं	हाँ	नहीं	हाँ	नहीं	हाँ	नहीं	हाँ	नहीं	हाँ	नहीं		
20 तक	2	2	2	2	3	1	1	3	2	2	—	4	2	6
	33.3%	33.3%	33.3%	33.3%	50%	16.7%	16.7%	50%	33.3%	33.3%		66.6%	33.3%	
21–30	20	5	15	10	25	—	2	23	15	10	6	19	11	36
	55.6%	13.9%	41.7%	27.8%	69.4%		5.6%	63.9%	41.7%	27.8%	16.7%	52.8%	30.6%	
31–40	24	12	19	17	33	3	2	34	14	22	5	31	17	33
	45.3%	22.6%	35.8%	32.1%	62.3%	5.7%	3.8%	64.2%	26.4%	41.5%	9.4%	58.8%	32.1%	
41–50	21	13	17	17	23	11	1	33	8	26	5	29	11	43
	46.7%	28.9%	37.8%	37.8%	37.8%	24.4%	2.2%	73.3%	17.8%	57.8%	11.1%	64.4%	24.4%	
51–60	5	3	2	6	7	1	—	8	2	6	1	7	2	10
	50%	30%	20%	60%	70%	10%		80%	20%	60%	10%	70%	20%	
योग	72	35	55	52	91	16	6	101	41	66	17	90	43	150
	80%	23.3%	36.7%	34.7%	60.7%	10.7%	4.0%	63.3%	27.3%	44%	11.3%	60%	28.7%	

तीनों शहरों से प्राप्त उत्तर संयुक्त कर दिये गये हैं।

सारणी 25

आप या आपके परिवार के सदस्य कब से इस पेशे में हैं?

आय (रु०)	5 वर्ष तक	6–10	11–15	16–20	21–25	26–30	31 वर्ष से अधिक	योग
400 तक	1 7.7%	3 23.1%	1 7.7%	4 30.8%	4 30.8%	—	—	13
401–800	5 10.2%	14 28.6%	11 22.4%	10 20.4%	5 10.2%	3 6.1%	1 2.0%	49
801–1200	7 12.3%	7 12.3%	8 14.0%	16 28.1%	6 10.5%	5 8.8%	8 14.0%	57
1201–1600	2 8.3%	3 12.5%	3 12.5%	4 16.7%	4 16.7%	6 25%	2 8.3%	24
1601–2000	—	—	—	1 33.3%	1 33.3%	1 33.3%	—	3
2001 से अधिक	1 25%	—	—	—	—	—	3 75%	4
योग	16 10.7%	27 18.0%	23 15.3%	35 23.3%	20 13.3%	15 100%	14 9.3%	150

सारणी 26

आपने यह पेशा क्यों अपनाया?

(आय के अनुसार)

आय (रु०)	परम्परागत पेशा	आसानी से उपलब्ध	कोई विकल्प नहीं	गरीबी के कारण	योग
400 तक	3 (23.1%)	5 (38.5%)	8 (61.5%)	1 (7.7%)	17
401–800	20 (40.8%)	15 (30.6%)	11 (42.9%)	5 (10.2%)	61
801–1200	24 (42.1%)	23 (40.4%)	26 (45.6%)	10 (17.5%)	83
1201–1600	9 (37.5%)	11 (45.8%)	13 (52.2%)	1 (4.2%)	34
1601–2000	1 (33.3%)	1 (33.3%)	3 (100%)	—	5
2001 से अधिक	4 (100%)	1 (25%)	2 (50%)	—	7
योग	61 (40.7%)	56 (37.3%)	73 (48.7%)	12 (11.3%)	207

सारणी 27

आपने यह पेशा क्यों अपनाया?

(पारिवारिक संरचना के अनुसार)

परिवार का प्रकार					योग
संयुक्त 56	21 (37.5%)	20 (35.7%)	35 (62.5%)	5 (8.9%)	81
एकल 94	40 (42.6%)	36 (38.3%%)	38 (40.4%)	12 (12.8%)	126
योग 150	61 (40.7%)	56 (37.3%)	73 (48.7%)	17 (11.3%)	207

सारणी 28

आपको मौजूदा पेशे में किन-किन कठिनाइयों का सामना करना पड़ता है?

आय (रु०)	कम वेतन	कठिन कार्य/काम की अधिक मात्रा	वेतन भुगतान में विलम्ब	उपकरण की अनुपलब्धता	शोषण	अन्य	कोई कठिनाई नहीं	योग
400 तक = 13	3 (23.1%)	4 (30.8%)	5 (38.5%)	7 (53.8%)	2 (15.4%)	—	1 (7.7%)	22
401–800 = 49	11 (22.4%)	9 (18.4%)	21 (47.9%)	34 (69.4%)	11 (22.4%)	3 (6.1%)	3 (6.1%)	92
801–1200 =57	12 (21.1%)	18 (31.6%)	10 (17.5%)	27 (47.4%)	12 (21.1%)	1 (1.8%)	7 (12.3%)	97
1201–1600 =24	3 (12.5%)	4 (16.7%)	10 (41.7%)	12 (50%)	10 (41.7%)	1 (4.2%)	4 (16.7%)	44
1601–2000 =3	—	2 (66.7%)	2 (66.7%)	—	1 (33.3%)	—	—	5
2001 से अधिक =4	—	3 (75.0%)	—	1 (25.0%)	3 (75.0%)	—	1 (25.0%)	8
योग 150	29 (19.3%)	40 (26.7%)	48 (32.0%)	81 (54.0%)	39 (26.0%)	5 (3.3%)	16 (10.7%)	258

सारणी 29

आपको मौजूदा पेशे में किन-किन कठिनाइयों का सामना करना पड़ता है?

आयु (वर्ष)	कम वेतन	कठिन कार्य/काम की अधिक मात्रा	वेतन भुगतान में विलम्ब	उपकरण की अनुपलब्धता	शोषण	अन्य	कोई कठिनाई नहीं	योग
20 तक = 6	2 (33.3%)	2 (33.3%)	1 (16.7%)	4 (66.7%)	1 (16.7%)	—	—	10
21–30 = 36	7 (19.4%)	7 (19.4%)	14 (38.9%)	21 (58.3%)	13 (36.1%)	1 (2.8%)	4 (11.1%)	67
31–40 =53	10 (18.9%)	17 (32.1%)	13 (54.5%)	27 (50.9%)	13 (24.5%)	3 (5.7%)	7 (13.2%)	90
41–50 =45	9 (20.0%)	12 (26.7%)	18 (40.0%)	27 (60.0%)	8 (17.0%)	1 (2.2%)	4 (8.9%)	79
51–60 =10	1 (10.0%)	2 (20.0%)	2 (20.0%)	2 (20.0%)	4 (40.0%)	—	1 (10.0%)	12
योग 150	29 (19.3%)	40 (26.7%)	48 (32.0%)	81 (54.0%)	39 (26.6%)	5 (3.3%)	16 (10.7%)	258

नोट: अन्य में स्वास्थ्य सम्बन्धी जोखिम, रोजगार की सुरक्षा का अभाव तथा संकट के समय छुट्टी न मिलना शामिल हैं।

सारणी 30

सुलभ शौचालय योजना के पसन्द किये जाने के कारण

आयु (वर्ष)	आर्थिक	स्वास्थ्य रक्षा सम्बन्धी	सफाईकर्मियों को मुक्ति दिलाना	दुर्गन्धरहित होना	मैला साफ करने की आवश्यकता न होना	कमाऊ शौचालय से बेहतर होना	जनसाधारण के लिए लाभप्रद होना	योग
20 तक = 6	—	4 (66.7%)	2 (33.3%)	1 (16.7%)	2 (33.3%)	—	—	9
21–30 = 36	3 (8.3%)	21 (58.3%)	11 (30.6%)	9 (25.0%)	8 (22.2%)	1 (2.8%)	2 (5.6%)	55
31–40 =53	—	27 (50.7%)	20 (37.7%)	14 (26.4%)	15 (28.3%)	1 (1.9%)	5 (9.4%)	82
41–50 =45	—	17 (37.8%)	18 (40.0%)	6 (13.3%)	9 (20.0%)	2 (4.4%)	4 (8.9%)	56
51–60 =10	—	7 (70.0%)	4 (40.0%)	1 (10.0%)	2 (20.0%)	2 (20.0%)	1 (10.0%)	17
योग 150	3 (2.0%)	76 (50.7%)	55 (36.7%)	31 (20.7%)	36 (24.0%)	6 (4.0%)	12 (8.0%)	219

सारणी 31

परिवार का प्रकार और सदस्यों की संख्या

शहर	संयुक्त परिवार						एकल परिवार					
	1-3	4-6	7-9	10-12	13-15	योग	1-3	4-6	7-9	10-12	13-15	योग
रांची	—	5 35.7%	6 42.9%	1 7.1%	2 14.3%	14	6 16.7%	21 58.3%	9 25%	—	—	36
पूर्णिया	1 6.2%	7 43.8%	7 43.8%	1 6.2%	—	16	13 38.2%	16 47.1%	4 11.8%	1 2.9%	—	34
पटना	—	9 29%	15 48.4%	6 19.4%	1 3.2%	31	8 42.1%	7 36.0%	4 21.1%	—	—	19
योग	1 1.7%	21 34.4%	38 45.9%	8 13.1%	3 4.9%	61 40.7%	27 30.3%	44 49.5%	17 49.1%	1 1.1%	—	89 59.3%

सारणी 32

आवास के प्रकार

क्रम संख्या	शहर का नाम	आवासीय पैटर्न			योग
		अपना	किराये का	सरकारी	
1.	रांची	17 (34.0%)	13 (26.0%)	20 (40.0%)	50
2.	पूर्णिया	38 (76.0%)	2 (4.0%)	10 (20.0%)	50
3.	पटना	14 (28.0%)	1 (2.0%)	35 (70.0%)	50
	योग	69 (46.0%)	16 (10.7%%)	65 (43.3%)	150

सारणी 33

मकान की किस्म

क्रम संख्या	शहर का नाम	आवास के प्रकार			योग
		कच्चा	पक्का	मिश्रित	
1.	रांची	31 (62.0%)	15 (30.0%)	4 (8.0%)	50
2.	पूर्णिया	40 (80.0%)	5 (10.0%)	5 (10.0%)	50
3.	पटना	12 (24.0%)	9 (18.0%)	29 (58.0%)	50
	योग	83 (55.3%)	29 (19.3%)	38 (25.3%)	150

सारणी 34

प्रत्येक आवास में उपलब्ध कमरों की संख्या

क्रम संख्या	शहर का नाम	प्रत्येक मकान में उपलब्ध कमरों की संख्या			योग
		एक कमरा	दो कमरे	तीन कमरे	
1.	रांची	26 (52%)	18 (36%)	6 (12%)	50
2.	पूर्णिया	48 (96%)	1 (2%)	1 (2%)	50
3.	पटना	47 (94%)	2 (4%)	1 (2%)	50
	योग	121 (80.7%)	21 (14.0%)	8 (5.3%)	150

सारणी 35

स्थान की पर्याप्तता

क्रम संख्या	शहर का नाम	स्थान		योग
		पर्याप्त नहीं	पर्याप्त	
1.	रांची	36 (72%)	14 (28%)	50
2.	पूर्णिया	43 (86%)	7 (14%)	50
3.	पटना	45 (90%)	5 (10%)	50
	योग	124 (83.8%)	26 (16.2%)	150

सारणी 36

बिजली की उपलब्धता

क्रम संख्या	शहर का नाम	हाँ	नहीं	योग
1.	रांची	6 (12%)	44 (88%)	50
2.	पूर्णिया	1 (2%)	49 (98%)	50
3.	पटना	44 (88%)	6 (12%)	50
	योग	51 (34%)	99 (66%)	150

सारणी 37

पेयजल के स्रोत

क्रम संख्या	शहर का नाम	पेयजल के स्रोत				योग
		कुआँ	नल	हैण्डपम्प	नलकूप	
1.	रांची	18 (36%)	32 (64%)	—	—	50
2.	पूर्णिया	1 (2%)	10 (20%)	31 (62%)	8 (16%)	50
3.	पटना	1 (2%)	48 (96%)	1 (2%)	—	50
	योग	20 (13.3%)	90 (60%)	32 (21.3%)	8 (5.3%)	150

सारणी 38

पेयजल के स्रोत के किस्म

क्रम संख्या	शहर का नाम	निजी	सार्वजनिक	योग
1.	रांची	5 (10%)	45 (90%)	50
2.	पूर्णिया	6 (12%)	44 (88%)	50
3.	पटना	1 (2%)	49 (98%)	50
	योग	12 (8%)	138 (92%)	150

सारणी 39

मल-त्याग का स्थान

क्रम संख्या	शहर का नाम	निजी शौचालय	सामुदायिक शौचालय	खुला स्थान	योग
1.	रांची	9 (18%)	34 (68%)	7 (14.0%)	50
2.	पूर्णिया	3 (6%)	—	47 (94%)	50
3.	पटना	—	36 (72%)	14 (28%)	50
	योग	12 (8%)	70 (46.7%)	68 (45.3%)	150

सारणी 40

लिंग अनुपात

क्रम संख्या	शहर का नाम	पुरुष	महिला	योग
1.	रांची	—	50 (100%)	50
2.	पूर्णिया	12 (24%)	38 (76%)	50
3.	पटना	18 (36%)	32 (64%)	50
	योग	30 (20%)	120 (80%)	150

सारणी 41

मुक्त हुए सफाईकर्मियों की आयु

क्रम संख्या	शहर का नाम	आयु का स्तर						योग
		20 तक	21–30	31–40	41–50	51–60	61 तथा अधिक	
1.	रांची	—	14 28%	14 28%	12 24%	10 20%	—	50
2.	पूर्णिया	1 2%	15 30%	17 34%	15 30%	2 4%	—	50
3.	पटना	—	6 12%	15 30%	18 36%	10 20%	1 2%	50
	योग	1 0.7%	35 23.3%	46 30.7%	45 30%	22 14.7%	1 0.7%	150

सारणी 42

शिक्षा

क्रम संख्या	शहर का नाम	शिक्षा का स्तर			योग
		निरक्षर	चौथी कक्षा तक	मिडिल कक्षा तक	
1.	रांची	47 (94%)	3 (6%)	—	50
2.	पूर्णिया	48 (96%)	2 (4%)	—	50
3.	पटना	43 (86%)	6 (12%)	1 (2%)	50
	योग	138 (92%)	11 (7.3%)	1 (0.7%)	150

सारणी 43

प्रौढ़ शिक्षा में रुचि

आयु (वर्ष)	रांची हाँ	रांची नहीं	योग	पूर्णिया हाँ	पूर्णिया नहीं	योग	पटना हाँ	पटना नहीं	योग
20 तक	—	—	—	1 100%	—	1	—	—	—
21–30	13 92.9%	1 7.1%	14	6 40%	9 60%	15	—	6 100%	6
31–40	10 66.7%	5 33.3%	15	6 33.3%	12 66.7%	18	4 26.7%	11 73.3%	15
41–50	4 33.3%	8 66.7%	12	1 7.1%	13 92.9%	14	3 17.6%	14 82.4%	17
51–60	4 44.4%	5 55.6%	9	—	2 100%	2	1 9.1%	10 91.9%	11
61 से अधिक	—	—	—	—	—	—	—	1 100%	1
योग	31 62%	19 38%	50	14 28%	36 72%	50	8 16%	42 84%	50

सारणी 44

मासिक आय (व्यक्तिगत)

आय की सीमा (रु०)	रांची	पूर्णिया	पटना	योग
100 से कम	—	—	—	—
101–200	—	2 (4%)	5 (10%)	7 (4.7%)
201–300	—	6 (12%)	6 (12%)	12 (8.0%)
301–400	13 (26%)	39 (78%)	15 (30%)	67 (44.7%)
401–500	37 (74%)	3 (6%)	9 (18%)	49 (32.7%)
501–600	—	—	7 (14%)	7 (4.7%)
600 से अधिक	—	—	6 (12%)	6 (4.0%)
योग	50	50	50	150

सारणी 45

मासिक आय (पारिवारिक)

आय (रु०)	रांची			पूर्णिया			पटना			कुल योग
	सं०प०	ए०प०	योग	सं०प०	ए०प०	योग	सं०प०	ए०प०	योग	
400 तक	—	1 100%	1	2 10.5%	17 85.5%	19	1 14.3%	6 85.7%	7	27
401–800	8 24.2%	25 75.8%	33	4 23.5%	13 76.5%	17	12 60%	8 40%	20	70
801–1200	5 35.7%	9 64.3%	14	7 58.3%	5 41.7%	12	13 72.2%	5 27.7%	18	44
1201–1600	—	—	—	1 100%	—	1	3 100%	—	4	4
1601–से अधिक	1 50%	1 50%	2	1 100%	—	1	2 100%	—	2	5
योग	14 9.3%	36 24%	50	15 10%	35 23.3%	50	31 20.7%	19 12.7%	50	150

सारणी 46

आयु जिसमें मैला सफाई का कार्य आरम्भ किया

शहर का नाम	10–15 वर्ष	16–20 वर्ष	21–25 वर्ष	26 वर्ष से अधिक	योग
रांची	—	47 (94%)	3 (6%)	—	50
पूर्णिया	10 (20%)	30 (60%)	7 (14%)	3 (6%)	50
पटना	18 (36%)	26 (52%)	1 (2%)	5 (10%)	50
योग	28 (18.7%)	103 (68.7%)	11 (7.3%)	8 (5.3%)	150

सारणी 47

आयु जिसमें मुक्त कराये गये

शहर का नाम	20 वर्ष से कम	20–25 वर्ष	26–30 वर्ष	31–35 वर्ष	36–40 वर्ष	41 वर्ष और अधिक	योग
रांची	—	7 14%	13 26%	8 16%	3 6%	19 38%	50
पूर्णिया	—	9 18%	11 22%	8 16%	7 14%	15 30%	50
पटना	—	6 12%	6 12%	9 18%	9 18%	20 40%	50
योग	—	22 14.7%	30 22%	25 16.7%	19 12.7%	54 36%	150

सारणी 48

मुक्त होने से पहले मैला सफाई के कार्य की अवधि

शहर का नाम	5 वर्ष से कम	5–10 वर्ष	11–15 वर्ष	16–20 वर्ष	21 वर्ष और अधिक	योग
रांची	2 4%	13 26%	12 24%	3 6%	20 40%	50
पूर्णिया	8 68%	7 14%	9 18%	7 14%	19 38%	50
पटना	4 8%	7 14%	10 20%	9 18%	20 40%	50
योग	14 9.3%	27 18%	31 20.7%	19 12.7%	59 39.3%	150

सारणी 49

क्या आप अपने वर्तमान व्यवसाय से संतुष्ट हैं?

लिंग	रांची			पूर्णिया			पटना		
	हाँ	नहीं	योग	हाँ	नहीं	योग	हाँ	नहीं	योग
पुरुष	—	—	—	11 91.7%	1 8.3%	12	12 66.7%	6 33.3%	18
महिला	50 100%	—	50	32 84.2%	6 15.8%	38	25 78.1%	7 21.9%	32
योग	50 100%	—	50	43 86%	7 14%	50	37 74%	13 26%	50

सारणी 50

असंतोष के कारण

(लिंग के आधार पर)

लिंग	कम वेतन			अधिक जिम्मेदारी			सेवा की सुरक्षा का अभाव			अन्य			कोई विकल्प नहीं			योग		
	श–1	श–2	श–3	श–1	श–2	श–3	श–1	श–2	श–3	श–1	श–2	श–3	श–1	श–2	श–3	श–1	श–2	श–3
पुरुष	—	2	2	—	—	1	—	1	1	—	—	1	—	—	1	—	3	6
		66.7%	33.3%			16.7%		33.3%	16.7%			16.7%			16.7%			
महिला	—	3	1	—	1	—	—	3	1	—	—	3	—	—	2	—	7	7
		42.9%	14.3%		14.3%			42.9%	14.3%			42.8%			28.6%			
योग	—	5	3	—	1	1	—	4	2	—	—	4	—	—	3	—	10	13
		21.7%	13.0%		4.3%	4.3%		17.4%	8.7%			17.4%			13.0%			= 23

श–1=रांची, श–2=पूर्णिया, श–3=पटना, पूर्णिया से कई तरह के उत्तर प्राप्त हुए।

सारणी 51

असंतोष के कारण

(आय के आधार पर)

पारिवारिक आय	कम वेतन			अधिक जिम्मेदारी			सेवा की सुरक्षा का अभाव			अन्य			कोई विकल्प नहीं			योग		
	श-1	श-2	श-3	श-1	श-2	श-3	श-1	श-2	श-3	श-1	श-2	श-3	श-1	श-2	श-3	श-1	श-2	श-3
0-400	—	3 60%	—	—	1 20%	—	—	1 20%	1 33.3%	—	—	2 66.7%	—	—	—	—	5	3
401-800	—	1 25%	1 20%	—	—	—	—	3 75%	1 20%	—	—	1 20%	—	—	2 40%	—	4	5
801-1200	—	1 100%	2 50%	—	—	1 25%	—	—	—	—	—	1 25%	—	—	—	—	1	4
1201-1600	—	—	—	—	—	—	—	—	—	—	—	—	—	—	1 100%	—	—	1
1601 से अधिक	—	5 21.7%	3 13%	—	1 4.3%	1 4.3%	—	4 17.4%	2 8.7%	—	—	4 17.4%	—	—	3 13%	—	10	13

श-1=रांची, श-2=पूर्णिया, श-3=पटना, पूर्णिया में बहुत उत्तर प्राप्त हुए।

सारणी 52

मुक्ति के प्रभाव

उत्तरदाताओं के सम्मुख प्रतिबंध	रांची				पूर्णिया				पटना			
	मुक्ति के पहले		मुक्ति के बाद		मुक्ति के पहले		मुक्ति के बाद		मुक्ति के पहले		मुक्ति के बाद	
	हाँ	नहीं	हाँ	नहीं	हाँ	नहीं	हाँ	नहीं	हाँ	नहीं	हाँ	नहीं
मन्दिर जाना	50	—	50	—	6	44	21	29	30	20	49	1
=50	100%		100%		12%	88%	42%	58%	60%	40%	98%	2%
ब्राह्मणों को	50	—	50	—	14	36	28	22	30	20	50	—
आमंत्रित करना =50	100%		100%		28%	72%	56%	44%	60%	40%	100%	
अन्य जातियों	1	49	50	—	3	47	8	42	9	41	35	15
से न्योता मिलना =50	2%	98%	100%		6%	94%	16%	84%	18%	82%	70%	30%
सामान्य स्रोत से	1	49	50	—	7	43	43	7	24	26	49	1
पानी लेना =50	2%	98%	100%		14%	86%	86%	14%	48%	52%	98%	2%
होटल में भोजन	1	49	49	1	7	43	40	10	30	20	49	1
करना=50	2%	98%	98%	2%	14%	86%	80%	20%	60%	40%	98%	2%
योग	103	147	249	1	37	213	140	110	123	127	232	18

सारणी 53

क्या आप अपने बच्चों को स्कूल भेजते हैं?

आय का स्तर	रांची				पूर्णिया				पटना			
(रु०)	हाँ	नहीं	कोई उत्तर नहीं	योग	हाँ	नहीं	कोई उत्तर नहीं	योग	हाँ	नहीं	कोई उत्तर नहीं	योग
400 तक	—	1	—	1	1	15	3	19	1	5	1	7
		100%			5.3%	78.9%	15.8%		14.3%	71.4%	14.3%	
401-800	10	23	—	33	4	12	1	17	9	8	3	20
	30.3%	69.7%			23.5%	70.6%	5.9%		45%	40%	15%	
801-1200	4	10	—	14	5	5	2	12	6	11	1	18
	28.6%	71.4%			41.7%	41.7%	16.2%		33.3%	61.1%	5.6%	
1201-1600	—	—	—	—	—	1	—	1	2	1	—	3
						100%			66.7%	33.3%		
1601 से अधिक	1	1	—	2	—	1	—	1	—	2	—	2
	50%	50%				100%				100%		
योग	15	35	—	50	10	34	6	50	18	27	5	50
	30%	70%			20%	68%	12%		36%	54%	10%	

सारणी 54

क्या घर में पढ़ने-लिखने की पर्याप्त सुविधाएँ हैं?

आय वर्ग	रांची				पूर्णिया				पटना			
(रु०)	हाँ	नहीं	लागू नहीं होता	योग	हाँ	नहीं	लागू नहीं होता	योग	हाँ	नहीं	लागू नहीं होता	योग
400 तक	—	1	—	1	1	14	4	19	1	4	2	7
		100%			5.3%	73.7%	21.1%		14.3%	57.1%	28.6%	
401–800	5	28	—	33	5	11	1	17	6	8	6	20
	15.2%	84.8%			29.4%	64.7%	5.8%		30%	40%	30%	
801–1200	4	10	—	14	—	11	1	12	8	7	3	18
	28.6%	71.4%				91.7%	8.3%		44.4%	38.9%	16.3%	
1201–1600	—	—	—	—	—	1	—	1	1	1	1	3
						100%			33.3%	33.3%	33.3%	
1601 से अधिक	—	2	—	2	—	1	—	1	2	—	—	2
		100%				100%			100%			
योग	9	41	—	50	6	38	6	50	18	20	12	50
	18%	82%			12%	76%	12%		36%	40%	24%	

सारणी 55

क्या आपके बच्चे घर पर पढ़ते हैं?

शहर का नाम	हाँ	नहीं	लागू नहीं होता	योग
रांची	19 (38%)	29 (58%)	2(4%)	50
पूर्णिया	11 (22%)	28 (56%)	11 (22%)	50
पटना	24 (48%)	13 (26%)	13 (26%)	50
योग	54 (36%)	70 (46.7%)	26 (17.3%)	150

सारणी 56

परिवार में उन लोगों की संख्या, जिन्हें रोजगार की जरूरत है

शहर का नाम	पुरुष						महिला					
	एक व्यक्ति	दो व्यक्ति	तीन व्यक्ति	चार/ अधिक	योग	कोई नहीं	एक व्यक्ति	दो व्यक्ति	तीन व्यक्ति	चार/ अधिक	योग	कोई नहीं
रांची	21	6	—	—	27	23	10	1	—	—	11	39
पूर्णिया	9	1	1	—	11	39	18	3	1	—	22	28
पटना	19	5	1	1	26	24	15	12	1	1	29	21
योग	49	12	2	1	64	86	43	16	2	1	62	88

सारणी 57

पुरुष और महिलायें किस प्रकार का रोजगार चाहते हैं?

शहर का नाम	पुरुष								महिला					
	चपरासी	क्लर्क	ड्राइवर/ मैकेनिक	पुलिस	उद्योग	कोई अन्य	योग	लागू नहीं होता	चपरासी	नर्स	नौकरानी	कोई अन्य	योग	लागू नहीं होता
रांची	21 60%	5 14.3%	5 14.3%	10 28.6%	26 74.3%	29 82%	96	15	8 22.9%	6 17.1%	11 31.4%	13 37.1%	38	15
पूर्णिया	8 26.9%	3 20%	6 6.7%	2 16.9%	5 40%	12	36	20	12 40%	3 10%	21 70%	26 70%	57	20
पटना	19 54.3%	1 2.9%	14 40%	2 5.7%	23 37.1%	12 34.3%	61	15	21 60%	18 51.4%	29 82.9%	25 71.4%	93	15
योग	48 48%	9 9%	25 25%	14 14%	54 54%	53 53%	193	50 50%	41 41%	27 27%	61 61%	59 59%	188	50

सारणी 58

क्या आपने अपने परिवार के सदस्यों को नौकरी दिलाने का कभी कोई प्रयास किया?

शहर का नाम	हाँ	नहीं	लागू नहीं होता	योग
रांची	23 (46%)	7 (14%)	20(40%)	50
पूर्णिया	16 (32%)	11 (22%)	23 (46%)	50
पटना	21 (42%)	15 (30%)	14 (28%)	50
योग	60 (40%)	33 (22%)	57 (38%)	150

सारणी 59

आयु वर्गीकरण

शहर का नाम	20 वर्ष तक	21-30	31-40	41-50	51-60	61-70	70 से अधिक	योग
पटना	0	7	14	37	3	6	3	50
		14%	28%	74%	6%	12%	6%	
मुजफ्फरपुर	0	2	10	17	10	6	5	50
		4%	20%	34%	20%	12%	10%	
आरा	1	4	12	9	9	11	4	50
	2%	8%	24%	18%	18%	22%	8%	
योग	1	13	36	43	22	23	12	150
	0.7%	0.7%	24%	28.7%	14.7%	15.3%	8%	100%

सारणी 60

लिंगवार वितरण

शहर का नाम	पुरुष	महिला	योग
पटना	48 (96%)	2 (4%)	50
मुजफ्फरपुर	44 (88%)	6 (12%)	50
आरा	45 (90%)	5 (10%)	50
योग	137 (91.3%)	13 (8.7%)	150 (100%)

सारणी 61

शिक्षा-वर्गीकरण

शहर का नाम	निरक्षर	मिडिल कक्षा तक	मैट्रिक तक	इण्टर-मीडिएट	स्नातक	स्नातकोत्तर	योग
पटना	5 10%	13 26%	29 58%	—	2 4%	1 2%	50
मुजफ्फरपुर	6 12%	16 32%	18 36%	6 12%	3 6%	1 2%	50
आरा	6 12%	19 38%	14 28%	5 10%	6 12%	—	50
योग	17 11.3%	48 32%	61 40.7%	11 7.3%	11 7.3%	2 1.3%	150

सारणी 62

धर्मवार वितरण

शहर का नाम	हिन्दू	मुस्लिम	योग
पटना	41 (82%)	9 (18%)	50
मुजफ्फरपुर	38 (76%)	12 (24%)	50
आरा	38 (76%)	12 (24%)	50
योग	117 (78%)	33 (22%)	150

सारणी 63

जातिवार वितरण

शहर का नाम	उच्च जाति	निम्न जाति	अनुसूचित जाति	योग
पटना	16 (32%)	29 (58%)	5(10%)	50
मुजफ्फरपुर	21 (42%)	24 (48%)	5 (10%)	50
आरा	19 (38%)	31 (62%)	—	50
योग	56 (37.3%)	84 (56%)	10 (6.6%)	150

सारणी 64
व्यवसायगत वर्गीकरण

शहर का नाम	नौकरी	मजदूरी	गृहणी	व्यापार	सेवानिवृत्त	व्यावसायिक	क़िसान	योग
पटना	17	4	1	24	1	3	—	50
	34%	8%	2%	48%	2%	6%		
मुजफ्फरपुर	13	3	5	21	—	2	6	50
	26%	6%	10%	42%		4%	12%	
आरा	20	3	5	14	6	2	—	50
	40%	6%	10%	28%	12%	4%		
योग	50	10	11	59	7	7	6	150
	33.3%	6.7%	7.4%	39.3%	4.3%	4.3%	4%	

सारणी 65

सुलभ शौचालय योजना के बारे में आपको कैसे पता चला?

(शिक्षा के अनुसार)

शैक्षिक	मित्रों/सम्बन्धियों से	पड़ौसियों से	सुलभ संस्था से	जनसंचार माध्यमों से	आग्राहियों से	सार्वजनिक सुलभ शौचालय कम्प्लेक्स	अन्य (लागू नहीं होता)	योग
निरक्षर =17	3	8 17.6%	2 47.1%	6 11.8%	4 35.3%	2 23.5%	2 11.8%	25
मिडिल =48	4 8.3%	7 14.6%	31 64.4%	13 27.1%	10 20.8%	21 43.8%	3 6.3%	89
मैट्रिक=61	8 13.1%	10 16.4%	41 67.2%	14 22.9%	30 49.2%	19 31.1%	4 6.6%	126
इण्टरमीडिएट=11	1 9.1%	—	7 63.6%	4 36.6%	5 45.5%	3 27.3%	2 18.2%	22
स्नातक =11	—	—	11 100%	1 9.1%	5 45.5%	2 18.2%	1 9.1%	20
स्नातकोत्तर =2	—	—	2 100%	1 50%	1 50%	—	—	4
योग	13 8.7%	20 13.3%	100 66.7%	35 23.3%	57 38.0%	49 32.7%	12 8.0%	286

सारणी 66

सुलभ शौचालय योजना के बारे में आपको कैसे पता चला?

(जाति के अनुसार)

जाति	मित्रों/सम्बन्धियों से	पड़ौसियों से	सुलभ संस्थान से	जनसंचार माध्यमों से	आग्राहियों से	सार्वजनिक सुलभ शौचालय कम्प्लेक्स	अन्य (लागू नहीं होता)	योग
उच्च जाति =56	8 14.3%	5 8.9%	4 71.4%	13 23.2%	20 35.7%	12 21.4%	8 5.3%	106
निम्न जाति =84	3 3.6%	14 16.7%	55 65.5%	21 25.5%	30 35.7%	34 40.5%	4 4.8%	161
अनुसूचित जाति=10	2 20%	1 10%	5 50%	1 10%	7 70%	3 30%	—	19
योग	13 8.7%	20 13.3%	100 66.7%	35 23.3%	57 38.0%	49 32.7%	12 8.0%	286

सारणी 67

कमाऊ शौचालय के कारण आपको अपने घर में किन समस्याओं का सामना करना पड़ता है?

(व्यवसाय के आधार पर)

व्यावसायिक स्तर	अस्वाथ्यकर	दुर्गन्ध	मैला सफाई का काम नियमित रूप से न होना	मैला साफ करते समय दुर्गन्ध फैलना	मैला साफ करते समय परिवार के कुछ सदस्यों का मौजूद रहना	असहनीय दुर्गन्ध	योग
	1	2	3	4	5	6	
नौकरी =50	50 (100%)	18 (36%)	4 (8%)	25 (50%)	1 (2%)	34 (68%)	132
व्यापार =59	59 (100%)	11 (18.6%)	7 (11.8%)	34 (57.6%)	5 (8.5%)	50 (84.7%)	166
मजदूरी =10	10 (100%)	3 (30%)	—	7 (70%)	—	7 (70%)	27
गृहणी =11	11 (100%)	3 (27.2%)	—	6 (54.5%)	—	7 (63.6%)	27
सेवानिवृत्त =7	7 (100%)	5 (71.4%)	1 (14.3%)	5 (71.5%)	—	3 (42.8%)	21
पेशेवर =7	7 (100%)	2 (28.6%)	1 (14.3%)	3 (42.8%)	1 (14.3%)	5 (71.4%)	19
किसान तथा अन्य =6	6 (100%)	1 (16.6%)	1 (53.3%)	2 (53.3%)	—	6 (100%)	16
योग	150 100%	43 28.7%	14 9.3%	82 54.6%	7 4.7%	112 74.6%	408

सारणी 68

कमाऊ शौचालय के कारण आपको अपने घर में किन समस्याओं का सामना करना पड़ता है?

(शैक्षिक स्तर के आधार पर)

शिक्षा का स्तर	अस्वास्थ्यकर	दुर्गन्ध	मैला सफाई का काम नियमित से नहीं होता है	मैला साफ होते समय दुर्गन्ध फैलता है	मैला साफ होते समय परिवार के कुछ सदस्यों का मौजूद रहना जरूरी है।	असहनीय दुर्गन्ध	योग
	1	2	3	4	5	6	
निरक्षर =17	17 100%	6 35.3%	2 11.7%	13 76.5%	2 11.7%	11 64.7%	57
मिडिल कक्षा तक =48	48 100%	15 31.2%	4 8.3%	30 6.3%	1 2.0%	36 75.0%	134
मैट्रिक तक =61	61 100%	12 19.7%	5 8.2%	27 44.3%	2 3.3%	50 81.9%	157
इण्टरमीडिएट =11	11 100%	5 45.4%	1 9.1%	6 54.3%	1 9.1%	6 54.5%	30
स्नातक =11	11 100%	55 45.4%	2 18.2%	6 54.5%	1 9.1%	7 63.6%	32
स्नातकोत्तर =2	2 100%	—	—	—	—	—	4
योग	150 100%	43 28.7%	14 9.3%	82 54.6%	7 4.7%	112 74.6%	408

सारणी 69

सुलभ शौचालय प्रणाली अपनाने से पहले आपके घर में निम्नलिखित प्रणालियों में से कौन-सी प्रणाली थी?

जाति	कमाऊ शौचालय	सेप्टिक शौचालय	खुला मैदान	सामुदायिक शौचालय	सण्डास	योग
उच्च जाति	45 75%	3 5%	3 5%	5 8.3%	4 6.7%	60
निम्न जाति	70 81.4%	—	12 13.9%	2 2.3%	2 2.3%	86
अनुसूचित जाति	2 66.7%	—	—	—	1 33.3%	3
अनुसूचित जनजाति	1 100%	—	—	—	—	1
योग	118 78.7%	3 2.0%	15 10.0%	7 4.7%	7 4.7%	150 100%

सारणी 70

आपको सुलभ शौचालय की जानकारी कैसे मिली?

(व्यावसायिक स्तर के आधार पर)

व्यावसायिक स्तर	जानकारी के स्रोत							योग
	सम्बन्धी/ मित्र	आग्राही	सुलभ इण्टरनेशनल एजेन्सी	तकनीकी विशेषज्ञ	नगर-पालिका	जन-संयोजक	जन-संचार माध्यम	
नौकरी =26	6 23.1%	5 11.2%	26 100%	0	1 3.8%	0	2 7.7%	40
मजदूरी =11	0	3 27.3%	8 72.7%	0	0	0	1 9.1%	12
व्यापार =64	6 9.4%	21 32.8%	59 92.2%	1 1.6%	6 9.4%	5 7.8%	2 3.1%	100
सेवानिवृत्त =10	—	6 60%	10 100%	—	—	2 20%	—	18
गृहणी =28	1 3.6%	13 46.4%	28 100%	—	—	—	2 7.1%	44
बेरोजगार =7	—	3 42.9%	7 100%	—	—	—	—	10
किसान =4	—	1 25%	4 100%	—	1 25%	—	—	6
योग	13 8.7%	52 34.7%	142 94.7%	1 0.7%	8 5.3%	7 4.7%	7 4.7%	230 100%

सारणी 71

आपको सुलभ शौचालय की जानकारी कैसे मिली?

(शैक्षिक स्तर के आधार पर)

शिक्षा का स्तर	जानकारी के स्रोत							योग
	सम्बन्धी/ मित्र	आग्राही	सुलभ इण्टरनेशनल एजेन्सी	तकनीकी विशेषज्ञ	नगर-पालिका	जन-संयोजक	जन-संचार माध्यम	
निरक्षर =17	2 11.8%	6 35.3%	14 82.4%	—	1 5.9%	1 5.9%	1 5.9%	25
मिडिल कक्षा तक =61	3 4.9%	20 32.8%	61 100%	—	3 4.9%	—	1 1.6%	68
मैट्रिक तक =43	6 15.4%	15 53.8%	43 61.5%	1 2.3%	3 6.9%	4 9.3%	2 4.7%	74
इण्टरमीडिएट =13	2 15.4%	7 53.8%	8 61.5%	—	1 7.7%	2 15.4%	1 7.7%	21
स्नातक =15	—	4 26.7%	15 100%	—	—	—	—	19
स्नातकोत्तर =1	—	—	1 100%	—	—	—	2 25%	3
योग = 150	13 8.7%	52 34.7%	142 94.7%	1 0.7%	8 5.3%	7 4.7%	7 4.7%	230 100%

सारणी 72

कृपया अपने घर में इस्तेमाल की जा रही पुरानी प्रणाली को त्यागने के कारण बताएँ?

(जातिय स्तर के आधार पर)

जाति का स्तर	अस्वास्थ्यकर	दुर्गन्ध	अधिक लागत	मल-जल निकासी की व्यवस्था नहीं	मैला सफाई की समस्या	उच्च अधिकारियों के आदेश से	अन्य	लागू नहीं होता	योग
उच्च =60	47 78.3%	6 10%	16 26.7%	27 45%	18 30%	2 3.3%	2 3.3%	10 6.7%	128
निम्न =86	71 82.6%	14 16.3%	22 25.6%	39 45.3%	28 32.6%	6 6.9%	—	14 16.3%	194
अ०जा० =3	2 66.7%	1 33.3%	2 66.7%	1 33.3%	1 33.3%	1	—	—	8
अ०ज०जा० =1	1 100%	1 100%	—	—	1 100%	—	—	—	3
योग=150	121 80.7%	22 14.7%	40 26.7%	67 45.7%	48 32%	9 5%	2 1.3%	24 16%	333

सारणी 73

कृपया अपने घर में इस्तेमाल की जा रही पुरानी प्रणाली को त्यागने के कारण बतायें?

(शैक्षिक स्तर के आधार पर)

शिक्षा का स्तर	अस्वास्थ्यकर	दुर्गन्ध	अधिक लागत	मल-जल निकासी की व्यवस्था नहीं	मैला सफाई की समस्या	उच्च अधिकारियों के आदेश से	अन्य	लागू नहीं होता	योग
निरक्षर =17	11	3	7	4	8	2	—	4	39
	64.7%	17.6%	41.2%	23.5%	42.1%	11.8%		23.5%	
मिडिल कक्षा	48	8	17	26	14	3	2	12	130
तक =61	78.7%	15.1%	27.9%	42.6%	22.9%	4.9%	3.3%	19.7%	
मैट्रिक =43	36	9	11	18	13	3	—	5	95
	83.7%	20%	25%	41.9%	30.2%	6.9%		11.6%	
इण्टरमीडिएट	11	1	1	9	5	—	—	9	29
=13	84.6%	7.7%	7.7%	69.2%	38.5%			15.9%	
स्नातक =15	14	1	4	9	7	1	—	1	37
	93.3%	6.7%	26.7%	60%	46.7%	6.7%		6.7%	
स्नातकोत्तर =1	1	—	—	1	1	—	—	—	3
	100%			100%	100%				
योग =150	121	22	40	67	48	9	2	24	333
	80.7%	14.7%	26.7%	44.7%	32%	6%	1.3%	16%	

सारणी 74

आपने सुलभ शौचालय प्रणाली किस प्रकार अपनाई?

शिक्षा का स्तर	कमाऊ शौचालय को परिवर्तित करके	पहली बार बनवाया	सण्डास को सुलभ शौचालयों में परिवर्तित कर	अन्य	योग
निरक्षर	11 (64.7%)	4 (23.5%)	2 (11.8%)	—	17
मिडिल कक्षा तक	46 (75.4%)	11 (18.0%)	3 (4.9%)	1 (1.6%)	61
मैट्रिक	33 (81.4%)	5 (11.6%)	2 (4.7%)	1 (2.3%)	43
इण्टरमीडिएट	11 (84.6%)	1 (2.3%)	—	1 (2.3%)	13
स्नातक	14 (93.3%)	1 (6.7%)	—	—	15
स्नातकोत्तर	1 (100%)	—	—	—	1
योग	118 (78.7%)	22 (14.7%)	7 (4.7%)	3 (2%)	150

सारणी 75

आपको सुलभ शौचालय पद्धति अपनाने की प्रेरणा किससे मिली?

जाति का स्तर	स्वास्थ्यकर है	कम खर्च लगता है	कोई दुर्गन्ध नहीं होती है	हमारी जलवायु के उपयुक्त है	मल-जल निकासी की सुविधा के अभाव में सर्वोत्तम प्रणाली है	अनुदान अथवा आर्थिक सहायता का लाभ है	मैला सफाई की जरूरत नहीं पड़ती है	उच्चतर श्रेणी की खाद मिलती है	अन्य	योग
उच्च जाति =60	60 100%	2 3.3%	46 76.7%	5 8.3%	33 55%	20 33.3%	47 78.3%	14 23.3%	2 3.3%	229
निम्न जाति =86	86 100%	5 5.8%	76 88.4%	3 3.5%	59 68.6%	26 30.2%	67 77.9%	18 20.9%	2 2.3%	342
अनुसूचित जाति =3	3 100%	1 33.3%	3 100%	—	—	3 100%	3 100%	1 33.3%	—	14
अनुसूचित जनजाति =1	1 100%	1 100%	—	—	—	1 100%	—	—	—	3
योग 150	150 100%	9 6.9%	125 83.3%	8 5.3%	92 61.3%	50 33.3%	117 78.0%	33 22.0%	4 2.7%	588

सारणी 76

खराबियों का स्वरूप

क्रम संख्या	शहर का नाम	गड्ढों में खराबी	फर्श पर दरार	स्लैबों में रिसाव	अन्य	कोई खराबी नहीं	योग
1.	पटना	1 2%	—	—	1 2%	48 96%	50
2.	चाईबासा	—	2 4%	1 2%	—	47 94%	50
3.	मधुबनी	—	—	—	—	50 100%	50
योग		1 0.7%	2 1.4%	1 0.7%	1 0.7%	145 96.5%	150

सहायक ग्रंथ सूची
Bibliography

Ahmed, Z.: *Evaluation Report on Low-Cost Water-Seal Latrines in Bihar,* Department of Sociology, Patna University, Patna, 1980.

Barve, B.N.: *The Scavengers' Living Conditions Enquiry Committee,* Government of Bombay, 1949.

Bhaskaran, T.R.: *Review of work done on Rural Latrines in India,* Indian Council of Medical Research, Special Report Series No. 54, New Delhi, 1966.

Chaturvedi, D.S.: Patit Prabhakar, Quoted from *Nachyo Bahut Gopal,* Rajpal & Sons, Kashmiri Gate, Delhi, 1980.

Chaturvedi, J.C.: *Mathematical Statistics,* Student Friends & Co., Rajamandi, Agra, 1947.

Consortium on Rural Technology Institute of Social Studies Trust: *Rural Sanitation Technology Options,* Institute of Social Studies Trust, New Delhi, 1981.

Duncan, M.: *Appropriate Technology for Water Supply and Sanitation; Sanitation Alternative for Low-Income Communities—A Brief Introduction,* World Bank, Washington, 1982.

Goode, W.J., Hatt, P.K.: *Methods in Social Research,* McGraw-Hill, Kogakusha Ltd., London, 1952.

Gould, H.A.: Lucknow Rickshawala: The Social Organization of an Occupational Category, Quoted from *Urban Sociology in India* by M.S.A. Rao, Orient Longman Ltd., New Delhi, 1974.

Government of Haryana: *Commission to Enquire into the Living Conditions of Safai Mazdoors Employed by Local Bodies and Private Scavengers Working in Haryana State,* 1969-72.

Government of India, UNICEF: *National Seminar on Low-Cost Techniques for Disposal of Human Wastes in Urban Communities,* Patna, 1978.

Government of India, UNDP: *International Seminar on Low-Cost Techniques for Disposal of Human Wastes in Urban Communities,* Calcutta, 1980.

Government of India, Government of Rajasthan, UNDP: *Regional Conference on Low-Cost Pour-Flush Latrines,* Udaipur, 1982.

Government of India, UNDP: *Regional Seminar on Low-Cost Sanitation,* Ministry of Works and Housing, 1982.

Hamlin, Christophere: Sewage: Waste of Resource? A Historical Perspective: *Scavenger,* 12(3), 1982.

Hutton, J.H.: Census of India, 1931; Volume I—India, Part II—Imperial Tables; Manager of Publications, Delhi, 1933.

Hutton, J.H.: *Caste in India—Its Nature, Function and Origin,* Oxford University Press, Delhi, 1981.

Indian Institute of Public Administration: *National Seminar on Integrated Development of Small and Medium Towns,* New Delhi, 1982.

Kalbermatten, J.M.: *Sanitation-Convenience for a Few or Health for Many; the Report on the International Seminar on Low-Cost Techniques for Disposal of Human Wastes in Urban Communities,* Calcutta, 1980; Annexure 2.

Kalbermatten, J.M.: *Appropriate Technology for Water Supply and Sanitation—A Sanitation Field Manual,* Washington, World Bank, 1980.

Lundberg, G.: *Social Research Longmans,* Green & Co., New York, 1949.

Malkani, N.R.: *Report of the Scavenging Conditions Enquiry Committee,* Ministry of Home Affairs, Central Advisory Board for Harijan Welfare, New Delhi, 1960.

Malkani, N.R.: *The Committee on Customary Rights to Scavengers,* 1969

Menon, A.S.: *Wage Board for Municipal Workers,* Government of Kerala, 1971.

Moser, C.A., Calton, G.: *Survey Methods in Social Investigation,* Heinemann Educational Books Ltd., London, 1980.

Nagar, Amrit Lal: *Nachyo Bahut Gopal,* Rajpal & Sons, Kashmiri Gate, Delhi, 1980.

O'Malley, L.S.S.: *Census of India,* 1911: Volume 5, Bengal, Bihar,

Orissa and Sikkim, Bengal Secretariat Book Depot, Calcutta, 1913.

Pandya, B.P.: *Committee on Conditions of Sweepers and Scavengers*, National Commission on Labour, 1969.

Parten, Mildred: *Survey, Polls and Samples*, Harper & Brothers, 1950.

Pathak, B.: *Sulabh Shauchalaya (Hand-flush Water-seal Latrine): A Simple Idea that Worked*, Amola Prakashan, Patna, 1981.

Pathak, B.: *Sulabh Shauchalaya: A Study of Directed Change*, Amola Press & Publications, Patna, 1982.

Roy, A.K. et al: *Manual on the Design, Construction and Maintenance of Low-Cost Pour Flush Water-seal Latrines in India*, TAG Technical Note No. 10, UNDP International Project, The World Bank, Washington, 1984.

Salappa, I.P.D.: *Committee on Improvement of Living and Working Conditions of Sweepers and Scavengers*, Government of Karnataka, 1976.

UNDP: *Special Studies done by TAG* (India), New Delhi, 1982.

Uno Winblad: *Sanitation Without Water*, WHO Regional Office for Eastern Mediterranean, P.O. Box 1517, Alexandria, Egypt, 1980.

Vachaspati Sri: *Artha Sashtra of Kautilya*, The Chaukhamba Surabharati Prakashan, Varanasi, 1977.

Wagner, E.G., Lanoix, J.N.: *Excreta Disposal for Rural Areas and Small Communities*, World Health Organization, Geneva, 1958.

Young, P.V.: *Scientific Social Survey and Research*, Prentice-Hall, Inc. Engleword Cliffs, N.J. Charles E. Tuttle Company, Tokyo, Japan, 1965.

सुलभ शौचालय का डिजाइन (आयताकार)

1:2:4 की आर०सी०सी० पटिया

मिट्टी की भराई

जमीन की सतह

1:6 के सीमेण्ट पलस्तर में एक को छोड़ दूसरी परत में मधुमक्खी के छत्ते जैसी ईंट की जुड़ाई

75 मि०मी० मोटे 1:5:10 के सीमेण्ट कंक्रीट के पलस्तर पर 25 मि०मी० मोटा 1:2:4 का सीमेण्ट कंक्रीट का पलस्तर और ऊपर चिकनी सीमेण्ट की पोताई

ईंट की ढंकी हुई नाली

1:4:8 का सीमेण्ट कंक्रीट

छिद्रों की चौड़ाई मिट्टी की किस्म के अनुसार 12.5 से 15 मि०मी० तक रखी जा सकती है

ABC पर काट

1:6 के सीमेण्ट पलस्तर में ईंट की जुड़ाई

नक्शा

गड्ढे का अस्तर सबसे ऊपरी सतह पर 1:6 के सीमेण्ट पलस्तर का लेप

E-F पर काट

गड्ढे का अस्तर सबसे ऊपरी सतह पर 1:6 के सीमेण्ट पलस्तर का लेप

1:6 के सीमेण्ट पलस्तर में ईंट की ठोस जुड़ाई

1:6 के सीमेण्ट पलस्तर में एक को छोड़ दूसरी परत में मधुमक्खी के छत्ते जैसी ईंट की जुड़ाई

नोट—

मधुमक्खी के छत्ते जैसी जुड़ाई में छिद्रों का आकार 75 मि०मी० X 12.5 मि०मी० से लेकर 75 मि०मी० X 15 मि०मी० तक हो सकता है। (तथापि बलुई मिट्टी मे या जहाँ खेतों में लगने वाले चूहों से नुकसान की संभावना हो, वहाँ ईंट की ठोस जुड़ाई से अस्तर लगाना चाहिए जिसमें एक को छोड़ दूसरी परत में बिना पलस्तर के लम्बवत् जोड़ हों।

सभी नाप मि०मी० में हैं

विभाजक दीवार के दोनों ओर और शीर्ष पर 1:6 के सीमेण्ट का 12 मि०मी० मोटा पलस्तर

सुलभ इण्टरनेशनल दिल्ली
सुलभ शौचालय का डिजाइन दस लोगों के इस्तेमाल के लिए
पैमाना: 1:40
ड्राइंग नं० जेन.: 399/88

सुलभ शौचालय का डिजाइन (वृत्ताकार)

75 मि०मी० मोटे 1:5:10 के सीमेण्ट कंक्रीट पलस्तर पर 25 मि०मी० मोटा 1:2:4 का सीमेण्ट कंक्रीट पलस्तर और ऊपर सीमेण्ट की चिकनी पोताई

1:6 के सीमेण्ट के पलस्तर में ईंट की जुड़ाई

1:4:8 का सीमेण्ट कंक्रीट मिट्टी की भराई

फाइबर ग्लास का पैन

छिद्रों की चौड़ाई मिट्टी की किस्म के अनुसार 12.5 से 75 मि०मी० तक रखी जा सकती है

1:6 के सीमेण्ट पलस्तर मे ईंट की जुड़ाई

नक्शा

ईंट की ढकी हुई नाली

मिट्टी की भराई

पायेदान

ईंट

ट्रैप

X X पर काट

निकास को एक के बाद एक खोलना है

गड्ढे का अस्तर, सबसे ऊपरी सतह पर 1:6 के सीमेण्ट पलस्तर का लेप

1:2:4 की आर० सी०सी० पटिया

मिट्टी की भराई

1:6 के सीमेण्ट पलस्तर में ईंट की ठोस जुड़ाई

1:6 के सीमेण्ट पलस्तर में एक को छोड़ दूसरी परत में मधुमक्खी के छत्ते जैसी ईंट की जुड़ाई

गड्ढे का तला

नोट—

मधुमक्खी के छत्ते जैसी जुड़ाई में छिद्रों का आकार 75 मि०मी० X 12.5 मि०मी० से लेकर 75 मि०मी० X 15 मि०मी० तक हो सकता है। तथापि मिट्टी में या जहाँ खेतों मे लगने वाले चूहों से नुकसान की संभावना हो, वहाँ ईंट की ठोस जुड़ाई से अस्तर लगाना चाहिए जिसमें एक को छोड़ दूसरी परत में बिना पलस्तर के लम्बवत् जोड़ हों।

सभी नाप मि०मी० में हैं।

सुलभ इण्टरनेशनल दिल्ली
सुलभ शौचालय का डिजाइन दस लोगों के इस्तेमाल के लिए
पैमाना: 1:40
ड्राइंग नं० जेन.: 686/89